Mascha Vassena
Das Schattenhaus

W0222052

PIPER

Zu diesem Buch

Anna ist überrascht, als sie von ihrer Mutter ein Haus im Tessin erbt, von dessen Existenz sie bisher nichts wusste. Gemeinsam mit ihrer 14-jährigen Tochter Rike will sie sich ihr Erbe ansehen, das sich vor Ort als alte, halb verfallene Villa entpuppt. Als die beiden das düstere Anwesen betreten, bemerken sie, dass sie nicht alleine sind. Denn zu ihrer Überraschung lebt in der Villa eine alte Frau, die von den Leuten im Ort nur »die Deutsche« genannt wird. Sie bewohnt den Dachboden und hat das Haus seit Jahren nicht mehr verlassen. Wer ist sie? Was hat sie in der Villa zu suchen? Und warum zeigt sich der attraktive Bürgermeister Daniele Solca über Annas Ankunft im Dorf alles andere als erfreut? Nach und nach erkennt Anna, dass es im Leben ihrer Mutter Dinge gab, über die sie nie gesprochen hat. Und dass die Villa ein dunkles Geheimnis hütet …

Mascha Vassena erhielt für ihre Erzählungen mehrere Auszeichnungen, unter anderem den Hamburger Förderpreis für Literatur. 2005 erschien ihr Erzählband »Räuber und Gendarm« unter dem Namen Mascha Kurtz im Liebeskind Verlag. Zudem verfasste sie Opernlibretti und engagiert sich im Autorenforum Montségur. Die Autorin lebt seit zehn Jahren am Luganer See, wo sie derzeit an ihrem nächsten Roman arbeitet.

Mascha Vassena

Das Schattenhaus

Roman

Piper München Zürich

Mehr über unsere Autoren und Bücher:
www.piper.de

MIX
Papier aus verantwortungsvollen Quellen
FSC® C083411
FSC
www.fsc.org

Originalausgabe
September 2014
© 2014 Piper Verlag GmbH, München
Umschlaggestaltung: Johannes Wiebel, punchdesign,
unter Verwendung von Motiven von Shutterstock
Umschlagabbildung: Sam Strickler (Haus), kavram (Garten/Auffahrt)/
beide Shutterstock
Satz: Satz für Satz. Barbara Reischmann, Leutkirch
Gesetzt aus der Meridien
Papier: Munken Print von Arctic Paper Munkedals AB, Schweden
Druck und Bindung: CPI books GmbH, Leck
Printed in Germany ISBN 978-3-492-30325-5

Prolog

Sie sitzt auf dem Hocker, während es draußen hell wird, und betrachtet das Blut, das sich mit all der Farbe mischt. Kobaltblau, Kadmiumgelb, Goldocker quellen aus den Tuben, die während des kurzen Kampfes zerplatzt sind. Die Farben haben sich über die Dielen verteilt, und darüber liegt das geronnene Blut wie eine Schicht Krakelierlack.

Blinzelnd, als wäre sie gerade aufgewacht, erhebt sie sich, nimmt eine der frischen Leinwände vom Regal, kauert sich nieder und presst die grundierte Seite in das Gemisch. Sie drückt mit der flachen Hand auf die Rückseite, dann zieht sie die Leinwand wieder ab und stellt sie auf eine der Staffeleien. Was sie auf dem Bild sieht, gefällt ihr. Ein Farbwirbel, dessen Geschichte nur sie kennt.

Vorsichtig geht sie um das Durcheinander am Boden herum und öffnet das mittlere der drei großen Fenster. Sie taucht ihren Kopf in die kühle Morgenluft wie in kaltes Wasser und fühlt sich geläutert. Es ist so friedlich still, sogar die Vögel in der ausladenden Krone des Kampferbaums ruhen noch, und am Horizont hinter den Hügeln beginnt es gerade erst zu dämmern.

Eine lang ersehnte Ruhe breitet sich in ihr aus. Alle Kämpfe sind nun vorüber. Sie dreht sich um und betrachtet das Bild, das ihr Geliebter von ihr gemalt hat. So hat er sie unsterblich gemacht. Langsam schweift ihr Blick zu ihm, ein letztes Mal, damit sie ihn in Erinnerung behalten kann, wie er war. Seine Augen sind ein wenig geöffnet, und man könnte glauben, er döse vor sich hin, wäre da nicht das blutverklebte Haar an seiner Schläfe. Doch das macht ihr nichts aus. Sie lächelt zärtlich.

Es schmerzt sie, dass er nicht bei ihr bleiben konnte – doch das, was ihn ausgemacht hat, liegt in dem, was er geschaffen hat. Endlich wird er für immer ihr gehören.

Kapitel 1

2013

Fünfzehn Jahre lang war Anna nicht mehr auf der Insel gewesen, und sie hatte geglaubt, sie würde nie zurückkehren. Doch jetzt stand sie an der Reling der Fähre und sah hinüber zu dem flachen Stück Land, das sich nach und nach aus dem Wasser hob. Krampfte sich ihr Magen so zusammen, weil das Schiff schlingernd gegen die Wellen ankämpfte? Auf dem Wasser bildeten sich weiße Schaumkronen. Außer ihr war niemand an Deck. Sie blickte zum Himmel, wo Möwen an unsichtbaren Seilen in der Luft zu hängen schienen, die Schnäbel gelb vor den grauen Wolken. Ihre Schreie mischten sich mit dem Rauschen der Bugwelle und dem Stampfen der Maschinen.

Es war nicht der Seegang, der ihr auf den Magen schlug, sondern die Furcht vor dem, was sie nach dem Anlegen erwartete. Das Haus ihrer Mutter, das Mädchen darin, das sie seit sieben Jahren nicht mehr gesehen hatte.

Friederike – den Namen hatte Annas Mutter für sie ausgesucht, als würde das Kind dadurch den anderen gleich. Ein gewöhnlicher Name, der verbergen sollte, wer das Mädchen wirklich war. Wäre es nach Anna gegangen, würde sie heute Giulia heißen, aber ihre Mutter hatte, als sie den Namen eintragen ließ, diesen Wunsch einfach ignoriert. Wie immer hatte sie entschieden, was das Beste war.

Die Insel war inzwischen ganz nah, und Anna konnte die Anlegestelle und die Apartmenthäuser am Strand erkennen, die aussahen wie riesige Zuckerwürfel. Ein Angestellter der Fährgesellschaft stapfte im gelben Friesennerz über Deck. In seinem rechten Ohr glänzte der Ohrring mit eingeprägten Initialen, an dem man in früheren Zeiten die ertrunkenen Fischer identifiziert hatte, falls das Meer sie wieder hergegeben hatte.

Das Maschinengeräusch veränderte sich, die Fähre drosselte ihre Fahrt. Der Anleger war nur noch wenige Meter entfernt, die Wartenden, die zum Festland hinüberwollten, bekamen Gesichter. Der Rumpf der Fähre schabte an der Kaimauer, während der Mann im Friesennerz die Taue um die Poller warf und mit seinem Kollegen, der wie sein Zwilling aussah, die Bugklappe herunterließ. Um Anna herum ließen die Passagiere, die mit dem Auto übergesetzt hatten, die Motoren an, die anderen Reisenden strömten an Deck, zogen sich Kapuzen über oder spannten Regenschirme auf. Anna schulterte ihren Armeerucksack und betrat als Erste den Steg. Als der Mann mit dem Ohrring sie grüßte, zuckte sie zusammen. Kannte er sie? Sie zwang sich, ruhig zu bleiben – wahrscheinlich wollte er nur freundlich sein.

Ihre Schritte schepperten auf dem Metall, unter ihr hob und senkte sich das Wasser und klatschte an die Kaimauer, dann war sie an Land. Es war merkwürdig vertraut, nach so vielen Jahren wieder am Anleger zu stehen, wo das übliche Durcheinander herrschte: Busse mit getönten Fenstern boten Rundfahrten an, Reisegruppen standen um ihre Koffer herum, und Möwen glitten in der Hoffnung auf ein Stück Krabbenbrötchen dicht über die Köpfe hinweg.

Den Weg von hier zum Haus ihrer Mutter hätte Anna immer noch blind gefunden. Sie würde zu Fuß gehen, ein letzter Aufschub, bevor sie Rike gegenübertreten musste. Ihr Rucksack war leicht. Sie hatte nur das Nötigste gepackt, nachdem sie den Anruf bekommen hatte.

Barbara, ihre Vorgesetzte, hatte sie zwingen wollen, erst ihre Schicht zu beenden, weil sie so schnell keinen Ersatz für die Rezeption auftreiben könne.

»Meine Mutter ist gerade gestorben!«, hatte Anna ihr ins Gesicht geschrien und war einfach gegangen. Später hatte

Barbara ihr eine SMS geschickt, sie müsse nicht wiederkommen. Anna hatte nicht geantwortet.

Stattdessen war sie, nachdem sie wahllos ein paar Klamotten und sonstige Dinge in den Rucksack gestopft hatte, zum Altonaer Bahnhof gelaufen, um den nächsten Zug nach Bremen zu nehmen.

Meine Mutter ist tot, hatte sie die ganze Reise über gedacht, ohne es wirklich zu begreifen. Der einzige Mensch, der, abgesehen von Rike, mit ihr verwandt war, lebte nicht mehr. Anna war, als würde sie von einer Brücke stürzen, die unvermittelt in der Luft endete. Und während sie in der wattigen Atmosphäre des ICE saß und draußen das flache Land vorüberzog, sah sie ihre Mutter vor sich. Eine Frau, die alles getan hatte, um nicht aufzufallen, und die doch in dem kleinen Inselort immer fremd geblieben war, anders schon durch ihren starken italienischen Akzent, den sie nie abgelegt hatte und für den Anna sich als Mädchen oft geschämt hatte. Zu Hause hatten sie nur Italienisch miteinander gesprochen. Doch am besten war ihre Mutter darin gewesen zu schweigen. Auf Fragen, die Anna ihr über ihre Vergangenheit gestellt hatte. »Dein Vater ist tot« und »Ich wollte weg aus dem Tessin« war alles gewesen, was sie aus ihr herausbekommen hatte, und als sie sich irgendwann mit diesen vagen Antworten nicht mehr hatte zufriedengeben wollen, hatte ihre Mutter zum einzigen Mal die Beherrschung verloren. »*Porco Dio,* was geht dich mein Leben an? Ich habe dir deines geschenkt, genügt das nicht? Du hast eine Mutter, einen Vater brauchst du nicht, hast du verstanden?« Danach hatte Anna aufgehört, Fragen zu stellen, und versucht, sich damit abzufinden, dass sie keine Antworten bekommen würde. Mit der Zeit war ihr das gut gelungen, und jetzt ballte sich in ihrem Magen eine diffuse Furcht zusammen, ganz so, als stände sie vor einer Tür, hinter der etwas wartete, das sie nicht sehen wollte.

Anna schreckte auf, als der Imbisswagen scheppernd

durch den Mittelgang rollte. Sie kaufte einen Becher Kaffee, von dem sie wusste, dass er grauenhaft schmecken, sie aber immerhin wärmen würde. Die Klimaanlage im Zug war zu kalt eingestellt, und sie fühlte sich wie erstarrt. Der kurze Kontakt zu der Frau, die den Imbisswagen schob, hatte genügt, um sie aus ihren Grübeleien in die Wirklichkeit zurückzuholen. Es gab so vieles, was sie jetzt organisieren musste. Wo sollte sie anfangen? Sie musste eine Beerdigung ausrichten, wahrscheinlich mit dem Priester sprechen, auch mit Frau Harms, der Vermieterin ihrer Mutter, die Rike vorübergehend bei sich aufgenommen hatte. Sie würde zur Bank gehen und sich um die Auflösung der Konten kümmern müssen. Vor allem aber war die Frage zu klären, was mit Rike geschehen sollte. Sie musste eine Entscheidung treffen. So, wie ihre Mutter damals über sie entschieden hatte.

»*Porca miseria*, du hast dir das selbst zuzuschreiben, jetzt trägst du auch die Folgen«, hatte sie bestimmt. »Eine Abtreibung kommt nicht infrage, ich lasse nicht zu, dass meine Tochter zur Mörderin wird. Du kriegst das Kind.«

Anna hatte aufbegehrt, zum ersten Mal, aber ihre Mutter war stur geblieben. Simona, die Harte. Nie hatte sie die Zügel aus der Hand gegeben. Wer Rikes Vater war, hatte Anna ihr nicht gesagt. Aus Rache dafür, dass sie ein Kind bekommen musste, das sie nicht wollte, das sie aufgegeben hatte, um sich ihre Freiheit zu erkaufen, und das jetzt auf sie wartete, in einem kleinen weißen Haus, eine Viertelstunde Fußweg entfernt.

In der kühlen Luft unter dem tiefen, endlosen Himmel hatte sie Angst davor, ihrer Tochter gegenüberzutreten. Wie würde es sein, nachdem sie sich so lange Zeit nicht gesehen hatten? War Rike überhaupt bewusst, dass sie zukünftig bei ihr leben würde?

Einen Moment lang dachte Anna daran, wieder an Bord der Fähre zu gehen und einfach umzukehren. Doch das war natürlich nicht möglich. Sie warf noch einen Blick zurück auf die grauen Wellen, die an die Kaimauer klatschten, dann schulterte sie ihren Rucksack und ließ den Hafen hinter sich.

Der Wind zerrte an ihrem Haar, und die Luft war satt von Tanggeruch und Salz. Touristen kamen ihr entgegen, ihre farbigen Windjacken bauschten sich wie Ballons. Wäre sie nicht so nervös gewesen, hätte sie den Spaziergang genossen, aber jeder Schritt brachte sie dem Wiedersehen mit Rike näher. Sie wollte nichts von alldem wissen, was ihr in den kommenden Tagen bevorstand: die Beerdigung, die Beileidsbekundungen der Nachbarn. Sie war nie gut darin gewesen, das Richtige zu tun, eigentlich waren die letzten fünfzehn Jahre eine Abfolge falscher Entscheidungen gewesen, und es kam ihr unwahrscheinlich vor, dass sich das ausgerechnet jetzt ändern würde.

Ihr Herz klopfte ängstlich, als sie den Park am Rosengarten durchquert hatte und auf der anderen Seite in die Stadt kam. Auf den ersten Blick hatte sich nichts verändert. Wie sehr war es ihr damals auf die Nerven gegangen, dass die Straßen und Häuser stets wirkten wie gerade frisch gestrichen. Auch jetzt kamen die Fassaden ihr verlogen vor.

Als rechter Hand der Rotklinkerbau der Grundschule mit seinem hohen Giebel erschien, schnürte sich ihr unvermittelt der Hals zu, und sie ging schnell weiter. Jetzt befand sie sich auf ihrem alten Schulweg. Nur noch hundert Meter, dann war sie zu Hause. Sie zögerte kurz, ihre Beine fühlten sich schwer an. Ein nervöses Flattern breitete sich in ihrer Magengrube aus. Über sich selbst verärgert, gab sie sich einen Ruck, bog in die Frisiastraße ein und sah auf ihre Füße, bis sie vor dem schmalen weiß verputzten Haus stand.

Das Tor quietschte, als Anna es aufdrückte. Im winzigen Vorgarten lehnten zwei weiße Klappstühle neben einem Bistrotisch an der Hauswand. Anna nahm die Stufe zur Eingangstür, neben der ein Mobile aus blauen Holzfischen vom

Vordach herabhing. Ob Rike es gebastelt hatte? Sie atmete tief ein und drückte die Klingel. Es erschien ihr ganz unmöglich, dass ihre Mutter nicht die Tür öffnen würde. Im Inneren des Hauses erklang der vertraute Glockenton. Anna stellte ihren Rucksack ab und klingelte noch einmal, aber nichts rührte sich. Vielleicht hatte Frau Harms Rike mit zu sich genommen.

Anna kramte in ihrem Rucksack, bis sie den Hausschlüssel zwischen den Fingern spürte. Es kam ihr seltsam vor, dass sie ihn noch immer besaß nach all den Jahren, in denen sie ihn nicht benutzt hatte. Er hing an einem angegrauten Miniaturstoffturnschuh, den ihr Kerstin, ihre beste Freundin, zum vierzehnten Geburtstag geschenkt hatte. Was wohl aus ihr geworden war? Nachdem Anna die Insel verlassen hatte, hatte sie nie wieder Kontakt zu ihr gesucht. Kerstin war Teil einer Vergangenheit, die sie vergessen wollte.

Anna schloss die Tür auf und betrat die kühle Diele. In der Luft lag ein Hauch von Basilikum. Simona hatte ihre *salsa al pomodoro* stets mit frischem Basilikum gemacht. Dieses Aroma, das sie empfangen hatte, wenn sie nach der Schule heimgekommen war, hatte Anna nie vergessen. Es war unvorstellbar, dass Simona nie wieder in der Küche stehen und *fusilli* mit Tomatensoße kochen würde.

Sie stellte den Rucksack in der Diele ab und ging in die Küche. Das Basilikum stand am Fenster, das Licht fiel durch die Blätter und brachte sie zum Leuchten. Über dem Gläserbord tickte die altmodische Kuckucksuhr, die ihre Mutter einmal auf dem Flohmarkt gekauft hatte. Als kleines Mädchen hatte Anna es geliebt, wenn zur vollen Stunde der Vogel aus seiner Klappe geschossen kam, doch irgendwann war die Uhr kaputtgegangen und nie repariert worden. Anna setzte sich an den Küchentisch und stützte den Kopf in die Handflächen. Ihr war nach Weinen zumute, aber es kamen keine Tränen. Vielleicht war es zu frisch, vielleicht war zu viel passiert, um trauern zu können.

Als sie Schritte auf der Treppe hörte, fuhr sie unwillkürlich zusammen. Sie stieß den Stuhl so heftig zurück, dass er auf den Boden krachte. Einen Herzschlag lang glaubte sie, das alles wäre nur ein Irrtum und Simona würde gleich hereinkommen. Aber das war natürlich Unsinn.

»Hallo?«, kam eine zaghafte Stimme von der Treppe. »Frau Harms?«

Anna schluckte und trat in die Diele. Der Holzboden knarrte. Ein Gesicht erschien über dem Treppengeländer, eingefasst von wildem, schwarzem Haar. Zwischen den Strähnen blickten zwei schwarz umrandete Augen hervor, und ein pinkfarben leuchtender Mund öffnete sich erstaunt.

»Wer sind Sie denn? Suchen Sie Frau Harms? Die ist einkaufen.« Die Stimme des Mädchens klang bereits desinteressiert, und es legte den Kopf schräg, um sich die Stöpsel des Kopfhörers wieder in die Ohren zu stecken.

Anna wollte etwas sagen, aber es kam nur ein eigenartiges Geräusch heraus, eine Mischung aus verlegenem Lachen und unsicherem Räuspern.

»Hallo«, setzte sie schließlich an. »Ich bin's – Anna.«

Rike näherte sich zögernd dem Treppenabsatz. Sie trug schwarz-blau geringelte Strumpfhosen unter einem Minirock mit Schottenkaro. Wie groß sie war. Viel erwachsener, als Anna erwartet hatte.

»Ach so. Frau Harms hat erzählt, dass du kommst, aber ich dachte, erst morgen oder so.« Rike schürzte die Lippen, als wunderte sie sich, was Anna hier zu suchen hatte.

»Ich bin so schnell gekommen, wie ich konnte«, sagte Anna. »Jemand muss sich doch um dich kümmern.«

»Das hast du bisher auch nicht gemacht.« Rike ließ sich gegen die Wand fallen und verschränkte die Arme. »Also brauchst du jetzt auch nicht mehr damit anzufangen.«

Für einen Moment war Anna sprachlos, dann musste sie sich eingestehen, dass Rike aus ihrer Sicht recht hatte. Sie wusste ja nicht, wie weh es tat, eine Fremde für sein eigenes

Kind zu sein, es nur einmal im Jahr zu sehen, sich ansonsten mit Postkarten zu Weihnachten und zum Geburtstag zu behelfen, nicht zu wissen, wohin mit der Liebe und dem Schmerz. Doch Simona hatte immer behauptet, es sei besser, das Mädchen nicht zu verwirren, das seine Großmutter »Mami« nannte und es vermied, Anna überhaupt anzusprechen. Und als Rike acht Jahre alt gewesen war, hatten die Postkarten und auch die jährlichen Besuche in Hamburg plötzlich aufgehört. Ihre Mutter hatte Anna empfohlen, das Kind nicht durcheinanderzubringen und es in Ruhe zu lassen. Anfangs hatte Anna es kaum ertragen, das Wenige, was sie von ihrer Tochter mitbekam, auch noch zu verlieren, doch daran war sie schließlich selbst schuld. Im Lauf der Zeit arrangierte sie sich mit der Situation und begann, ihr eigenes Leben zu leben. Sie lernte, den Schmerz in seine Höhle zurückzuscheuchen, wenn er sich hervorwagte. Sie weinte nicht mehr, weil sie wusste, dass der Damm, den sie so mühevoll errichtet hatte, beim geringsten Anzeichen von Schwäche brechen würde. Und nun, als sie ihrem Kind gegenüberstand, das mit trotzigem Blick vom Treppenabsatz auf sie herunterblickte, merkte sie, dass es lange dauern würde, den Schutzwall wieder abzutragen, Stein für Stein.

»Aber jetzt bin ich nun mal hier«, erklärte sie sachlich, »und ich gehe nicht wieder weg, ob dir das passt oder nicht.«

»Ach, ist doch alles Scheiße«, entgegnete Rike zornig, bevor sie sich von der Wand abstieß und nach oben verschwand. Kurz darauf wurde eine Tür so heftig ins Schloss geworfen, dass Anna meinte, eine Druckwelle zu spüren. Einen Augenblick lang verharrte sie am Fuß der Treppe und starrte auf die Stelle, wo Rike gestanden hatte. Schließlich drehte sie sich um und ging zurück in die Küche.

Aufgewühlt nahm sie die Teedose aus dem Schrank und holte die blau-weiße Kanne vom Bord. Doch ihre Hand zitterte, sodass der Henkel ihrem Griff entglitt und das Gefäß auf den Fliesen zerschellte. Anna hatte Tee aus dieser Kanne getrunken, seit sie denken konnte. Sie starrte die Scherben an, dann holte sie Handfeger und Kehrschaufel unter der Spüle hervor und begann, das zerbrochene Porzellan aufzukehren. Aber auf einmal hatte sie keine Kraft mehr in den Fingern. Sie ließ den Handfeger fallen, setzte sich an den Küchentisch und legte ihre Hände auf die Tischdecke aus buntem Wachstuch. *Natürlich,* dachte sie und ließ die Fingerkuppen über das Gewebe gleiten. *Praktisch und leicht zu säubern.* Simona, die Ordentliche. Es kam ihr vor, als vibrierte alles um sie herum, bis sie merkte, dass nicht nur ihre Finger, sondern ihr ganzer Körper zitterte. Sie war so erschöpft, dass sie am liebsten den Kopf auf den Tisch gelegt hätte, um zu schlafen.

Doch sie musste sich jetzt zusammenreißen und überlegen, wie es weitergehen sollte. Würde sie Rike mit nach Hamburg nehmen? Der Gedanke, plötzlich für ein Kind sorgen zu müssen, versetzte Anna in Panik. Niemand war weniger dazu geeignet als sie. Mit ihren einunddreißig Jahren hatte sie noch nicht einmal eine richtige Wohnung, sondern lebte in einem WG-Zimmer. Und nach Barbaras SMS war sie nun auch noch arbeitslos.

Ihre Augen brannten. Das Muster der Tischdecke verschwamm zu einem farbigen Brei, aber sie weinte nicht. Weinen brachte nichts, das hatte sie im Lauf der Jahre gelernt. Stattdessen richtete sie sich auf und atmete tief ein. Rike hatte nur noch sie, und sie hatte nur noch Rike. Sie würden lernen müssen, Mutter und Tochter zu sein.

Die Haustür wurde aufgestoßen, und jemand betrat die Diele. »Leiwe Gott, wat is dat für'n Tach«, tönte es durch das Erdgeschoss. Wenige Augenblicke später kam Frau Harms, in jeder Hand eine Einkaufstüte, schnaufend in die Küche.

Anna kannte die Vermieterin seit ihrer frühen Kindheit. Einen Moment lang sah Frau Harms sie mit schräg gelegtem Kopf an, dann stellte sie die Tüten auf die Arbeitsplatte und zog Anna in eine herzliche Umarmung.

»Meen Deern!«, rief sie, als wäre Anna immer noch sechzehn. Kurzerhand wechselte sie vom Platt ins Hochdeutsche. »Diese Touristen! Ich sage schon seit Ewigkeiten, dass man die auf der Insel nicht Auto fahren lassen sollte! Und dann noch betrunken am Steuer, nee!« Sie drückte Anna noch einmal so stark, dass der die Luft wegblieb. »Gut, dat du da bist, Deern, jemand muss sich ja um die Lütte kümmern. Kiek ma, ich hab euch was zu essen mitgebracht, dat Leben muss ja weitergehen.«

Anna wand sich ein wenig, um Frau Harms' Umklammerung zu entkommen. Sie mochte es nicht, wenn man sie festhielt. Aber sie war froh, dass die stämmige Vermieterin keine Rührseligkeit verbreitete.

»Ich bring das schon in Ordnung, setz dich mal wieder.« Frau Harms fegte die restlichen Porzellansplitter zusammen und wischte sich die Hände am Küchenhandtuch ab. »Ich mach uns mal een Happen«, verkündete sie. »Hat ja keen Sinn, wenn wer auch starven. Wo is' denn die Lütte?«

»Oben. Sie war nicht gerade begeistert, mich zu sehen.«

Frau Harms winkte ab. »Das gibt sich. Geh man hoch und sag ihr Bescheid, dass es was zu essen gibt.«

Die Treppenstufen knarzten wie eh und je, an den Wänden hingen noch immer die Tierpuzzles, die Anna als Kind so gerne gemacht und dann auf Karton geklebt hatte. Im Flur des ersten Stocks, der nur durch ein winziges Fenster an der Giebelseite Licht erhielt, blieb sie kurz stehen und strich über die abgegriffene Holzkugel auf dem Pfosten des Treppengeländers. Hier oben gab es nur zwei Schlafräume, das Bad und ein Kabuff mit einem Schreibtisch. Anna hatte bisher nie darüber nachgedacht, dass Rike in ihrem ehemaligen Kinderzimmer wohnen musste. Als sie jetzt vor der geschlossenen Tür stand, hatte sie ganz genau vor Augen, wie es früher ausgesehen hatte, mit den Mandalabildern an der Dachschräge, und sie roch beinahe die nach Ylang-Ylang-Blüten duftenden Räucherstäbchen, die sie damals ständig angezündet hatte, während sie und Kerstin Tarotkarten gelegt hatten. Die Erinnerung ließ sie kurz lächeln. Dann klopfte sie, und als Rike nicht antwortete, öffnete sie vorsichtig die Tür. Rike hatte sich auf dem Bett zusammengerollt und hielt einen weißen Plüschhasen umklammert. Kajal und Wimperntusche waren über ihren Wangen verlaufen, und Anna schämte sich, weil sie so wenig Verständnis für Rike gezeigt hatte. Das Mädchen hatte den wichtigsten Menschen in seinem Leben verloren, es brauchte Zeit zum Trauern.

Als Rike Anna bemerkte, verschloss sich ihre Miene sofort. Sie warf das Plüschtier in eine Ecke und zog die Kopfhörer aus den Ohren.

»Was ist?«

»Kommst du runter? Frau Harms macht etwas zu essen«, sagte Anna so vorsichtig wie möglich. Sie hatte das Gefühl, Rike würde sich beim ersten falschen Wort zurückziehen wie eine Schnecke, deren Fühler man mit dem Finger antippte.

Rike zog die Nase hoch. »Ich hab keinen Hunger.«

»In Ordnung, ich lass dich in Ruhe«, erwiderte Anna leise. Sie wollte gerade nach der Türklinke greifen und das Zimmer wieder verlassen, da überlegte sie es sich anders. Sie blieb stehen und atmete tief ein. »Weißt du, es tut mir leid, dass ich in den letzten Jahren nicht da war, aber jetzt bin ich es. Ich verlange gar nicht, dass wir auf heile Welt machen, aber wir müssen das irgendwie hinkriegen mit uns beiden. Wollen wir es wenigstens versuchen?« Sie sah in Rikes verschmiertes Harlekingesicht.

Ihre Tochter biss sich auf die Lippen und nickte beinahe unmerklich.

Kapitel 2

Wie seltsam es war, wieder hier zu sein. Selbst nach so langer Zeit hatte sich fast nichts im Haus verändert, und Anna hatte das unbehagliche Gefühl, in die Vergangenheit gereist zu sein. Sie dachte normalerweise nie an ihre Kindheit, aber hier lauerten Erinnerungen in allen Ecken, und es war schwierig, sie zu übersehen. Unwillkürlich wurde ihr wieder bewusst, wie sie sich damals oft gefühlt hatte, eingehüllt von der beklemmenden Gegenwart ihrer Mutter, die noch immer jeden Raum erfüllte.

Anna wäre am liebsten sofort wieder nach Hamburg gefahren, doch morgen stand ihr noch die Beerdigung bevor, die Frau Harms zum Glück bereits organisiert hatte.

Am ersten Abend war Anna so antriebslos, dass sie aufs Kochen verzichtete und stattdessen Pizza, Cola und für sich eine Dose Bier bestellte. Damit ließ sich Rike sogar aus ihrem Zimmer locken. Sie aßen in dem kleinen, mit nautischem Nippes vollgestellten Wohnzimmer, weil Rike darauf beharrte, man könne Pizza nur auf dem Sofa essen. Es war seltsam, wie vertraut Anna jeder Quadratzentimeter dieses Zimmers war, obwohl sie es so lange nicht mehr betreten hatte. Das Sofa war noch immer viel zu weich, und der Couchtisch mit der Platte aus nachgebildeten Delfter Kacheln war noch derselbe.

Anna wusste nicht recht, wie sie mit Rike umgehen sollte. Sie wollte keine dummen Fragen über Schule oder Freunde stellen, deshalb schwieg sie und tat so, als nähme das Essen sie ganz in Anspruch. Rike vertilgte ihre Pizza mit erstaunlicher Geschwindigkeit, und auch Anna hatte auf einmal solchen Hunger, als hätte sie seit Tagen nichts gegessen. Nachdem sie das letzte Stück Kruste mit dem Rest Bier hinuntergespült hatte, fielen ihr beinahe die Augen zu. Ganz unterschiedliche Gedanken gingen ihr durch den Kopf: dass sie vielleicht in dem Café nach Arbeit fragen konnte, wo sie letztes Jahr als Bedienung gearbeitet hatte; dass Rike noch nicht wusste, dass sie nach Hamburg ziehen würde; dass zur Beerdigung wahrscheinlich viele Leute kommen würden und dass sie nicht einmal Zeit gehabt hatte, einen Kranz zu bestellen.

Keiner dieser Gedanken ließ sich festhalten, und Anna nahm sie unbeteiligt wahr, als hätten sie gar nichts mit ihr zu tun. Sie fiel mit offenen Augen in eine Art Halbschlaf und schreckte hoch, als sie auf einmal Rikes Stimme hörte.

»Was?« Anna blinzelte heftig und brauchte einen Moment, um sich zu orientieren. Rike saß am anderen Ende des Sofas und sah sie mit großen dunklen Augen an. Erst jetzt fiel Anna auf, wie sehr sie denen ihrer Großmutter glichen.

»Ich hab gefragt, warum du damals weggegangen bist.« Rike zog die Füße an und legte die Arme um die Knie. »Hast du dich mit Oma gestritten?«

Damals, nach Rikes Geburt – Anna fühlte immer einen Stich in der Brust, wenn sie an diese Zeit zurückdachte. Sie hatte gewusst, dass Rike irgendwann Fragen stellen würde – aber schon jetzt? Sie hatte sich keine Antwort zurechtgelegt. Was sollte sie sagen? Dass sie Rike für ihre Freiheit eingetauscht hatte?

»Ich wollte damals unbedingt weg von hier«, meinte sie stattdessen vage. »Weil die Oma mir vorschreiben wollte, wie ich leben sollte. Wir sind nicht besonders gut miteinander ausgekommen.«

Rikes Gesicht war anzusehen, dass die Antwort sie nicht zufriedenstellte.

»Und wie war das genau?«

Anna seufzte. Sie fühlte sich ausgelaugt und wollte eigentlich nur noch ins Bett gehen und sich die Decke über den

Kopf ziehen, statt über die Vergangenheit zu sprechen. Darin herumzuwühlen und einzelne Ereignisse hervorzuziehen wie lange nicht getragene Kleider war Anna so unangenehm, dass sie beinahe einen körperlichen Widerwillen dagegen verspürte. Sie hatte so viel Kraft darauf verwendet zu vergessen, aber sie wusste auch, dass sie Rikes Fragen nicht ausweichen konnte. Nicht allen.

Sie sah auf ihre Knie, überlegte kurz und wandte sich dann wieder ihrer Tochter zu. »Deine Großmutter wollte mich immer vor allem beschützen, deshalb durfte ich nie das machen, was für andere Kinder ganz selbstverständlich war. Alleine mit dem Fahrrad zu einer Freundin fahren zum Beispiel. Bei einer Klassenkameradin zu Hause zu Mittag essen oder übernachten. Am liebsten hätte sie mich immer um sich gehabt. Sogar mit vierzehn hat sie mich noch jeden Tag zur Schule gebracht und abgeholt. Irgendwann hab ich es einfach nicht mehr ausgehalten.«

Rike kaute an ihrem Daumennagel herum. »Das hat sie bei mir auch versucht. Ich hab aber trotzdem gemacht, was ich wollte. Einmal hat sie mir verboten, auf eine Geburtstagsparty zu gehen, und mich in mein Zimmer eingesperrt, da bin ich einfach aus dem Fenster geklettert und über Lehmanns Garage auf die Straße runter.« Sie grinste kurz. »Das hätte ich jetzt besser nicht erzählen sollen, oder?«

»Schon okay«, winkte Anna ab. »Ich wünschte, ich hätte mich damals auch so etwas getraut! Aber ich hatte einfach zu viel Angst.« Sie schwieg einen Moment. »Das lag daran, dass deine Großmutter immer davon geredet hat, was mir alles Schreckliches passieren könnte.« Sie schüttelte leicht den Kopf, als sie daran dachte, dass sich Simonas Befürchtungen in jenem letzten Sommer auf der Insel bewahrheitet hatten. Sie schluckte. Unweigerlich würde Rike ihr jetzt die Frage stellen, vor der sie sich am meisten fürchtete. Sie knibbelte nervös an einem losen Stück Haut an ihrem Daumennagel herum und riss es dabei ein Stückchen weiter ab; der

Schmerz beruhigte sie ein bisschen. Einige Sekunden vergingen. Doch Rike schwieg, als wüsste sie, dass sie auf diese eine Frage keine Antwort bekommen würde. Sie wickelte nachdenklich eine Haarsträhne um den Zeigefinger, kaute an ihrer Unterlippe und nahm erst nach einer Weile das Gespräch wieder auf.

»Warst du froh, dass du weggehen konntest?«

Anna nickte.

»Aber du hättest mich doch mitnehmen können.« Rikes Stimme klang halb anklagend, halb fragend.

»Ach, Rike, ich war viel zu jung, um mich um ein Baby zu kümmern – nur ein Jahr älter als du jetzt bist. Deshalb dachte ich, du bist bei deiner Oma besser aufgehoben, und so war es auch. Ich hab ja nicht mal eine Ausbildung und jobbe seit fünfzehn Jahren in Hotels und Bars – wie hätte ich da für dich sorgen sollen?« Ihre Worte klangen in ihren eigenen Ohren wie eine fadenscheinige Rechtfertigung dafür, dass sie ihr Kind im Stich gelassen hatte.

Rike ließ die Haarsträhne los und starrte auf ihre Knie. Dann nickte sie langsam. »Versteh ich schon irgendwie. Weißt du, dass ich, bis ich acht war, geglaubt habe, Oma wäre meine Mutter?« Sie lachte auf. »Ich hab gedacht, dass du meine ältere Schwester bist!«

»Das hab ich nicht gewusst.« Anna seufzte. »War es schlimm, als du die Wahrheit erfahren hast?«

Rike zuckte mit den Schultern. »Es war dann halt so. Oma hat es mir irgendwann erzählt. Ich hab nur nicht verstanden, warum du mich nie besucht hast.«

Anna wusste nicht, was sie sagen sollte. Sie hatte nie daran gedacht, dass Rike sie vermissen könnte, obwohl sie sie kaum kannte.

»Ich dachte, das bringt dich nur durcheinander«, erklärte sie nach einer Weile leise. »Und ich hatte das Gefühl, ich hätte kein Recht mehr auf dich, weil ich dich ja weggegeben hatte. Ich habe aber oft an dich gedacht.«

Lügnerin. Zumindest am Anfang war ein Teil von ihr erleichtert gewesen, dass sie Rike nicht sehen musste. Sie erinnerte sich daran, wie sie ihre neugeborene Tochter angeblickt und nichts gefühlt hatte. Erst Jahre später hatte sie erfahren, dass viele junge Mütter nicht sofort überströmende Liebe für ihr Baby empfanden, aber da war es für eine Wiedergutmachung zu spät gewesen.

Sie sah Rike an, diesen einzigartigen Menschen, den sie auf die Welt gebracht hatte. Würde es möglich sein, das, was sie versäumt hatten, nachzuholen? Wollte sie das überhaupt? Anna war zu müde, um einen klaren Gedanken zu fassen.

»Was meinst du, warum Oma so krakenmäßig drauf war?«, fragte Rike unvermittelt.

Anna musste lachen. »Krakenmäßig« war das passende Wort. Sie sah vor sich eine Krake mit dem Gesicht ihrer Mutter, die sie mit unzähligen Fangarmen umschlang und sich an ihr festsaugte.

»Ich glaube, dass sie selbst unglaublich viel Angst hatte.«

»Aber wovor denn?« Neugierig neigte Rike den Kopf zur Seite.

»Ich weiß es nicht.« Anna zuckte mit den Schultern. »Sie hat nie über die Vergangenheit geredet, also über das Leben, das sie geführt hatte, bevor sie hierherzog. Ich glaube, sie wollte etwas vergessen.«

»Und hast du sie nie ausgequetscht?«

»Doch, aber ich habe schnell aufgegeben. Sie wurde immer sehr schroff. Und du? Hast du sie mal danach gefragt?«

»Einmal, aber da ist sie völlig ausgerastet und hat mich angeschrien, dass mich das nichts angeht und so weiter. Aber sonst sind wir eigentlich ganz gut ausgekommen. Klar, sie hat immer versucht, streng zu sein, und das mit der Geburtstagsparty war auch ziemlich fies von ihr. Aber ich wusste schon, dass sie es nur gut meint. Als ich noch kleiner war, ist sie oft mit mir zum Strand gegangen, um Muscheln zu sammeln. Und ich hab immer mit ihr Soaps geguckt – total doofe Sendungen, aber irgendwie war es ganz schön, zusammen vor der Glotze zu sitzen und Tee zu trinken.«

»Ich bin froh, dass du besser mit ihr klargekommen bist als ich. Bist du böse auf mich, weil ich dich bei ihr gelassen habe?«

Rike zupfte erneut an der Haarsträhne herum, die ihr ins Gesicht hing. »Schon«, murmelte sie. »Manchmal. Aber ich hab meistens gar nicht dran gedacht, dass es dich gibt.« Sie sah Anna trotzig an und verschränkte die Arme. »Also hat's mir eigentlich nichts ausgemacht.«

»Ach, Rike, Scheiße, ich hätte wahrscheinlich so vieles anders machen sollen.« Anna unterdrückte den Impuls, über Rikes Schulter zu streichen.

Rike verdrehte die Augen. »Fang jetzt bloß nicht an, die Übermutter zu geben. Es ist okay, hab ich doch gesagt.«

Anna nickte und sah ihr in die Augen. »Na gut, wie du möchtest. Ich glaube, wir gehen jetzt besser schlafen. Morgen wird ein anstrengender Tag.«

Rike stand auf und streckte sich wie eine Katze. »Du kannst zuerst ins Bad. Ich hör sowieso noch Musik.«

»Mach nicht zu lange, okay?«

»Mal sehen. Bis morgen.«

»Schlaf gut.« *Mein Kind,* hätte sie noch gerne hinzugefügt, aber sie hatte das Gefühl, es stand ihr nicht zu.

Kapitel 3

Anna war überrascht, wie viele Menschen zur Beerdigung kamen. Die meisten Gesichter kannte sie nicht oder nicht mehr, und beinahe kam sie sich vor wie ein Eindringling, eine Fremde, die kein Recht hatte, anwesend zu sein. Einige Leute nickten ihr zu, als sie nach der kurzen Messe in der Friedhofskapelle um das Grab herumstanden. Während Pfarrer Bachmayr die Trauerrede hielt, zupfte eine Brise an seinem schütteren Haar und wehte es in die Höhe, sodass es einem Strahlenkranz glich. Anna kannte ihn schon, seit sie denken konnte, und sie war froh, dass er für ihre Mutter die Abschiedsworte sprach, auch wenn das Begräbnisritual ihr selbst wie eine Abfolge bedeutungsloser Gesten erschien. Vielleicht lag es daran, dass sie sich nicht vorstellen konnte, dass ihre Mutter wirklich in dem Sarg aus hellem Fichtenholz lag. Sie hatte Rike den Anblick ihrer toten Großmutter ersparen wollen und sich deshalb gegen einen offenen Sarg entschieden. Nun aber war sie nicht mehr sicher. Möglicherweise wäre es für Rike ein schönerer Abschied gewesen, wenn sie ihre Großmutter ein letztes Mal hätte sehen können. Sollten Mütter nicht wissen, was für ihre Kinder das Beste war? Oder war es normal, ständig das Gefühl zu haben, alles falsch zu machen?

»Simona Fontana war eine sehr verschlossene Frau, die es im Leben nicht leicht hatte«, begann der Pfarrer. »Sie musste ihre Heimat, das Tessin, verlassen, um in einem fremden Land ganz neu anzufangen, alleine mit ihrer kleinen Tochter.« Hier sah er Anna direkt an und nickte ihr leicht zu. »Doch Simona gab nie auf. Sie hat als Kellnerin immer hart gearbeitet und wurde von Gästen und Kolleginnen gleichermaßen geschätzt. Es war nicht einfach, sie besser kennenzulernen, denn sie sprach nicht gerne über sich selbst. Ich habe mich gefragt, ob wir uns mehr hätten bemühen müssen, sie in unsere Inselgemeinschaft aufzunehmen, doch ich glaube, sie wollte es nicht anders, und das müssen wir akzeptieren.«

Der Wind frischte auf und wehte seine Worte über die Gräber davon, sodass die Trauergäste ihn nur noch teilweise verstanden. Anna fragte sich, ob er mehr über ihre Mutter wusste als sie selbst. Simona war regelmäßig zur Beichte gegangen, vielleicht hatte sie ihm Dinge anvertraut, die sonst niemandem bekannt waren.

Sie wurde aus ihren Gedanken gerissen, als Frau Harms sie leicht anstieß und ihr bedeutete vorzutreten. Zögerlich löste sich Anna aus der Menge, nahm eine Schaufel voll Erde und ließ sie auf den Sargdeckel prasseln.

Nach der Zeremonie kamen mehrere Leute auf sie zu, um ihr zu kondolieren. Sie erkannte einige Nachbarn und die Kolleginnen ihrer Mutter aus dem Strandcafé. Anna schüttelte Hände, wobei sie sich wie eine Betrügerin vorkam, weil sie den Verlust, zu dem man ihr Beileid aussprach, nicht fühlte. Sie fragte sich, ob sie wirklich so gefühllos war oder ob die Trauer erst später einsetzen würde, wenn alle Formalitäten vorüber waren.

Als die Beerdigungsgäste sich allmählich zerstreuten, bat sie Frau Harms, kurz bei Rike zu bleiben, und ging zu Pfarrer Bachmayr hinüber, der neben dem Grab das Weihrauchfässchen und den Weihwasserwedel einpackte. Er wandte sich ihr mit einem freundlichen Lächeln zu und drückte ihr beide Hände. Anna bedankte sich für die Trauerrede.

»Kommen Sie doch auch einmal zu mir in den Gottesdienst oder in die Sprechstunde«, schlug er vor. »Manchmal hilft es zu reden.«

Anna zögerte. War Simona auch in seiner Sprechstunde gewesen? Sollte sie ihn fragen? Nein, sie hatte vor langer Zeit beschlossen, das, was sie über ihre Mutter nicht wusste, im Dunkel zu lassen und ihr eigenes Leben zu leben.

»Ich weiß gar nicht genau, wie lange ich hierbleibe«, entgegnete sie ausweichend. »Wahrscheinlich nehme ich Rike bald mit nach Hamburg.«

Der Priester nickte verständnisvoll. »Friederike wird Sie brauchen.«

Als sie zu Rike und Frau Harms zurückkehrte, die auf dem Hauptweg auf sie warteten, wurde sie von einer weiblichen Stimme angesprochen. »Anna?«

Sie blickte auf und sah eine Frau mit langem hellblondem Haar auf sich zukommen. In ihrem schwarzen Kostüm und den halbhohen Pumps war sie für eine Beerdigung wesentlich angemessener gekleidet als Anna selbst, die schwarze Jeans und eine dunkelblaue Tunika zu ihren Motorradstiefeln trug. Es war noch das Passendste, was sie in ihrem Rucksack gefunden hatte, und es war zu spät gewesen, etwas anderes zu kaufen.

Anna brauchte einen Moment, bis sie die Frau erkannte. Die graublauen Augen und die schmale Nase waren unverkennbar. Schon war Kerstin bei ihr und umarmte sie. Ihre Haare kitzelten Annas Wange, sodass sie unwillkürlich die Schultern hochzog und einen halben Schritt zurücktrat.

»Es tut mir so leid für dich und deine Tochter.« Kerstin hielt sie an den Unterarmen fest.

»Danke, dass du gekommen bist«, erwiderte Anna. »Ich wusste gar nicht, dass du noch hier lebst.«

Kerstin ließ sie los und strich sich die Haare zurück. »Wieder, seit vier Jahren. Nach dem Studium wollte ich eigentlich ein Jahr in die USA, aber dann …« Kerstin lächelte, drehte sich um und rief: »Sophia!« Ein kleines Mädchen, das ein paar Meter entfernt auf dem Weg kauerte und mit einem Stöckchen im Kies herumstocherte, blickte hoch und hüpfte auf sie zu. »Meine Tochter«, sagte Kerstin mit verhaltenem Stolz. »Sie wird bald vier.«

»Wie schön.« Anna versuchte, ihre Worte herzlich klingen zu lassen, war aber zu überrascht von der unvermuteten Begegnung. Sie und Kerstin waren einmal unzertrennlich gewesen, doch jetzt wartete sie vergeblich auf die von früher gewohnte Vertrautheit. Sie waren sich fremd geworden.

»Mama, wer ist die Frau?« Das Mädchen schmiegte sich an seine Mutter und sah zu Anna hoch, die nur verlegen lächeln konnte. Sie wusste nie, was sie zu Kindern sagen sollte.

»Also bist du verheiratet?«, fragte sie stattdessen Kerstin, die ein strahlendes Lächeln aufsetzte, als hätte sie nur auf diese Frage gewartet.

»Du ahnst nicht, mit wem!«, rief sie. »Schatz, kommst du mal bitte?«

Etwas entfernt zwischen den Grabsteinen standen einige Männer zusammen und rauchten. Einer von ihnen löste sich von der Gruppe, schnippte seine Zigarette weg und kam auf sie zu. Tammo. Sein Haar war nicht mehr so lang und seine Wangen nicht mehr so schmal wie früher. Sie holte tief Luft und sah ihm entgegen. Hatte er Kerstin erzählt, was er wusste? Oder hatte er es für sich behalten, wie er ihr damals versprochen hatte?

»Hallo, Anna.« Er sah halb an ihr vorbei und trat unruhig auf der Stelle. Sein Blick schweifte kurz zu Rike, die immer noch mit Frau Harms auf dem Hauptweg wartete.

»Hallo.« Anna konnte sich nicht überwinden, seinen Namen auszusprechen. Sie starrte auf die Knopfleiste seines Hemds, während auch er Beileidsfloskeln von sich gab. Kerstin legte ihr eine Hand um die Hüfte, und Anna musste sich zwingen, sie nicht wegzustoßen. Auf einmal war alles, was sie zu vergessen versucht hatte, unerträglich präsent. Sie musste so schnell wie möglich weg von hier, nicht nur von diesem Friedhof, sondern von dieser Insel, auf der sie immer wieder der Vergangenheit begegnen würde.

»Anna, geht's dir nicht gut? Mensch, ich blöde Kuh mache hier Small Talk. Sollen wir dich nach Hause bringen?«

»Danke, das ist nett. Aber ich fahre mit Rike und Frau Harms.« Ihre Antwort klang steif, als wären Kerstin und sie nur flüchtige Bekannte. Doch so war es ja mittlerweile auch. Sie hatten seit Jahren nichts mehr voneinander gehört. Und jetzt war Kerstin mit Tammo verheiratet.

»Tut mir leid, ich fühle mich wirklich nicht besonders«, presste Anna hervor, drehte sich um und lief, so rasch sie konnte, an den Gräberreihen vorbei zum Ausgang. Sollten die anderen doch denken, was sie wollten.

»Wat is' denn, Deern?«, hörte sie Frau Harms rufen, aber sie lief einfach weiter.

Außer Atem erreichte Anna das kleine Haus in der Frisiastraße, das ihr wie eine Rettungsboje erschien. Sie schlug die Haustür hinter sich zu und lehnte sich mit dem Rücken dagegen. Ihre Gedanken rasten, und vor ihren Augen flimmerte es. Schnell vergessen. So tun, als wäre nichts gewesen – das hatte bislang doch immer funktioniert.

Als Rike und Frau Harms fünf Minuten später das Haus betraten, hatte Anna sich wieder in der Gewalt und saß ruhig in der Küche. Rike zog sich sofort in ihr Zimmer zurück. Anna hörte ihre Schritte auf der Treppe und überlegte, ob sie sie zurückrufen sollte. Saß man nicht nach Beerdigungen zusammen, trank Tee und erinnerte sich an den Verstorbenen? Doch wenn sie ehrlich zu sich selbst war, wollte sie auch lieber allein sein. Sie bedankte sich bei der verdatterten Frau Harms für all ihre Mühe und verabschiedete sie. Dann ging auch sie nach oben.

Da es kein Gästezimmer in dem kleinen Fischerhaus gab, schlief Anna in Simonas Zimmer, das mit schweren, dunklen Möbeln vollgestellt war, die einem die Luft zum Atmen nahmen. An der Wand über dem Bett hingen mehrere kleinformatige Heiligenbilder, billige Drucke in grellen Farben und Plastikrahmen. Die Heiligen starrten Anna bekümmert an. Sie nahm die Bilder ab und räumte sie in den Schrank, bevor sie sich hinlegte. Sie war unendlich müde, doch schlafen konnte sie nicht.

Tammo zu sehen war ein Schock gewesen. Sie hatte nicht damit gerechnet, dass er noch immer hier sein würde. Damals hatte er große Pläne gehabt. Sein Traum war es gewesen, nach Amerika auszuwandern, am besten New York, um dort Anzeigenkampagnen für bekannte Marken zu entwickeln. Stattdessen entwarf er nun wahrscheinlich Flyer für die Sonderangebote von Kruses Backstube, während Kerstin das Eigenheim sauber hielt und seine Hemden bügelte. Und wahrscheinlich waren sie glücklich. Anna spürte einen Anflug von Neid, obwohl sie wusste, dass sie nicht so leben könnte. Sie war immer geflohen, sobald eine Beziehung ernst zu werden drohte. Immer wenn die Liebesbeweise eines Mannes ihr buchstäblich den Atem abschnürten und sie in seiner Gegenwart nur noch schwarze Punkte vor Augen sah, wusste sie, dass es Zeit war zu gehen.

Sie setzte sich auf und schüttelte den Kopf, als könnte sie dadurch die Vergangenheit loswerden. Sie wollte jetzt nicht nachdenken, aus Erfahrung wusste sie, dass sie sich sonst die Bettdecke über den Kopf ziehen und eine Woche lang nicht mehr darunter hervorkommen würde. Doch das konnte sie sich nun nicht mehr erlauben. Sie musste sich um Rike und um den Nachlass ihrer Mutter kümmern. Sie zwang sich aufzustehen. Am besten fing sie gleich damit an, Simonas Unterlagen durchzugehen.

Sie lief in Socken über den Flur und blieb kurz vor Rikes Tür stehen. Sollte sie klopfen und nachsehen, wie es ihr ging? Doch wahrscheinlich würde Rike sich nur gestört fühlen. Anna beschloss, sie in Ruhe zu lassen, und wandte sich stattdessen der fensterlosen Kammer zu, die sich neben Rikes Zimmer befand und die ihre Mutter immer hochtrabend als »Büro« bezeichnet hatte. Der winzige Raum wurde beinahe völlig von dem Mahagonischreibtisch ausgefüllt, den

Frau Harms einst von ihrem verstorbenen Vater geerbt hatte. Als Kind hatte Anna sich heiß gewünscht, in den unzähligen Schubladen und Fächern dieses Ungetüms herumzustöbern, was jedoch streng verboten war. Noch immer verspürte sie einen Rest dieser Lust am Verbotenen, fühlte sich aber gleichzeitig nicht ganz wohl dabei, in den privaten Sachen ihrer Mutter herumzuschnüffeln. Ein wenig fürchtete sie sich davor, etwas herauszufinden, mit dem sie sich dann würde auseinandersetzen müssen. Aber früher oder später musste sie den Schreibtisch sowieso ausräumen und die Unterlagen sortieren. Sie setzte sich auf den orange gepolsterten Drehstuhl und zog die oberste Schublade auf. Papiere quollen ihr entgegen und segelten auf die Dielen. Anna seufzte und schob die alte Schreibmaschine zur Seite, damit sie Platz auf der Tischplatte hatte. Anschließend nahm sie einen Teil des Stapels aus der Schublade und machte sich daran, ihn durchzusehen. Vor ihren Augen tat sich ein heilloses Durcheinander aus Quittungen, Nebenkostenabrechnungen und amtlichen Schreiben auf, manches bereits angegilbt oder völlig verblasst. So ordentlich Annas Mutter ihren Haushalt geführt hatte, so unorganisiert war ihr Schriftverkehr gewesen. Die meisten Blätter stammten nicht einmal aus demselben Jahr. Auch Anna war nicht sehr ordentlich, wenn es um ihre Unterlagen ging, aber sie wusste zumindest ungefähr, wo sie welches Dokument finden konnte. Sich in diesem Wirrwarr noch auszukennen war schlicht unmöglich. Anna konnte eine leise Befriedigung darüber, dass sie eine Schwäche ihrer Mutter entdeckt hatte, nicht unterdrücken.

Etwa eine Stunde lang sah sie die Papiere durch. Das meiste war unwichtig, und sie ließ die Blätter zu Boden fallen, wo sie allmählich einen weißen Teppich bildeten. Simona schien jedes Stück Papier aufgehoben zu haben, es fanden sich sogar Einkaufszettel in ihrer ungelenken Handschrift. Doch unter all den Dokumenten entdeckte Anna nichts Privates. Sie durchsuchte systematisch von oben nach unten eine Schublade nach der anderen, bis sie bei der letzten angelangt war. Sie rüttelte an dem Metallgriff, aber es rührte sich nichts. Zuerst dachte sie, der Rand hätte sich verkantet, doch dann begriff sie, dass die Schublade abgeschlossen war.

Anna sah sich in der kleinen Kammer um. Wo mochte ihre Mutter den Schlüssel versteckt haben? Er konnte sich überall im Haus befinden, es war sinnlos, ihn zu suchen. Sie holte den Werkzeugkasten aus der Küche, kniete sich vor den Schreibtisch und nahm einen Schraubenzieher zur Hand. Einen Moment lang zögerte sie: Der Tisch gehörte Frau Harms. Wenn Anna ihn beschädigte, würde sie es der Vermieterin beichten müssen. Aber sie wollte diese Schublade unbedingt öffnen – ihre Mutter hätte sie sicher nicht abgeschlossen, wenn sich nichts Wichtiges darin befände. Eine Weile stocherte sie mit dem Schraubenzieher im Schloss herum, jedoch ohne Erfolg. Schließlich zog sie ihr Handy aus der Hosentasche und suchte auf YouTube nach »Schloss knacken«. Es dauerte nicht lange, bis sie ein Video fand, in dem gezeigt wurde, wie man ein Türschloss öffnete. Vielleicht würde dieselbe Methode auch bei dem einfachen Schubladenschloss funktionieren.

Anna wühlte erneut im Werkzeugkasten, griff nach einem Inbusschlüssel und drehte ihn im Schloss. Nichts geschah. Sie begann zu schwitzen. Die Luft in dem engen Raum war stickig, aber sie gönnte sich keine Atempause. Verzweifelt rüttelte sie an ihrem improvisierten Dietrich. Sie hatte die Hoffnung schon aufgegeben, da klickte es plötzlich im Schloss. Geschafft! Aufgeregt legte Anna den Inbusschlüssel zur Seite und zog an der Schublade, die sich nun problemlos öffnen ließ. Darin lag ein Fotoalbum, in beigefarbenes Leinen gebunden. Es kostete einige Mühe, das sperrige Album aus der Schublade herauszuziehen, so verkeilt war es, doch schließlich lag es vor ihr auf dem Boden. Sie schlug es auf.

Die Seiten waren leer. Anna hätte beinahe gelacht. Wie passend! Das Leben ihrer Muter: ein leeres Album. Sie blätterte weiter, aber auf dem schwarzen Karton gab es nicht einmal Spuren von Klebstoff.

Erst am Ende des Albums lagen einige Bilder zwischen der letzten Seite und dem Einband. Anna nahm sie heraus. Die Farben waren ins Rötliche verblasst, aber die Motive waren gut zu erkennen. Als Erstes nahm sie einen Schnappschuss in die Hand, der aus einem Fenster in einem höheren Stockwerk aufgenommen worden sein musste, denn der Blick ging über blühende Bäume, und in der Ferne sah man Dächer.

Auf dem nächsten Foto war ein halb geöffnetes Hoftor zu sehen. Ein Mann mit grauem Haar lehnte in dem steinernen Torbogen, eine Pfeife im Mund. Seine Gesichtszüge waren verschwommen. Annas Herz schlug auf einmal schneller. Wer war das? Sie legte das Bild ab und betrachtete das nächste. Diesmal handelte es sich um eine Nahaufnahme, das Gesicht einer jungen Frau füllte das gesamte Bild aus. Sie sah Annas Mutter sehr ähnlich, aber ihre Augen strahlten, und sie lachte übermütig mit weit offenem Mund. Simona hatte nie gelacht, allenfalls gelächelt, und selbst dann war der bittere Zug um ihren Mund nie ganz gewichen.

Was hatte dazu geführt, dass sich die junge Frau auf dem Foto in die ernste und verschlossene Frau verwandelt hatte, die Anna gekannt hatte?

Sie sah noch die restlichen sechs oder sieben Bilder durch, aber es waren nur Schnappschüsse von dörflichen Straßen und einer Kirche, die seltsam zeitlos wirkten. Sie fragte sich, wann die Aufnahmen wohl gemacht worden waren. Auf den Rückseiten war jeweils nur der Name des *studio fotografico N. Pedroli, Chiasso* gedruckt, aber kein Datum. Die Bilder erzählten nichts, lösten aber dennoch etwas in ihr aus, eine Unruhe, die sich unangenehm anfühlte und die sie am liebsten abgestreift hätte wie einen kratzigen Pullover.

Nachdenklich legte sie die Bilder wieder beiseite. Außer dem Album war nichts in der Schublade gewesen, doch Anna fuhr zur Sicherheit noch einmal mit den Fingerspitzen über den Boden. Zu ihrer Überraschung ertastete sie eine Mappe aus Karton, die beinahe genau dieselben Maße wie die Schublade besaß und deshalb beim ersten flüchtigen Hinsehen wie der Boden gewirkt hatte. An den Seiten blieben nur zwei Millimeter Platz, sodass Anna ein Lineal zu Hilfe nehmen musste, um die Mappe herauszuholen. Sie war aus grau-schwarz marmorierter Aktenpappe und so flach, dass Anna befürchtete, sie könnte leer sein. Aber als sie den Deckel aufklappte, lag darin ein Umschlag aus braunem Packpapier. Annas Herz machte einen Sprung und begann, so wild zu klopfen, dass es beinahe wehtat. Weshalb eigentlich? Und warum zitterten ihre Finger, als sie das Kuvert herausnahm? Es war schwer, und als sie es umdrehte, fiel ein einfacher, alter Schlüssel heraus, wie er zu einem Schuppen oder einer Kammer gehören mochte. Anna strich über das Metall und legte das Fundstück neben sich. Erst dann bemerkte sie, dass der Umschlag noch etwas enthielt. Vorsichtig zog sie es heraus. Zum Vorschein kam ein mehrseitiges Formular aus vergilbtem Papier, das mit der Schreibmaschine ausgefüllt worden war. Es war auf Italienisch verfasst, und Anna, die die Sprache zwar gut beherrschte, sie aber selten las, verstand erst nach mehrmaligem Hinsehen, was sie vor sich hatte. Mit gerunzelter Stirn versuchte sie, aus dem in umständlicher Behördensprache verfassten Schriftstück die wichtigen Informationen herauszufiltern.

Nach einigen Minuten stand sie auf, ging über den Flur und klopfte an Rikes Zimmertür, diesmal energisch. Rike saß auf ihrem Bett und schrieb in ein Notizbuch, das sie aber sofort zuklappte, als Anna den Kopf ins Zimmer streckte.

»Was ist denn?« Rikes Stimme klang genervt.

»Ich habe etwas gefunden, worüber wir reden müssen.«

Anna blieb an der Tür stehen und hielt das Dokument hoch. »Wenn ich das hier richtig verstehe, hatte deine Großmutter ein Haus in der Schweiz.«

Kapitel 4

Auf der elektrischen Kochplatte begann die sechseckige Kanne aus Aluminium zu gurgeln. Charlotte stemmte sich aus ihrem Lieblingssessel hoch, stützte sich schwer auf ihren Stock und hinkte in die Küchenecke. Heute schmerzte das steife Bein wieder einmal so stark, dass sie kaum gehen konnte. Wahrscheinlich würde es morgen regnen.

Das Mädchen lag auf der Chaiselongue und stöhnte leise, auch wenn es nicht mehr richtig bei Bewusstsein war. Doch vielleicht würde es dennoch hören, was Charlotte zu erzählen hatte, eine Geschichte, die nur noch sie kannte, weil die anderen tot waren. Obwohl Charlotte sich bemühte, die Hand ruhig zu halten, schwappte etwas Kaffee auf den Boden, als sie mit ruckelnden Schritten ins Wohnzimmer zurückkehrte. Sie ließ sich nieder und stellte die Tasse auf der breiten Armlehne ab, deren olivgrüner Samtbezug schon etliche dunkle Spritzer aufwies. Seufzend lehnte sie sich zurück. Wie mühsam doch jeder Tag war, eine Abfolge von Anstrengungen und Schmerzen, von denen die meisten Leute da draußen nicht einmal etwas ahnten. Wie so häufig fragte sie sich, weshalb ausgerechnet sie vom Schicksal so benachteiligt worden war. Wie anders wäre ihr Leben verlaufen, wenn sie nicht zum Krüppel geworden wäre. Auch wenn jener Sommer viele Jahre her war, wusste sie noch genau, wie alles angefangen hatte, und manchmal, wenn sie so still dasaß wie jetzt, drängten die Bilder an die Oberfläche, und sie war wieder dort, jung und gesund und sechzehn Jahre alt.

1963

Die Frau in dem schwarzen Badeanzug glitt über das Wasser, umgeben von einer sprühenden Kaskade aus glitzernden Tropfen, die von den Brettern an ihren Füßen aufgewirbelt wurden. Als das Motorboot sie in einer großen Kurve immer weiter vom Ufer wegzog, war Charlotte maßlos enttäuscht, dass sich das Schauspiel von ihr entfernte. Sie schirmte mit einer Hand ihre Augen ab, konnte aber in der Ferne nur die leuchtend rote Badekappe der Sportlerin vor dem Hintergrund der Hügel am jenseitigen Ufer erkennen.

»Hast du so was schon mal gesehen? Das muss ich unbedingt ausprobieren!«, rief sie.

Reto, der neben ihr auf dem Steg lag und sich sonnte, lachte laut auf.

Charlotte wandte den Blick vom Wasser ab und funkelte ihn an. »Und das werde ich auch, du wirst schon sehen!«

»Das ist doch viel zu gefährlich«, erwiderte Reto in seinem weichen Berndeutsch, was Charlotte nur noch mehr aufbrachte. »Setz dich lieber zu mir.« Reto klopfte neben sich auf die Planken, unter denen das Wasser leise an die Pfosten klatschte.

»Ich denke gar nicht daran!« Charlotte hielt Ausschau nach dem roten Punkt, der nun tatsächlich wieder auf das diesseitige Ufer zukam. Sie begann, auf und ab zu springen und die Arme zu schwenken, um den Fahrer des Motorboots auf sich aufmerksam zu machen. Sie wollte auch so graziös über das Wasser gleiten. Dass man auf diesen Brettern nicht unterging, grenzte an Magie. Noch nie hatte sie etwas dermaßen Elegantes und zugleich Kraftvolles gesehen.

»Komm, sei nicht albern.« Reto rollte sich auf den Rücken. »Lass uns zu den anderen auf die Terrasse gehen und etwas trinken.«

»Aber meine Eltern sitzen auf der Terrasse, und ich habe keine Lust, mir die üblichen Ermahnungen meiner Mutter anzuhören.« Charlotte zog einen Flunsch und winkte unermüdlich weiter, bis die Frau mit der roten Badekappe sie endlich sah und ebenfalls die Hand hob. Das Boot zog am Steg vorbei, sodass Charlotte den Fahrer gut erkennen konnte. Er hatte glänzendes, dunkles Haar, trug eine Sonnenbrille und hielt das Steuerrad nur mit einer Hand. Diese Italiener waren vollkommen anders als die Männer, die Charlotte kannte. Schweizer wie Reto waren stets höflich und wahrten die Form, selbst wenn sie mit einer Frau allein waren. Die Italiener dagegen – Charlotte hatte sie beobachtet, wenn sie abends neben ihren Eltern an der Strandpromenade spazieren ging – lungerten an der Kaimauer herum, warfen den Mädchen freche Bemerkungen nach wie Bälle, die von diesen prompt zurückgespielt wurden. Wenn sie miteinander redeten, kamen sie sich so nah, dass sie sich beinahe berührten, und die Mädchen machten ein Hohlkreuz und wickelten sich Haarsträhnen um die Finger. Ein angenehmer Schauer lief über Charlottes sonnenwarme Haut. Sie sah dem Boot nach und spürte einen inneren Aufruhr, ein Ziehen, das sie in letzter Zeit immer häufiger überfiel und sie ungeduldig und streitsüchtig machte. Ihre Mutter sprach bereits davon, sie in ein Pensionat zu geben, um sie »zur Räson zu bringen«, wie sie es gerne ausdrückte. Doch Charlotte dachte nicht im Traum daran, sich irgendwo in den Bergen einsperren zu lassen, und hatte ihrem Vater das Versprechen abgeschmeichelt, sie nicht wegzuschicken.

Die Frau mit der roten Badekappe wartete, bis sie den Scheitelpunkt der Kurve erreicht hatte, und ließ dann plötzlich die Haltestange des Seils los. Ihr Schwung ließ sie jedoch nicht untergehen, sondern trug sie geradewegs auf den Steg zu. Charlotte riss die Augen auf: Gleich würde sie dagegenprallen! Doch die Geschwindigkeit der Sportlerin verlangsamte sich, und als sie den Steg erreicht hatte, ließ sie sich so elegant darauf nieder, als setzte sie sich an einen gedeckten Tisch.

»Großartig!« Charlotte klatschte in die Hände.

Die Frau lachte und zog sich die Badekappe vom Kopf, woraufhin sich ihr sandfarbenes Haar wie eine Woge über ihren Rücken ergoss. »Sind Sie von Deutschland?«, fragte sie mit breitem amerikanischen Akzent.

Charlotte wollte gerade ihr Schulenglisch zusammenkratzen, da antwortete Reto bereits: *»No, we are from Switzerland.«*

»You looked fantastic«, warf Charlotte ein, bevor Reto das Gespräch an sich reißen konnte.

»Thank you! Would you like to try?« Die Amerikanerin lächelte strahlend.

»Yes!«, antwortete Charlotte schnell. Zu ihrem Erstaunen steckte die junge Frau zwei Finger in den Mund und schickte einen gellenden Pfiff über den See. Ein in den Augen ihrer Mutter sicherlich unerhörtes Benehmen, das Charlotte endgültig für die Unbekannte einnahm.

Der Fahrer des Motorboots hob eine Hand als Zeichen dafür, dass er sie gehört hatte, und hielt auf sie zu.

»Amanda«, stellte sich die Amerikanerin knapp vor und hielt Charlotte die Hand hin.

»Charlotte – aber meine Freunde sagen Lola!« Charlotte bemühte sich, ebenso weltläufig zu klingen wie ihre neue Bekannte.

»What a beauty you are«, bemerkte Amanda und sah Charlotte in die Augen. *»You remind me of a siamese cat.«*

Charlotte lachte sie an, diese direkte Art gefiel ihr. *»Thank you very much«*, gab sie höflich zurück und wünschte, ihr Englisch klänge etwas geübter.

»Isn't Lake Como wonderful? Ich komme *every summer* in *Villa d'Este*«, fuhr Amanda fort.

Charlotte war beeindruckt. Die *Villa d'Este* war das Hotel für die wirklich reichen Leute, und obwohl ihr Vater ziemlich wohlhabend war, hatte er sich für das etwas bescheidenere *Miralago* entschieden. Amanda musste eine reiche Erbin oder etwas Ähnliches sein, was sie natürlich noch interessanter machte.

Die Amerikanerin löste die Gummibindungen und zog die Wasserski auf den Steg. Charlotte schlüpfte, ohne zu zögern, hinein und ließ sich von ihrer neuen Freundin die Größe einstellen. Der Fahrer, der mit seinem Boot in der Nähe des Stegs dümpelte, hatte bereits die Halteleine eingeholt. Nun warf er sie Amanda zu, die Charlotte zeigte, wie sie sich an den Rand des Stegs setzen und mit beiden Händen festhalten sollte.

Reto, der ihr bis dahin schweigend zugesehen hatte, richtete sich auf. »Gut, du hast bewiesen, dass du Mumm hast, jetzt lass es gut sein. Du wirst dir nur wehtun!«

Charlotte schob das Kinn vor. »Du hast es doch gehört: Ich bin eine Katze. Und Katzen haben sieben Leben. Oder waren es neun?«

»Ich werde sicher nicht mit ansehen, wie du dich in solch unvernünftige Abenteuer stürzt!« Reto stand auf und faltete sein Handtuch zusammen. Charlotte drehte ihm den Rücken zu. Er konnte so ein Langweiler sein! Doch er sah zu gut aus, als dass sie ihn hätte links liegen lassen können. Seit sie ihn am zweiten Urlaubstag erobert hatte, genoss sie die neidischen Blicke der anderen weiblichen Hotelgäste. Außerdem hatte er ihre Mutter dazu bewogen, die Zügel ein wenig zu lockern und ihr nicht auf Schritt und Tritt zu folgen, solange sie mit ihm zusammen war.

Amanda sah auf. *»Are you ready?«*

Charlotte nickte, und die Amerikanerin gab dem Mann mit der Sonnenbrille ein Handzeichen. Kaum heulte der Motor auf, gab es einen Ruck, und Charlotte wurde vorwärtsgerissen. Einige Sekunden lang glaubte sie zu stürzen, doch dann fand sie ihr Gleichgewicht und hielt die Knie leicht gebeugt, wie Amanda es ihr gezeigt hatte. Um sie herum stäubten Wassertropfen, und sie nahm kaum etwas wahr außer dem Kielwasser des Motorboots. Das zog jetzt an, Charlotte musste mit Gewalt dagegenhalten, damit ihre Arme nicht nach oben gerissen wurden. Die Wellen zischten unter ihr hinweg, und sie hatte das Gefühl zu fliegen. Am liebsten hätte sie laut geschrien vor Glück, doch dazu fehlte ihr der Atem. Sie verlor jedes Zeitgefühl und konzentrierte sich nur noch auf ihre Körperspannung. Als das Boot langsamer wurde und sie in Richtung Ufer zog, hatte sie keine Ahnung, ob fünf Minuten oder fünfzig vergangen waren. Im flachen Wasser vor der Treppe, die zur Bequemlichkeit der Hotelgäste in den See hineinführte, ließ sie den Haltegriff los, glitt noch ein Stück und sank unter wie in weiche Butter. Erst jetzt merkte sie, wie stark ihr Herz klopfte. Sie barst beinahe vor Freude und konnte nicht anders, als die Arme zu heben und endlich einen hellen Schrei auszustoßen. Dann sah sie zum Steg, der etwa zehn Meter entfernt lag, und erblickte neben Amanda und Reto die schlanke, hohe Gestalt ihres Vaters und die zierliche ihrer Mutter. Sie seufzte. Der Spaß war vorbei.

Amanda machte einen Kopfsprung ins Wasser und kraulte zu ihr herüber, um ihr mit den Ski zu helfen.

»Did you like it?« Sie lachte, als Charlotte heftig nickte. *»Would you like to join me and some friends tomorrow evening at Como?«*, fuhr die Amerikanerin fort, und Charlotte sagte begeistert zu, ohne darüber nachzudenken, wie sie diese Verabredung einhalten sollte. Nachdem sie sich von Amanda verabschiedet hatte, schwamm sie zum Steg hinüber, wo sie Retos ausgestreckte Hand ignorierte und sich selbst aus dem Wasser stemmte. Als sie sich ein Handtuch umgewickelt und das nasse Haar aus dem Gesicht gestrichen hatte, wandte sie sich ihrer Mutter zu, die vor Entrüstung bebte.

»Was fällt dir eigentlich ein, dich in solche Gefahr zu begeben!« Trotz der Hitze war Renate Amstutz perfekt zurechtgemacht. Sie trug ein beigefarbenes Leinenkleid und eine Perlenkette, und ihre hochtoupierten Haare saßen ebenso tadellos wie ihr Lidstrich.

»Das war nicht gefährlich«, erwiderte Charlotte, obwohl sie wusste, dass es sinnlos war, ihrer Mutter zu widersprechen.

»Auf jeden Fall gehört es sich für ein Mädchen aus gutem Hause nicht, sich derart zu produzieren! Alle auf der Terrasse haben dir bei dieser Vorstellung zugesehen – warum trittst du nicht gleich im Zirkus auf?«

Charlotte musste sich das Grinsen verbeißen, was ihre Mutter glücklicherweise nicht bemerkte, denn sie hatte sich Reto zugewandt. »Wenigstens von Ihnen hätte ich etwas mehr Vernunft erwartet, Herr Widmer!«

»Ich versichere Ihnen, dass ich versucht habe, Lola – ich meine, Charlotte – davon abzubringen.«

»Sehr erfolgreich waren Sie nicht, aber das kann ich Ihnen nicht vorwerfen. Ich weiß selbst am besten, wie verstockt meine Tochter sein kann. Es wird wirklich Zeit, dass sie etwas Schliff erhält – ich bin mit ihrer Erziehung anscheinend überfordert.« Sie drehte sich zu Charlottes Vater um, der auf den See hinausblickte und seine Pfeife rauchte. »Gero, sagst du gar nichts zu dieser neuesten Eskapade deiner Tochter?«

Gero Amstutz kam näher, und Charlotte sah, dass auch er ein Lächeln unterdrücken musste. Er sog an seiner Pfeife und blies langsam den Rauch aus.

»Kiki, mein Mädchen, du hast deine Mutter wieder einmal in ziemliche Aufregung versetzt.« Sein Tonfall klang eher amüsiert denn tadelnd.

»Dädi, 's isch suber gwä!« Charlotte fiel ihm um den Hals. Seinen Kleidern entströmte der Tabakduft, den sie liebte, seit sie ein kleines Mädchen gewesen war.

»Du machst ja meinen Anzug ganz nass!« Er tat entsetzt, aber um seine Augen standen lauter Lachfalten.

»Charlotte, Hochdeutsch, bitte!«, warf ihre Mutter ein, aber niemand achtete auf sie.

»Dädi, darf ich morgen nach Como fahren? Amanda hat mich eingeladen. Sie ist Amerikanerin und wohnt in der *Villa d'Este*!«

Ihr Vater sah über ihren Kopf hinweg ihre Mutter an. »Renate?«

»Wahrscheinlich hat sie dich nur aus Höflichkeit eingeladen«, antwortete Charlottes Mutter spitz. »Und wir kennen diese Frau ja auch gar nicht. In welchen Kreisen verkehrt sie? Und dann auch noch Amerikanerin!«

»Das macht sie natürlich äußerst verdächtig«, bemerkte Gero Amstutz augenzwinkernd. »Aber ich denke, mit Reto an ihrer Seite ist sie gegen die Gefahren eines Stadtbummels durch Como gefeit.«

»Mach dich ruhig über mich lustig!«, zischte Charlottes Mutter mit finsterer Miene. »Warum fragst du mich überhaupt nach meiner Meinung, wenn du doch nie auf mich hörst!« Sie warf den Kopf in den Nacken und stöckelte zurück ans Ufer.

»Danke, Dädi!« Charlotte drückte ihrem Vater einen Kuss auf die Wange und ließ ihn dann los. Die Vorderseite seines Leinenanzugs wies dunkle Flecken auf.

»Das trocknet in der Sonne im Handumdrehen«, versicherte er ihr, dann zog er eine Augenbraue hoch und sah Reto an, der unwillkürlich Haltung annahm. »Passen Sie mir nur gut auf mein Mädchen auf, junger Mann!«

Reto schluckte sichtbar. »Jawohl, Herr Amstutz! Es wird mir eine Ehre sein.«

Charlottes Vater nickte zufrieden und schlenderte über den Steg in Richtung Hotel zurück.

Als er außer Sichtweite war, streckte Charlotte die Zunge raus und hechelte. »Braver Reto! Mach schön Platz!«

Reto presste erst die Lippen zusammen, lachte dann aber laut auf. »Warte nur, du kleines Biest!« Er wollte sich auf Charlotte stürzen, doch sie wich ihm aus und schubste ihn, sodass er mit einem lauten Platschen ins Wasser fiel.

Kapitel 5

»Weißt du, allein dieser Wagen wäre ein Grund, dich zu heiraten!« Charlotte strich mit einer Hand über den gewölbten Kotflügel des silberfarbenen Mercedes-Cabrios. »Was ist das für ein Modell?«

»Ein 190 SL«, antwortete Reto stolz, während er ihr die Tür auf der Beifahrerseite aufhielt. »Seit März gibt es ja den neuen Dreihunderter, aber mein Vater sagt, den kauft er mir erst, wenn ich diesen hier zu Schrott gefahren habe.« Er lachte.

»Dein alter Herr scheint mir reichlich spendabel.« Charlotte strich ihren pistaziengrünen Rock glatt und stieg ein.

»Och, er hat ja auch genug Moneten«, sagte Reto, ging um den Wagen herum und setzte sich hinter das Steuer.

Charlotte entdeckte ihren Vater, der sich über die Terrassenbrüstung des *Miralago* beugte, und winkte ihm.

»Er kommt nicht mal dazu, sie auszugeben – deshalb erledige ich das für ihn«, fuhr Reto fort, während er den Wagen anließ und auf die Uferstraße lenkte.

»Welch Opfermut!« Charlotte streckte sich und sah sich um. Die Häuserfassaden, an denen sie vorüberglitten, strahlten in der Sonne wie frisch gestrichen, die Luft war herrlich klar, und die Aussicht, den ganzen Nachmittag den Argusaugen ihrer Mutter zu entkommen, versetzte Charlotte in übersprudelnd gute Laune.

»Fahren wir durch die Berge!«, schlug sie vor. »Da oben war ich bis jetzt noch nicht.«

»Die Straßen sind aber alles andere als in gutem Zustand«, gab Reto zu bedenken. »Und bei den vielen Kurven wird dir nur übel.«

»Mir war in meinem ganzen Leben noch nicht übel!«, behauptete Charlotte. »Bitte, sei kein Spielverderber!« Sie schob ein wenig die Unterlippe vor, was für gewöhnlich genügte, um ihren Willen durchzusetzen.

Reto seufzte. »Na gut. Ich habe dich gewarnt.«

Wenig später bogen sie in eine schmale Straße ab, die vom Ufer aus steil nach oben führte und sich bald zwischen Felswänden dahinwand. Gelegentlich gab eine Lücke den Blick auf den See frei. Sie fuhren durch kleine Dörfer, die so wirkten, als könnten sie jeden Augenblick die Hänge hinabrutschen, und Charlotte hatte das Gefühl, in eine unbekannte Welt einzutauchen. Sie legte den nackten Arm auf die Kante der Wagentür, hielt ihr Gesicht in die Sonne und gab sich der Vorstellung hin, sie wäre mit ihrem Geliebten durchgebrannt und er brächte sie – nun, eben irgendwohin. Und natürlich sähe dieser Geliebte nur so aus wie Reto, wäre aber ansonsten wesentlich kühner als er. Ihr gefielen Männer, die sich nicht darum scherten, was sich gehörte. Reto war einfach zu anständig, um interessant zu sein. Plötzlich war sie gereizt.

»Warum fährst du so langsam? Wenn du den Dreihunderter haben willst, musst du dich schon ein bisschen anstrengen!«

»Ich will aber auch am Leben bleiben.«

»Ich glaube nicht, dass ich schon mal einen größeren Langweiler als dich kennengelernt habe!«, rief sie über das laute Röhren des Motors hinweg. »Tust du denn nie irgendetwas Verrücktes?«

Reto warf ihr einen Seitenblick zu. »Aber als Chauffeur bin ich dir gut genug.« Er presste die Lippen zusammen. »Also gut, du hast es so gewollt!«

Der Motor jaulte auf und ließ den Wagen so plötzlich vorwärtsschießen, dass Charlotte in ihren Sitz zurückgeworfen wurde. Unwillkürlich schrie sie auf, brach aber gleich darauf in hemmungsloses Gelächter aus. Reto blickte mit zusammengezogenen Augenbrauen auf die Straße und beschleunigte noch mehr. Plötzlich strahlte er etwas Tollkühnes und Gefährliches aus, und so gefiel er Charlotte schon wesentlich besser.

Der Fahrtwind zerzauste ihre Frisur, aber sie kümmerte sich nicht darum und genoss, wie ihr die Haare ins Gesicht peitschten. Die Felswände zu beiden Seiten verschwammen, und Charlotte jauchzte laut auf, als der Wagen um eine enge Kurve jagte.

»Das kitzelt so schön im Magen!«

»Du bist verrückt!«, rief Reto. Doch offensichtlich wollte er ihr imponieren, denn er gab noch mehr Gas. Der Roadster raste um die nächste Kurve, Charlotte stemmte sich gegen das Armaturenbrett, um nicht gegen die Tür zu prallen. Plötzlich kamen sie ins Schleudern und gerieten auf die Gegenfahrbahn. Vor ihnen tauchte der Kühler eines anderen Wagens auf, und die Luft war auf einmal von Motorengedröhn erfüllt. Charlotte hörte Reto etwas brüllen, schloss die Augen, und durch ihren Kopf zuckte die Frage, ob sie an der Felswand enden oder über die Böschung in die Tiefe stürzen würden. Eine Hupe gellte in ihren Ohren. Retos Mercedes schlingerte kurz, wurde langsamer, und als kein Aufprall kam, öffnete sie die Augen. Reto hatte den Wagen wieder auf die rechte Straßenseite gelenkt. Sie drehte sich nach dem anderen Auto um, aber es war schon um die Kurve verschwunden.

Retos Gesicht war unter der Sonnenbräune aschfahl. »War dir das riskant genug?«

»Nicht schlecht«, meinte sie gnädig. Sie würde nicht das schreckhafte Weibchen geben, auch wenn ihr Herz noch immer einen Trommelwirbel schlug. »Hätte ich dir gar nicht zugetraut.«

»Du bist wirklich verrückt«, entgegnete Reto, und diesmal klang es, als meinte er es ernst.

Sie parkten den Wagen an der Piazza Vittoria und betraten dann durch den halb verfallenen Wehrturm die Altstadt von Como. Reto sagte nicht viel, anscheinend hatte er sich noch immer nicht erholt.

»Ach komm, sei doch nicht so!« Charlotte hakte sich unter. »Wir sind hergekommen, um uns zu vergnügen, und du ziehst ein Gesicht wie drei Tage Regenwetter! Es ist doch gar nichts passiert.«

Reto lächelte etwas gezwungen. »Na gut, amüsieren wir uns. Bis San Fedele ist es nicht weit. Ob deine Amerikanerin pünktlich ist?«

Sie folgten dem Menschenstrom durch die schmalen Gassen und landeten beinahe von selbst an ihrem Ziel. Charlotte, die bereits mit ihren Eltern in Como gewesen war, konnte sich auch dieses Mal kaum sattsehen an den farbig verputzten Häusern, die den Platz umgaben. In der Mitte priesen Händler ihre Waren an, und unter den Arkaden gegenüber der Kirche standen die Tische eines Eiscafés. An einem von ihnen saß Amanda in Begleitung von drei jungen Männern. Als sie Charlotte und Reto erblickte, sprang sie auf und winkte heftig.

»Deine neue Freundin ist reichlich überschwänglich«, sagte Reto leise, während sie auf die Gruppe zugingen.

»Amerikaner sind eben lässiger als wir Schweizer. Mir gefällt das!« Sie löste sich von Retos Arm und begrüßte Amanda mit Wangenküssen nach italienischer Art. Die Amerikanerin sah phantastisch aus in ihren engen Hosen und dem blau-weiß geringelten Oberteil. Auf dem Haar saß keck eine knallrote Ballonmütze. Würde Charlotte so etwas tragen, fiele ihre Mutter sicherlich in Ohnmacht. Dennoch fand sie, dass sie sich neben Amanda nicht verstecken musste, was ihr die Blicke der drei jungen Männer bestätigten.

Die Amerikanerin stellte sie als Charlie, Bob und Jack vor. In Charlottes Augen hätten sie Brüder sein können, so ähnlich sahen sie sich mit ihren flächigen Gesichtern, weißen Zähnen und hellen Polohemden. Einer von ihnen sprang auf, um ihr den Stuhl zurechtzurücken, und sie ließ sich zufrieden lächelnd darauf nieder. Reto wurde von den anderen mit Handschlag begrüßt und zog sich noch einen Stuhl heran. Doch obwohl alle zusammenrückten, saß er zu weit weg vom Tisch, um richtig am Gespräch teilnehmen zu können.

Der Kellner kam, um die Bestellung aufzunehmen. Charlotte betrachtete die Gläser der Amerikaner, die mit einer dunkelbraunen Flüssigkeit gefüllt waren.

»What do you drink?«, fragte sie neugierig und wünschte, ihr Akzent wäre weniger stark.

»It's called Ramazzotti«, antwortete Amanda.

Charlotte, die keine Vorstellung hatte, was das sein mochte, nickte weltgewandt. »Das nehme ich auch.« Sie ignorierte den missmutigen Blick, den Reto ihr zuwarf, bevor er ein Bier bestellte. Als der Ramazzotti kam, nahm sie einen großen Schluck. Die Flüssigkeit war so bitter, dass sie sie beinahe ausgespuckt hätte, aber sie zwang sich, alles hinunterzuschlucken.

»Look at her!« Jack – oder war es Charlie?, sie sahen sich so furchtbar ähnlich – stieß Bob mit dem Ellbogen in die Seite und nickte in ihre Richtung. *»What a girl!«*

Charlotte schenkte ihnen ihr bezauberndstes Lächeln. Es würde Reto nicht schaden, wenn er merkte, dass sie nicht sein persönlicher Besitz war. Bald plauderte und lachte sie mit den Amerikanern, alle vier Collegestudenten aus offensichtlich äußerst wohlhabenden Verhältnissen, während Reto einsilbig sein Bier trank.

Als schließlich alle ihre Gläser geleert hatten, schlug Amanda vor, einen Spaziergang am See entlang zu unternehmen. Sie wolle bei den Malern auf der Promenade noch Geschenke für ihre Verwandten kaufen.

»One of them is simply fabulous. He did such a wonderful por-

trait of me!«, erzählte sie strahlend und hakte Charlotte unter, als wären sie alte Freundinnen.

Reto, der sich offensichtlich unwohl fühlte, blieb nichts anderes übrig, als sich ihnen anzuschließen. Nach kaum zehn Minuten hatten sie die Uferpromenade erreicht. Charlotte war angenehm leicht im Kopf, was wahrscheinlich an dem bitteren Likör lag. Es fühlte sich herrlich mondän an, auf Englisch plaudernd, ohne Begleitung ihrer Eltern am Ufer entlangzuschlendern. Kleine Wellen schwappten an den Strand, auf einem umgedrehten Eimer saß ein Fischer und besserte seine Netze aus, und weit draußen kreuzten weiße Segel über das Wasser. Charlotte seufzte innerlich. In nur zwei Wochen würde sie wieder in Zürich sein und ihr letztes Schuljahr antreten. Danach hatte ihr Vater für sie eine Ausbildung in seinem Textilgroßhandel vorgesehen. Da sie keinen Bruder hatte, würde sie einmal das Geschäft weiterführen müssen, obwohl sie dazu nicht die geringste Lust verspürte. Eine Frau sollte nicht arbeiten, sondern von ihrem Ehemann umsorgt und verwöhnt werden. Darin waren sie und ihre Mutter sich ausnahmsweise einig.

»Lola!«

Sie drehte sich um und sah Reto auf sich zulaufen. Sie hatte gar nicht gemerkt, dass er so weit zurückgefallen war.

»Da drüben steht ein Dreihunderter!«, sagte er atemlos, als er sie eingeholt hatte. »Den muss ich mir näher ansehen. Die Amis sind schon dort. Kann ich dich einen Augenblick alleine lassen?«

»Natürlich. Ich bin ja bei Amanda. Holt uns einfach später ein, wir gehen ganz langsam.«

»Du bist die Beste!« Reto machte kehrt und lief mit federnden Schritten über die Straße. Er sah wirklich verteufelt gut aus mit seinen breiten Schultern und der aufrechten Haltung.

»Where is he going?«, wollte Amanda ohne allzu großes Interesse wissen, und als Charlotte es ihr erzählte, zuckte sie

nur mit den Schultern. *»Men are so boring! We're going to watch out for George instead of stupid cars!«*

In unregelmäßigen Abständen saßen Maler an der Promenade und boten Touristen ihre Werke zum Kauf an. Die Bilder ähnelten sich: Landschaften, die den See mit seinen umliegenden Hügeln zeigten, Stadtansichten von Como oder pittoreske Stillleben in Aquarell und Öl. Charlotte verstand nicht viel von Kunst, konnte aber trotzdem erkennen, dass die Bilder nicht gerade Meisterwerke waren. Sie gaben einfach das wieder, was man vor sich sah, und waren zwar handwerklich gut, doch ohne innere Beteiligung angefertigt worden. Die meisten Maler hatten ihre Staffelei neben ihrem Stand aufgebaut und nutzten die Zeit, bis Kunden kamen, um mit routinierten Pinselstrichen weitere Veduten zu produzieren.

»Here we are!« Amanda zog sie zu einem Stand mit Aquarellen.

Charlotte sah sofort, dass diese Bilder sich von den anderen unterschieden. Auch sie zeigten Landschaften und Straßenszenen, jedoch nicht in realistischer Nachahmung. Die Motive lösten sich auf, waren nur noch ansatzweise erkennbar und vermittelten dennoch die Stimmung des Dargestellten auf vollkommene Weise, auch wenn Charlotte nicht sagen konnte, woran das lag.

»Aren't they amazing?«, fragte Amanda.

»Beautiful«, antwortete Charlotte, weil ihr kein besseres Wort einfiel, mit dem sie die starke Wirkung, die die Bilder auf sie hatten, beschreiben konnte. *»But where is he?«*

Amanda zeigte auf einen Anleger, an dessen Ende ein Mann auf einem Falthocker saß und auf den See hinausblickte. Dann wandte sie sich wieder den Bildern zu und betrachtete sie prüfend.

»Which one should we steal?« Die Amerikanerin zwinkerte. *»He wouldn't even notice!«*

Sie zupfte sich die Ballonmütze zurecht, zog Charlotte auf

den Steg und legte ihr den Finger auf die Lippen, während sie sich hinter den Rücken des Malers schlich, der trotz des schönen Wetters eine abgenutzte Lederjacke trug. Erst jetzt sah Charlotte, dass er ein Brett auf den Knien hielt, auf das ein halb fertiges Aquarell aufgezogen war. Sie konnte sein Gesicht nicht erkennen, da er sich über das Papier beugte und mit einer seltsam heftigen Bewegung Farbe auftrug. Doch ihr fiel sein unordentliches Haar auf, das im Nacken den Jackenkragen berührte. Sie hatten ihn beinahe erreicht, da hörte er sie kommen und wandte sich um.

Charlotte stockte der Atem. Ein Gesicht wie dieses hatte sie noch nie gesehen. Er sah gut aus mit seinem dunklen Haar und der geraden Nase, aber das taten viele Männer. Was ihn besonders machte, waren seine Augen, graugrün und klar. Sie schienen alles zu durchdringen, was ihnen begegnete, und als sie in diesem Moment Charlotte ansahen, zerfiel ihre vorlaute Selbstsicherheit plötzlich zu nichts. Beinahe schüchtern blieb sie stehen und hielt sich im Hintergrund, während Amanda auf ihn zustürmte und ihre Arme um ihn schlang.

»George, Darling!«, rief sie überschwänglich. *»How are you?«*

Er lächelte nachsichtig und ließ sich von Amanda auf beide Wangen küssen, ohne jedoch den Blick von Charlotte abzuwenden.

»Willst du mir nicht deine Freundin vorstellen?«, fragte er schließlich. Seine Stimme klang ruhig und dunkel.

»Of course! This is why I brought her here! She loves your paintings, sweetheart!«

Er befreite sich sanft aus Amandas Umklammerung, stand auf und kam auf Charlotte zu. Sie hielt den Atem an. Es war genau wie in den Romanen, die sie gelesen hatte: Ihr Herz fühlte sich an wie aus Lava, ein glühender, pulsierender Klumpen in ihrer Brust. Etwas in ihr wollte davonlaufen, weil sie nicht wusste, ob sie den Gefühlen gewachsen war, die der junge Maler in ihr auslöste. Doch die Flucht zu ergreifen wäre sinnlos gewesen, das spürte sie. Alles, was sie in diesem Moment denken konnte, war:

So ist es also, wenn man den Mann seines Lebens trifft.

Kapitel 6

Charlotte lebte nur noch für die Momente, in denen sie Georg sah. Die Liebe war ein Fieber, das sie ganz und gar ergriffen hatte, wie ein Durst, der nie gestillt werden konnte. Es war quälend und herrlich zugleich. Bisher hatte Charlotte mit ihren Verehrern gespielt wie mit bunten Murmeln, hatte sie hierhin und dorthin geschubst, sie gegeneinanderprallen lassen, wenn ihr danach war – jetzt war sie selbst es, die von ihren Gefühlen hin und her geworfen wurde wie ein kleines Boot im Sturm. Sie durchlebte Glück, Schmerz, Wut, Hoffnung, Traurigkeit, und all diese Gefühle waren so stark, dass sie sie kaum voneinander unterscheiden konnte. Sie weinte, wenn sie glücklich war, und lachte, wenn sie vor Sehnsucht verging. Das Erstaunliche war, dass ihre Eltern und Reto nicht das Geringste von alldem mitbekamen.

Als Charlotte begriff, dass Georg Amandas Liebhaber war, glaubte sie einen ganzen Tag lang, sterben zu müssen. Zwar bildete Amanda ihre Verbindung zu Georg und war mittlerweile auch eine Art Vorbild für sie, aber dennoch wünschte sich ein Teil von Charlotte, sie würde einfach verschwinden. Der Gedanke, dass Amanda Georg nahe sein konnte, ihn küssen und berühren durfte, ließ Charlottes Herz zu Asche verglühen und stürzte sie in einen Abgrund der Verzweiflung. Doch trotz alledem wusste etwas in ihr mit absoluter Sicherheit, dass Georg ihr gehörte. Amanda schmückte sich mit ihm wie mit einer teuren Handtasche oder einem Pelzmantel. Sie nannte ihn ihren »Protegé«, da sie seine Bilder kaufte und ihre Bekannten aus der *Villa d'Este* dazu überredete, es ihr gleichzutun. Um seine Bilder an den Mann zu bringen, lud sie zu privaten Ausstellungen in Georgs Dachwohnung ein, die ihm zugleich Behausung und Atelier war. Abends führte sie ihn aus und genoss es sichtlich, an der Seite eines so gut aussehenden jungen Mannes gesehen zu werden. Sie gaben in der Tat ein schönes Paar ab: Beide waren groß, sie mit hellem, er mit dunklem Haar, sie mit einem Lachen, das das Stimmengewirr in einer vollen Bar übertönen konnte, er mit einer manchmal geistesabwesenden Art, die wie gelangweilter Überdruss wirkte. Charlotte beobachtete ihn und stellte bald fest, dass manchmal ein Stocken in seinen ansonsten geschmeidigen Bewegungen lag. Wenn er Amanda Feuer gab oder ihr in die Jacke half, wirkte es beinahe so, als müsste er sich dazu überwinden. Er sprach meist wenig, wenn sie ausgingen, überließ Amanda die Bühne, damit sie sich selbst inszenieren konnte, und hielt sich im Hintergrund bereit, um Drinks zu holen oder Zigaretten zu besorgen. All das mit einer amüsierten Distanz, die deutlich machte, dass er sich durch Amandas exzentrische Art nicht aus der Ruhe bringen ließ. Häufig zog er sein Skizzenbuch aus der Jackentasche und hielt mit schnellen Strichen Szenen fest: ein Paar, das sich am Tresen stritt, ein Musikertrio, das auf der Piazza unter Laternen spielte, Amanda, wie sie mit einem anderen Mann über die Tanzfläche wirbelte.

»Sind Sie gar nicht eifersüchtig?«, frage Charlotte ihn, als Amanda wieder einmal mehrere Verehrer um sich versammelt hatte.

»Nein«, erwiderte er, ohne aufzusehen. »Ich weiß ja, in wessen Bett sie morgen früh aufwachen wird.«

Charlotte war schockiert und begeistert zugleich von dem ungezwungenen Ton, in dem er über Dinge sprach, die im Haus ihrer Eltern nicht einmal flüsternd erwähnt wurden. Selbstverständlich hatten Gero und Renate Amstutz keine Ahnung, dass ihre Tochter sich in den Bars von Como herumtrieb, sondern wähnten sie mit Amanda bei Liederabenden und Theatervorstellungen. Die Amerikanerin versäumte nie, Charlotte die entsprechenden Programme zu geben, die sie von den Angestellten der *Villa d'Este* besorgen ließ. Es bereitete ihr diebische Freude, die Amstutzens gemeinsam mit Charlotte hinters Licht zu führen. Wer seiner Tochter so wenig Freiheit zugestand, hatte es nicht anders verdient, war ihre Devise.

»Wir leben schließlich in den *Sixties, Darling*«, meinte sie, als wäre das eine Rechtfertigung, deren Logik sich niemand entziehen konnte.

Manchmal legte Georg sein Skizzenbuch beiseite, um mit ihr oder Charlotte zu tanzen, und obwohl er behauptete, sich ungeschickt anzustellen, machte er seine Sache gut. Er führte sanft, aber bestimmt, und Charlotte kostete solche Momente der Nähe bis ins Letzte aus. Seine Art zu tanzen unterschied sich um Welten von derjenigen, die man ihr in der angesehenen Zürcher Tanzschule beigebracht hatte, wo man eine Armlänge Abstand hielt, höflich aneinander vorbeisah und sich so steif bewegte wie eine Horde rheumatischer Flamingos. Georg hingegen sah ihr beim Tanzen in die Augen, und sie wollte ihn so sehr, dass sie es kaum ertrug, ihm so nah zu sein. Doch alles in ihr verlangte nach ihm, und sie schmiegte sich so fest an ihn, als wollte sie mit ihm verschmelzen. An der Art, wie er seine große Hand auf ihren Rücken presste, merkte sie, dass er ebenso empfand. Es war, als trennte sie nur eine hauchdünne Glasscheibe, die jedoch keiner von ihnen zu zerbrechen wagte.

Georgs Verhalten Amanda gegenüber wurde mit der Zeit deutlich reservierter, doch sie schien es gar nicht zu bemerken. Sie hatte genug Verehrer; die italienischen Männer lagen der strahlenden Amerikanerin reihenweise zu Füßen. Falls sie bemerkte, was zwischen Charlotte und Georg geschah, ließ sie es sich nicht anmerken. Charlotte war froh, dass sie sich so gut verstanden, denn sie gingen nicht nur abends zu dritt aus, sondern unternahmen häufig auch tagsüber gemeinsame Ausflüge. Ein Wagen der *Villa d'Este* samt Chauffeur stand ihnen immer zur Verfügung und brachte sie in jedes noch so entlegene Bergdorf. Georg sah sich gerne »alte Gemäuer« an, wie Amanda es ausdrückte, und obwohl sie ihn begleitete, verlor sie schnell das Interesse an den Fresken und architektonischen Details, die Georg mit Begeisterung abzeichnete.

Auch Charlotte interessierte sich im Grunde nicht für die Gebäude, jedoch faszinierten sie Georgs Arbeitseifer und seine Hingabe. Beim Zeichnen war er ganz bei sich selbst und gleichzeitig völlig versunken in das, was er tat. Charlotte liebte seinen konzentrierten Blick und verfolgte gespannt, wie auf dem Papier eine immer detailreichere Zeichnung entstand. Gelegentlich hob Georg den Kopf und erklärte ihr, welchen Einzelheiten er besonders viel Aufmerksamkeit widmete. Amanda saß für gewöhnlich etwas entfernt auf der mitgebrachten Picknickdecke, genoss die Aussicht und ließ sich von Carlo, dem Chauffeur, Champagner servieren.

»Heute zeige ich euch einen meiner Lieblingsplätze«, versprach Georg eines Tages, als sie in einem Café in Comos Altstadt saßen. »Wir können sogar zu Fuß hingehen.«

Amanda verdrehte die Augen. *»Oh my god, for sure another boring old building!«*

»Dann bleib doch einfach hier«, schlug Georg vor, einen Anflug von Gereiztheit in der Stimme. »Charlotte und ich sehen uns die Kirche an und kommen dann wieder her.«

»Brilliant idea, darling«, antwortete Amanda und zündete sich eine ihrer langen, dünnen Zigaretten an.

»Gehen wir?«, fragte Georg auf Deutsch.

Ohne auch nur eine Sekunde zu zögern, sprang Charlotte auf. Sie würde ganz allein mit ihm sein!

»See you later!«, rief sie Amanda zu und hatte sie schon vergessen, als sie sich mit Georg unter die Fußgänger mischte. Es herrschte heftiges Gedränge, sodass Georg sie nach einer Weile umstandslos bei der Hand nahm. »Damit wir uns nicht verlieren«, erklärte er und zog sie mit sich. Wie gut

sich ihre Hand in seiner anfühlte! Charlotte hatte Mühe, mit ihm Schritt zu halten, und begann zu laufen. Daraufhin ging auch Georg schneller, und schließlich rannten sie, ohne zu wissen, weshalb. Mehrmals rempelten sie Passanten an, kümmerten sich aber nicht um die Flüche, die ihnen nachgeworfen wurden. Atemlos lachend erreichten sie die Piazza San Fedele, wo sie so oft abends ausgingen. Charlotte blickte mit erhitzten Wangen zu Georg hoch – eigentlich war sie nur einen halben Kopf kleiner als er, aber ihr gefiel die Vorstellung, zu ihm aufzusehen –, da nahm er schon wieder ihre Hand und führte sie quer über den Platz zum Portal von San Fedele. Charlotte hatte die Kirche bei ihren nächtlichen Ausflügen zwar wahrgenommen, sie aber nicht weiter beachtet, da die schmucklose Fassade aus grauem Stein sich unauffällig zwischen die benachbarten Häuser fügte und der quadratische Turm hinter einem Wohngebäude versteckt lag.

»Viel zu zeichnen gibt es hier aber nicht«, neckte Charlotte.

Georg machte ein geheimnisvolles Gesicht. »Warte nur ab!«

Er hielt ihr die Tür auf, und sie trat vor ihm ein. Das Innere war so düster, dass Charlotte anfänglich kaum etwas erkennen konnte. Bunte Lichtflecken sprenkelten den schwarz-weißen Fußboden, und weiter vorn erhellte das durch eine Kuppel einfallende Licht den Bereich vor dem Altar. Sie wollte sich zu Georg umdrehen, doch er nahm ihre Schultern und richtete sie nach vorn aus.

»Erst umsehen, wenn ich es sage.«

Sie ließ sich auf das Spiel ein und ging langsam voran, bis er sie zurückhielt.

»Mach die Augen zu«, sagte er.

Charlotte lächelte und folgte seiner Anweisung. Gleich darauf drehten seine Hände sie herum.

»Jetzt darfst du gucken«, hörte sie Georg flüstern.

Sie schlug die Augen auf und blickte in die strahlendsten Farben, die sie je gesehen hatte. Blau und rot leuchtend, schwebte das Rosettenfenster im Dunkel über dem Haupteingang wie ein gefrorenes Feuerwerk. Charlotte sagte nichts, sondern sog den Anblick mit jeder Faser ihres Körpers in sich auf. Erst nach einiger Zeit wagte sie zu sprechen.

»Man fühlt sich so … so erhaben und gleichzeitig so klein.« In ihrer Stimme lag leise Ehrfurcht.

»Ich habe gehofft, dass du es verstehen würdest. Komm, ich zeige dir den Rest.«

Georg nahm wieder ihre Hand und zog sie tiefer in das dunkle Kircheninnere. Im Seitenschiff war es noch düsterer, und je weiter sie dort nach hinten kamen, umso tiefer senkte sich die Decke. Die Außenmauer rundete sich, bis Charlotte sich wie in einem unterirdischen Gewölbe fühlte. Doch es gab vereinzelte Fensterchen, klein wie Schießscharten, durch die Bündel schmaler, aber dafür gleißend heller Sonnenstrahlen fielen. Vom Leben draußen drang nichts durch die dicken Mauern, es war still und kühl wie am Grund eines Teichs. Charlotte fröstelte ein wenig und sah sich nach Georg um, doch er war nicht mehr dort, wo er noch vor wenigen Augenblicken gestanden hatte. Er musste um die nahe gelegene Säule herum auf die andere Seite gegangen sein.

Charlotte ließ ihre Fingerspitzen über das dunkle Mauerwerk streifen, während sie langsam der Rundung der Kapelle folgte. Auf der Höhe des Altars kehrte sie wieder ins Hauptschiff zurück und sah zur Kuppel hinauf, die sich genau über ihr befand. Durch einen Kranz kleiner Fenster dort oben ergoss sich ein seltsam unwirkliches Licht über sie, so stofflich, dass sie es zu spüren meinte.

»So möchte ich dich malen«, erklang Georgs Stimme unvermittelt an ihrem Ohr. Sie drehte sich um, und da stand er, so dicht vor ihr, dass sein Atem ihre Wange streifte. In einer Hand hielt er sein Skizzenbuch, das zwischen ihnen eingeklemmt wurde, als er sich vorbeugte und sie küsste.

Charlotte hatte schon vorher geküsst, heimlich und verstohlen hinter den Vorhängen eines Tanzsaals, einen gleichaltrigen Jungen, mit dessen Familie ihre Eltern befreundet waren. Ungeschickte, feuchte Küsse, verbunden mit linkischen Umarmungen, die sie fast zum Lachen gebracht hatten.

Georgs Kuss war eine vollkommen andere Erfahrung. Ganz selbstverständlich kamen ihre Lippen und Zungen zusammen. Es war eine unglaubliche Erleichterung, als die Spannung der letzten Wochen sich in diesem Kuss auflöste, so sehr, dass Charlotte weinen musste. Da nahm er ihre Hände und zog sie ganz nah an sich heran. Charlotte legte ihren Kopf an Georgs Brust und konnte seinen Herzschlag hören, so fest und schnell wie ihr eigener. Einige Augenblicke verstrichen, ehe sie sich wieder küssten. Es war ganz anders, als es in Liebesromanen beschrieben wurde, so viel tiefer und aufwühlender. Charlotte empfand diesen Kuss als Versprechen, als ein Siegel, dass Georg sie nie wieder allein lassen würde.

»Darauf warte ich schon so lange«, murmelte Georg, als sie innehielten, um Atem zu schöpfen. Charlotte griff in sein dunkles, dichtes Haar und zog ihn wieder zu sich. Sie konnte ihm nicht nah genug sein, wollte mit ihm verschmelzen, eins sein, und sie küsste ihn wütend und wild, weil es nicht möglich war.

Das Geräusch der sich öffnenden Kirchentür ließ sie auseinanderfahren. Ein schmaler Lichtstreifen fiel auf den Boden, und kurz darauf erschien die gebeugte Gestalt einer alten Frau. Sie trippelte den Mittelgang entlang, knickste und bekreuzigte sich. Charlotte und Georg wichen in die Schatten der Seitenkapelle zurück. Sie sahen sich an, und Charlotte war berauscht von dem Begehren, das sie in Georgs Augen fand.

»Komm, wir gehen.« Georg nahm ihre Hand, und sie huschten ungesehen zum Ausgang. Auf der Piazza war Charlotte einen Moment lang geblendet von dem hellen Licht. Sie hatte den Eindruck, lange fort gewesen zu sein, und es war unfassbar, dass das Leben hier draußen seinen normalen Gang ging, obwohl sich für sie alles verändert hatte.

»Komm mit zu mir«, sagte er rau. Sie nickte nur. Hand in Hand gingen sie über den Platz, als wäre dort niemand außer ihnen, und zu seinem Haus, das sich ganz in der Nähe befand. Sie stiegen schweigend die vier Stockwerke hinauf. Seine Wohnung war klein, hell und unordentlich, und dort, auf dem Bett unter dem kleinen Dachfenster, durch das die Sonne auf sie herunterschien, liebten sie sich zwischen den zerknitterten Laken.

Es tat überhaupt nicht weh, im Gegenteil. Charlotte konnte nicht genug bekommen von seiner Haut, seinen Berührungen und den Lauten, die er in Ekstase von sich gab. Und erst als sie aneinandergeschmiegt unter der Dachluke lagen und in den Himmel blickten, der sich verdunkelt und die ersten Sterne auf die Bühne geschickt hatte, wurde ihnen wieder bewusst, dass es dort draußen noch eine Welt gab, in der andere Menschen lebten.

»Amanda!«, riefen sie plötzlich wie aus einem Mund und sahen sich erschrocken an, weil sie die Amerikanerin über ihrer Leidenschaft ganz vergessen hatten.

»Wir sind ja schöne Freunde«, meinte Georg zerknirscht.

Aber Charlotte lachte nur. »Ich bin mir sicher, sie hat sich in der Zwischenzeit auch ohne uns prächtig amüsiert.«

»Trotzdem sollten wir sie nicht noch länger warten lassen.« Sie hatten sich so verausgabt, dass es ihnen kaum gelang, sich anzukleiden und die Treppe hinunterzusteigen.

Als sie wieder bei der Bar ankamen, wo sie Amanda zuletzt gesehen hatten, war sie nicht mehr da, der Tisch längst von anderen Gästen besetzt. Doch als sie an der Theke nach ihr fragten, gab ihnen der Barmann einen Zettel, den sie hinterlassen hatte.

Gone dancing with Mauro and Davide. Seems like you finally realized that you two belong together. Don't worry, both of you are my sugarbirds forever. If you need the car to get home, call the hotel. See you soon, Amanda.

Kapitel 7

——— 2013

Anna las zum zehnten Mal den Auszug aus dem Grundbuch, das sie samt einem notariellen Schreiben in der Mappe gefunden hatte. Dort stand es schwarz auf weiß: In einem kleinen Ort am Luganer See, der Vignano hieß, besaß ihre Mutter seit 1982 – ein Jahr nach Annas Geburt – ein Haus. Weshalb hatte sie es niemals auch nur erwähnt? Allmählich sickerte in ihr Bewusstsein, dass das Grundstück jetzt wohl ihr, Anna, gehörte. Doch sie wusste nicht im Geringsten, was sie damit anfangen sollte. Warum hatte sich Simona all die Jahre weder um das Anwesen gekümmert noch es verkauft?

Anna überkam ein mulmiges Gefühl: Dieses Haus war aus der Vergangenheit auf einmal an der Oberfläche der Gegenwart aufgetaucht, wo es nichts zu suchen hatte. Dennoch würde sie sich damit befassen und es sich zumindest ansehen müssen, bevor sie entschied, was damit zu tun war.

Sie überlegte, ob sie gleich dorthin fahren sollten. Auf Simonas Bankkonto waren ungefähr zweitausend Euro, mit denen sie und Rike sich vorerst über Wasser halten konnten. Für ein paar Wochen in der Schweiz würde es zumindest reichen. Genug Zeit, um das Haus zu verkaufen. Mit dem Geld würden sie und Rike in Hamburg neu anfangen können. Sie selbst hatte keinen Job, Rikes Sommerferien hatten gerade begonnen, und eine gemeinsame Reise würde sie vielleicht einander näherbringen.

Doch ihre Tochter war anderer Ansicht.

»Vergiss es, ich komm nicht mit.« Rike zog sich die Pulloverärmel über die Finger. Sie lehnte halb abgewandt in der Küchentür, als wollte sie sich eine Fluchtmöglichkeit offenhalten. In ihrem übergroßen Pullover wirkte sie schmal und verletzlich, und Anna hatte den Impuls, sie zu umarmen, ihr zu sagen, dass alles in Ordnung kommen würde – auch wenn sie selbst nicht wusste, was sie damit meinte. Doch Rikes ganze Haltung drückte Abwehr aus. Schließlich setzte sich Anna an den Küchentisch, legte das mehrseitige Schriftstück, das sie in der Schreibtischschublade gefunden hatte, vor sich und schlug einen vernünftigen Erwachsenenton an, der in ihren eigenen Ohren falsch klang.

»Wir müssen uns dieses Haus wenigstens ansehen. Macht es dich kein bisschen neugierig?« Sie strich über die Blätter, die vor ihr auf dem Tisch lagen, leicht vergilbt und an den Rändern eingerissen, alle Seiten mit dem Stempel des *registro fondario ticinese,* des Katasteramts des Kantons Tessin, versehen.

Rike behielt ihre desinteressierte Miene bei, doch wenigstens hörte sie weiter zu.

»Ich rufe die Gemeindeverwaltung an, die können mir hoffentlich Genaueres erzählen. Wenn das Haus wirklich deiner Großmutter gehört hat, müssen wir sowieso dorthin fahren und die Sache klären.«

»Ich hab aber keine Lust, meine Sommerferien in einem Bergdorf zu verbringen, statt mit meinen Freunden an den Strand zu gehen!«

Anna versuchte, ruhig zu bleiben. Rike war wie ein Feuerwerkskörper – der kleinste Funke genügte, schon explodierte sie. Manchmal hätte Anna am liebsten zurückgebrüllt, aber dann sagte sie sich, dass Rike Zeit brauchte, um alles zu verarbeiten, und dass sie Geduld mit ihr haben musste.

Anscheinend hatte ihre Tochter noch gar nicht begriffen, dass sich ihr Leben nun zwangsläufig ändern würde. Anna hatte kurz daran gedacht, wieder auf die Insel zu ziehen, aber die Vorstellung bereitete ihr Übelkeit. Es half alles nichts: Sie würde Rike mit nach Hamburg nehmen, so viel stand fest, ihr WG-Zimmer gegen eine richtige Wohnung eintauschen und irgendwie genug Geld verdienen, um sie beide über Wasser zu halten.

Anna schloss die Augen, um das, was sie »Gedankenkarussell« nannte, anzuhalten. Die Reise in die Schweiz würde ihr etwas Luft verschaffen. Zumindest musste sie nicht gleich entscheiden, wie es weitergehen sollte. Jetzt bereute sie, dass sie damals die Hotelfachschule hingeschmissen hatte – eigentlich nur, um ihre Mutter zu ärgern. Sie war einunddreißig und hatte nichts vorzuweisen. Bisher hatte ihr das nichts ausgemacht, aber Rike veränderte alles.

Anna holte tief Luft. »Ich kläre das mit der Gemeindeverwaltung, und dann brechen wir so bald wie möglich auf.«

Rike setzte zur Widerrede an, aber Anna schnitt ihr das Wort ab. »Ich bin hier die Erwachsene und treffe die Entscheidungen, ob es dir passt oder nicht.« Sofort bereute sie ihre Worte. Sie klang genauso wie Simona. Und Rike reagierte, wie sie selbst es nach einer Auseinandersetzung mit ihrer Mutter auch getan hatte: Sie drehte sich um und polterte die Treppe hinauf.

»Rike, ich hab das nicht so …!«, rief Anna ihr nach, aber da knallte oben schon die Tür zu.

»Blöde Kuh«, murmelte Anna und meinte sich selbst. Aber mussten Mütter nicht manchmal solche Sätze sagen? Sie seufzte. Wie auch immer. Mit Rike würde sie später reden. Sie nahm ihr Handy, das neben dem Spülbecken lag, und suchte im Internet nach »Vignano, Tessin«. Bei Wikipedia fand sie nicht viel: an der italienisch-schweizerischen Grenze gelegen, 873 Einwohner, 612 Meter über dem Meeresspiegel. Eine Website hatte die Gemeinde nicht.

Sie suchte in einem lokalen Telefonverzeichnis die Nummer der Gemeindeverwaltung, und nach kurzem Zögern rief sie dort an. Eine Frau mit rauer Stimme antwortete, und als Anna ihr den Sachverhalt erklärte, wurde sie in eine

Warteschleife gelegt, die eine nervtötende Keyboardversion von »Eine kleine Nachtmusik« dudelte. Anna atmete auf, als die Musik nach etwa zwei Minuten abbrach und durch eine tiefe, angenehm klingende Männerstimme ersetzt wurde.

»Hier Solca, ich bin der Bürgermeister. Wie kann ich Ihnen weiterhelfen?«

Noch einmal erklärte Anna alles, bemüht, sich ihre Ungeduld nicht anmerken zu lassen. Als sie erzählt hatte, was sie wusste, herrschte am anderen Ende der Leitung so lange Stille, dass sie dachte, die Verbindung sei unterbrochen worden.

»Hallo?«, fragte sie schließlich, worauf der Bürgermeister sich räusperte. »Sie sind also die Tochter von, äh, einer gewissen Simona Fontana?«

»Genau. Sagt Ihnen der Name etwas?« Anna merkte, dass sie an der Nagelhaut ihres rechten Daumens knibbelte, und zwang sich, damit aufzuhören.

»Dazu bin ich wohl etwas zu jung, selbst wenn sie einmal hier gelebt haben sollte, tut mir leid«, antwortete der Bürgermeister. »Sie sagten, Ihre Mutter besaß ein Haus in unserer Gemeinde?«

»Ja, ich habe in ihrem Nachlass einen Grundbuchauszug und ein notarielles Schreiben gefunden, in dem das Erbe beglaubigt wird.«

»Würden Sie mir die Adresse durchgeben?«, bat Solca.

Anna nannte sie ihm, woraufhin ihr Gesprächspartner erneut verstummte.

»Hallo? Sind Sie noch dran? Kennen Sie das Haus?« Anna seufzte im Stillen. Sehr ergiebig war das Gespräch bislang nicht.

»Natürlich. Ich denke allerdings, dass hier ein Irrtum vorliegt, denn in dem Haus lebt schon jemand.«

Das war eine Überraschung. »Könnten Sie mir sagen, wer?«

»Ich bin nicht befugt, darüber Angaben zu machen, tut mir leid.«

»Ich würde trotzdem gerne kommen und mir das Haus ansehen. Wenn es tatsächlich mir gehört, werde ich es wahrscheinlich verkaufen.«

Wieder Stille. War die Leitung gestört? Anna wartete, bis nach einer Weile wieder die Stimme des Mannes ertönte.

»Wie, sagten Sie, war der Name Ihrer Mutter?«

»Simona Fontana.«

»Fontanas gibt es hier so viele wie Kastanien an den Bäumen. Sie werden bestimmt nichts herausfinden.«

Davon war auch nie die Rede gewesen. Anna runzelte die Stirn. »Wie gesagt, habe ich hier ein Dokument, das bestätigt, dass dieses Haus meiner Mutter gehört hat. Wenn jemand darin wohnt, würde ich gerne mit demjenigen sprechen. Wahrscheinlich komme ich schon in ein paar Tagen. Kann ich mich dann an Sie wenden?«

»*Va bene*. Melden Sie sich im Rathaus, wenn Sie da sind, dann sehe ich, was ich für Sie tun kann.« Allerdings klang es eher wie: *»Als Bürgermeister ist es meine Pflicht, das zu sagen, aber ich habe nicht vor, auch nur einen Finger zu rühren, um Ihnen zu helfen.«*

»Herzlichen Dank!« Anna musste sich zusammenreißen, um freundlich zu bleiben. »Ich komme sicher auf Ihr Angebot zurück! *Buongiorno*.«

Sie beendete das Gespräch und legte das Telefon auf den Tisch. Das Haus existierte wirklich. Es war der einzige Hinweis auf die Vergangenheit ihrer Mutter, den sie jemals bekommen hatte. Und jemand lebte darin. In Annas Magen breitete sich ein flaues Gefühl aus.

Kapitel 8

Es dauerte noch mehrere Tage, bis Anna alles Notwendige für die Reise vorbereitet hatte. Sie hatte auch versucht, den Notar in Lugano anzurufen, doch unter der Nummer, die auf dem Schreiben angegeben war, gab es keinen Anschluss mehr. Von dieser Seite würde sie also keine Informationen erhalten. Sie hatte beim Gemeindeamt einen Erbschein beantragt und erfahren, dass es mindestens einen Monat dauern würde, bis sie ihn erhalten würde, aber in ihrem Fall die Erbverhältnisse ganz klar seien. Alles Weitere solle sie mit den Schweizer Behörden regeln.

Rike schmollte immer noch, obwohl Anna versucht hatte, ihr zu erklären, wie wichtig ihr die Reise ins Tessin war. Letztendlich war ihrer Tochter nichts anderes übrig geblieben, als ihren Rucksack zu packen. Sie rächte sich aber, indem sie nur noch das Nötigste sprach. Anna kam einfach nicht an sie heran. Mit jedem Tag, der verging, zog sich Rike immer mehr zurück und tat so, als prallte alles an ihr ab, und Anna wusste nicht, wie sie diesen Panzer durchdringen sollte. Es blieb ihr nichts anderes übrig, als abzuwarten.

Am Tag der Abreise luden sie ihr Gepäck in den Wagen von Annas Mutter und nahmen die Fähre zum Festland. Anna fühlte sich erleichtert, als sie die Insel hinter sich lassen konnte und den klapprigen Corsa endlich auf die Autobahn lenkte. Ihr war, als würde sich eine schwere Decke heben, die die letzten Tage auf ihr gelastet hatte. Was blieb, war die eigene Enttäuschung darüber, dass sie sich nie richtig mit ihrer Mutter ausgesprochen hatte und dass es dafür nun zu spät war. Anna war sich immer noch nicht sicher, ob sie um Simona trauerte. Wirklich nahe waren sie sich in den letzten fünfzehn Jahren nicht gewesen, und sie wusste so wenig über Simona, dass sie das Gefühl hatte, sie gar nicht gekannt zu haben.

Nach einer Weile merkte Anna an Rikes Haltung, dass sie eingeschlafen war. *Mein Kind,* dachte sie. *Da neben mir schläft mein Kind.* Es war gleichermaßen unfassbar und beruhigend, und Anna fragte sich, ob es ein Fehler gewesen war, das Mädchen so lange ausschließlich Simona zu überlassen. Sie hätte sich schon lange um Rike kümmern können, doch die hatte es bei ihrer Großmutter besser gehabt. Ein stabiles Zuhause, ein geordnetes Umfeld, das hätte Anna ihr nicht bieten können. Und auf die Insel zurückzukehren war für sie nie infrage gekommen, selbst wenn sie sich häufig nach dem Wind, der über den Strandhafer strich, gesehnt hatte, nach dem Möwengeschrei und den kleinen weißen Häusern zwischen den flachen Feldern. Sie hatte gewusst, dass sie das, was ihr fehlte, hassen würde, sobald sie dort wäre. Doch am meisten hatte sie gefürchtet, wieder in Simonas erdrückender Nähe zu leben, ihre Kontrollversuche ertragen zu müssen. Lieber hatte sie sich freigekauft, indem sie ihrer Mutter Rike überlassen hatte. Erst jetzt merkte sie, dass es wahrscheinlich ein zu hoher Preis gewesen war.

Am frühen Nachmittag hielt Anna an einer Raststätte und weckte Rike. Nachdem sie einen Teller mit Wiener Schnitzel und Pommes gegessen hatte, besserte sich Rikes Laune, und es kam sogar so etwas wie ein Gespräch zustande.

»Was arbeitest du eigentlich in Hamburg?« Rike nahm einen Schluck von ihrer Cola.

»Hat die *nonna* dir das nie erzählt?«

Rike zuckte mit den Achseln. »Glaub nicht.«

»Also, im Moment hab ich keinen Job.«

»Dann gab es ja auch nicht viel zu erzählen.«

Darüber mussten sie beide lachen. Es tat gut, Rikes fröhliches Gesicht zu sehen.

»Ich hab in Hotels gearbeitet, meistens an der Rezeption. Eigentlich wollte ich immer meine eigene Pension eröffnen, aber ich hatte nie genug Geld dafür.« Anna sah kurz zu Boden. »So läuft es eben. Und du? Noch ein Jahr, dann hast du die mittlere Reife in der Tasche, oder? Weißt du schon, was du dann machen willst? Abitur?«

Rike zuckte wieder einmal mit den Achseln. »Glaub nicht. Ich mach lieber eine Ausbildung, wenn ich einen Platz finde.«

»Das wäre ja schon nächstes Jahr. Weißt du schon, was du machen willst?«

»Altenpflege.« Rike stopfte sich die letzten Pommes in den Mund.

»Wirklich?« Anna war verblüfft.

»Klar, warum denn nicht? Ich mag alte Leute. Letztes Jahr hab ich ein Praktikum im *Inselfrieden* gemacht, das ist das Altersheim bei uns. Die meisten Bewohner sind total nett. Denen war auch egal, wie ich rumlaufe. Und viele haben die irrsten Geschichten auf Lager.«

»Das finde ich ziemlich beeindruckend«, sagte Anna.

»Irgendwie muss man ja schließlich sein Geld verdienen, da kann man gleich was Sinnvolles machen.«

»Da hast du recht. Ich unterstütze dich dabei natürlich, so gut ich kann.« Anna griff nach ihrer Umhängetasche und stand auf. »Wie sieht es aus: Brechen wir auf?«

Die Weiterfahrt verlief angenehmer, es war, als hätte sich ein Knoten gelöst. Rike zog aus Annas Umhängetasche einige CDs hervor und amüsierte sich köstlich über Annas Musikgeschmack.

»Guns N' Roses? Nicht ernsthaft, oder?« Sie schob die CD in den Player und jaulte »Sweet Child o' Mine« mit, nachdem sie den Refrain aufgeschnappt hatte.

Anna fühlte sich plötzlich wie befreit. »Die heutige Jugend weiß einfach nicht mehr, was gute Musik ist«, meinte sie lachend und stimmte dann ebenfalls ein, während Rike auf dem Armaturenbrett herumtrommelte. *Where do we go, where do we go now, where do we go now, sweet child o' mine?*

Sie übernachteten in der Nähe von Freiburg in einer billigen Pension und fuhren früh am nächsten Morgen weiter. Je länger sie unterwegs waren, umso ungeduldiger wurde Anna. Die Reise gestaltete sich langsamer, als sie vermutet hatte: Es war Ferienzeit, ein Stau folgte dem nächsten. Vor dem Gotthardtunnel mussten sie ewig warten, und als es endlich weiterging, bewegte sich die Autokolonne nur zähflüssig durch die Betonröhre. Anna hätte das Gaspedal am liebsten komplett durchgedrückt, das zähe Vorankommen und die Ungewissheit, was sie jenseits des Tunnels erwarten würde, machten sie nervös. Sie war so angespannt, dass sie Rike anfuhr, als diese zum zigsten Mal die Guns-N'-Roses-CD laufen ließ.

Endlich tauchte in der Ferne ein Lichtfleck auf, kurz darauf hatten sie den Tunnel hinter sich. Der Wechsel der Atmosphäre war sofort spürbar: Die Häuser waren ockerfarben und gelb verputzt, die Landschaft war sanfter, sogar das Licht wirkte anders. Es schien leuchtender und zugleich weicher zu sein.

»Das ist ja fast so, als käme man ins Gelobte Land«, bemerkte Anna und meinte es nur halb im Scherz.

»Dauert es noch lange?«, fragte Rike, einen quengeligen Unterton in der Stimme. »Mein Hintern ist schon ganz platt.«

»Eine Stunde wird dein Hintern ja wohl noch überstehen.«

»Ich könnte jetzt mit meinen Leuten am Strand liegen, wenn du mich nicht gezwungen hättest mitzufahren.« Bockig stemmte Rike ihre Springerstiefel gegen das Handschuhfach.

»Nimm die Füße runter! Wenn jetzt der Airbag ausgelöst wird, schlägst du dir mit deinen Knien die Zähne aus.«

»Reg dich ab!« Rike verdrehte die Augen.

»Hey, nicht in dem Ton!«

»In welchem denn?«

»Dem ›Du nervst‹-Ton. Der nervt nämlich mich!«

Rike stellte wortlos die Füße wieder auf den Boden, und Anna war zufrieden, dass sie diesen Punkt für sich entschieden hatte. Vielleicht würde sie ihre Sache als Mutter doch nicht so schlecht machen.

Die Autobahn führte abwärts. Berge wurden zu Hügeln, die nach und nach zur Seite wichen, sodass sich ein weites Tal bildete. Anna war überrascht, wie eintönig die Umgebung plötzlich aussah. Einzelne Ortschaften waren kaum voneinander zu unterscheiden, da die Häuser willkürlich über die Ebene verstreut schienen. Außerdem gab es viele Betriebe, die dem Ganzen den Anstrich eines endlosen Gewerbegebiets verliehen. Dann jedoch rückten die Hügel wieder näher zusammen, und die Landschaft wurde abwechslungsreicher. Dass sie in der Nähe von Lugano waren, wurde Anna nur durch die Hinweisschilder am Straßenrand bewusst. Kurz danach passierten sie einen langen Tunnel und erreichten an dessen Ende ihre Autobahnausfahrt. Sie fuhren auf die *strada cantonale* und sahen unvermutet eine Wasserfläche zu beiden Seiten, da die Straße an dieser Stelle den Luganer See überquerte. Die umliegenden Hügel schienen direkt aus dem Gewässer aufzusteigen. Mit ihren steilen Abhängen und gerundeten Kuppen erinnerten sie Anna an die Buckel eines riesigen Ungeheuers. Ihr dunkles Grün spiegelte sich in helleren Tönen auf der glänzenden Wasseroberfläche, und etwas weiter in der Ferne begannen sich die Umrisse der Landschaft in der diesigen Luft aufzulösen.

»Ist das schön hier!«, rief Anna und warf immer wieder schnelle Seitenblicke über das Wasser. Linker Hand sah sie jetzt auch Lugano, das sich in die Biegung des Seeufers schmiegte und an den umliegenden Hügeln emporwuchs, eine dunstige Halluzination in der Ferne.

»Rike, schau mal da hinten!«

»Kannst du bitte auf die Straße achten?«, entgegnete Rike betont unbeeindruckt, doch Anna ließ sich von ihr nicht die Freude verderben.

»Von hier aus ist es nicht mehr weit«, fuhr sie fort, als hätte sie Rikes Kommentar nicht gehört. »Am anderen Ufer müssen wir irgendwo in die Berge hochfahren, hilf mir bitte mal, nach Schildern Ausschau zu halten.«

»Wie heißt das Kaff noch gleich?«, kam es vom Beifahrersitz gelangweilt zurück.

»Vignano.« Anna seufzte. Wenn Rike sich weiter so trotzig benahm, würde der Aufenthalt kein Vergnügen werden.

Sie erreichten das andere Ufer und mussten noch ein Stück weiter nach Süden fahren, dann entdeckte Anna ein gelbes Schild mit der Aufschrift »Vignano« und folgte ihm durch eine Eisenbahnunterführung. Die Straße wurde schmaler und schlängelte sich in lang gezogenen Serpentinen den Hang hinauf. Es gab keinerlei Sicherung auf der abfallenden Seite, und Anna hoffte, dass ihnen kein Auto von oben entgegenkommen würde. Bei jeder Kurve schaltete sie in den ersten Gang zurück, kam aber dennoch dem Abhang einige Male so nahe, dass sie befürchtete abzurutschen. Nachdem sie mehrere Haarnadelkurven überwunden hatten, führte die Straße sie durch ein dicht bewachsenes Waldstück. Die Bäume rückten so nah an die Straße heran, dass sich ihre Kronen stellenweise über der Straßenmitte berührten. Im üppigen Unterholz wucherten Farne und Gestrüpp. So hatte Anna sich als kleines Mädchen den Märchenwald vorgestellt.

Erst als sich die Bäume wieder lichteten und den Blick nach unten freigaben, wurde Anna klar, wie hoch oben sie sich befanden. An manchen Stellen konnte man auf den See hinunterblicken, der von hier oben eine tiefblaue Farbe hatte. Als die Straße um die Hügelkuppe herumführte, verschwand er wieder aus dem Blickfeld. Die ersten Häuser eines Dorfes tauchten auf, und rechts erblickte Anna das rot verputzte Gebäude eines Gasthofs, des *Alla Posta*. Sie fuhr auf den Parkplatz und stellte den Motor ab.

»Wir sind da«, stellte sie fest.

»Wurde ja auch Zeit«, murmelte Rike verdrossen. »Willkommen in der Einöde.«

»So winzig ist das Dorf auch wieder nicht, immerhin hat es fast neunhundert Einwohner.«

»Wow, eine Metropole!«, sagte Rike sarkastisch.

Anna stemmte eine Hand gegen das Lenkrad und wandte sich Rike zu. »Bisher hast du auch nicht gerade in New York gelebt, also führ dich mal nicht so auf, als wärst du in die Verbannung geraten!«

Ohne eine Antwort abzuwarten, löste sie den Sitzgurt und stieg aus. Zuallererst fiel ihr die Stille auf. Zwar bellte in einiger Entfernung ein Hund, und irgendwo brummte eine Maschine, vielleicht ein Rasenmäher. Doch die Geräusche waren gedämpft und wurden von einer Ruhe getragen, die das ganze Dorf einhüllte. Hier hatte man das Gefühl, weit genug von allem entfernt zu sein, was einem Sorgen bereiten könnte. Unwillkürlich lächelte Anna.

Sie ging die wenigen Schritte zur Eingangstür des kleinen Ladens hinüber, der sich in einem einstöckigen Gebäude gleich neben dem Gasthof befand und über dem in weißen Schablonenbuchstaben *cooperativa* stand. Er war geschlossen, erst um drei würde wieder geöffnet. Anna sah auf die Uhr: Es war eins. Auch das Rathaus hatte jetzt wahrscheinlich Mittagspause. Sie winkte Rike, die störrisch im Wagen sitzen geblieben war, worauf diese sich bequemte auszusteigen.

»Komm, wir essen erst mal was, und danach machen wir uns auf die Suche nach dem Haus.«

Sie gingen um den Gasthof herum und entdeckten zu ihrer Überraschung, dass es auf der Rückseite eine schöne Holzterrasse mit Teaksesseln, passenden Tischen und großen, beigefarbenen Sonnensegeln gab. Auf dem Rasen davor stand ein Klettergerüst mit Schaukel, auf dem mehrere Kleinkinder herumtobten, während ihre Mütter sich bei Cappuccino und Croissants unterhielten.

»Bleiben wir auch draußen, oder stören dich die Kinder, Rike?« Anna zeigte auf den Spielplatz.

»Nee, die sind doch süß, passt schon.«

Anna musste grinsen. Ganz konnte Rike nicht verbergen, dass es ihr hier gefiel.

Kaum saßen sie, kam eine Frau, die etwa in Annas Alter war, aus dem Haus. Sie trug ein geblümtes Kleid, hatte ihre kastanienbraunen Haare zu zwei kurzen Zöpfen geflochten und strahlte eine fröhliche Wärme aus, die Anna sofort sympathisch war. Als sie lächelte, zeigte sich eine Lücke zwischen ihren Schneidezähnen, was sie noch mehr nach einer erwachsen gewordenen Pippi Langstrumpf aussehen ließ.

»Ciao ragazze, che cosa desiderate?«

»Rike, sie möchte wissen, was wir bestellen wollen.«

»Ich kann Italienisch!« Rike zog ein genervtes Gesicht. *»Una Cola, per favore.«*

»Va bene, una coca«, sagte die Kellnerin lächelnd und wandte sich wieder Anna zu.

»Per me un bicchiere di bianco«, antwortete Anna. Sie kam sich unbeholfen vor, weil ihr Italienisch etwas eingerostet war. »Gibt es denn auch etwas zu essen?«

»Aber sicher, ich bringe euch die Karte.« Die Kellnerin verschwand im Haus und kam nach wenigen Augenblicken mit einer Schiefertafel zurück, auf der mit Kreide die Tageskarte geschrieben stand. »Ich empfehle die Forelle, die ist ganz frisch.« Sie stützte die Tafel auf der rechten Ecke des Tischs ab. »Oder wenn ihr Fisch nicht so gerne habt, die Pappardelle mit Zucchini-Tomaten-Soße.«

Anna entschied sich für den Fisch, Rike für einen Gemüsestrudel. Die Kellnerin lächelte wieder so strahlend, dass Anna automatisch zurückgrinste.

»*Perfetto*. Eure Getränke sind gleich da!«

Es tat gut, sich nach der langen Autofahrt zurückzulehnen. Zum ersten Mal seit Simonas Beerdigung fühlte Anna sich richtig entspannt. Als die Kellnerin die Getränke brachte, fragte Anna sie, ob das Rathaus geöffnet sei.

»Der Schalter ist erst ab vierzehn Uhr wieder besetzt.« Sie erklärte kurz den Weg, dann sah sie Anna mit schräg gelegtem Kopf an. »Entschuldigung, dass ich so neugierig bin, aber verrätst du mir, worum es geht?«

»Es geht um den Nachlass meiner Mutter«, erwiderte Anna vorsichtig. »Ich habe nämlich ein Haus in Vignano geerbt.« Sie holte den Auszug aus dem Grundbuch hervor.

Elena las die Adresse. »*Al Ronco 2* – Das muss der alte Hof sein, wo die Deutsche wohnt. Ihr bleibt also eine Weile hier?«

Anna zuckte mit den Schultern. »Kommt darauf an, wie es mit dem Haus läuft. Ich hab mir überlegt, es zu verkaufen oder als Ferienhaus zu vermieten.«

»Gar keine schlechte Idee. Es kommen immer mehr Touristen hierher, um Ausflüge in die *gola delle streghe* zu machen.«

»Hexenschlucht?«, fragte Anna. »Das klingt ziemlich gruselig.«

»Ja, so heißt die Schlucht, in die man nur von hier aus runtersteigen kann. Früher wurden dort angeblich Frauen in den Tod geworfen, die man für Hexen hielt. Heute ist es ein Naturschutzgebiet.« Sie strich ihre Kellnerschürze glatt. »Ich bin übrigens Elena.«

Die beiden Frauen reichten sich die Hand, und Anna stellte sich und Rike ebenfalls vor.

»Freut mich, dann sehen wir uns ja bald wieder. Falls ihr Hilfe braucht: Ich bin immer hier zu finden«, sagte Elena lächelnd.

»Danke für das nette Angebot. Gut zu wissen, an wen wir uns wenden können.«

Die Mütter am Nebentisch wollten noch etwas bestellen, und Elena wandte sich mit einer Entschuldigung ab. Nachdenklich nippte Anna an ihrem Wein und sah auf ihre Uhr. Noch eine Stunde, bis das Rathaus wieder öffnete.

Nach dem Essen folgten sie Elenas Wegbeschreibung und kamen nach kaum hundert Metern zum Dorfplatz, in dessen Mitte ein alter Brunnen stand. Geschäfte gab es hier keine, nur eine kleine Bar, vor der zwei Tische und einige Plastikstühle standen. Das repräsentativste Haus am Platz war ein grau verputztes Gebäude mit weiß abgesetzten Simsen und einer Tessiner Fahne, die über dem Portal wehte.

»Das muss das Rathaus sein«, sagte Anna. »Wenn es schon offen ist, kann ich vielleicht gleich mit dem Bürgermeister sprechen.«

»Ich muss da aber nicht dabei sein, oder?«, wollte Rike wissen.

»Nein, eigentlich nicht. Bleib aber bitte in der Nähe, damit ich dich nachher nicht suchen muss.«

»Jaja.«

Die Eingangstür aus dunklem Holz war offen, dahinter lag ein angenehm kühler Flur, dessen Boden aus alten, teils gesprungenen Fliesen bestand. Anna stieg die Steintreppe mit dem schwarzen Eisengeländer hinauf. Oben stieß sie rechter Hand auf einen Raum, an dessen Tür ein A4-Blatt mit dem Aufdruck *»sportello«* – Schalter – klebte. Sie trat ein und fand sich in einem Amtszimmer mit braunem Linoleumfußboden wieder. Eine hölzerne Theke trennte den vorderen Bereich für die Besucher vom Rest des Raumes. Dahinter saßen sich zwei Frauen, eine jüngere, kaum älter als Rike, und eine grauhaarige, resolut wirkende, an ihren Schreibtischen gegenüber und musterten den Neuankömmling neugierig. Offensichtlich waren sie es nicht gewohnt, fremde Gesichter zu sehen. Anna fragte nach dem Bürgermeister.

»Dani! Eine *signora* will dich sprechen!«, rief die Grauhaarige prompt.

»Schick sie ruhig rein, Ile!«, kam es aus einem Nebenraum.

Sichtlich widerwillig stand Ile auf und klappte die Theke nach oben, damit Anna hindurchgehen konnte. Dann führte sie die Besucherin in das Büro des Bürgermeisters. Die Wände waren mit Aktenregalen zugestellt, die beinahe bis unter die Decke reichten. Nur die Wand zwischen den beiden Fenstern bot genug Fläche für ein großes Ölbild, das auf den ersten Blick abstrakt wirkte, sich auf den zweiten jedoch als Ansicht von Vignano entpuppte. Hinter einem aufwendig geschnitzten Schreibtisch, auf dem ein alter Rechner mit Röhrenbildschirm stand, saß ein Mann um die vierzig mit kurzem, kastanienbraunem Haar. Sein weißes Hemd schien für die kräftigen Schultern zu eng zu sein, denn es spannte sich deutlich über seiner Brust. Er sah gar nicht aus wie ein Politiker, sondern eher wie jemand, der eigentlich eine Rüstung tragen und gegen Drachen kämpfen sollte. Anna musste ein Grinsen unterdrücken und verscheuchte die Phantasie, als er aufstand und um den Schreibtisch herumkam, um sie zu begrüßen. Sein Händedruck war warm und angenehm fest.

»*Buongiorno*, Daniele Solca. Was kann ich für Sie tun?« Aufmerksam sah er sie aus hellbraunen Augen an.

Annas Herz schlug ein bisschen schneller. Es war lange her, dass ein Mann ihr wirklich gefallen hatte, aber dieser hier tat es auf den ersten Blick.

»Ja, also, wir hatten vor einigen Tagen telefoniert. Wegen dem Haus von Simona Fontana. Ich bin ihre Tochter, Anna.«

Hatte sie sich geirrt, oder war er zusammengezuckt, als sie den Namen ihrer Mutter erwähnt hatte?

»Ja, richtig. Ich erinnere mich.« Er räusperte sich, zog sich hinter seinen Schreibtisch zurück und forderte Anna mit einer Geste auf, sich auf den Besucherstuhl zu setzen. Er wirkte auf einmal reserviert und rieb sich den Nacken, als fühlte er sich unwohl.

»So«, sagte er langsam. »Sie haben also das Haus geerbt?«

»Genau. Ich wusste überhaupt nichts davon, meine Mutter hat es nie erwähnt. Ich habe aber einen Auszug aus dem Grundbuch in ihrem Nachlass gefunden – wollen Sie ihn sehen?«

»Äh, ja«, sagte er nach einer kleinen Pause, als wäre er in Gedanken weit weg gewesen.

Anna zog die Dokumente hervor und reichte sie Solca über den Tisch. »Bitte sehr. Ich denke, die Papiere beweisen, dass ich die Erbin des Hauses bin – oder dass mir zumindest ein Teil davon gehört.«

Der Bürgermeister betrachtete die Blätter in seiner Hand eine Zeit lang, dann fragte er: »Ein Testament liegt nicht vor?«

Anna verneinte. »Ihr Tod kam sehr plötzlich.«

Solca sah auf. »Verzeihung, ich habe Ihnen gar nicht mein Beileid ausgesprochen.«

»Schon gut, danke.« Anna versuchte, sich nicht zu sehr von seinen Augen und dem Grübchen in seinem Kinn ablenken zu lassen. »Ich habe in Deutschland auch schon einen Erbschein beantragt, der mir hierher nachgeschickt wird. Kann ich denn trotzdem schon ins Haus hinein?«

»Ich möchte nur eben die Grundbucheinträge vergleichen.« Er begann, auf der Tastatur herumzutippen und mit der Maus zu klicken. Der bläuliche Schein des Bildschirms fiel auf sein Gesicht, und Anna bemerkte, wie nervös er wirkte. Er blinzelte häufig, fuhr sich mit den Fingern durchs Haar und zupfte an seiner Oberlippe, um dann weiterzuschreiben. »Es scheint alles korrekt«, meinte er nach einer Weile. »Ihre Mutter ist als Besitzerin eingetragen.«

»Steht da auch, wem das Haus vorher gehört hat?«

»Ja. Georg Kurbin.«

»Wissen Sie, wer das war? »

Solca drehte sich auf seinem Bürostuhl hin und her. »Dem Namen nach war er nicht von hier. Aber 1981 war ich sieben Jahre alt – zu jung, als dass ich mich an ihn erinnern könnte.« Er lächelte bedauernd. »Ich kann für Sie nachforschen, wenn Sie möchten. Das kann aber eine Weile dauern: Die alten Akten liegen alle im Archiv – ein Euphemismus für unseren Keller.«

Anna zögerte. Sie hätte gerne gewusst, wer dieser Kurbin gewesen war und warum er ihrer Mutter sein Haus vererbt hatte, doch etwas hielt sie davon ab – eine vage Furcht, die Büchse der Pandora zu öffnen, in der die Vergangenheit ihrer Mutter eingeschlossen lag. Daher schüttelte sie nur den Kopf. »Nicht nötig. Aber was ist mit der Person, die in dem Haus lebt? Ist sie eine Verwandte meiner Mutter?«

Der Bürgermeister rieb sich die Nase und zögerte mit seiner Antwort, bevor er weitersprach. »Leider weiß ich auch nicht viel. Sie heißt Charlotte Amstutz und lebt schon in dem Haus, seit ich denken kann. Allerdings haust sie wie eine Einsiedlerin – ich habe sie noch nie zu Gesicht gekriegt. Sie verlässt nicht das Haus und macht auch niemandem die Tür auf.«

»Das gibt es doch nicht«, erwiderte Anna verblüfft.

»So ist es aber. Mehr weiß ich auch nicht.«

Was für ein zähes Gespräch! Anna hatte den Eindruck, dass sie dem Bürgermeister jedes Wort aus der Nase ziehen musste. Fremde wurden hier wohl grundsätzlich als störend empfunden, und man war froh, wenn man sie schnell wieder loswurde. Aber so einfach würde sie es Solca nicht machen.

»Wie lange lebt sie schon hier?«

Ihr Gegenüber wiegte den Kopf hin und her. »Wie ich schon sagte: Seit ich mich erinnern kann, genau weiß ich es aber nicht. Haben Sie den Mietvertrag?«

Anna verneinte. »Im Nachlass habe ich nichts gefunden, und auf dem Konto meiner verstorbenen Mutter gab es auch keine Überweisungen aus der Schweiz.«

»Dann hat Signora Amstutz womöglich ein Wohnrecht. Das müssten Sie abklären.«

»Kann ich denn das Haus dann überhaupt verkaufen?«, fragte Anna.

»Sobald der Erbschein vorliegt, spricht nichts dagegen, wenn die Sache mit dem Wohnrecht geklärt ist.« Er fuhr sich erneut durchs Haar. »Sie haben also gar nicht vor, in das Haus einzuziehen?«

Anna lächelte. »Ganz sicher nicht. Ich fühle mich in Hamburg sehr wohl.« Als sie merkte, wie herablassend das klang, schob sie schnell hinterher: »Auch wenn es hier natürlich sehr idyllisch ist, keine Frage. Aber mir liegt das Stadtleben einfach mehr.«

»Ja, das kann ich verstehen.« Solca lächelte ebenfalls und lehnte sich zurück. »Natürlich müssen Ihre Ansprüche noch von einem Notar beglaubigt werden, und es werden verschiedene Dokumente nötig sein, zum Beispiel Ihre Geburtsurkunde.« Er räusperte sich. »Entschuldigen Sie, aber ist Ihr Vater noch am Leben?« Er sah Anna dabei nicht an, und seine Hände hatten begonnen, mit dem Brieföffner zu spielen, der neben dem Rechner gelegen hatte. Anna fand sein Benehmen merkwürdig. Entweder versuchte er gerade, mit dem Rauchen aufzuhören, oder etwas an ihr machte ihn nervös. Dabei flirtete er nicht im Geringsten.

Sie strich sich die Haare hinters Ohr und sah ihn direkt an. »Das weiß ich nicht, ich habe meinen Vater nie kennengelernt. Ist das denn wichtig?«

»Nur wegen der Erbfolge, aber das wird Ihnen ein Notar genauer erklären können.«

»Verstehe.«

»Gut, dann hätten wir ja alles geklärt.« Er stand auf und beschrieb Anna noch kurz den Weg zum Haus. Plötzlich schien er es eilig zu haben, sie loszuwerden, und sie fühlte sich ein wenig gekränkt. Offenbar bemerkte er es, denn er beeilte sich, eine Entschuldigung hinzuzufügen.

»Mein Sohn kommt gleich vorbei – ich habe versprochen, mit ihm angeln zu gehen.«

Er hat also Familie, schoss es Anna durch den Kopf. Sie konnte das leise Gefühl der Enttäuschung, das sich plötzlich in ihr breitmachte, nicht ganz unterdrücken. Gleichzeitig fand sie es aber auch hinreißend, dass er mit seinem Sohn zum Angeln ging. Das erklärte, weshalb er so nervös gewesen war: Er war in Zeitnot, und sie hatte ihn aufgehalten.

»Dann möchte ich nicht länger stören«, sagte sie und stand auf. Als sie ihm die Hand reichte, fiel ihr Blick noch einmal auf das Gemälde hinter dem Schreibtisch. In der linken unteren Ecke prangte eine schwungvolle Signatur. Der Name des Malers war sehr gut lesbar.

»Das ist ja von Kurbin!«

»Was?« Solca drehte sich kurz um. »Tatsächlich. Das ist mir noch nie aufgefallen. Das Bild hängt schon seit Ewigkeiten hier.«

Als Anna aus dem kühlen, dämmrigen Rathaus ins Freie trat, war sie einen Moment lang geblendet von der beinahe schmerzhaften Helligkeit. Über dem Platz flirrte die Luft, und die Hitze nahm ihr für einen kurzen Augenblick den Atem.

Sie sah sich nach Rike um und entdeckte sie unter einem steinernen Portikus auf der anderen Seite des Platzes. Sie sprach mit einem Jungen, zwei oder drei Jahre älter als sie, der einen Roller am Lenker hielt. Er trug schwarze, enge Jeans und trotz der Hitze eine Strickmütze. Anna beobachtete die beiden einen Augenblick. Rike war wie verwandelt. Sie zwirbelte ihre Haarspitzen, sah zu Boden und lächelte. Der Junge lachte und sagte etwas, worauf Rike ihr Haar nach hinten warf und ihn angrinste.

Anna wollte Rike nicht in Verlegenheit bringen, weshalb sie nur kurz nach ihr rief, anstatt zu ihr hinüberzugehen. Plötzlich erklang dicht hinter ihr eine Stimme, die sie zusammenzucken ließ.

»Permesso?«

Es war Ile, die grauhaarige Gemeindesekretärin. Anna trat zur Seite, um sie vorbeizulassen, doch die ältere Dame blieb stehen, offensichtlich neugierig zu erfahren, was Anna im Rathaus gewollt hatte.

»Und? Konnte der *dottore* Ihnen weiterhelfen?«

»Ein bisschen«, antwortete Anna vage, da sie die Frau nicht einschätzen konnte. War sie auf Tratsch aus, oder wollte sie ihr helfen? »Warum nennen Sie ihn *dottore*?«

»Bürgermeister ist man hier in den Dörfern ehrenamtlich. Dani ist hauptberuflich Arzt.« Sie lächelte und schob sich die goldgefasste Brille zurecht. »Ich kannte ihn schon, als er noch im Kinderwagen lag. Und jetzt hat er selbst einen Sohn.« Sie seufzte und nickte zu dem Jungen mit dem Mofa hinüber. »Da drüben steht er. Ich bin übrigens Ilaria Bernasconi.«

Anna stellte sich ebenfalls vor, und sie schüttelten sich die Hände.

»Was wollten Sie denn von Dani wissen?« Die Sekretärin machte ein neugieriges Gesicht, und Anna kam in den Sinn, dass die Frau sicher ihr ganzes Leben in Vignano verbracht hatte und jeden im Dorf kennen musste.

»Eine Erbschaftsangelegenheit«, sagte sie vorsichtig, »Wissen Sie zufällig, wer die Frau ist, die in *Al Ronco 2* lebt? Ich habe nämlich das Haus geerbt.«

»*Davvero?* Wirklich?« Ile zog erstaunt die Augenbrauen hoch. »Ich dachte immer, der alten Amstutz würde das Anwesen gehören. Sind Sie etwa verwandt mit der *tedesca*?«

»Ich glaube nicht. Ist sie Deutsche?«

»Nein, sie kommt aus Zürich, wie man sich erzählt. Für uns sind alle Deutschschweizer *tedeschi*.« Ilaria lächelte. »Das ist aber nicht böse gemeint!«

»Wissen Sie denn etwas über sie?«

Ilaria schüttelte den Kopf. »Sie lässt sich ja nie blicken. Aber ich kann mich noch an den Skandal erinnern, als der Maler erschlagen wurde! *O mamma mia*, war das eine furchtbare Geschichte!« Sie trat einen Schritt näher an Anna heran und senkte die Stimme. »Er hat einen Einbrecher überrascht, woraufhin dieser ihm den Schädel einschlug! Die Deutsche lebte damals schon eine Weile bei ihm – mehr weiß ich auch nicht. Aber es gibt natürlich viele Gerüchte.«

»Was für Gerüchte wären das denn?«

Ilaria winkte ab. »Dorftratsch, darauf gibt man am besten gar nichts!« Sie sah auf ihre Armbanduhr. »So, jetzt muss ich aber wirklich los, bevor der Laden zumacht. *Alla prossima!*«

Anna stieg die Rathaustreppe hinunter und rief ein zweites Mal nach Rike. Ihre Tochter wechselte noch einige Worte mit dem Jungen, der sich schließlich auf seinen Roller schwang und nach einem Schlenker über die *piazza* in einer Gasse verschwand. Der Motor knatterte überlaut in der mittäglichen Stille und wurde allmählich leiser, während Rike den Platz überquerte und auf das Rathaus zulief.

»Der sah nett aus«, bemerkte Anna, als Rike wieder bei ihr war.

»Er ist okay.« Rike tat gleichgültig, aber Anna bemerkte ihre geröteten Wangen.

»Wie heißt er denn?«

»Aris. Er ist der Sohn von dieser Elena.«

Wieder spürte Anna eine leise Enttäuschung, die sie sogleich zur Seite schob.

»Lass uns zu dem Haus gehen und sehen, ob wir reinkommen«, sagte sie.

Sie liefen durch das Gassengewirr des alten Ortskerns, bis sie vor einem dunklen, beinahe schwarzen Holztor standen, das in die Außenwand des Hauses eingelassen war, sodass man nicht sehen konnte, was sich dahinter befand. Anna versuchte, den schweren Metallriegel zur Seite zu schieben, aber er bewegte sich nur ein winziges Stück, bevor er auf Widerstand stieß. Anscheinend war er von innen blockiert, sodass man das Tor von außen nicht öffnen konnte.

Anna trat einen Schritt zurück und betrachtete das dreistöckige Gebäude. Es wirkte abweisend und unbewohnt, mit seinen kleinen Fenstern, die von morschen Läden verschlossen wurden. Die einst weiße Fassade war fleckig, an mehreren Stellen bröckelte der Putz und ließ die Mauern aus grauem Stein dahinter erkennen. Das Haus hatte etwas von einer Burg an sich, unnahbar und wuchtig, als hätte es die umliegenden Häuser zusammengeschoben, um an der Straßenecke Wache zu halten.

Anna rief einige Male zu den verschlossenen Fenstern hinauf, aber nichts regte sich.

»Was machen wir denn jetzt?«, drängelte Rike.

Anna wandte sich um. »Ehrlich gesagt: keine Ahnung.«

Ihre Tochter legte den Kopf schief. »Wir könnten es ja mal auf der Rückseite versuchen.«

»Sehr gute Idee! Da hätte ich auch selbst draufkommen können!«, sagte Anna anerkennend.

Rike grinste selbstzufrieden. »Bist du aber nicht.«

Sie folgten der leicht abschüssigen Straße, die an einem verfallenen Gehöft vorbei zur Dorfkirche führte. Der Kirche gegenüber stand ein altes, zweistöckiges Gebäude, dessen Fenster innen mit Zeitungspapier abgeklebt waren und über dessen beiden Eingangstüren Anna den kaum noch sichtbaren Schriftzug *Scuola communale* – Gemeindeschule – entzifferte.

»Da sollte man ein Café einrichten«, murmelte sie und ging über den Vorplatz, auf dem unter Kastanienbäumen mehrere Autos parkten und der einen herrlichen Blick auf den See bot.

»Man hat das Gefühl, man könnte abheben und fliegen«, sagte sie verträumt, während sie einen Moment lang die Aussicht genoss. Dann riss sie sich los und sah sich um. »Und wo müssen wir hin?«

»Dahinten!« Rike zeigte auf einen schmalen Pfad, der links von der ehemaligen Schule begann. Nachdem sie den Kirchplatz überquert hatten, führte der Weg sie oberhalb eines verwilderten Steilhangs an der Rückseite der Häuserzeile, in der auch ihr eigenes lag, entlang. Nach etwa zweihundert Metern erreichten sie eine Mauer.

»Wir hätten eine Leiter mitbringen sollen.« Anna sah zweifelnd an der etwa zwei Meter hohen Bruchsteinwand hinauf, über die die üppigen blauen Blütendolden einer Glyzinie herabhingen.

»Das schaffen wir nie!«, stellte Rike fest. »Ich komm da jedenfalls nicht drüber!«

Aber so schnell wollte Anna nicht aufgeben. Sie sah sich suchend um, entdeckte zwei Häuser weiter einen alten Plastikkanister und platzierte ihn vor der Mauer.

»Ziemlich wacklige Konstruktion«, murmelte sie. »Rike, kannst du bitte den Kanister halten?«

Murrend hockte Rike sich neben den Behälter und hielt ihn fest, während Anna daraufkletterte. Mit Mühe gelang es ihr, über die Mauerkrone zu greifen. Ächzend stemmte sie einen Fuß gegen den Stein und versuchte sich nach oben zu ziehen. Beim ersten Mal rutschte sie ab, doch dann gelang es ihr, den Oberkörper auf die Mauer zu legen und ein Bein nachzuziehen.

»O Gott, ich sollte unbedingt mal wieder joggen gehen«, stöhnte sie und hing einige Augenblicke reglos da, bevor sie auch das zweite Bein auf die Mauer zog.

»Du kannst wieder zum Tor zurückgehen«, sagte sie zu Rike, die aufgestanden war und sich mit angeekelter Miene den Dreck von ihren Handflächen rieb. »Ich mache dir von innen auf.«

Anna richtete ihren Blick in den Garten und überlegte, wie sie am elegantesten hinunterkäme. Einen Sprung von hier oben wollte sie nicht riskieren. Ob der knorrige Stamm der Glyzinie sie tragen würde? Anna ließ sich ein Stück an der steinernen Wand hinab und tastete mit dem Fuß nach einem sicheren Tritt. Als sie ihr Gewicht verlagerte, schwankte die Pflanze ein wenig, aber Anna stützte sich an der Mauer ab und kam ohne Schwierigkeiten hinunter. Den letzten halben Meter sprang sie und landete in einem von Unkraut überwucherten Tomatenbeet. Sie wischte sich die Hände an den Jeans ab und richtete sich auf.

Eine Reihe von dichten Büschen, überragt von den Kronen alter Bäume, versperrte hier unten den Blick in den Garten. Anna zerkratzte sich den Rücken an den Zweigen, als sie sich vorsichtig auf den Boden kniete. Sie schob sich an der Mauer entlang, bis sie eine Lücke fand, durch die sie sich zwängen konnte, und fand sich auf einem schmalen Kiesweg wieder, der beinahe völlig zugewachsen war. Unkraut wucherte überall, dennoch war die ursprüngliche Anlage des Gartens zu erkennen: Blumen und Sträucher in verschiedenen Höhen waren geschickt hintereinandergepflanzt, sodass sich dem Auge ein abwechslungsreiches Bild bot, und der Weg war so angelegt, dass man nie weiter als wenige Meter voraus sehen konnte. Neugierig folgte Anna dem Pfad. Mehrmals war sie versucht, den kleinen seitlichen Abzweigungen nachzugehen, die vom Hauptweg ausgingen, doch sie wollte Rike nicht vor dem Tor warten lassen. Einmal hörte sie Wasser plätschern, und sie war begeistert, als sie eine große Kiwistaude entdeckte, die an einem Gestell aus zwei Granitpfeilern und hölzernen Streben emporkletterte. Erst der alte Bienenkasten, der auf der obersten Ebene stand, brachte Anna darauf, wozu die seltsame Konstruktion gedient hatte. Entzückt drang sie weiter in dieses verwunschene Reich vor. Der Garten war zwar groß, aber kein Park, dennoch hatte Anna das Gefühl, sich in der Vegetation zu verlieren. Sie kam an einer Laube vorbei, die vom Wein so zugewuchert war, dass sie wie ein Versteck wirkte. Anna schob die Ranken zur Seite und sah einen Tisch sowie Sitzbänke aus Granit. Wie geschaffen für gemütliche Abende bei einer Flasche Wein. Ein frischer, herber Geruch streifte ihre Nase. Kam er von dem riesenhaften Baum, der nicht weit entfernt auf einem kleinen Wiesenstück stand? Der zerfurchte Stamm war so breit, dass zwei Leute nötig gewesen wären, ihn zu umfassen, und in der ausladenden Krone zwitscherten, knarrten und trällerten unzählige Vögel so laut, dass sie jedes andere Geräusch übertönten. Anna wäre gerne noch länger hiergeblieben, es war ein magischer Ort, an dem die Zeit stillstand. Doch Rike wartete, deshalb ging sie weiter. Durch eine Oleanderhecke mit pinkfarbenen Blüten sah sie das schadhafte Dach des Hauses mit seinen alten Ziegeln in allen Schattierungen von Ocker bis Hellorange. Die dem Garten zugewandte Seite besaß im Dachgeschoss zwei ungewöhnlich große Fenster über einem Vordach, das den rückwärtigen Balkon im ersten Stock schützte. Die Scheiben waren stumpf, offensichtlich waren sie seit Jahren nicht geputzt worden. Nach einer letzten Biegung kam Anna schließlich an ein hohes schmiedeeisernes Tor.

Sie musste kräftig daran rütteln, bis es sich öffnete und sie den Hof betreten konnte, zwischen dessen Pflastersteinen Unkraut spross. Obwohl an den Fenstern niemand zu sehen war, fühlte Anna sich beobachtet. Dennoch blieb sie kurz stehen, um das Haus aus der Nähe zu betrachten. Es war kein herrschaftliches Gebäude, sondern schlicht und ohne Verzierungen an der Fassade. Im rechten Winkel zum L-förmigen Wohntrakt schloss sich ein Nebengebäude an, das früher wohl ein Stall gewesen war. Im ersten und zweiten Stock gab es hölzerne Galerien über die ganze Breite, die man über eine Außentreppe erreichte. Zusammen mit der Gartenmauer bildete das Ensemble ein abgeschlossenes Rechteck, das Sicherheit und Schutz versprach. Haus und Garten wirkten wie eine kleine Welt für sich, und Anna überkam eine vage Sehnsucht danach, zur Ruhe zu kommen. Dies wäre der richtige Platz dafür. Doch was sollte sie hier, wo sie niemanden kannte?

Sie überquerte den Hof und tauchte in den Schatten der Einfahrt, die wie ein Tunnel in das Gebäude integriert war und zur Straße hin von dem großen Tor abgeschlossen wurde. Sie musste einige Male gegen den Haken hämmern, der den Riegel fixierte, bevor er sich löste, dann zog sie den schweren Torflügel auf.

»Endlich!« Rike schlüpfte durch den Spalt, und Anna schloss das Tor wieder.

»Am besten läuten wir erst mal und sagen der Frau, die hier wohnt, wer wir sind.«

Die elektrische Klingel funktionierte nicht, und auch auf ihr mehrmaliges Klopfen hin rührte sich nichts.

»Entweder will sie nicht öffnen, oder sie ist taub.« Anna zog den alten Eisenschlüssel, den sie im Schreibtisch ihrer Mutter gefunden hatte, aus der Hosentasche und atmete tief durch. Was erwartete sie im Inneren des Hauses?

»Ich bin gespannt, wie es da drin aussieht.« Sie fühlte sich wie ein Einbrecher, als sie den Schlüssel ins Schloss steckte. Hoffentlich wurde die alte Frau nicht wütend oder bekam einen Herzinfarkt.

Sie öffnete die Tür und trat aus der hellen Hitze ins schattige Dämmerlicht des Hauses. Sie fühlte sich, als beträte sie auf einer schmalen Planke ein Schiff und könnte jeden Augenblick abstürzen. Und obwohl sie versuchte, das flaue Gefühl abzuschütteln, konnte sie sich des Eindrucks nicht erwehren, dass sie das Haus in seinem Schlaf störte. Hinter der Eingangstür lag ein breiter Flur mit einem Boden aus Terrakottafliesen. Es roch kühl und etwas muffig. Vom Hof her fiel diffuses Licht durch die schmutzigen Fenster.

»Buongiorno!«, rief Anna probehalber, doch ihre Stimme verhallte, ohne Antwort zu bekommen. Eine schwere Stille kam ihnen entgegen, die die Räume füllte wie eine greifbare Substanz.

»Hier ist ja gar keiner«, flüsterte Rike, und Anna hob ratlos die Schultern. Versteckte die alte Frau sich etwa vor ihnen?

Ihre Schritte knirschten auf den Krümeln des herabgefallenen Deckenverputzes, die den Boden sprenkelten wie Zuckerstreusel. Linker Hand entdeckten sie eine Tür. Als Anna sie aufzog, scharrte die Unterkante so laut über die Fliesen, dass Rike sich die Ohren zuhielt.

Vorsichtig lugte Anna in den Raum dahinter. Es war ein Wohnzimmer, das anscheinend die gesamte Straßenseite des Hauses einnahm. Die Läden der beiden Fenster waren geschlossen, sodass im Raum ein seltsam düsteres Licht herrschte, als läge der Raum unter Wasser. Anna ging vorsichtig zwischen den Sitzgruppen und kleinen Tischen hindurch. Auf einer Sessellehne lag ein aufgeschlagenes Buch, und wenn es nicht ebenfalls dick eingestaubt gewesen wäre, hätte man denken können, der Leser wäre nur eben hinausgegangen. Von den Orientteppichen, die in unterschiedlichen Größen den Boden bedeckten, stieg ein muffiger Geruch auf, der in Annas Hals kratzte.

Um besser sehen zu können, versuchte sie, ein Fenster zu öffnen. Sie musste kräftig am Griff rütteln, da der Rahmen sich verzogen hatte. Auf dem Fensterbrett, das breit genug war, um sich daraufzusetzen, hatten sich tote Fliegen angesammelt. Endlich schaffte sie es, die Läden aufzuklappen, und es drang helleres Licht ins Zimmer. Erst jetzt bemerkte Anna an der links von der Tür gelegenen Wand den breiten Kamin mit dem mächtigen Abzug. Seitlich waren zwei Steinbänke angebracht, sodass man im Winter dicht am wärmenden Ofen sitzen konnte. In der Feuerstelle lagen sogar noch angekohlte Scheite und Aschereste. Die andere Schmalseite des Raums wurde von einem Bücherregal eingenommen, während die Tür- und Fensterseite kahl waren. Allerdings ragten Nägel aus den Wänden, als hätten dort einmal Bilder gehangen. Mehrere mit unterschiedlichen Stoffen bezogene Sofas und Sessel, auf denen – inzwischen mottenzerfressene – Kissen lagen, waren über das Zimmer verteilt. Einfache Stehlampen mit Stoffschirmen hatten wohl einst für eine gemütliche Beleuchtung gesorgt. Als Anna einen Schalter ausprobierte, leuchtete zu ihrer Überraschung die Birne auf.

»Wenigstens gibt es Strom«, sagte Rike von der Tür aus.

Früher musste es ein behagliches Zimmer gewesen sein, eingerichtet nach den Bedürfnissen der Hausbewohner, nicht, um Besucher zu beeindrucken. Doch es würde viel Arbeit nötig sein, um es wieder wohnlich zu machen.

»Sehen wir uns die anderen Zimmer an.« Sie ging zurück zu Rike, die in der Tür stehen geblieben war. Zusammen folgten sie dem Flur in den hinteren Teil des Hauses, wo sich die Küche befand. Anna liebte diesen Raum vom ersten Augenblick an. Neben dem Gasherd und dem Kühlschrank stand ein wuchtiges Küchenbuffet aus türkis lackiertem Holz mit unzähligen Schubladen und Fächern. Auch hier hatte man den Eindruck, das Leben im Haus wäre abrupt unterbrochen worden: Auf Wandborden standen Gewürze und sogar noch Essig und Öl. Ein tiefes, aus Granit gefertigtes Spülbecken lag genau unter einem der Fenster, die auf den Garten hinausblickten. Darin lagen zwei Teller und Besteckteile. Unter dem zweiten Fenster stand ein massiver Holztisch mit einer verschrammten Platte, um ihn herum sechs schlichte Holzstühle. Anna sah sich und Rike bereits an diesem Tisch sitzen und frühstücken, und ein warmes Gefühl glomm in ihr auf. *Was, wenn ich die Schatten aus dem Haus vertreibe und daraus ein Zuhause für Rike und mich mache?*, schoss es ihr durch den Kopf. *Oder vielleicht nicht nur für uns.* Hatte die Wirtin nicht erwähnt, dass immer mehr Touristen in die Gegend kamen?

Der Gedanke war absurd – hatte sie sich nicht geschworen, nie wieder in einem Dorf zu leben, wo jeder jeden kannte, über jeden Bescheid wusste, jeden beobachtete? In Hamburg kümmerte es niemanden, was sie tat, aber ein Dorf war wie eine Überwachungsanlage mit unzähligen Augen und Mündern, die alles sahen und weitergaben. Wer sich nicht anpasste, wurde ausgestoßen, so war es doch. Nein, sie würde das Haus so weit herrichten, dass sie einen guten Preis dafür bekam, und dann mit dem Geld eine kleine Wohnung in Hamburg für sich und Rike kaufen.

»Und, halten wir es hier eine Weile aus?«, fragte sie dennoch.

»Das ist nicht dein Ernst, dass wir hier wohnen sollen, oder?« Rike zog die Augenbrauen hoch.

»Doch, eigentlich schon. Wozu haben wir die Schlafsäcke und Isomatten denn sonst mitgebracht?«

Rike stöhnte. »Können wir nicht ins Hotel gehen?«

Anna musste grinsen. »Du bist ganz schön verweichlicht! Los, das ist ein Abenteuer, genieß es!«

Rike sah sie an, als wäre sie verrückt. »Was gibt's denn da zu genießen? Hier haben wir bestimmt noch nicht mal Internetempfang. Gib mir Geld, dann nehme ich den nächsten Zug nach Hause.«

Jetzt lachte Anna sie rundweg aus. »Das würde dir so passen! Und wer hilft mir dann, das Haus zu renovieren?«

»Das willst du selber machen? Du spinnst ja total!«

Anna zuckte mit den Schultern. »Vielleicht nicht alles, aber wir haben jede zwei Hände, und einen Pinsel kann ich auch halten – das geht schon irgendwie.«

»Ich glaub, ich such mir eine Ecke, wo ich mir in Ruhe die Pulsadern aufschneiden kann!« Rike machte ein grimmiges Gesicht.

»Kann es sein, dass du ein bisschen verwöhnt bist? Los, sehen wir uns die Zimmer oben an!«

Rike stöhnte, folgte Anna aber die Treppe hinauf, die neben der Küchentür in den ersten Stock führte.

Auch oben war alles in schlechtem Zustand. Im Flur lagen abgewetzte Flickenteppiche auf den Dielen. In die Mauer war ein großer Wandschrank mit herrlich geschnitzten Türen aus Nussbaumholz eingelassen.

Obwohl das Haus verwahrlost war, konnte Anna sich genau vorstellen, wie alles aussehen würde, wenn die Wände neu gestrichen und die großen Fenster, die zum Hof blickten und dem Flur die Atmosphäre eines Wintergartens gaben, geputzt wären.

Sie setzten die Erkundung fort: Es gab drei Schlafzimmer, zwei davon mit Aussicht auf den Garten. Sie besaßen hohe stuckverzierte Decken und waren mit Messingbetten und schweren dunklen Holzmöbeln ausgestattet. Eines wies Spuren einer wunderschönen Wandbemalung auf: ein Garten oder eine Weinlaube mit Vögeln. Leider war der Putz an vielen Stellen abgeblättert, sodass nicht mehr viel zu erkennen war. Aber das ließ sich alles herrichten: neue Vorhänge, moderne Lampen und ein Blumenstrauß auf dem Nachttisch – Anna sah die renovierten Räume bereits vor sich.

Sie trat ans Fenster und sah auf den Hof. Das Nebengebäude gegenüber wirkte verlassen. Doch jetzt fiel Anna eine schmale Stiege auf, die von der oberen Holzgalerie zu einer Tür führte, die in eine Gaube im Querflügel eingelassen war. Von unten hatte sie diese Tür nicht sehen können. Sie schien der einzige Zugang zum Dachboden zu sein, denn im Flur war ihr keine Bodenklappe aufgefallen.

Eine leichte Bewegung an einem der beiden Gaubenfenster zog ihren Blick an, und für einen Moment sah sie undeutlich ein Gesicht, das aber sofort wieder verschwand. Dort oben lebte also die alte Frau, deren Name Anna schon wieder vergessen hatte. Charlotte Armbruster? Jedenfalls musste sie hinübergehen und mit ihr reden.

Ihre Gedanken wurden von Rike unterbrochen.

»Was ist das denn?« Rike kauerte vor dem geöffneten Kleiderschrank. »Da ist ja noch alles drin!«

Anna trat hinter sie und sah ebenfalls in den Schrank. Tatsächlich lag dort Bett- und Tischwäsche in ordentlichen Stapeln, als wäre sie erst vor Kurzem hineingelegt worden. Sie verströmte einen trocken-staubigen Geruch.

»Merkwürdig.« Anna ging in die Hocke und fand in den unteren Fächern alte Wanderstiefel, einen zusammengerollten Rucksack und eine Wasserflasche aus Blech.

»Warum haben die denn ihren Kram nicht mitgenommen?«, wunderte sich Rike.

Anna hob ratlos die Hände. »Der Besitzer ist gestorben, und anscheinend hat sich niemand darum gekümmert, das Haus auszuräumen.«

»Gruselig. Bestimmt spukt der Typ hier noch herum.«

»Jetzt hör aber auf! Mach dich lieber mal nützlich und geh zum Laden – wir brauchen jede Menge Putzmittel, Lappen und Staubtücher. Wenn wir heute hier schlafen wollen, müssen wir zumindest ein Zimmer einigermaßen sauber kriegen. Ich schaue inzwischen bei unserer Mitbewohnerin vorbei. Anscheinend haust sie auf dem Dachboden.«

Rike maulte zwar, machte sich dann aber auf den Weg zum Dorfladen. Anna ging ebenfalls hinunter, überquerte den Hof und wagte sich auf die wackelige Holztreppe. Mit einem flauen Gefühl im Magen erklomm sie die Stufen. Die letzte Stiege war nicht viel mehr als eine Hühnerleiter, und Anna kam der Gedanke, dass ihre Mitbewohnerin womöglich so gebrechlich war, dass sie gar nicht mehr hinauskonnte. Endlich stand sie auf dem engen Absatz vor der Dachbodentür.

Wie würde die Frau reagieren, wenn ihr plötzlich die Hausbesitzerin gegenüberstand? Anna klopfte an die Tür mit dem rissigen Anstrich und lauschte. Auf der anderen Seite glaubte sie, eine Bewegung mehr zu spüren, als zu hören. Doch niemand öffnete ihr. Sie klopfte nochmals und nannte ihren Namen. Ein leises Scharren war die einzige Antwort. Hatte die *tedesca* Angst vor Fremden?

Anna überlegte kurz, dann wühlte sie in ihrer Tasche nach dem Notizbuch, in das sie alle möglichen Gedanken schrieb und kleine Zeichnungen kritzelte, wenn sie spazieren ging. Sie riss eine Seite heraus, kramte ihren Druckbleistift hervor und schrieb, das Buch als Unterlage benutzend, in sorgfältigen Großbuchstaben eine Nachricht auf das Blatt: *Guten Tag, ich bin Anna Fontana und habe das Haus von meiner Mutter, Simona Fontana, geerbt. Ich würde gerne mit Ihnen sprechen. Sie müssen keine Angst haben.*

Als sie fertig war, schob sie es unter der Tür durch, ließ aber eine Ecke herausstehen. Sie richtete sich auf und beobachtete gespannt die Schwelle. Etwa eine Minute verging, dann scharrte es drinnen erneut, und die Ecke verschwand.

Als auch daraufhin nichts geschah, beschloss Anna, es vorerst auf sich beruhen zu lassen. Vielleicht musste die alte Frau sich erst an den Gedanken gewöhnen, dass auf einmal jemand da war, der Anspruch auf das Haus erhob. Sie stieg wieder in den Hof hinunter und ging zurück in die Wohnung. Noch einmal wanderte sie durch alle Räume, die seit so langer Zeit unbewohnt waren und in denen noch die Geister der Vergangenheit zu hausen schienen. Doch Anna war entschlossen, die Schatten zu vertreiben und das Haus wieder zum Leben zu erwecken.

Kapitel 9

Charlotte ließ den Vorhang los, sodass er wieder in seine ursprüngliche Position zurückfiel.

Das Mädchen war jetzt eingedämmert. Vielleicht war es bereits ohnmächtig – Charlotte wusste es nicht. Sie hatte die gesamte Packung in den Tee gerührt. Die Tabletten waren so alt, dass sie von selbst zerfallen waren, und sie hatte schon gefürchtet, sie hätten ihre Wirkung verloren.

Sie ging hinüber zu ihrem Sessel und ließ sich darin nieder, ungelenk wie immer wegen des steifen Beins, das an ihr hing wie ein Stück Holz. Sie legte den Kopf an die Lehne und drückte sich in das Kissen, das ihren Rücken stützte. Zeit, weiterzuerzählen. Ihre Gedanken glitten zurück in die Vergangenheit.

—— 1963

Zeit bedeutete ihnen nichts und alles. Jeder Augenblick war kostbar, wenn sie zusammen waren. Und wurde zur Qual, wenn sie sich nicht sehen konnten. Charlotte hatte nicht geahnt, wie sinnlos das Leben sein konnte, wenn man fern von einem geliebten Menschen war. Ihre Sehnsucht war ein ziehender Schmerz, der nur verging, wenn sie bei Georg war. Ihr Erfindungsreichtum kannte keine Grenzen, wenn es darum ging, sich Ausreden auszudenken, um das Hotel verlassen zu können. Sie belog ihre Eltern, ohne auch nur eine Sekunde lang ein schlechtes Gewissen zu haben. Die Liebe verlieh ihr das Recht, alles zu tun, was notwendig war, um in seiner Nähe zu sein. Denn tief in ihrem Inneren wusste sie, dass ihre Zeit begrenzt war, auch wenn sie daran nicht denken wollte. Doch das Ende des Urlaubs rückte unerbittlich näher, und jeden Morgen wachte Charlotte mit einem

Gefühl absoluter Machtlosigkeit auf, weil wieder ein Tag vergangen war, ohne dass sie es hätte verhindern können.

Amanda wurde zu ihrer Beschützerin. Ihre Großzügigkeit war bemerkenswert, sie war tatsächlich kein bisschen eifersüchtig. Stattdessen log sie ebenfalls und bat Charlottes Eltern, ihre Tochter an Ausflügen oder Soireen in der *Villa d'Este* teilnehmen zu lassen, die in Wirklichkeit nie stattfanden. Gero und Renate Amstutz, geblendet vom Charme der reichen Amerikanerin, ließen Charlotte ziehen, ohne zu ahnen, dass ihre Tochter die Zeit in Georgs Bett und den Bars von Como verbrachte.

Er malte sie, nackt auf den Laken, die nach ihren Körpern rochen, in das klare Licht getaucht, das durch das kleine Dachfenster ins Zimmer fiel. Anschließend liebten sie sich. Wieder und wieder. Nie konnten sie genug voneinander bekommen. Charlotte wollte sich jede Stelle seines Körpers aneignen wie einen geheimen Rückzugsort, den nur sie kannte. Sie erforschte die Kuhle unterhalb der Kehle zwischen seinen Schlüsselbeinknochen, die Trennlinie zwischen seinem gebräunten Oberkörper und dem hellen Gesäß, seinen Nacken unter dem dunklen Haar. Sie liebte den Geruch seines Schweißes, die Spiegelungen des Lichts in seinen Augen und das leichte Lächeln, das seinen Mund umspielte, wenn er sie ansah. Und sie konnte nicht fassen, dass all das ihr gehörte. Bald gestand er ihr, dass er ohne sie kaum noch malen könne, dass er ihre Gegenwart brauche, um inspiriert zu sein. Was waren dagegen die schalen Komplimente, die Reto und andere junge Männer austeilten, als wären es Visitenkarten? Charlotte war überzeugt davon, dass niemandem vor ihr und Georg je etwas ähnlich Magisches widerfahren war.

Abends gingen sie aus, trafen sich mit Amanda und den jungen Amerikanern in einer der Bars um die Piazza San Fedele, die wie golden erleuchtete Höhlen wirkten, erfüllt von Stimmen, Gelächter und Gläserklirren. Draußen unter den Arkaden verwoben sich die Gespräche mit der Musik zu einem Teppich, während Liebespaare an den Mauern der Häuser lehnten. Charlotte hatte nie etwas Vergleichbares erlebt, ja nicht einmal geahnt, dass das Leben so unbeschwert sein konnte. In Zürich saß man nicht bis nach Mitternacht auf der Straße, und öffentlich Zärtlichkeiten auszutauschen war undenkbar. Georg sprach oft darüber, dass in Deutschland und der Schweiz nur der Geist geschätzt werde und wie falsch es sei, den Körper zu vergessen, der einen doch im Grunde ausmache. Er wollte Menschen und Landschaften malen, so wie sie wirklich waren, ungeschönt und direkt. Für Charlotte war alles, was er sagte, eine Offenbarung. Amanda dagegen neckte ihn manchmal, indem sie Namen bekannter Künstler einwarf, die Charlotte noch nie gehört hatte. Andy Warhol, Roy Lichtenstein, so die Amerikanerin, seien die Avantgarde. Georg lachte dann und meinte, er sei nicht daran interessiert, Suppendosen abzumalen. Sollten andere Maler ruhig der Mode folgen, er zeichne nur, was er fühle. Charlotte konnte zu diesen Gesprächen nicht viel beitragen, doch sie waren erfrischend und so anders als die drögen Konversationen über Belanglosigkeiten, die sie von zu Hause kannte. Ihr Vater, sosehr sie ihn liebte, redete übers Geschäft, und ihre Mutter lebte geradezu für den Tratsch der besseren Zürcher Kreise. Nie wurde über Dinge gesprochen, die wirklich wichtig waren: Kunst, Philosophie und Politik. Daher empfand Charlotte, auch wenn sie nicht immer folgen konnte, die Gespräche mit Georg und Amanda als genauso belebend wie den Champagner, den sie flaschenweise tranken.

Wenn sie nach diesen kostbaren Abenden neben Amanda im Fond der Limousine saß, die sie zum *Miralago* brachte, erschien es ihr unerträglich, bald wieder in ihr alltägliches Leben zurückkehren zu müssen. Sie spürte einen solch unbändigen Drang, frei zu sein, dass es wehtat, und sie beneidete Amanda, deren Herkunft und Erbe ihr diese Freiheit ermöglichten. Je mehr Zeit verging, desto stärker wurde ihre Gewissheit, dass sie sich am Ende des Sommers nicht von Georg trennen würde. Wie sie das anstellen würde, wusste sie noch nicht, aber sie würde einen Weg finden.

Doch dann wurden all ihre Pläne zerstört, an einem einzigen Abend. Charlotte und Georg hatten den Nachmittag in seiner Wohnung verbracht und wollten nun am See spazieren gehen, bevor sie sich mit Amanda trafen. Das Wetter war diesig und schwül, der See schimmerte matt wie flüssiges Blei, und ein Gewitter lag in der Luft. Georg war begeistert von der dunstigen Atmosphäre und dem diffusen Licht.

»Als wäre die ganze Welt in Watte gepackt«, bemerkte Charlotte. Die trübe Stimmung erzeugte in ihr eine eigenartige Wehmut, und als sie es ihm erzählte, sagte er, ihm gehe es ebenso.

»Ich will den See so malen, dass du dasselbe Gefühl wieder spürst, wenn du das Bild betrachtest. Darum geht es: den Moment festzuhalten, aber nicht wie auf einer Fotografie, sondern so, wie wir ihn empfunden haben.«

Sie liefen langsam weiter, und Charlotte genoss die Vorstellung, dass die wenigen Passanten, denen sie begegneten, sie möglicherweise für ein Ehepaar hielten.

Als die Sonne hinter den Hügeln verschwand, wurde es kühler. Vom Wasser stieg Nebel auf. Der Kies auf dem Weg knirschte auf einmal überlaut unter ihren Schritten. Die Leute, die ihnen entgegenkamen, waren nur noch dunkle Schemen im Zwielicht. Charlotte wurde von einer inneren Unruhe befallen, die sie nicht näher bestimmen konnte. Sie fürchtete sich sonst nie, aber jetzt zuckte sie sogar zusammen, als ein Mann sie überholte. Er trug eine Kappe, sodass sie ihn von hinten nicht erkennen konnte, aber etwas an seiner Haltung, seinem Gang kam ihr bekannt vor. Er lief schnellen Schrittes weiter und war bald verschwunden, doch Charlotte fühlte sich noch immer ängstlich und schwach. So kannte sie sich nicht, und so wollte sie auch nicht sein. Sie hatte sich vorgenommen, den Abend zu genießen und sich zu vergnügen, die Momente auszukosten, die ihnen noch blieben.

Sie packte Georgs Arm fester. »Lass uns umkehren. Amanda wartet sicher schon auf uns.«

Wenige Minuten später erreichten sie die Piazza, wo sich bereits eine laute Menschenmenge tummelte. In einer Ecke des Platzes spielte eine Kapelle, vor der junge Paare über das Pflaster wirbelten. Georg ergriff Charlottes Hand und zog sie durch den Trubel zu ihrer üblichen Bar unter den Arkaden. Amanda war tatsächlich bereits da, heute ohne die jungen Amerikaner. Sie waren abgereist, um das neue College-Semester anzutreten.

»I'll also go back in a few days«, kündigte sie an. *»But we'll see each other again next summer, right?«* Ihr Lachen war strahlend und ohne jeden Zweifel.

Als die bestellten Getränke kamen, nahm Charlotte einen großen Schluck von ihrem Champagner, um die Furcht zu betäuben. Die Zeit rann ihnen durch die Finger. Kaum mehr als eine Woche blieb ihnen noch, dann war der Sommer vorbei. Sie fragte sich, ob Georg sich eine Trennung genauso wenig vorstellen konnte wie sie. Sie sprachen nie darüber, was am Ende der Ferien mit ihnen geschehen würde, und bisher hatte sie angenommen, er verdränge es ebenso wie sie. Doch was, wenn es nicht so war? Wenn er es einfach hinnahm, sie am Ende des Urlaubs zu verlieren? Brauchte er sie weniger als sie ihn? Der Gedanke schnitt wie eine Klinge in ihr Herz. Sie konnte nicht zulassen, ihn zu verlieren, das würde sie nicht ertragen. Doch heute wollte sie den Abend unbeschwert genießen, weshalb sie beschloss, jeden Gedanken an die Abreise von sich zu schieben. Sie verbrachten den restlichen Abend mit heiterem Geplauder und mischten sich unter die Leute auf der Piazza. Georg tanzte mit Charlotte, während Amanda sich in den Armen eines jungen Italieners wiegte. Kurz vor elf erinnerte die Amerikanerin daran, dass Charlotte zurück ins *Miralago* musste. Ihre Eltern dachten, sie sei mit Amanda im Theater. Sie waren hocherfreut gewesen, dass Charlotte auf diese Weise ihre Italienischkenntnisse verbessern wollte.

Georg brachte sie zur *Porta Torre*, dem alten Stadttor, wo Carlo mit dem Wagen auf sie wartete. Amanda stieg als Erste ein, damit Georg und Charlotte sich ungestört verabschieden konnten. Die Straßen waren kaum beleuchtet, und nur wenige Menschen unterwegs, doch selbst wenn jemand sie gesehen hätte, es kümmerte sie nicht. Charlotte legte ihre Arme um Georgs Nacken und küsste ihn lange. Im ersten Augenblick schien er überrascht, doch dann erwiderte er ihren Kuss.

»Lola«, murmelte er und drückte sie an sich. »Wenn du bloß bei mir bleiben könntest, nur eine einzige Nacht.«

»Wir treffen uns morgen in der Bucht«, flüsterte sie ihm zu. »Ich sage meinen Eltern, dass ich mit Amanda Wasserski fahren gehe – sie schickt mir das Boot. Träum von mir!«

»Ganz bestimmt!« Er lächelte und hielt ihr die Wagentür auf. Während die Limousine anfuhr, kurbelte sie schnell das Fenster herunter, um ihm zu winken. Dann beschleunigte der Wagen, und Georg blieb im Dunkel zurück.

Charlotte genoss es, vor dem *Miralago* in einer schwarzen Limousine vorzufahren wie ein Filmstar. Sie sprang aus dem Fond, winkte noch einmal Amanda und lief zur Eingangstür. Auf der daneben gelegenen Terrasse saßen trotz der späten Stunde noch etliche Gäste unter Lampiongirlanden und plauderten, während die Zikaden ihr raues Schnarren von sich gaben und das Wasser des Sees sachte an das nahe gelegene Ufer schwappte. Charlotte bemerkte erleichtert, dass ihre Eltern nicht an einem der Tische saßen, und grüßte flüchtig einige Bekannte, ohne stehen zu bleiben. Das Foyer war leer bis auf den Rezeptionisten, der hinter seinem Tresen stand und Papiere sortierte. Er blickte auf, als er die Tür gehen hörte, und reichte Charlotte ihren Zimmerschlüssel. Die Melodie summend, zu der sie und Georg getanzt hatten, stieg sie langsam die mit weichem, rotem Teppich überzogene Treppe hinauf. Beinahe hätte sie aufgeschrien, als auf dem Zwischenabsatz zum zweiten Stock unvermutet ein Mann aus der mit einem Vorhang abgeteilten Nische trat, in der sich das Gästetelefon befand.

»Musst du hier so herumschleichen? Ich wäre fast die Treppe hinuntergestürzt vor Schreck!« Sie wollte weitergehen, doch Reto versperrte ihr den Weg nach oben.

»Ich hab auf dich gewartet«, sagte er langsam.

Charlotte runzelte die Stirn. »Ich bin zu müde, um noch was mit dir zu trinken, Reto. Wir sehen uns morgen, ja?«

»Wo treibst du dich nur so spät noch herum?« In seiner Stimme lag ein lauernder Unterton.

»Was geht dich das an? Aber bitte: Ich war mit einer Freundin im Theater. Hier!« Sie drückte ihm das Programm in die Hand, das Amanda ihr im Wagen zugesteckt hatte. »Und jetzt geh mir bitte aus dem Weg, ich bin müde und möchte in mein Zimmer.«

Reto rührte sich nicht. »Komisches Theater«, erwiderte er und verzog verächtlich die Mundwinkel. »So unter freiem Himmel und mit Tanz fürs Publikum. Und deine Freundin ist ganz schön groß und muskulös für eine Dame.«

Charlotte hatte einen Augenblick lang das Gefühl, ihr würde der Boden unter den Füßen weggezogen, doch gleich darauf kochte heiße Wut in ihr hoch.

»Du warst das am See!«, zischte sie. »Der Mann mit der Kappe! Wie kannst du es wagen, mir nachzuspionieren?«

»Weil ich mir Sorgen um dich mache.« Reto setzte ein ernstes Gesicht auf. »Dieser Kerl, der seine Finger nicht von dir lassen konnte, sieht nicht gerade vertrauenswürdig aus. Wer ist er?«

»Das geht dich, offen gesagt, einen feuchten Kehricht an!«, fauchte Charlotte und wollte sich an ihm vorbeidrängen, aber er trat blitzschnell vor und packte ihre Oberarme.

»Deine Eltern geht es aber wohl etwas an, mit was für Leuten du dich herumtreibst. Ich bin mir sicher, sie wären schockiert zu erfahren, dass ihre Tochter sie nach Strich und Faden belügt und sich mit fremden Männern in Bars trifft!«

Charlotte starrte in sein verkniffenes Gesicht. Wie hatte sie ihn nur jemals nett finden können? Am liebsten hätte sie ihm in diesem Moment die Augen ausgekratzt, doch sie durfte ihn nicht zu sehr reizen. Wenn er sie verriet, würde ihre Mutter auf eine unverzügliche Abreise bestehen, und dann würde sie Georg nie wieder sehen.

Sie schürzte schmollend die Lippen. »Reto, ich wollte mich nur ein bisschen amüsieren. Ich kenne den Kerl, mit dem du mich gesehen hast, kaum, und mir liegt auch nichts weiter an ihm. Na komm, sei nicht böse auf mich und lass uns wieder Freunde sein.«

»Freunde!«, schnaubte er. »Glaubst du etwa, ich will dein Freund sein? Eigentlich hatte ich vor, bei deinen Eltern am Ende der Ferien um deine Hand anzuhalten.«

Charlotte konnte es nicht verhindern: Sie brach in Gelächter aus. »Du? Als mein Ehemann? Das meinst du doch nicht ernst!«

Einen Augenblick lang sah er verletzt aus, dann packte er sie fester, grub seine Finger tief in ihre Oberarme und drängte sie in die Nische, in der er sich zuvor versteckt hatte. Ihre Kniekehlen stießen gegen den Hocker, der dort vor dem Tischchen mit dem Fernsprecher stand, doch Retos fester Griff hielt sie aufrecht.

»Du tust mir weh!«, presste sie hervor. Jetzt hatte sie wirklich Angst. Reto schien nicht mehr Herr seiner selbst zu sein, und Charlotte wollte nur noch von ihm fort, gleichgültig, wie. Sie überlegte, ob sie nach dem Rezeptionisten rufen sollte. Doch dann gäbe es einen handfesten Skandal. Sie musste sich etwas anderes einfallen lassen, um Reto beizukommen.

Er atmete heftig, und in der Enge stach ihr der Geruch seines Rasierwassers in die Nase.

»Ich mag dich ja«, erklärte sie hastig. »Aber wir kennen uns doch erst seit Kurzem. Gib mir ein bisschen Zeit, mein Lieber. Wenn du mich bei meinen Eltern verpetzt, fahren wir sofort zurück nach Hause. Dann können wir uns gar nicht mehr sehen.«

Retos Griff lockerte sich etwas, und er sah nun besänftigter aus. Die verbissenen Züge, die sein gut aussehendes Gesicht entstellt hatten, glätteten sich. »Na gut, aber du musst beweisen, dass du es ehrlich meinst.«

»Natürlich meine ich es ehrlich.« Charlotte sah mit großen Augen zu ihm auf. »Es war dumm von mir, heimlich tanzen zu gehen. Amanda hat mich überredet, sie zu begleiten. Sonst wäre ich doch nie auf den Gedanken gekommen, so etwas zu tun.«

»Und dir liegt wirklich nichts an diesem Kerl?«

»Nicht das Geringste. Er ist ganz nett, aber mehr nicht. Ich hatte mich nur bei ihm eingehakt, damit ich nicht mit meinen hohen Absätzen umknicke.«

Reto starrte auf sie hinunter. »Dann beweise es.«

Sie lachte auf. »Wie soll ich das denn beweisen?«

»Versprich mir, dass du ihn nicht mehr triffst! Ich beobachte dich, und wenn du noch einmal verschwindest, erfahren deine Eltern alles.«

Sie seufzte. »Gut, von mir aus: Ich verspreche es.« Natürlich hatte sie nicht vor, dieses ihr abgepresste Versprechen einzuhalten. Irgendwie würde sie Reto schon abschütteln. »Kann ich jetzt in mein Zimmer gehen?«

»Noch nicht«, sagte er mit seltsam entschlossener Miene. »Ich muss wissen, dass du es ernst meinst.«

»Was soll ich denn noch tun? Auf die Bibel schwören?«

»Ich will einen Kuss«, stieß Reto hervor. »Als Beweis.«

»Zuerst lässt du mich los«, forderte Charlotte, und Reto kam der Bitte tatsächlich nach. Sie stellte sich auf die Zehenspitzen und drückte ihm einen Kuss auf die Wange. »So, jetzt ist alles wieder gut, nicht wahr?«, vergewisserte sie sich im Ton einer Mutter, die mit ihrem kranken Kind sprach, und wartete darauf, dass Reto zur Seite trat. Doch er rührte sich nicht.

»Nicht so einen Kuss«, sagte er. »Einen richtigen.«

Sie wusste, dass es sinnlos war, mit ihm zu verhandeln, also hielt sie ihm ihr Gesicht entgegen. Wenn sie sich damit freikaufen konnte, sollte es ihr recht sein. Sie sagte sich, es sei nur ein Kuss, der ihr nichts bedeute. Dennoch schnürte ihre Kehle sich beim Gedanken daran zusammen, so als ob ihr ein Schluchzen im Hals aufstiege. Sie schloss die Augen und versuchte an Georg zu denken, doch als Retos Lippen auf die ihren trafen, empfand sie nur Abscheu. Es war widerlich, wie sein Mund sich über ihren stülpte, und bevor sie sich dagegen wehren konnte, stieß er seine Zunge in ihren Mund. Sie wollte schreien und stemmte sich mit aller Kraft gegen seine Brust, doch seine Hand umfasste ihren Hinterkopf, sodass sie sich nicht wegdrehen konnte. Sie glaubte zu ersticken und musste würgen, doch Reto hörte nicht auf. Da nahm sie seine Oberlippe zwischen die Zähne und biss zu, so fest sie nur konnte. Erst als sie Blut schmeckte, ließ sie von ihm ab. Reto brüllte auf und stieß sie von sich, sodass sie mit dem Hinterkopf gegen die Wand krachte, bevor sie in den Zwischenraum zwischen Hocker und Wand rutschte. Der Zimmerschlüssel flog ihr aus der Hand und landete irgendwo hinter dem Vorhang.

»Du kleines Miststück!« Reto wischte sich über die blutende Lippe und starrte fassungslos auf seine Hand.

»Tutto bene?«, ertönte eine Stimme aus dem Foyer. Reto erstarrte, und Charlotte nutzte den Augenblick, um sich an ihm vorbeizudrücken und unter den Vorhang hindurchzukrabbeln. Gott sei Dank, da lag der Zimmerschlüssel auf dem Treppenabsatz! So schnell sie nur konnte, rappelte sie sich auf, griff nach dem Schlüssel und jagte die Treppe hinauf.

Vor ihrer Zimmertür angekommen, schloss sie mit zittrigen Fingern auf, voller Angst, Reto könnte sie einholen. Rasch trat sie ein, ließ die Tür ins Schloss fallen, drehte den Schlüssel herum und rannte ins Bad, um sich ins Waschbecken zu erbrechen. Sie weinte vor Wut. Wie hatte sie zulassen können, dass dieser Widerling sie küsste? Sie fühlte sich schmutzig und wusch sich den Mund mit Seife aus, bis er brannte. Trotzdem wurde sie den Geschmack von Retos Blut nicht los und fühlte noch immer seine Zunge in ihrem Mund.

Erschöpft schleppte sie sich ins Zimmer, fiel aufs Bett und wickelte sich in die Tagesdecke, weil sie keine Kraft mehr hatte, unter das Laken zu kriechen. Ihr Hinterkopf pochte an der Stelle, wo sie gegen die Wand gestoßen war, und ihre Kehle fühlte sich wund an. Sie starrte an die Decke und überlegte, was zu tun war. Nach diesem Vorfall war sie sich beinahe sicher, dass Reto sie nicht bei ihren Eltern verraten würde – denn nun hatte sie auch etwas gegen ihn in der Hand. Zumindest würde er abwarten, wie sie sich verhielt. Sie hatte also Zeit. Zeit genug, etwas zu unternehmen. Als sie ihren Plan fertig geschmiedet hatte, lächelte sie. Sie würde Georg bekommen und sich zugleich an Reto rächen, indem sie ihm das wegnahm, worauf er am meisten stolz war.

Kapitel 10

Reto machte seine Drohung wahr: Wie ein Schatten folgte er Charlotte überallhin. Sie fragte sich, ob er die Hotelpagen oder den Concierge dafür bezahlte, dass sie ihn informierten, sobald sie ihr Zimmer verließ. Am schlimmsten war, dass ihre Eltern große Stücke auf ihn hielten und seine Gesellschaft genossen. Offensichtlich betrachteten sie ihn als idealen Schwiegersohn und sorgten dafür, dass er und Charlotte sich sahen, wann immer es ging. Zwar unternahm er keine weiteren Versuche, sie zu küssen, wenn sie allein waren, aber Charlotte war seine Gegenwart so unerträglich geworden, dass sie ihre ganze Verstellungskunst einsetzen musste, um sich nicht anmerken zu lassen, wie sehr sie ihn verabscheute. Sie zwang sich, zuckersüß zu ihm zu sein, ihn mit Augenaufschlägen zu betören, über seine lahmen Scherze zu lachen und alles, was er sagte, mit Begeisterung aufzunehmen. Innerlich kochte sie vor Wut. Doch wenn sie Gelegenheit haben wollte, ungestört mit Amanda zu sprechen, der einzigen Person, die eine Nachricht an Georg weitergeben konnte, musste sie Reto in Sicherheit wiegen.

Mit Georg hatte sie sich nicht mehr treffen können. Den geplanten Wasserskiausflug hatte Reto ihr verdorben, indem er darauf bestanden hatte, sich ihr anzuschließen. Er hatte ihren Eltern gegenüber behauptet, man könne eine junge Frau unmöglich mit einem Italiener – womit der Fahrer des Bootes gemeint war – allein lassen. Außerdem müsse jemand zur Stelle sein, falls sie sich verletze. Auf Charlottes Einwand, Amanda sei ja bei ihr, hatte niemand hören wollen, und so war sie in ihr Zimmer gestürmt und hatte sich dort eingeschlossen. Nachdem der Bootsführer ohne sie in die *Villa d'Este* zurückgekehrt war, hatte Amanda versucht, sie zu erreichen, doch Charlotte hatte ihren Anruf verpasst, da sie tatsächlich eingeschlafen war und wohl das Klopfen des Pagen nicht gehört hatte. Die Vorstellung, Georg könne glauben, sie habe ihn versetzt, quälte Charlotte so sehr, dass sie die ganze Nacht über kaum schlafen konnte. Niemand hatte ihr je so viel bedeutet wie er, nicht einmal ihr Vater. Es schmerzte sie, dass sie Letzterem wehtun würde, aber mehr als alles andere wollte sie mit Georg zusammen sein. Mit ihm würde sie nicht das unendlich langweilige und konventionelle Leben führen, das ihre Mutter für sie vorgesehen hatte. Mit Georg würde sie reisen und interessanten Leuten begegnen. Er würde malen und sie seine Kunst inspirieren. An seiner Seite würde sie frei sein.

Aber wie konnte sie ihn wiedersehen? Einfach nach Como zu fahren, um ihn in seiner Wohnung aufzusuchen, war zu gefährlich. Reto würde ihr folgen und sie womöglich doch bei ihren Eltern verraten. Nein, die einzige Möglichkeit, die ihr blieb, war eine Nachricht an Amanda. Sie musste versuchen, die Amerikanerin in einem unbeobachteten Moment anzurufen. Irgendwie würde sie Reto schon entwischen, zumindest für einige Minuten.

All diese Gedanken hielten sie wach, bis draußen die Dunkelheit sich hob und die Morgendämmerung in Charlottes Zimmer sickerte. Durch die offen stehende Balkontür hörte sie Stimmen, die sich auf Italienisch etwas zuriefen, Handwerker wahrscheinlich, oder der Bäcker, der seine Brötchen an die Hotels auslieferte. Dann begann jemand eine Melodie zu pfeifen. Charlotte horchte auf. Zufällig war es genau der Schlager, zu dem sie und Georg so eng umschlungen getanzt hatten, das letzte Lied, bevor sie hatte gehen müssen. Der Pfeifer musste genau vor dem Hotel stehen, denn der Klang entfernte sich nicht. Neugierig geworden, stand Charlotte auf, schlüpfte in ihren Morgenmantel und trat auf den kleinen Balkon mit dem schmiedeeisernen Geländer, der einen herrlichen Blick auf den See bot. Es war kaum hell, das Wasser noch farblos, und die umstehenden Hügel lagen grau und milchig im Morgendunst.

Sie sah nach unten auf den Vorplatz und entdeckte dort Georg. Die Hände in den Hosentaschen, pfiff er ihr Lied und suchte dabei mit den Augen die Hotelfassade ab. Vor Freude schlug Charlotte die Hände vor den Mund. Dann winkte sie ihm und warf ihm einen Kuss zu, bekam jedoch gleich darauf Angst, jemand könnte ihn entdecken. Retos Zimmer lag zwar nach hinten zum Hof hinaus, und um diese frühe Stunde schlief er sicher noch. Trotzdem wagte sie nicht, Georg etwas zuzurufen. Sich mit Gesten behelfend, bat sie ihn zu warten, huschte zurück ins Zimmer und kritzelte etwas auf einen Bogen des Hotelbriefpapiers. Sie faltete den Zettel zusammen und warf ihn, als sie wieder auf den Balkon trat, hinunter. Georg sprang hoch, um ihn noch im Flug zu erhaschen, und Charlotte musste leise kichern. Er las ihre Nachricht und winkte ihr dann bestätigend. Erleichtert sah sie, wie er sich in Richtung des kleinen Hafens zurückzog, in dem die Boote der seenahen Hotels ankerten.

Charlotte zog sich hastig an, stopfte all ihre restlichen Kleidungsstücke in ihren Koffer, warf ihre Waschutensilien dazu und verzurrte die Lederriemen. Sie schlüpfte in ihre flachen Ballerinas, die beim Gehen kaum ein Geräusch machen würden, und schlich so leise wie möglich aus dem Zimmer. Auf dem Flur roch es nach frischem Kaffee, und aus der Hotelküche konnte sie Stimmen und Geschirrklappern hören. Doch von den Gästen schien um diese Stunde noch niemand wach zu sein.

Obwohl der Koffer schwer war, eilte sie die Treppe hinunter, als hätte sie Flügel. Ihre Haut prickelte vor Aufregung. Sie tat es, sie tat es wirklich!

Und sie hatte Glück: Die Eingangshalle war leer, der Empfangstresen unbesetzt. Erleichtert huschte sie weiter und war beinahe an der großen Schwingtür angelangt, als der

Empfangschef aus einem Hinterzimmer trat. Charlotte erstarrte. Der Mann war in ein Schriftstück vertieft, doch er müsste nur kurz aufsehen, dann würde er sie unweigerlich bemerken. Sie schloss die Augen und rührte sich nicht, hielt sogar den Atem an. Die Schritte des Mannes tappten auf den Fliesen, und schließlich hörte Charlotte eine Tür zuschlagen. Vorsichtig öffnete sie die Augen und blickte zum Empfangstresen: Sie war allein. Als sie vor Erleichterung die Luft ausstieß, wurde ihr kurz schwindelig, aber sie ließ sich dadurch nicht aufhalten und war mit wenigen Schritten an der Tür.

Mit pochendem Herzen bog sie um die Ecke und lief zum Bootshaus hinüber. Vor lauter Aufregung ganz außer Atem, blieb sie stehen, stellte den Koffer ab und blickte sich um. Georg war weit und breit nicht zu sehen. Wo steckte er nur? Hatte er ihre Nachricht missverstanden?

Sie schrie auf, als sie plötzlich von hinten gepackt und herumgewirbelt wurde, dann versank sie in einem Kuss. Sie konnte nicht genug bekommen von Georgs Duft, seiner Nähe, seinem Atem. Als sie sich schließlich voneinander lösten, strich sie ihm liebevoll das dunkle Haar aus dem Gesicht.

»Du bist ja verrückt, hier einfach so aufzutauchen«, stellte sie zärtlich fest und zog ihn zur Rückseite des Bootshauses, wo sie vor Blicken geschützt waren. Nur eine rot getigerte Katze, die sich auf einer Taurolle sonnte, beobachtete sie schläfrig.

»Warum bist du gestern nicht zur Bucht gekommen?« Georgs Augen glänzten beinahe fiebrig. »Und keine Nachricht von dir. Ich bin beinahe verrückt geworden!«

In aller Eile erzählte Charlotte ihm, was geschehen war, unterschlug allerdings den von Reto erzwungenen Kuss.

»Wie bist du nur von Como hierhergekommen?«, fragte sie.

»Zu Fuß. Ich musste dich einfach sehen.«

»Du Wahnsinniger!«, rief sie und küsste ihn dafür gleich noch einmal. »Und du kommst genau im richtigen Augenblick. Ich werde nämlich nicht nach Zürich zurückfahren, sondern bei dir bleiben.«

Georg blickte kurz auf den Koffer, dann wieder in ihre Augen.

»Lola, das geht nicht.«

Charlottes Lächeln erstarb. Was redete er da? »Aber natürlich geht das. Wir brennen durch!« Leiser Ärger schlich sich in ihre Stimme. Er würde doch nicht alles verderben?

»Ich will nicht daran schuld sein, dass du mit deiner Familie brichst.«

»Aber Georg! Ich würde alles tun, um mit dir zusammen zu sein!« Sie warf ihre Arme um seinen Hals, und obwohl die Tränen, die ihren Blick trübten, echt waren, war sie sich natürlich auch deren Wirkung bewusst. Kein Mann konnte Tränen widerstehen. Sie wollte Georg, und zwar ganz. Denn sie bekam immer, was sie wollte.

»Ich würde doch auch alles tun, glaub mir«, versicherte Georg ihr, hielt ihren Kopf und wischte mit den Daumen sanft die Tränen aus Charlottes Gesicht. »Aber das kommt mir alles ein wenig überstürzt vor.«

»In fünf Tagen reisen wir ab«, sagte sie eindringlich. »Hier und jetzt ist unsere einzige Chance, miteinander wegzugehen. Aber wenn du mich nicht willst …« Sie wollte sich von ihm losmachen, doch da schlang Georg seine Arme fest um ihre Taille.

»Ich lasse dich nicht gehen. Das würde ich nicht ertragen.«

Charlotte war so glücklich über seine Worte, dass sie sein Gesicht, seine Wangen, seine hübsche Nase, seine Augen und sein Kinn mit Küssen bedeckte.

»Dann komm mit«, flüsterte sie anschließend. »Ich weiß, wie wir von hier verschwinden können.«

Sie führte Georg zum Parkplatz des *Miralago*, wo die Wagen der wenigen Gäste standen, die nicht mit dem Zug angereist waren. Die Karosserie von Retos Mercedes glänzte im Schein der ersten Sonnenstrahlen.

»Du kannst doch Auto fahren, oder?«, fragte sie.

Georg nickte. »Aber viel Erfahrung habe ich nicht. Gehört der Wagen deinen Eltern?«

»Nein, dem Lackaffen, der sich als mein Verlobter betrachtet.«

Georg zögerte. »Ich weiß nicht, Lola. Ein Auto zu klauen ist nicht gerade ein Kavaliersdelikt.«

»Ach was, Reto ist stinkreich, dem macht das nichts aus. Und wir klauen den Wagen ja nicht, sondern stellen ihn in Como ab. Oder willst du den ganzen Weg mit dem schweren Koffer zu Fuß gehen?«

Dieses Argument schien Georg zu überzeugen, denn er wuchtete das Gepäckstück auf die Rückbank und öffnete ihr anschließend die Beifahrertür.

Charlotte stieg rasch ein und zog Retos Ersatzschlüssel unter der Fußmatte hervor. Es schien ewig zu dauern, bis Georg um den Wagen herumgelaufen und auf den Fahrersitz geglitten war. Wenn er sich nicht etwas mehr beeilte, würde er das ganze Abenteuer ruinieren! Angstvoll blickte Charlotte über die Schulter zum Hotel. Sie hatte das sichere Gefühl, Reto würde jeden Moment auftauchen – oder, noch schlimmer, ihre Mutter!

»Jetzt mach doch endlich!« Charlotte drückte ihm den Autoschlüssel in die Hand.

Georg ließ endlich den Motor an und fuhr rückwärts aus der Parklücke. Charlotte lehnte sich zurück, und ein unbändiges Gefühl von Freiheit überkam sie. Bis Como waren es mit dem Auto nicht mehr als zwanzig Minuten. Wohin die Reise von dort aus führen sollte, wusste sie noch nicht, aber Georg würde schon etwas einfallen. Was zählte, war, dass ihr ab jetzt niemand mehr etwas vorschreiben konnte.

Sie seufzte auf. »Wir haben es geschafft! Ist das nicht herrlich? Adieu, Pensionat! Ab sofort mache ich nur noch, was mir gefällt. Wir werden unglaublich interessante Leute kennenlernen, reisen, tanzen, Champagner trinken und für immer zusammen sein! Liebling, das wird herrlich!«

Georg antwortete nicht, weil er ganz darauf konzentriert war, den Wagen zu steuern. Mittlerweile hatten sie die Häuser von Cernobbio hinter sich gelassen und folgten nun der kurvigen Straße oberhalb des Seeufers. Viel Verkehr herrschte nicht um diese Zeit, aber Georg hielt mit beiden Händen das Lenkrad umklammert und blickte mit zusammengekniffenen Augen nach vorn.

Charlotte musste lachen. »Entspann dich!«

»Was wir da getan haben, war ziemlich unüberlegt«, gab er zurück und wandte kurz den Kopf, um sie anzusehen.

»Ich pfeife auf die Vernunft!«, rief sie über den Fahrtwind und das Röhren des Motors hinweg, schlang ihm die Arme um den Hals und küsste ihn.

»Es wäre aber klüger gewesen, wenn wir über die Folgen nachgedacht hätten.« Er fasste ihre Hand und löste sie sanft von seinem Nacken. »Kannst du mich bitte loslassen, Kleines? Ich muss mich wirklich aufs Fahren konzentrieren.«

»Was für Folgen denn?« Charlotte war verwirrt. Was redete er denn da auf einmal?

Georg seufzte. »Du bist minderjährig. Genau genommen habe ich mich strafbar gemacht, als ich mit dir geschlafen habe. Und deine Eltern werden dich suchen lassen. Spätestens morgen steht die Polizei bei mir vor der Tür. Von dem geklauten Wagen ganz zu schweigen.«

Charlotte richtete sich auf und starrte ihn an. Sie konnte nicht fassen, was er da von sich gab. Dies war doch ihre tollkühne Flucht! Weshalb redete er auf einmal daher wie irgendein Langweiler? Er klang beinahe wie Reto.

»Vielleicht wäre es vernünftiger umzudrehen«, meinte er jetzt auch noch.

»Aber was wird dann aus uns? Du brauchst mich doch, sonst kannst du nicht malen!« Charlotte merkte, dass ihre Stimme schrill klang.

»Natürlich brauche ich dich, Lola. Mir wäre nichts lieber, als mit dir zusammenzuleben, aber ohne die Zustimmung deiner Eltern geht das nicht. Du kannst sie bestimmt überreden. Deinen Vater wickelst du doch immer um den kleinen Finger, das hast du selbst gesagt. Da vorne drehe ich um.«

»Das wirst du nicht!«

Charlotte wusste selbst nicht, wie ihr geschah, doch auf einmal war sie über ihm, schluchzte, fuhr ihm mit ihren Fingernägeln ins Gesicht und riss an seinem Haar. Dabei schrie sie immer wieder: »Das wirst du nicht! Das wirst du nicht! Wir gehören doch zusammen!«

Der Wagen schlingerte von einer Seite der Straße auf die andere und kam der Böschung mehrmals gefährlich nah. Georg nahm eine Hand vom Steuer und versuchte, Charlottes Attacken abzuwehren.

»Setz dich auf deinen Platz!«, rief er gepresst, während ihm dort, wo sie ihn gekratzt hatte, das Blut über die Wange lief. Als sie nicht von ihm abließ, holte er aus und stieß sie gegen die Beifahrertür. Für einen Augenblick war sie wie betäubt. Ihr Rücken tat dort, wo sie gegen den Türgriff geprallt war, furchtbar weh.

»Willst du uns umbringen?«, fuhr Georg sie an und schlug das Lenkrad ein, um auf einen unbefestigten Weg zu wechseln, wo er den Wagen wenden konnte.

Charlotte atmete schluchzend ein. Es war ihm also ernst, er würde sie tatsächlich zurückbringen! Was war denn nur los mit ihm? Warum machte er alles kaputt?

Er hatte gewendet und fuhr nun auf der dem See näher gelegenen Spur der Straße zurück. »Wenn wir Glück haben, nehmen deine Eltern mir die Sache nicht allzu übel.« Er beschleunigte.

Charlotte antwortete nicht, sie fühlte sich plötzlich ganz

ruhig. Wenn Georg sie zurückbrachte, hatte alles keinen Sinn mehr. Sie würde für die nächsten fünf Jahre in einem Pensionat gefangen sein, und Georg würde sie vergessen. Lieber würde sie sterben, als das zuzulassen. Da vorn am Straßenrand stand ein Felsen. Charlottes Arm hob sich und schwebte wie von selbst hinüber zur Fahrerseite, während ihr Blick den Felsen fixierte, der immer näher und näher kam. Als sie beinahe auf gleicher Höhe waren, packte ihre Hand über Georgs Unterarm hinweg das Lenkrad und riss es in ihre Richtung. Der Wagen brach aus, der Felsen, grau, dunkel geädert, mit Moos gesprenkelt, war das Letzte, was sie sah, bevor es krachte.

Kapitel 11

——— 2013

Am ersten Abend mussten sie sich in der Küche waschen. Im Bad lief nur ein dünnes, rostbraunes Rinnsal aus dem Hahn. Anna nahm sich vor, Elena von der Osteria gleich am nächsten Tag nach einem Handwerker zu fragen – vielleicht kannte sie sogar jemanden, der keine Rechnung stellen würde.

Sie hatten die zwei Schlafzimmer sauber gemacht, deren Fenster zum Garten gingen, und ihre Isomatten ausgerollt. Anna, die das kleinere der beiden Zimmer gewählt hatte, musste eingeklemmt zwischen Bett und Schrank schlafen und beschloss, so schnell wie möglich die muffigen Matratzen durch neue zu ersetzen. Sie ging noch einmal über den Flur, um nach Rike zu sehen und ihr Gute Nacht zu wünschen.

»Das ist total unbequem«, klagte Rike.

»Du wirst es schon überleben. Schlaf gut!«

Anna ging zurück in ihr Zimmer, machte das Licht aus und kroch in ihr provisorisches Bett. Von oben drangen Schritte durch die hölzerne Decke, ein gleichmäßiges Schlurfen und Klopfen, Schlurfen und Klopfen. Die alte Frau lief wahrscheinlich in ihrer Wohnung herum, doch dann wurde es still. Wahrscheinlich war auch sie ins Bett gegangen.

Sehr bald wurde es Anna im Schlafsack viel zu warm, weshalb sie ihn öffnete und ihn sich wie eine Decke über die Beine legte. Das war schon besser. Trotzdem konnte sie nicht einschlafen, zu viele Gedanken jagten ihr durch den Kopf. Sie dachte an ihre Mutter, und zum ersten Mal seit der Beerdigung wurde ihr bewusst, dass Simona nicht mehr da war und auch nie mehr zurückkommen würde. Sie war allein. Andere hatten Geschwister, Tanten, Cousins, sie aber hatte mit Simona fast ihre ganze Familie verloren. Die einzige Angehörige, die sie noch hatte, war Rike. Alle anderen Verwandten, sofern es welche gab, hatte ihre Mutter ihr vorenthalten. Anna hätte gern um Simona geweint, aber die Wut überlagerte jedes Gefühl von Trauer.

Schon als Kind hatte sie sich immer unvollständig gefühlt. Es war nicht einmal so, dass sie ihre Verwandten oder ihren Vater vermisste – denn wie konnte man jemanden vermissen, den man nicht kannte? Eher fehlte ihr eine Art Anker in der Welt, dieser imaginäre Ort, zu dem man zurückkehren konnte, ganz gleich, was geschah, an dem man sicher war und der Familie hieß.

Ihre Gedanken schweiften zu Rike. Hätte sie ihr sagen müssen, wer ihr Vater war? Anna bezweifelte, dass es in ihrem Fall die richtige Entscheidung gewesen wäre. Im Gegenteil: Sie hätte Rike wahrscheinlich nur dazu gebracht, ihren Erzeuger zu hassen. Und ein Vater, den man hassen musste, war schlimmer als gar keiner. Anna hatte alles, was geschehen war, zu vergessen versucht, und es war ihr auch beinahe gelungen. Doch seit sie wieder auf der Insel gewesen war, quollen die Erinnerungen an die Oberfläche, wie Lava, die sich so lange erhitzte, bis der angestaute Druck die Kruste darüber sprengte. So viele unterschiedliche Gefühle trieben in diesem Strom: Liebe, Wut, Scham, Trauer. Doch sie hütete sich davor hineinzufassen, aus Angst, sich zu verbrennen. Eines Tages, so hoffte sie, würde sie es vielleicht können, und dann würde auch Rike alles erfahren.

Sie musste doch eingeschlafen sein, denn auf einmal schreckte sie hoch und saß aufrecht im Dunkeln. Einen Herzschlag lang wusste sie nicht, wo sie war, und tastete nach der Nachttischlampe, die in Hamburg neben ihrem Bett stand. Aber sie stieß nur gegen Holz und erinnerte sich, dass sie auf dem Boden neben dem Schrank lag.

»Anna?«, flüsterte eine dünne Stimme im Dunkel.

»Ja, was ist denn?« Anna versuchte, richtig wach zu werden, griff nach ihrem Telefon und schaltete es ein. Sie richtete das leuchtende Display auf die Tür und sah dort Rike mit wirrem Haar und in ein übergroßes T-Shirt gehüllt stehen.

»Ich bin aufgewacht, weil ich dachte, jemand war bei mir im Zimmer.« Rike zog die Schultern hoch, als fröre sie.

»Es ist alles in Ordnung, du hast bestimmt nur schlecht geträumt, weil alles so ungewohnt ist«, sagte Anna. »Schlaf einfach weiter.«

»Ich trau mich nicht. Da sind so komische Geräusche.«

Anna lauschte. Sie hörte ein Rascheln, das von draußen zu kommen schien. »Das sind bestimmt Dachse oder Füchse, keine Einbrecher«, sagte sie leise.

»Ich hab trotzdem Angst. Darf ich bei dir bleiben?«, fragte die dünne Stimme zaghaft.

»Von mir aus gerne, aber hier ist schon kaum Platz für mich.«

»Ich leg mich einfach quer vor das Bett. Das geht schon.«

Anna hörte, wie Rike nach nebenan in ihr Zimmer tappte, kurz darauf wieder zurückkam und die Isomatte ausrollte.

»Wenn man zum ersten Mal in einem neuen Haus schläft, ist es immer ein bisschen seltsam«, erklärte sie, um Rike zu beruhigen. »Aber daran gewöhnen wir uns schnell.«

»Und bald fahren wir ja auch wieder nach Hause«, murmelte Rike schläfrig. Sie streckte sich aus, und ihr Fuß stieß an Annas Bein.

»Ja, bald fahren wir wieder nach Hause.« *Wo immer das sein soll*, fügte sie in Gedanken hinzu.

Als Anna am nächsten Morgen aufwachte, fühlte sie sich überraschend ausgeruht und bereit, die alte Bruchbude auf Vordermann zu bringen. Vorsichtig stieg sie über Rike, die nur als wirrer Haufen aus Schlafsack, weißen Beinen und zerwühltem Haar erkennbar war, hinweg und zog den Fensterladen halb zu, damit die Sonne nicht zu grell ins Zimmer schien. *Soll sie sich ruhig ausschlafen,* dachte Anna und betrachtete ihre Tochter einen Augenblick lang. Der Schlaf hatte ihr den trotzigen Ausdruck vom Gesicht gewischt, und Anna konnte sich in diesem Moment gut vorstellen, wie sie einmal aussehen würde, wenn sie erwachsen war. Auf einmal spürte sie tiefe Zärtlichkeit für dieses junge Wesen, das sie hervorgebracht hatte, und erinnerte sich an jene Momente, in denen das Neugeborene auf ihrer Brust gelegen hatte. Sie hatte so große Angst gehabt, ihm wehzutun, dass sie nicht gewagt hatte, es in den Arm zu nehmen. Später hatte sie es getan, wenn Simona die Kleine einmal im Monat nach Hamburg gebracht hatte, wo Anna in die Hotelfachschule gegangen war, doch die versäumte erste Umarmung würde sie nie wieder nachholen können, das wurde Anna jetzt bewusst.

Ich hätte dabei sein sollen, als sie aufwuchs, dachte sie und wünschte sich plötzlich schmerzhaft, sie hätte Rike erst vier oder fünf Jahre später bekommen. Vielleicht wäre sie dann der Aufgabe, ein Kind auf seinem Weg in die Welt zu begleiten, gewachsen gewesen.

»Es tut mir leid«, flüsterte sie beinahe lautlos und musste lächeln, als Rike im Schlaf leise grunzte und ihre Wange an den zusammengeknüllten Schlafsack schmiegte. Anna versprach sich selbst, es in Zukunft besser zu machen. Sie konnte Rike nicht verdenken, dass sie wütend war, weil sie sie im Stich gelassen hatte, aber mit der Zeit würde das gegenseitige Vertrauen wachsen – das wenigstens hoffte Anna.

Where do we go now, sweet child o' mine?, dachte sie lächelnd und ging die Treppe hinunter, um für sich und Rike Kaffee zu kochen. Sie wollte gerade die Küche betreten, da blieb sie abrupt in der Tür stehen und schlug sich die Hände vor den Mund. Der Boden war übersät mit dem Inhalt der Mülltüte: Spaghettireste mit Pesto vom Abendessen, Kaffeesatz, Staubflusen und Mörtelbröckchen klebten an den Fliesen. Ratlos betrachtete Anna das Chaos, dann lief sie zur Eingangstür und überprüfte das Schloss, aber es war unbeschädigt, und der Schlüssel steckte von innen. Auch die Fenster im Erdgeschoss waren alle verschlossen. Es musste irgendwo ein Schlupfloch geben, durch das ein Tier eingedrungen war. Vielleicht hausten aber auch einfach Marder irgendwo versteckt im Haus. Diese Erklärung schien ihr am vernünftigsten, und sie beruhigte sich etwas. Sicherheitshalber überprüfte sie die Fenster im ersten Stock und die Tür, die zur Galerie des Nebengebäudes führte – alles war in Ordnung.

Anna beseitigte das Durcheinander und wischte den Küchenboden. Rike sollte nichts von dem nächtlichen Besucher erfahren – sonst würde sie wahrscheinlich gar nicht mehr hierbleiben wollen. Zum Glück schlief sie noch tief und fest. Um sich abzulenken, beschloss Anna, einen Spaziergang zu machen und sich bei Elena in der Osteria nach einem Handwerker zu erkundigen. Sie kritzelte eine Nachricht auf die Rückseite eines Kassenzettels, damit Rike wusste, wo sie zu finden war, und malte eine dampfende Kaffeetasse daneben. Dann legte sie den Zettel auf den Esstisch und warf den Haustürschlüssel, nachdem sie abgeschlossen hatte, durch den Briefschlitz in den Flur.

Das Dorf schien völlig verlassen, abgesehen von zwei Katzen, die beim Näherkommen in Toreinfahrten flüchteten, und zwei alten Männern, die bereits mit Weingläsern in den Händen vor der Bar am Dorfplatz hockten. Anna sah zum Rathaus hinüber, dessen Fenster weit geöffnet waren. Sie hatte keine Lust, dem Bürgermeister zu begegnen, aber er war vormittags wahrscheinlich in seiner Praxis und ging seinem eigentlichen Beruf nach.

Innerhalb von fünf Minuten hatte sie den Ortskern durchquert und erreichte die rot verputzte Osteria mit dem angebauten Lebensmittelladen. Vor der Tür standen drei alte Frauen mit ihren Einkaufstaschen und redeten alle gleichzeitig in dem für Anna schwer verständlichen Tessiner Dialekt aufeinander ein. Auf der Bank daneben saßen zwei junge Frauen, die sich leiser unterhielten und dabei ihre Kinderwagen vor und zurück schoben.

Anna betrat den Gastraum, wo drei weitere junge Mütter mit kleinen Kindern bei Cappuccino und *brioches* saßen, offensichtlich zumindest tagsüber die Hauptkundschaft der Gaststätte. Im Hintergrund lief leise das Radio. Elena stand hinter dem Tresen und bediente die zischende Kaffeemaschine. Als sie Anna erkannte, lächelte sie herzlich.

»*Salve!* Welches Sternzeichen bist du?«

»Schütze. Warum?« Anna setzte sich an die Theke.

»Ah, ein Winterkind! Moment!« Elena nahm eine aufgeschlagene Zeitschrift, die neben ihr lag, und las vor: »Hier! *Schütze: Lassen Sie sich von Hindernissen nicht aufhalten, auch wenn Ihnen die Lage manchmal aussichtslos erscheint. Jetzt ist die richtige Zeit, neue Projekte anzupacken und Dinge zu verwirklichen, von denen Sie schon lange träumen.* Na, wenn das nicht genau passt!«

»Das passt auf ungefähr neunundneunzig Prozent aller Menschen zu jeder beliebigen Zeit«, sagte Anna grinsend. »Könnte ich einen Cappuccino bekommen?«

»*Subito*. Wie war die erste Nacht?«

»Gut, bis auf das böse Erwachen. Ich glaube, ich habe Marder irgendwo im Haus. Heute Morgen war überall in der Küche Müll verstreut.«

»Oh nein!« Elena machte ein mitfühlendes Gesicht und hantierte dann an der Cappuccinomaschine. »Aber das kriegst du in den Griff.« Sie blickte kurz über die Schulter und wies mit dem Kinn auf das Tablett, das auf der Bar stand. »Nimm dir auch eines der Vanillecreme-Hörnchen, die sind köstlich!«

»Danke. Du hast ganz schön zu tun hier, oder?«

»Mal so, mal so. Aber mir macht der Stress nichts aus. Im Gegenteil: Wenn man sich hier nicht langweilen will, muss man selbst was auf die Beine stellen. Wir veranstalten auch ab und zu Lesungen oder Jazzabende mit Bands aus der Stadt – du musst unbedingt das nächste Mal kommen.«

»Gerne.« Anna biss in das Hörnchen und kaute genüsslich. »So, wie es aussieht, bleibe ich auch noch eine Weile hier. Am Haus ist nämlich einiges zu machen. Kannst du mir vielleicht einen Handwerker aus der Gegend empfehlen?«

Elena stellte ihr den Cappuccino hin. »Ich schicke dir nachher Luca vorbei. Wunder dich nicht, er ist ein bisschen eigen. Aber er macht alle möglichen Reparaturarbeiten und ist wirklich günstig. Wenn es dir nichts ausmacht, dass er dir keine Rechnung schreibt.«

»Nein, absolut nicht.«

» Hast du eigentlich Daniele gestern noch erwischt?« Die Spülmaschine piepste, und Elena begann, Gläser auszuräumen und mit einem gelb karierten Handtuch zu polieren.

»Ja, wir hatten ein kurzes Gespräch«, sagte Anna vorsichtig. »Ich muss wohl noch zum Notar, um die Erbschaft beglaubigen zu lassen oder so ähnlich. Weißt du was über den Maler, dem das Haus mal gehört hat?«

»Mich darfst du nicht fragen, ich komme ursprünglich aus Bellinzona und bin erst seit sechzehn Jahren hier im Dorf, also sozusagen ein Neuzugang nach hiesigen Maßstäben. Konnte Daniele dir nicht weiterhelfen?«

Anna druckste ein wenig herum. »Ich hatte das Gefühl, er ist nicht sehr begeistert, dass ich plötzlich hier auftauche, aber ich habe keine Ahnung, weshalb.«

Elena runzelte die Stirn. »Seltsam – sonst ist er eigentlich sehr hilfsbereit.«

Anna winkte ab. »Bestimmt war er einfach nur im Stress. Meine Tochter hat übrigens schon euren Sohn kennengelernt.«

»Sie soll sich bloß vor ihm in Acht nehmen«, sagte Elena trocken. »Ich liebe meinen Sohn, aber zurzeit hält er sich für den größten Casanova überhaupt.«

»Das ist wahrscheinlich normal in dem Alter.« Anna löffelte den Milchschaum aus ihrer Tasse.

»In dem Alter ist nichts normal.« Elena zog eine Grimasse und tat so, als raufte sie sich verzweifelt die Haare.

Anna lachte. »Tut gut zu hören, dass ich nicht die Einzige bin, die Probleme mit ihrem pubertierenden Kind hat. Was schulde ich dir?«

»Geht aufs Haus«, antwortete Elena. »Kannst du mir dafür einen Gefallen tun und die Bestellung von der alten *signora* mitnehmen, die bei dir im Haus wohnt? Du müsstest sie bei Martha an der Kasse abholen. Ist nicht viel, nur eine Tüte. Stell sie einfach vor ihre Tür.«

»Mache ich gern.«

»Ich schicke dir Luca, sobald ich ihn erreiche. Und hör nicht drauf, wenn jemand dir Klatschgeschichten über ihn auftischt. Du wirst ihn mögen, er ist ziemlich attraktiv.« Elena zwinkerte.

Anna seufzte. »Männer sind ungefähr das Letzte, was mich zurzeit interessiert.« Sie rutschte vom Hocker und wandte sich zum Gehen. »Danke für die Einladung.«

Nachdem sie Elena zum Abschied gewunken hatte, ging sie hinüber in den Laden, um die Tüte für die alte Einsiedlerin abzuholen. Sie ließ sich alle Einkäufe geben und trat den Rückweg zum Haus an.

Auf halber Strecke konnte sie nicht länger widerstehen und warf einen Blick in die Tüte: Fertiggerichte in Alubehältern, Äpfel, drei Tafeln Zartbitterschokolade und ein Päckchen Zigaretten. Ihr tat die alte Frau irgendwie leid. Warum verbarrikadierte sie sich seit Jahren oder sogar Jahrzehnten dort oben auf dem Dachboden?

Als sie beim Haus ankam, stieg Anna die Außentreppe hinauf, stellte die Tüte vor der Tür ab und rief: »Ihre Lebensmittel stehen hier draußen!« Sie klopfte auch noch einmal, erhielt aber, wie erwartet, keine Antwort.

In der Wohnung fand sie Rike am Küchentisch, vor sich eine Schale Milchkaffee und in den Ohren die unvermeidlichen Kopfhörer. Sie kritzelte in ein Notizbuch, klappte es aber sofort zu und verbarg es unter dem Tisch, als sie Anna bemerkte. Erst dann bequemte sie sich, wenigstens einen Ohrstöpsel herauszunehmen.

»Warum bist du nicht zum Frühstücken in die Osteria gekommen?«, fragte Anna. »Da gibt's leckere Croissants.«

»Ich ess morgens nie was.« Rike verzog das Gesicht.

Anna runzelte die Stirn. »Gesund ist das aber nicht.«

»Na und?« Sie zuckte mit den Schultern. »Außerdem hab ich gerade in mein Tagebuch geschrieben.« Ihre Stimme klang vorwurfsvoll.

»Schön«, sagte Anna vorsichtig. »Hab ich früher auch gemacht.«

Sie bückte sich schnell und klaubte eine leere Kekspackung auf, die sie wohl beim Aufräumen übersehen hatte. Rike sollte nichts von der Verwüstung erfahren, damit sie nicht noch mehr Angst bekam.

»Aber ich kann nicht schreiben, wenn noch jemand im Zimmer ist.«

Anna lachte verblüfft. »Ich soll also wieder rausgehen?«

Rike nickte, und Anna tippte sich an die Stirn. »Geh du doch woandershin! Du wirst es nicht glauben, aber ich wohne auch hier.«

»Wohnen kann man das ja wohl kaum nennen«, beschwerte sich Rike. »Meine beste Freundin ist mit ihren Eltern nach Thailand geflogen, und ich hocke in diesem Dreckloch herum.«

»Ich glaub, du spinnst!« Anna packte Rike am Arm, zerrte sie vom Stuhl und drückte ihr einen Putzlappen in die Hand. »Wenn es dir hier zu dreckig ist, kannst du ja dafür sorgen, dass sich das ändert! Los, wisch mal das Wohnzimmer durch, da gibt es jede Menge zu tun!«

»Ich denk gar nicht dran, ist doch nicht meine Bruchbude!« Rike ließ den Lappen einfach fallen.

Anna hätte sie am liebsten wie einen Welpen im Nacken gepackt und mit der Nase darauf gedrückt. Sie konnte sich gerade noch zurückhalten, etwas wie »Solange du deine Beine unter meinen Tisch streckst …« zu sagen. So war es also, wenn man auf der anderen Seite stand.

Anna atmete tief durch, während Rike sie wütend anstarrte, das in chinesische Seide gebundene Notizbuch an die Brust gedrückt.

»Raus hier«, presste Anna schließlich mühsam beherrscht hervor. »Mir ist scheißegal, wohin, aber raus aus meiner Küche. Sofort!«

»Du bist voll gemein! Eigentlich wäre es dir lieber, wenn es mich gar nicht gäbe, gib's doch endlich zu!«, fauchte Rike, die Augen zusammengekniffen. Sie rannte hinaus, stürmte die Treppe hinauf und knallte oben eine Tür zu.

Anna hob den Lappen vom Boden auf und schleuderte ihn an das Fenster, so fest sie konnte. Er blieb kurz kleben und klatschte dann ins Spülbecken. Erschöpft ließ sie sich auf den Stuhl fallen, auf dem Rike gesessen hatte. Auf einmal fühlte sie sich zu matt, um auch nur die Hand zu heben. Alle Anstrengungen, mit Rike eine Ebene zu finden, auf der sie sich begegnen konnten, waren sinnlos. Und sie, Anna, war schuld daran. Auch wenn es mehrere Gründe gab, weshalb Rike bei ihrer Großmutter aufgewachsen war – der wichtigste war niemals genannt worden: Anna hatte ihrer Mutter Rike überlassen, um selbst frei zu sein. Nimm mein Kind, dafür lass mich gehen – eine stille Übereinkunft, Erleichterung auf beiden Seiten. Damals hatte Anna sich nicht vorstellen können, welch großen Fehler sie beging, und nun legte Rike ihr die Rechnung vor. Natürlich musste sie denken, Anna habe sie nicht gewollt.

Schlimmer noch: Sie hatte es sich zu einfach gemacht. Sie hätte zusammen mit Rike weggehen können, auch wenn sie erst sechzehn gewesen war. Es gab Häuser für minderjährige Mütter, irgendwie wären sie schon durchgekommen. Doch sie war erleichtert gewesen, die Verantwortung abgeben zu können. Und nun war es zu spät. Sie und Rike hatten sich vielleicht endgültig verloren.

Anna blickte auf die Maserung der Tischplatte, auf die Flecken und Kratzer, die die Zeit im Holz hinterlassen hatte. Zerschrammt, wie er war, erfüllte er doch seine Aufgabe. Und Menschen? Brachen zusammen, wenn die Wunden, die ihnen das Leben schlug, nicht heilten. Annas empfindliche Stelle, die immer wieder aufriss, war die komplizierte Beziehung zu Simona sowie der Schleier, den diese über ihre Vergangenheit gelegt hatte. Diese dunkle Stelle schmerzte und breitete sich immer mehr aus. Solange niemand bereit war, sie mit der Wahrheit auszumerzen, würde sie nicht verschwinden.

Anna hatte einen bitteren Geschmack im Mund. Es fühlte sich seltsam an zu weinen, sie war nicht daran gewöhnt, sich so hilflos zu fühlen.

»*Tutto bene?*«

Sie schrak hoch. In der Tür stand ein fremder junger Mann, der zu groß für die niedrige Türöffnung wirkte und sich nervös sein dunkles Haar zurückstrich. An seinem Äußeren fielen als Erstes die Lippen auf, so voll, dass sie beinahe unecht aussahen. Er blickte Anna ratlos an und wusste offensichtlich nicht, wie er mit der Situation umgehen sollte. Sie schniefte, wischte sich mit den Fingern die Tränen weg und setzte sich gerade hin.

»Ist wohl gerade ungünstig.« Er machte Anstalten, sich zurückzuziehen.

»Nein, schon in Ordnung.« Sie strich sich die Haare aus dem Gesicht. »Sind Sie Luca? Das ging ja schnell!«

Er nickte, kam aber nicht näher. Etwas Misstrauisches und Wachsames lag in seinem Blick, so, als wäre er ständig auf der Hut. Anna fragte sich, wie alt er sein mochte. Mitte zwanzig vielleicht, vier oder fünf Jahre jünger als sie. Er trug alte Jeans und ein verwaschenes T-Shirt mit Harley-Davidson-Aufdruck, das einmal schwarz gewesen war.

Sie stand auf und streckte ihm die Hand entgegen. Er zögerte, als wäre ihm dieses Begrüßungsritual fremd, und einen Augenblick lang glaubte Anna, er würde sie nicht schütteln. Als er es schließlich tat, spürte sie seinen kräftigen Händedruck, doch er ließ gleich wieder los, als wäre ihm die Berührung unangenehm. Anna fragte sich, was das für Geschichten waren, die im Dorf über ihn kursierten. War er etwa gefährlich? Unsinn! Elena hätte ihn sonst nicht empfohlen. Dennoch ließ es sich nicht leugnen: Etwas an ihm war eigenartig. Er bemühte sich nicht im Geringsten darum, einen gefälligen Eindruck zu machen, sondern stand einfach da und sah sie aufmerksam an.

Anna räusperte sich. »Das größte Problem ist das Wasser: Irgendwas stimmt mit der Leitung nicht.«

»Hier in der Küche?« Seine Augen wanderten durch den Raum.

»Nein, im Bad.«

»Ich seh's mir mal an.«

»Das Bad ist oben«, fügte Anna hinzu. Er nickte, als wüsste er es, nahm eine dunkelblaue Segeltuchtasche, in der es metallisch schepperte und die Anna erst jetzt bemerkte, und verschwand damit im Durchgang zum Flur. Anna hatte kein gutes Gefühl dabei, ihn allein dort oben in der Nähe all ihrer Sachen arbeiten zu lassen, deshalb folgte sie ihm die Treppe hinauf, auch wenn sie sich ein wenig dumm vorkam. Sie wartete auf dem Flur, während Luca sich im Bad zu schaffen machte, die Hähne von Waschbecken und Badewanne aufdrehte und die trüben Rinnsale begutachtete, die aus den Leitungen tröpfelten.

»Entweder ist die Leitung kaputt oder der Haupthahn zugedreht.« Luca stellte das Wasser wieder ab.

»Und wo finden wir den?«

»Bei alten Häusern schwer zu sagen. Gibt's einen Keller?«

Anna führte ihn in die *cantina,* wo ihnen muffig-feuchte Luft entgegenströmte. Als Anna den Lichtschalter betätigte, flackerte die Neonröhre an der Decke kurz auf und erlosch sogleich wieder.

»Das wäre dann die nächste Reparatur.« Anna seufzte und drückte die Kellertür ganz auf, damit wenigstens etwas Licht in den Raum fiel, aber es war kaum etwas zu erkennen. »Tut mir leid, das war's dann wohl.«

»Kein Problem.« Luca nahm aus seiner Tasche eine Stablampe und leuchtete damit in den Raum hinein. Das Durcheinander aus kaputten Stühlen, Tischen und anderen Gegenständen, das im hinteren Teil des Raumes herrschte, wirkte trostlos, als hätte man hier die Reste eines vergessenen Lebens versteckt. Annas Blick blieb an einer Leinwand hängen, die an einem zerbrochenen Nachtschränkchen lehnte. Sie versank wieder im Dunkel, als Luca die Stablampe auf die Wände richtete. Leitungen zogen sich dort dicht am Boden entlang. Der Lichtstrahl streifte über eine Wasserlache. »Hat nichts mit dem Haupthahn zu tun. Das da ist ein Frostschaden«, erklärte Luca knapp. »Leuchten Sie mir mal.« Er drückte Anna die Taschenlampe in die Hand und ging vor der Pfütze in die Hocke. Sie stellte sich neben ihn und hielt das Licht auf das dort verlaufende Rohr. Jetzt sah sie die aufgeplatzte Stelle.

»Ist die Mauer feucht?«, fragte sie besorgt. Sie wusste nicht genau, wie viel es kostete, eine Mauer trockenzulegen, höchstwahrscheinlich ein Vermögen.

Luca tastete die Wand ab. »Sie ist ein bisschen feucht, aber der Schaden kann nicht alt sein. Der Haupthahn ist abgedreht. In der Leitung stand nur noch Restwasser, sonst könnten Sie hier inzwischen schwimmen gehen.«

»Ein Indoorpool wäre gar nicht so schlecht.«

Luca lachte kurz, wobei es eher klang wie ein Husten,

und sah sie einen Moment lang unter seinem langen Haar hervor an. Die Taschenlampe beleuchtete nur die eine Hälfte seines Gesichts, die andere lag im Dunkeln. *Was für Geschichten erzählen sich die Leute über ihn?,* fragte Anna sich wieder und zuckte zusammen, als er sagte: »Wenn Sie mir ein paar Lappen bringen, wische ich Ihnen das Wasser auf.«

»Großartig, danke.« Anna lief in die Küche und brachte ihm die Geschirrtücher, die sie erst am Vortag gekauft hatte, sowie einen alten Blecheimer. Er war gerade dabei, eine Art Klebeband um das kaputte Rohr zu wickeln.

»Panzerband. Wirkt immer etwas provisorisch, hält aber mindestens zehn Jahre«, versicherte er ihr, während er die Handtücher auf den Boden warf, um das Wasser aufzusaugen. Anna ging in die Hocke und half ihm dabei. Als sie aus dem Gleichgewicht geriet, stießen sie mit den Schultern aneinander.

»Entschuldigung«, sagte Anna, aber er arbeitete weiter, als hätte er nichts bemerkt.

Es dauerte eine Zeit lang, bis der Kellerboden einigermaßen trocken war. Anna musste zwei volle Eimer Wasser auf dem Hof entleeren. Anschließend probierten sie die Hähne im Bad aus, und tatsächlich: Es floss wieder Wasser. Zuerst braun verfärbt, wurde es nach einer halben Minute klar.

»Das war's.« Luca wischte sich die Hände an seiner Jeans ab. »Ist noch was zu machen?«

Anna bat ihn, das Haus von innen und außen auf weitere Mängel zu überprüfen, und sie machten zusammen einen Rundgang. Anna war froh, dass sich keine größeren Schäden fanden, und engagierte Luca, um die Löcher im Putz zu verspachteln und die kaputten Dachziegel zu ersetzen. Das Innere sei ansonsten in einem einigermaßen guten Zustand, befand er.

»Gut, dann müssen wir nur streichen«, stellte Anna fest. »Wie wär's jetzt mit einem Kaffee?«

Er nickte, und sie gingen in die Küche. Luca blieb, gegen das Küchenbuffet gelehnt, stehen, während Anna die Espressokanne aufsetzte. Sie war froh, dass sie etwas zu tun hatte. Die Stille machte sie etwas verlegen, aber Luca war niemand, mit dem man über Belanglosigkeiten plauderte. Ihm schien das Schweigen nichts auszumachen, so seelenruhig, wie er ihr mit verschränkten Armen zusah.

»Fertig.« Sie reichte ihm eine Tasse, die in seinen Händen lächerlich klein wirkte.

Sie sahen beide auf, als die Haustür aufgerissen wurde und Rike in die Küche stürmte.

»Hab meinen iPod vergessen«, murmelte sie. Bei Lucas Anblick blieb sie so abrupt stehen, als wäre sie gegen eine Wand gelaufen. Ihre Augen wurden groß. Dann sah sie Anna an und platzte auf Deutsch heraus: »Wer ist das denn?«

Anna verkniff sich eine Bemerkung über gutes Benehmen. »Luca hilft uns, das Haus auf Vordermann zu bringen«, antwortete sie auf Italienisch, damit auch er es verstehen konnte. »Luca, das ist Rike, meine Tochter.«

Wie seltsam es klang, wenn sie es laut aussprach. Es rührte sie, »meine Tochter« zu sagen, auch wenn sie Rike noch vor einer Stunde am liebsten ins nächste Waisenhaus verfrachtet hätte.

Wieder wurde sie Zeugin einer Verwandlung: Auf Rikes Gesicht breitete sich ein strahlendes Lächeln aus, dann begann sie, Luca mit Fragen zu bombardieren. Ob er im Dorf wohne, wohin man abends ausgehen könne, ob es in Lugano einen alternativen Klub gebe, was er für Musik höre. Luca antwortete ernsthaft und lächelte auch nicht, als Rike alles, was er sagte, mit »Stark!« kommentierte.

Anna gefiel ihre Begeisterung nicht. Für ein Mädchen, das zehn Jahre jünger sein musste als Luca, glänzten ihre Augen zu sehr. Anna kannte diesen Blick und wusste, wohin er führen konnte. Obwohl sie sich sagte, dass Rike nicht sie war, ließ sich ihre Besorgnis nicht mehr eindämmen, sondern flackerte und knisterte warnend. Deshalb räusperte Anna sich nach einigen Minuten und unterbrach Rikes Redefluss.

»Ich glaube, Luca hat noch etwas anderes vor, als den ganzen Nachmittag deine Fragen zu beantworten.«

»Schon in Ordnung«, sagte er, stellte aber die Tasse aufs Buffet und ging auf die Tür zu, dicht gefolgt von Rike, die ein enttäuschtes Gesicht machte.

»Moment noch!« Anna holte ihren Geldbeutel. »Was schulde ich Ihnen?«

Luca zuckte mit den Achseln. »Sind dreißig Franken in Ordnung?«

»Mehr als in Ordnung.« Anna hatte ein schlechtes Gewissen, als sie ihm das wenige Geld gab. Ein professioneller Handwerker hätte mindestens das Dreifache verlangt. »Wir sehen uns also morgen wegen der Fassade?«

Er nickte. »Ich bringe alles mit, was ich brauche.«

»Ciao!«, rief Rike ihm nach, und Luca hob kurz die Hand. Obwohl sie versuchte, es zu verbergen, leuchtete Rikes Gesicht noch immer, als sie sich zu Anna umdrehte. »Endlich ein normaler Mensch in diesem Kaff hier!«

Bitte nicht, dachte Anna. Ihr war, als spannte sich jeder Muskel in ihr an. »Und was ist mit Aris?«, fragte sie betont locker.

»Der ist auch ganz okay. Aber hast du das mitgekriegt? Luca arbeitet sogar als Roadie bei so 'nem Festival.«

»Sehr glamourös.«

»Du willst nur nicht, dass ich eigene Freunde habe, genau wie Oma.«

»So ein Unsinn! Natürlich will ich, dass du Freunde hast – aber welche in deinem Alter!«

Rike nahm ihren iPod vom Küchenbuffet. »Hat ja eh keinen Sinn, mit dir zu reden. Ich geh wieder hoch.«

Sie stakste mit erhobenem Kopf hinaus. Anna hätte ihr

am liebsten die leere Tasse hinterhergeworfen, die Luca auf das Buffet gestellt hatte.

Um sich abzulenken, ging sie zurück in die *cantina*. Eine Taschenlampe hatte sie nicht, also ließ sie die Kellertür offen und tastete sich im Halbdunkel zu dem Gerümpelhaufen vor. Sie schrie auf, als sie unerwartet in etwas Weiches fasste, aber es war nur ein alter Teppich, der zusammengerollt an einer der Wände stand. Vorsichtig ging sie ein paar Schritte weiter und stieß mit dem Fuß gegen die Leinwand, die ihr bereits bei ihrem Kellerbesuch mit Luca aufgefallen war. Sie bekam das Bild gerade noch zu fassen, bevor es auf den Boden rutschen konnte. Es war nicht sehr groß, etwa einen Meter zwanzig auf achtzig Zentimeter. Anna trug es nach oben in den Hof, lehnte es gegen die Hauswand und trat einige Schritte zurück, um es zu betrachten. Die einst kräftigen Farben hatten einen schmutzigen Ton angenommen, und breite, expressive Pinselstriche wurden von exakten Umrisslinien begrenzt. Das Motiv war ein weiblicher Akt, dessen sehr schlanker, jugendlicher Körper sich auf einem Bett rekelte. Anna erkannte, dass es das Bett war, in dem sie jetzt schlief. Sie besah sich das Bild genauer. Das Gemälde war in schlechtem Zustand, Wasserflecken hatten die untere Hälfte beschädigt, und stellenweise blätterte die Farbe ab. Doch am schlimmsten war jener Bereich zerstört worden, in dem sich der Kopf der Frau befunden hatte: Hier war die Leinwand völlig zerfetzt. Und die geraden Schnitte ließen vermuten, dass jemand mit einem Messer auf die Leinwand eingestochen hatte.

Kapitel 12

Sie wunderte sich noch immer, wie einfach es gewesen war, das Mädchen zu sich zu locken. Charlotte lachte leise. Nicht einmal Pfefferkuchen hatte es gebraucht. Nein, das geöffnete Fenster und ihre alte zerbrechliche Stimme, mit der sie, halb hinter der Spitzengardine verborgen, um Hilfe gerufen hatte, waren ausreichend gewesen. Das Mädchen, das zu dem Zeitpunkt im Hof gestanden hatte, war alarmiert die Treppe hinaufgestiegen, und Charlotte hatte ihm, nach Atem ringend, die Tür geöffnet. Als sie auf die Frage, ob alles in Ordnung sei, den Kopf geschüttelt hatte, hatte es Charlotte zum Sofa im Flur geführt und sie gebeten, sich hinzulegen. So besorgt war es gewesen, dass es sogar eine Ambulanz hatte rufen wollen, doch Charlotte hatte schnell behauptet, sie fühle sich schon besser. Das Mädchen hatte ihr ein Kissen unter die Füße geschoben, geradezu fürsorglich, und auch kein Entsetzen über Charlottes zerstörtes Gesicht gezeigt, sodass ihr das, was sie vorhatte, beinahe leidtat. Doch sie hatte zu lange auf die Möglichkeit gewartet, sich zu rächen, und nun würde sie nicht darauf verzichten.

——— 1963

Alles war erfüllt von Dunkelheit und Schmerz, und Charlotte trieb darin wie in einem Meer. Sie sank tiefer und tiefer und wartete darauf, dass sie den Grund erreichte. Denn je länger sie fiel, umso dumpfer wurde der Schmerz, umso mehr entfernte er sich von ihr. Doch etwas zog sie, spülte sie hoch in eine Zone gleißender Helligkeit und unerträglicher Geräusche. Nach und nach wurde ihr bewusst, dass jemand sprach.

»Sie öffnet die Augen, Signore Amstutz.«

Die Behauptung, ihre Augen seien offen, stimmte gar nicht. Sie waren geschlossen, auch wenn unter ihren Lidern alles weiß war. Ein Teil der Helligkeit verdichtete sich, Schatten formten Umrisse, dann erkannte sie eine weibliche Gestalt, die sich entfernte. Eine dunkelhaarige Person beugte sich über sie. *Georg!*, wollte sie rufen, aber aus ihrem Mund kam nur ein Seufzen. Und es war ja auch gar nicht Georg, der so besorgt auf sie hinunterblickte, sondern ein gänzlich Unbekannter.

»Hören Sie mich, Fräulein Amstutz?«, fragte der Fremde. Er sprach viel zu laut und hatte einen eigenartigen Akzent. Charlotte wurde wütend, weil seine Stimme in ihren Ohren schmerzte. Warum ließ man sie nicht weiterschlafen? Es war so schön gewesen, sich auf den Wellen der Dunkelheit treiben zu lassen.

»Ich bin Dr. Gilardi«, sagte er sehr langsam und ruhig auf Deutsch. In ihrem halb wachen Zustand dachte Charlotte, er stelle sich vor, um sie zum Tanzen aufzufordern, was seltsam war, denn sie lag offensichtlich in einem Bett. Dennoch wollte sie ihm die Hand reichen, damit er ihr beim Aufstehen behilflich sein konnte. Sie war auch sicher, die Hand bewegt zu haben, nur begriff sie nicht, wieso sie dann immer noch neben ihr lag, seltsam wächsern auf einem schneeweißen Bettlaken, das sie an Sankt Moritz denken ließ und daran, was für ein herrliches Gefühl es war, auf Skiern den steilsten Abhang hinunterzurasen.

»Sie befinden sich im Krankenhaus Santa Clara in Varese«, teilte Dr. Gilardi ihr mit. Charlotte war erleichtert, eine Erklärung für ihre Lage zu finden: Sie war im Krankenhaus, und er war ein Arzt! Aber weshalb war sie hier? Eben noch hatte sie auf dem Balkon ihres Hotelzimmers gestanden, und jemand hatte ein Lied gepfiffen. Sie hatte die Melodie sogar noch im Ohr. Es war Georg, der diese Melodie gepfiffen hatte. Wo war er? Er musste ganz in ihrer Nähe sein, er würde sie doch nicht allein lassen!

Sie wollte sehen, ob er im Zimmer war, doch ein hoher, steifer Kragen um ihren Hals hinderte sie daran. Sobald sie versuchte, sich zu bewegen, fuhr ihr ein stechender Schmerz durch das Rückgrat, der bis in die Beine ausstrahlte. Sie schrie, vor ihren Augen flimmerte es.

»*Porca miseria,* wer hat die Fixierung gelöst?«, rief der Arzt und machte sich an ihrem Kopf zu schaffen. Charlotte fühlte, wie sich zwei kalte Platten an ihre Schläfen pressten und sie den Kopf kein bisschen mehr bewegen konnte. Erst jetzt bemerkte sie, dass ihr gesamter Rumpf in einem Gipskorsett steckte. Und sie spürte ihre Beine nicht. Panik erfasste sie. Warum erklärte ihr denn niemand, was mit ihr los war?

Sie hörte Schritte. Aus dem Augenwinkel sah sie, dass jemand den Raum betrat, und gleich darauf beugte sich das Gesicht ihrer Mutter über sie. Ungeschminkt und aufgequollen sah es alt und hässlich aus.

»Mein Kind!«, stöhnte ihre Mutter theatralisch. »Gott sei Dank, dass du endlich wach bist! Wir dachten schon, wir würden dich verlieren!«

Immer musste sie übertreiben.

Jetzt tauchte auch das Gesicht ihres Vaters über ihr auf, und Charlotte wollte weinen, als sie die tiefen Falten sah, die Angst und Kummer darin hinterlassen hatten. Doch das Gipskorsett war so eng, dass sie nicht einmal richtig Luft holen konnte.

Sie nahm all ihre Kraft zusammen und wollte, so laut sie konnte, *Erklärt mir doch endlich, was passiert ist!* schreien, doch es kam nur ein tonloses »Was?« heraus, so leise, dass niemand es hörte.

Sogar das Sprechen tat weh.

»Durst!«, krächzte sie etwas lauter, und gleich darauf schob jemand ihr einen Plastikschlauch zwischen die Lippen. Es war unglaublich anstrengend, den Mund zu schließen und daran zu saugen, doch als sie es schaffte, wurde sie mit dem köstlichen Wasser belohnt, das ihre Kehle hinabrann und sich kühl in ihrer Brust verteilte. Jetzt würde sie sprechen können.

»Wo ist er?« Diesmal kam ein Flüstern aus ihrer Kehle. Ihre Eltern sahen sie ratlos an.

»Von wem sprichst du?«, fragte ihr Vater sanft. »Meinst du Reto?«

Wollten sie denn nicht verstehen?

»Was hast du dir dabei nur gedacht, Kind!« Ihre Mutter begann zu weinen. »Dich ohne Führerschein ans Steuer dieser Höllenmaschine zu setzen! Du musst doch gewusst haben, dass du das Fahrzeug nicht beherrschen konntest! Und wo wolltest du nur hin mit all deinen Sachen? Ich verstehe das alles nicht!«

»Ich … weiß nichts mehr«, flüsterte Charlotte.

»Du hattest einen schweren Unfall mit Retos Wagen«, erklärte ihr Vater, und auf einmal war alles wieder da. Sie und Georg hatten im Wagen gesessen, er hatte furchtbare Dinge gesagt, und dann der näher kommende Felsen.

»Man hat dich am Straßenrand in einem Gebüsch gefunden«, fuhr ihr Vater fort. »Du hattest Glück, dass du nicht den Abhang hinuntergestürzt bist. Deine Sachen waren überall verstreut, und du hast dir beinahe jeden einzelnen Knochen gebrochen. Außerdem …«, er musste kurz innehalten, um gegen die aufsteigenden Tränen anzukämpfen, »wurden innere Organe verletzt.«

Charlotte schloss die Augen. »Und mein Gesicht?«

Ihre Mutter schluchzte auf und wurde von Dr. Gilardi weggeführt.

Gero Amstutz presste die Lippen zusammen. »Ein paar Schrammen hat es abbekommen«, meinte er betont munter. »Aber die verheilen schon. Erst einmal ist am wichtigsten, dass du wieder ganz gesund wirst. In ein paar Wochen springst du wieder herum wie ein Fohlen.«

Seine Miene widersprach seinen Worten. Er log, vielleicht, um sie zu schonen, oder, weil er die Wahrheit selbst nicht ertragen konnte. Doch für Charlotte war viel wichtiger zu wissen, was mit Georg geschehen war. Hatte man ihn etwa nicht gefunden, weil er zu weit weg geschleudert worden war? Oder war er womöglich tot, und ihre Eltern wollten es ihr nicht sagen, um sie zu schonen?

»Niemand sonst wurde verletzt?«, brachte sie mit letzter Kraft hervor. Jedes Wort strengte sie so sehr an, als höbe sie einen schweren Stein.

»Niemand. Die ganze Umgebung wurde abgesucht, weil die Polizei dachte, du wärst vielleicht einem Fußgänger ausgewichen. Aber du warst alleine. Du hast in der Kurve die Kontrolle über den Wagen verloren und bist gegen diesen verfluchten Stein geprallt.«

Charlotte sagte nichts mehr. Die Wahrheit tat mehr weh als alles andere. Georg hatte sie im Stich gelassen.

Für lange Zeit reduzierte sich Charlottes Welt auf das karge Krankenzimmer, dessen Fenster auf einen Hinterhof gingen. Doch nicht einmal den konnte sie sehen, weil sie flach ausgestreckt im Bett liegen musste, den Leib in das unerträgliche Gipsgefängnis gepresst. Die Ärzte sagten, sie habe eine Quetschung des Rückenmarks erlitten und sich beim Unfall die Wirbelsäule verdreht. Ohne das Korsett würde sie wahrscheinlich für immer gelähmt bleiben. Und so lag sie reglos wie eine Statue auf der weiß bezogenen Matratze und starrte die Decke an. Aufgrund der Halskrause und des grässlichen Apparats, in den ihr Kopf eingespannt war, konnte sie nicht einmal den Kopf drehen. Nur, wenn morgens und abends die Schwestern kamen, um das Bett aufzuschütteln und sie zu waschen, so gut es ging, erweiterte sich Charlottes Gesichtsfeld. Sie wurde aufgesetzt wie eine Puppe und erblickte so die scheußlichen Metallstangen, die aus ihren Beinen ragten und durch schwere Schienen miteinander verbunden waren. Ihren rechten Arm hatte sie sich ebenfalls gebrochen, doch er würde verhältnismäßig schnell abheilen. Der linke Arm war dagegen nur geprellt.

Für Charlotte, die das Tanzen und Laufen liebte sowie stets als selbstverständlich hingenommen hatte, dass ihr Körper ihr gehorchte, wurde jede Sekunde der erzwungenen Reglosigkeit zur Qual. Ihre Stimme war wieder kräftiger geworden, und wenn sie es nicht mehr aushielt, schrie sie zur Zimmerdecke hinauf, bis sie erschöpft genug war, um einzuschlafen. Ihre Mutter, die jeden Tag von morgens bis abends bei ihr war, brach dann in Tränen aus und hielt sich die Ohren zu. Dass sie ebenfalls litt, erfüllte Charlotte mit einer bösartigen Befriedigung. Denn wer war schuld an dem, was geschehen war, wenn nicht ihre Mutter? Nur wegen deren Vorhabens, sie in ein Pensionat zu schicken, war Charlotte überhaupt fortgelaufen.

Gero Amstutz hatte nach Zürich zurückkehren müssen, um sich um das Geschäft zu kümmern, doch er fuhr jedes zweite Wochenende mit dem Zug nach Varese, um Charlotte zu besuchen. Wenn er an ihrem Bett saß, ihre Wangen streichelte und traurig auf sie herablächelte, gestattete Charlotte sich zu weinen. An ihrer Mutter, die sich in der Nähe des Krankenhauses ein Hotelzimmer genommen hatte, ließ sie dagegen nur die unbändige Wut aus, die in ihr kochte. Charlotte vertrieb sich die Langeweile damit, sie herumzuscheuchen wie ein Dienstmädchen. Sie verlangte von ihr, ein Glas Wasser zu holen, das Fenster zu öffnen, ihr vorzulesen oder frische Johannisbeeren zu besorgen. Und ihre Mutter folgte klaglos, als wäre auch sie der Meinung, sie müsse Abbitte leisten. Sie, die immer versucht hatte, Charlotte zu formen, enthielt sich nun jeglicher Kritik, und Charlotte kostete diesen Triumph gehörig aus.

In den endlosen Stunden, in denen sie einfach nur dalag, beschäftigte sie hauptsächlich eine Frage, von der sie jedoch niemandem erzählte: wann sie Georg wiedersehen würde. Sie wusste nicht, was auf der Straße geschehen war, auch wenn sie sich noch so heftig darum bemühte, sich zu erinnern. Nur, dass Georg bei dem Unfall nicht gestorben war, dessen war sie sich sicher. Sonst hätte die Polizei ihn finden müssen. Je länger sie nachdachte, umso unwahrscheinlicher erschien ihr ihre anfängliche Vermutung, er habe sie im Stich gelassen. Wahrscheinlich war er losgegangen, um Hilfe zu holen, und als er zurückkehrte, hatte man sie bereits weggebracht. Nun wusste er nicht, wo sie war, und selbst wenn er bei den Krankenhäusern der Umgebung nachfragte, würde man ihm kaum Auskunft erteilen.

Sie stellte sich diese Szenen so oft in allen Einzelheiten vor, bis sie überzeugt davon war, dass sie sich tatsächlich so zugetragen hatten und Georg so lange nach ihr suchen würde, bis er sie wiedergefunden hatte. Dann würde sie schnell gesund werden, daran hatte sie keinen Zweifel. Deshalb wollte sie auch unbedingt in Italien bleiben, obwohl ihre Mutter eines Tages ankündigte, man werde sie nach Zürich ans Universitätsspital verlegen, sobald sie transportfähig sei.

»Kommt nicht infrage!«, rief Charlotte.

Ihre Mutter sah sie verständnislos an. »Dann kann dein Vater dich häufiger sehen, und all unsere Freunde werden dich besuchen!«

»Glaubst du, ich will, dass jemand mich so sieht? Ich bleibe hier!«

Ihre Mutter strich sich eine lose Haarsträhne hinters Ohr. Mit den dunklen Augenringen und dem fettigen Haar hatte sie kaum noch etwas von der stets perfekt zurechtgemachten Dame, die sie früher gewesen war. Sie war abgemagert, und die Haut hing an ihr herab wie ein schlecht sitzendes Kleid. Es verschaffte Charlotte eine grimmige Genugtuung, dass sie die Ursache dafür war.

»Ich will hierbleiben«, wiederholte sie störrisch.

Ihre Mutter seufzte. »Nun sei doch vernünftig, Kind! Zu Hause bekommst du viel bessere medizinische Betreuung. Und wenigstens sprechen die Ärzte Deutsch.«

»Ich verstehe die Ärzte hier sehr gut.« Charlottes Stimme wurde schrill. »Und an der Behandlung war bisher nichts auszusetzen. Noch ein paar Monate, und ich bin wieder ganz gesund.«

»Gerade deswegen musst du nach Zürich! Wir möchten noch eine zweite Diagnose einholen, und zwar von Professor Korntheuer, einem sehr angesehenen Oberarzt. Dein Vater hat mit ihm gesprochen, und er hat zugesagt, sich persönlich um dich zu kümmern.«

»Wir wissen doch, was mit mir los ist!«, rief Charlotte.

Ihre Mutter hob beschwichtigend die Hände. »Kind, bitte reg dich nicht auf, das tut dir nicht gut!«

»Dann lasst mich hier, bis ich wieder gesund bin!«

»Darüber entscheiden immer noch ich und dein Vater!« Für einen Moment glich Charlottes Mutter wieder ihrem früheren Selbst.

Charlotte holte Luft, bis sie beinahe das Korsett sprengte, und schrie dann so gellend, dass es von den Wänden widerhallte. Nach weniger als einer halben Minute kam Schwester Mariangela und drängte die Mutter sanft, aber bestimmt, auf den Flur, ohne auf deren Protest zu achten.

Nach zwei Monaten nahm man ihr endlich das Korsett ab, wenn auch nur, um es gegen ein neues auszutauschen. Charlottes Körper war weiß und kraftlos wie ein unterirdisch gewachsener Pflanzenkeim. Sie konnte nicht einmal selbstständig sitzen, und ohne das Korsett fühlte sie sich plötzlich seltsam schutzlos, wie ein Einsiedlerkrebs, den man aus seinem Haus gezogen hatte. Voller Ekel roch sie das käsige Aroma ihrer seit zwei Monaten ungewaschenen Haut. Es war ein Genuss, als eine Krankenschwester mit einem warmen Waschlappen darüberfuhr, auch wenn Charlotte ein Bad bevorzugt hätte. Doch die Ärzte hatten erklärt, es sei zu früh dafür.

Sie war beinahe froh, als man sie wieder straff in feuchtkalte Gipsbinden wickelte. Sie spürte, wie der Verband innerhalb kurzer Zeit härtete, bis sie sich nicht mehr bewegen konnte, und empfand eine Art Erleichterung. Gleichzeitig stieg maßlose Wut in ihr auf: Ihr Körper war immer stark und zuverlässig gewesen, jetzt ließ er sie im Stich, hinfällig und schwach. Diesem neuen Körper war nicht zu trauen, er passte nicht zu ihr. Charlotte fühlte sich wie in die Haut einer anderen Person gezwängt. Ein Grund dafür war, dass man ihr hartnäckig einen Spiegel vorenthielt, woraus Charlotte schloss, dass sie vollkommen entstellt sein musste, auch wenn man ihr das Gegenteil versicherte. Nachdem man die Verbände um ihren Kopf abgenommen hatte, betastete sie nachts ihr Gesicht und meinte, narbige Wülste zu spüren. Doch sie hatte keine Vorstellung davon, wie sie aussehen mochte.

»Ich will mich endlich im Spiegel betrachten«, verlangte sie wieder einmal, als die Schwester sie nach dem Essen in Rückenlage gebracht hatte.

Ihre Mutter rieb sich die Schläfen. »Du weißt doch, Dr. Gilardi meint, es könnte deiner Genesung schaden.«

Charlotte warf ihr einen bösen Blick zu. »Ist es so schlimm?«

»Nein, nein, man sieht beinahe nichts!«

»Dann bring mir verflucht noch mal einen Spiegel!« Charlotte presste vor Wut die Lippen zusammen.

Ihre Mutter seufzte, nahm ihre Handtasche, die sie neben dem Bett abgestellt hatte, und zog die silberne Spiegeldose mit den eingravierten Rosen heraus, mit der Charlotte als kleines Mädchen so gern gespielt hatte. Sie klappte sie auf und zögerte.

»Kind, bist du dir ganz sicher?«

»Ja, Mutter.« Trotz ihres entschlossenen Tonfalls musste sie sich zwingen, nicht die Augen zu schließen, als ihre Mutter ihr den Spiegel vors Gesicht hielt.

Eine Fremde blickte ihr entgegen. Sie erinnerte entfernt

an Charlotte, doch ihr Ausdruck war seltsam schlaff. Über eine Gesichtshälfte zogen sich mehrere erhabene Narben, die sich wie Wege auf einer Landkarte kreuzten. Sie bewirkten, dass das linke Auge etwas tiefer hing als das andere, und verzerrten den linken Mundwinkel zu einem grotesken Grinsen nach oben. Das Mädchen im Spiegel sah aus wie eine schauerliche Karikatur der wahren Charlotte. Aber sie weinte nicht, sondern bedeutete ihrer Mutter, den Spiegel wieder wegzunehmen. Erst nach einer Weile fand sie die Sprache wieder.

»Ich will nach Hause«, meinte sie leise.

Ihre Mutter sah überrascht auf. »Wie bitte?«

»Nach Zürich, ins Universitätsspital. Genau wie ihr es wolltet, und zwar so schnell wie möglich.«

»Endlich siehst du es ein! Dein Vater wird sich sehr freuen. Professor Korntheuer ist eine Koryphäe, er wird dich wieder ganz gesund machen.«

Charlotte sah ihrer Mutter in die Augen. »Das ist mir vollkommen gleichgültig.«

Kapitel 13

——— **1964**

Fünf Monate waren vergangen, und Charlotte lebte wieder zu Hause in der elterlichen Villa in Zürich-Seefeld. Es war März. Im Garten sangen die Vögel, und die Bäume trugen erste Knospen. Doch Charlotte hatte für all das keinen Blick. Es gab nichts mehr, wofür sie Interesse aufbringen konnte.

Dreimal wöchentlich brachte der Chauffeur sie ins Krankenhaus, wo man Aufbauübungen mit ihr machte. Sie ließ sie über sich ergehen wie eine Marionette. Es war ihr gleichgültig, ob sie etwas nutzten oder nicht. Auch wenn man ihren Körper notdürftig zusammengeflickt hatte, so konnte doch niemand ihr Inneres reparieren. Sie sehnte sich mit jeder Faser nach Georg, wollte ihm mit diesem Gesicht allerdings nicht gegenübertreten. Lieber sah sie ihn nie wieder, wenn er sie dafür so in Erinnerung behielt, wie sie gewesen war.

Manchmal hasste sie ihn auch dafür, dass er nach dem Unfall verschwunden war, dann wieder fand sie tausend Entschuldigungen für sein Verhalten. Die Grübeleien zermürbten sie, und eine Art geistige Erschöpfung legte sich über sie wie eine schwere Decke, die sich nicht abschütteln ließ.

Ihre Eltern ahnten nicht, wie es in ihr aussah. Während ihre Mutter hartnäckig so tat, als wäre alles in bester Ordnung, konnte ihr Vater, mit dem sie früher so vertraut gewesen war, kaum noch mit ihr sprechen und vermied möglichst, sie anzusehen. Meistens zog er sich sofort nach dem Abendessen in sein Arbeitszimmer zurück. Wenn Charlotte ihm zufällig spätabends in der Vorhalle begegnete, roch er nach Cognac.

Alle Tage glichen sich, das war beinahe das Schlimmste.

Doch Charlotte brachte es nicht über sich, das Haus zu verlassen, und erlaubte auch nicht, dass jemand sie besuchte. Keine der Personen, die sie früher gekannt hatte, sollte sie so sehen, wie sie jetzt war: hässlich, verkrüppelt, an den Rollstuhl gefesselt. Auch wenn sie ihr Haar jetzt offen trug und es über die zerstörte Gesichtshälfte fallen ließ, konnte man aus der Nähe die Narben und das herabhängende Auge sehen.

Das Parkett knarzte, wenn ihre Mutter sie morgens aus dem Schlaf- ins Esszimmer schob und den Rollstuhl am Tisch abstellte. Charlotte bestand darauf, dass die sandfarbenen Gardinen zugezogen blieben, sodass nur diffuses Licht hereinfiel. In diesem Dämmerlicht saß sie bis zum Mittagessen, meist ohne die Bücher anzurühren, die man ihr aus der Bibliothek gebracht und auf dem Tisch abgelegt hatte.

Da sie die mitleidigen Blicke des Hausmädchens nicht ertrug, war ihre Mutter die Einzige, deren Nähe sie duldete. Mittags aßen sie allein, die Stille zwischen sich, bis Renate Amstutz das Schweigen nicht länger aushielt und sinnloses Zeug zu plappern begann.

»Gestern hat Frau Lüthi mir erzählt, dass es ein neues Hutgeschäft in der Bahnhofsstraße gibt. Die Inhaberin ist eine Französin, ihre Kreationen sollen exquisit sein. Natürlich haben sie ihren Preis, und es wird sich noch zeigen müssen, ob man nur das Pariser Flair bezahlt oder ob die Hüte auch handwerklich perfekt sind.«

Ohne aufzusehen, spießte Charlotte eine Kartoffel auf ihre Gabel.

»Ich jedenfalls werde meinem Hutmacher treu bleiben, du erinnerst dich an ihn?«, fuhr ihre Mutter fort.

Charlotte führte die Gabel zum Mund und kaute schweigend. Die Stimme ihrer Mutter nahm einen verzweifelt munteren Ton an.

»Übrigens muss ich mir einen neuen Frühlingshut machen lassen. Ich dachte an eine Art Haube, ganz mit Blüten besetzt, die sind jetzt sehr modern. Du solltest mich begleiten. Wir könnten etwas Ähnliches auch für dich anfertigen lassen.«

»Und wann sollte ich den tragen, Mutter?« Charlottes Stimme war ätzend wie Säure, und ihre Mutter verstummte für einen Moment, bevor sie einen zweiten Anlauf wagte.

»Was hältst du eigentlich von dieser Mode mit den kurzen Röcken? Scheußlich, wenn die Knie zu sehen sind, nicht wahr? Allerdings überlege ich mir, dieses Frühjahr diese praktischen wadenlangen Hosen zu kaufen.«

Charlotte warf klirrend die Gabel auf ihren Teller, schwang ihren Rollstuhl herum und fuhr durch die zweiflügelige Tür ins Wohnzimmer. Mitten im Raum bremste sie. Es gab keinen Ort, an den sie fliehen konnte. In der Fenstertür, die auf die Terrasse führte, sah sie undeutlich ihr Spiegelbild, durchscheinend wie ein Gespenst, und genau so fühlte sie sich.

»Ich hasse das alles hier!«, schrie sie, wissend, dass ihre Mutter sie hören konnte. »Ich hasse dich, diesen Rollstuhl und am allermeisten mich selbst!«

»Du könntest ruhig einmal ein wenig Dankbarkeit zeigen.« Ihre Mutter stand genau hinter ihr. Charlotte hatte nicht gehört, dass sie ihr gefolgt war. »Ich verstehe, dass es schwer für dich ist, Kind, aber für uns ist es auch nicht leicht.« Sie kam um den Rollstuhl herum und fügte leise hinzu: »Vor allem nicht für deinen Vater.«

»Er erträgt es nicht, mich anzusehen, nicht wahr? Ich kann es ihm nicht verübeln«, bemerkte Charlotte bitter.

Renate Amstutz schloss kurz die Augen, dann sah sie ihre Tochter direkt an. »Du bist zu jung, um es zu verstehen, deshalb erkläre ich es dir: Dein Vater verhält sich so seltsam, weil er dich zu sehr liebt. Er hat dir immer alles gegeben, was du wolltest, dich verwöhnt – meiner Meinung nach zu sehr –, und dass er dir jetzt nicht helfen kann, bringt ihn beinahe um. Von uns dreien ist er derjenige, der am meisten leidet.«

»Das stimmt nicht!« Charlotte hielt sich die Ohren zu. Ihr

Vater war immer stark gewesen, hatte immer alle Probleme lösen können. Wenn nicht einmal er ihren Anblick ertragen konnte, gab es niemanden mehr, der an ihrer Seite stand – außer ihrer Mutter. Obwohl alle Ambitionen, die sie für Charlotte gehegt hatte, zu nichts zerronnen waren, schien es Renate Amstutz ganz recht zu sein, dass Charlotte nun auf sie angewiesen war: Endlich konnte das Mädchen ihr nicht mehr entkommen. Charlotte spürte diese unterschwellige Zufriedenheit ihrer Mutter mehr, als dass sie sie verstand, und das Gefühl, dankbar sein zu müssen, entfachte in ihrem Inneren einen schwelenden Zorn. Sie rächte sich, indem sie ihre Mutter behandelte wie eine Dienstbotin. Doch das letzte Wort hatte immer Renate Amstutz, und das wussten sie beide ganz genau.

Die Tage verliefen weiter in unerträglicher Gleichförmigkeit. Bis eines Tages ein Brief aus Amerika auf dem Tisch lag. Er war in Amandas typischer Mischung aus englischen und deutschen Wörtern verfasst. Sie habe lange gebraucht, um Charlottes Adresse herauszufinden, schrieb sie, doch sie habe unbedingt wissen wollen, weshalb sie und ihre Familie im letzten Sommer so plötzlich abgereist seien. Im *Miralago* habe man ihr keine Auskunft geben können oder wollen, und auch Georg sei verschwunden, seine Atelierwohnung geräumt gewesen.

»Mutter!«

Renate Amstutz erschien sogleich in der Tür.

»Ich brauche Stift und Papier! Und einen Umschlag!«

Ihre Mutter beeilte sich, das Gewünschte zu bringen. Sie legte mehrere Briefbögen und einen Füllfederhalter vor ihr auf den Tisch und verharrte einen Augenblick im Zimmer.

»Lass mich alleine! Ich muss einen Brief schreiben«, fuhr Charlotte sie an, als sie ihren neugierigen Blick bemerkte.

Nachdem Renate Amstutz hinausgegangen war, setzte sie den Stift an. Während der Füller über das cremefarbene Papier glitt, sah sie vor sich, wie ihr Leben ohne den Unfall verlaufen wäre. Sie schrieb, Georg sei mit ihr nach Zürich gegangen, wo er um ihre Hand angehalten habe. Nach der Hochzeit seien sie nach Italien zurückgekehrt, um sich dort niederzulassen. Sie sah sich und Georg ein rotes Haus mit Erker beziehen, das in Comos Altstadt stand und ihr immer gut gefallen hatte. Sie beschrieb Amanda jeden Raum, wählte sorgfältig die Möbel und die Teppiche aus, arrangierte Blumen auf dem Esstisch. Während Georg in seinem Atelier arbeitete, kochte sie das Mittagessen, legte Rindfleisch in eine Pfanne und zuckte zurück, als heißes Fett sie bespritzte. Sie schnitt Karotten und Lauch, zerdrückte eine Knoblauchzehe und musste niesen, als deren scharfer Geruch ihr in die Nase stieg. Dann arbeitete sie die Gespräche aus, die sie und Georg bei Tisch führen würden, schmeckte den Merlot, den er aus dem Keller geholt hatte.

Sie schrieb sich in einen Rausch und vergaß dabei ihren Körper, ihre Schmerzen und die öde Zukunft als Krüppel. Während sie den Brief verfasste, war ihr, als würde sie das, was sie zu Papier brachte, wirklich erleben. Sie schmeckte das Essen, roch gerösteten Knoblauch, hörte die Stimmen auf dem Platz. Das Schreiben ermöglichte es ihr, aus einer Wirklichkeit zu fliehen, die ihr nichts zu bieten hatte.

Die eng beschriebenen Blätter legte sie in einen Karton, und als dieser voll war, ließ sie sich von ihrer Mutter einen neuen geben. Sie schrieb wie besessen von morgens bis abends, manchmal konnte sie den Füller kaum mehr halten. Länger und länger wurde der Brief, doch Charlotte schickte ihn nie ab, damit sie nicht aufhören musste zu schreiben – und zu träumen.

Die Zeit verging, und sie bekam von Georg ein Kind. Ein Mädchen, das die dunklen Haare und die graugrünen Augen seines Vaters geerbt hatte. Sie hieß Christina, wurde aber von allen nur Stella genannt. Sie war ein liebes, aber temperamentvolles Kind, und wenn sie ihren Willen nicht bekam, wurde sie sehr zornig.

»Das hat sie von dir«, scherzte Georg dann lächelnd. Er liebte seine Tochter abgöttisch und las ihr jeden Wunsch von den Augen ab. Charlotte beschrieb in allen Einzelheiten die hübschen Kleider, die sie bei einer Schneiderin für Stella anfertigen ließ. Sie erdachte kleine, heitere Episoden, die sie mit ihrer Tochter und Georg gemeinsam erlebte, und schenkte Stella zum zweiten Geburtstag ein schwarzes Kätzchen mit weißer Nase, das das Mädchen Luna nannte.

Bald erschien Charlotte ihr erträumtes Leben realer als die Wirklichkeit, und sie legte nur ungern den Stift beiseite. Inzwischen konnte sie bereits wieder laufen, wenn auch nur langsam und auf Krücken. Man hatte eine Wirbelsäulenverkrümmung festgestellt, durch die sie für immer auf einen Gehstock angewiesen sein würde. Sie hasste die Krücke, mit der sie nur mühsam vorankam und die ihr die Behinderung noch bewusster machte. Stattdessen wünschte sie sich in den Rollstuhl zurück, den ihre Mutter ihr jedoch auf Anraten des Arztes weggenommen hatte. Jetzt schleppte Charlotte sich von Zimmer zu Zimmer, und jeder Schritt erinnerte sie daran, was sie war: ein Krüppel.

Ihre einzige Zuflucht blieb das Schreiben. Es wurde von einer Tätigkeit zu einem Ort; einer kleinen Welt, in der sie frei war, auf Berge stieg, im See schwamm, Wasserski fuhr, mit ihrer Tochter über eine Wiese rannte, in Georgs Armen tanzte. Was in ihrem Elternhaus um sie herum vorging, nahm sie nur am Rande wahr. Sie bemerkte durchaus, wie aufgeschwemmt ihr Vater wirkte, wie ungesund rot sein Gesicht aussah und dass er inzwischen häufig schon vor dem Abendessen nach Alkohol roch, doch es berührte sie nicht. Sie war nicht einmal entsetzt, als ihre Mutter ihr mitteilte, die Firma sei bankrott und müsse verkauft werden.

Sie zogen von der Villa in eine Etagenwohnung um. Ihre Eltern litten sichtlich darunter. Doch für Charlotte zählte nur, dass es einen Schreibtisch gab und ihr ausreichend Papier und Tinte zur Verfügung standen.

Kapitel 14

——— 2013

Von draußen erklang das inzwischen vertraute Quietschen des Hoftors. Anna zog die Hände aus dem Spülwasser und trocknete sie ab. Sie hörte Schritte im Eingangsbereich und eine männliche Stimme, die *»Permesso!«* rief. Kurz darauf erschien Daniele Solca in der Küchentür, ein verlegenes Grinsen auf dem Gesicht, das ihm ebenso hervorragend stand wie der Stoppelbart.

»Ist es hier üblich, einfach ins Haus zu kommen?«, fragte Anna spitz. Sie hatte die Eingangstür eigentlich nur offen gelassen, um kurz durchzulüften. Das hatte sie nun davon.

Er streckte ihr einen Topf mit Basilikum entgegen. »Ich wollte nur nachsehen, ob Sie zurechtkommen.«

»Gehört das hier zum Bürgerservice?«

»Selbstverständlich, Neuzugänge werden immer persönlich betreut«, erwiderte er.

»Ich komme ganz wunderbar zurecht, danke.« Anna sah das Basilikum an und verschränkte die Arme.

»Nur von unten gießen!« Solca stellte den Topf auf die Fensterbank.

Anna zog die Augenbrauen hoch. »Ach wirklich? Vielen Dank für den Hinweis.«

Er ging nicht darauf ein. »Hier sieht es ja furchtbar aus«, stellte er fest. »Wollen Sie nicht ins *Alla Posta* ziehen, bis diese Bruchbude bewohnbar ist?«

»Dafür habe ich kein Geld«, entgegnete Anna schroff. »Außerdem habe ich schon jemanden, der mir beim Renovieren hilft.«

»Und dann? Ziehen Sie hier ein?«

»Sie sind aber ziemlich neugierig.« Anna nahm das Geschirrhandtuch und begann, die Teller abzutrocknen. Der Bürgermeister schien heute überraschend gesprächig zu sein.

Solca zuckte die Achseln. »Berufskrankheit. Ich muss doch wissen, was in meinem Dorf vorgeht.«

»In *Ihrem* Dorf? Und die Bewohner sind wohl Ihre Leibeigenen.«

»Sind Sie wütend auf mich, oder ist Ihnen sonst eine Laus über die Leber gelaufen?« Er sah Anna forschend an, und sie wandte den Blick ab.

»Ach nichts, meine Tochter und ich haben uns heute Morgen gestritten. Wir – sie ist nicht bei mir aufgewachsen, und wir kennen uns nicht sehr gut.«

»Teenager können ziemlich hart sein«, meinte Solca. »Mein Sohn Aris macht gerade dieselbe Phase durch. Sie können nichts dafür, es sind ihre Hormone, die sie zu kleinen, selbstbezogenen Monstern machen. Aber das vergeht wieder, so nach fünf oder sechs Jahren.«

»Dann bin ich ja beruhigt.« Anna musste lächeln.

Solca räusperte sich und wurde ernst. »Ich hatte neulich einen schlechten Tag, und falls ich mich etwas eigenartig benommen habe, tut es mir wirklich leid.«

»Nun schaufeln Sie aber ein bisschen viel Asche auf Ihr Haupt«, sagte Anna grinsend. »Vergeben und vergessen.«

Sie nahm das Basilikum und hielt es unter den Wasserhahn, bis der Untersetzer randvoll war.

»Perfekt«, sagte Solca, als sie die Pflanze wieder zurück auf die Fensterbank stellte. »Ich wollte Ihnen nur Bescheid geben, dass ich beim Katasteramt nachgefragt habe: Ihre Mitbewohnerin hat keinerlei Ansprüche auf das Haus – Sie sind die alleinige Besitzerin.«

»Das heißt, ich habe ein Problem. Ich kann die alte Frau ja nicht einfach rauswerfen.«

»Rein rechtlich dürften Sie es.«

Anna sah ihn empört an. »Würden Sie so was machen? Ich jedenfalls nicht.«

»Ich meinte das eher theoretisch«, rechtfertigte sich Solca.

»Wenn ich wenigstens mit ihr reden könnte. Aber sie macht ja nicht mal die Tür auf.«

»Dann schreiben Sie ihr doch einen Brief, in dem Sie alles erklären.«

»Danke für die Anregung, aber darauf wäre ich jetzt auch alleine gekommen.«

»Ich wollte nur helfen.« Solca machte ein unschuldiges Gesicht.

»Sehr freundlich, aber wie gesagt, ich komme sehr gut allein zurecht.«

»Dann haben Sie auch sicher daran gedacht, dass Sie in Bellinzona aufs Katasteramt gehen müssen, um sich als Besitzerin eintragen zu lassen. Wenn Sie möchten, fahre ich Sie hin.«

Anna verschränkte die Arme. Allmählich fand sie den Bürgermeister geradezu aufdringlich. »Ich habe selbst ein Auto, danke.«

An seinem Gesicht sah sie, dass sie zu schroff gewesen war, deshalb fügte sie versöhnlich hinzu: »Ich weiß Ihr Angebot wirklich zu schätzen, aber ich fühle mich ungern jemandem verpflichtet.«

Er hob die Augenbrauen. »Genau, wo kämen wir hin, wenn die Leute sich gegenseitig helfen würden!«

»Ich habe die letzten fünfzehn Jahre in einer Großstadt gelebt«, sagte Anna, »da kümmert sich jeder um seinen eigenen Kram. Ich meine das wirklich nicht böse, aber ich glaube nicht, dass ich mich ins Dorfleben integrieren will. Nachbarschaftshilfe und solche Sachen – das bin ich einfach nicht gewohnt. In ein paar Wochen sind wir sowieso wieder weg.«

»Völlig in Ordnung.« Er zuckte mit den Schultern. »Kommt

dann ein Spaziergang mit dem Bürgermeister für Sie auch nicht infrage?«

Anna lachte gegen ihren Willen. »Grenzwertig, aber ich riskiere es.«

Sie verließen das Haus, liefen die Straße hinunter und gelangten schließlich auf einen Feldweg, der einen atemberaubenden Ausblick bot. Der See war von so tiefem Blau, als hätte jemand Farbe hineingekippt, und die umliegenden Hügel wirkten auf die Entfernung wie mit einem sattgrünen Teppich überzogen. Anna wurde immer ruhiger, je weiter sie sich vom Dorf entfernten. Sie sah Solca von der Seite an: Er hatte die Hände zu Fäusten geballt und lief zu schnell, um wirklich entspannt zu sein. Seine gute Laune war also doch nur aufgesetzt. Ganz nahm sie ihm auch nicht ab, dass er bei ihrer ersten Begegnung nur einen schlechten Tag gehabt hatte. Es waren eindeutig ihre Fragen gewesen, die ihn aus der Fassung gebracht hatten. Aber was war der Grund dafür?

Sie liefen an einer Reihe von Obstbäumen entlang, die ihre Zweige über den Weg reckten, umrundeten einen Schuppen, vor dem sich Gerümpel stapelte, und betraten ein Wäldchen. Plötzlich wurde es Anna flau im Magen. Sie kannte Solca nicht und ging dennoch allein mit ihm in einem einsamen Gebiet spazieren … Aber was für einen Unsinn dachte sie da? Sie versuchte sich zu beruhigen, spannte sich aber trotzdem innerlich an, als er unvermittelt ein Gespräch begann.

»Und? Haben Sie schon etwas über Ihre Mutter herausgefunden?«

»Ich will ja gar nichts herausfinden«, sagte Anna leichthin, obwohl seine Frage ihr einen Stich in den Magen versetzt hatte. »Meine Mutter hat mir nie etwas vom Tessin erzählt, und sie hatte dafür sicher ihre Gründe. Ich will nicht in alten Geschichten herumwühlen, das bringt sowieso nichts. Rike und ich machen das Haus jetzt erst einmal bewohnbar. Danach schreibe ich es zum Verkauf aus und fahre nach Hause.«

Sie meinte, was sie sagte, beobachtete aber dabei auch sehr genau, wie Solca darauf reagierte. Täuschte sie sich, oder wirkte er erleichtert? Sein Schritt war auf einmal federnd, und er begann sogar zu pfeifen.

»Sie sagten, Sie haben jemanden, der Ihnen beim Renovieren hilft?«, fragte er im Plauderton.

»Ja, Ihre Frau hat mir einen jungen Mann empfohlen, Luca Cattaneo.«

Solca blieb stehen und sah sie verwirrt an. »Meine Frau? Ich wusste gar nicht, dass ich verheiratet bin.«

Jetzt war es Anna, die ein perplexes Gesicht machte. »Ich dachte, Elena …«

Er grinste verlegen und rieb sich den Hals. »Elena ist nicht … ich meine, sie war mal … aber wir sind schon seit sieben Jahren geschieden.«

»Oh, tut mir leid.«

»Das war schon gut so.« Solca grinste. »Elena und ich verstehen uns jetzt wesentlich besser als vorher. Und Aris pendelt zwischen uns hin und her, was die Adoleszenzhölle für alle Beteiligten erträglicher macht.«

»Klingt so, als wäre eine Scheidung nicht unbedingt etwas Schlechtes.«

Sie schlenderten langsam weiter. Der Weg führte leicht aufwärts und nach einer Kurve aus dem Wäldchen hinaus. Hinter einem Elektrozaun sprenkelten braune Kühe eine ausgedehnte Weide, und auf einem Hügel dahinter stand ein großes Bauernhaus aus Bruchsteinen. Verkohlte Dachsparren ragten in den Himmel, die Fensterhöhlen klafften dunkel und leer in den rußigen Mauern. Mehrere niedrige Nebengebäude und Schuppen umringten das ausgebrannte Haus. Im Abendlicht sah es unheimlich und düster aus.

Solca wies mit dem Kinn darauf. »Da drüben wohnt Ihr Renovierungshelfer.«

»In dieser Ruine?«

»In einem der Nebengebäude, soweit ich weiß. Das Haupthaus ist vor gut zehn Jahren abgebrannt. Luca war der einzige Überlebende. Seine Eltern und seine jüngere Schwester haben es nicht geschafft.«

»Wie schrecklich.« Anna war wirklich betroffen. Deshalb wirkte Luca so melancholisch, selbst wenn er lächelte. »Elena hat mir erzählt, es wird im Dorf über ihn getratscht.« Sie schirmte ihre Augen mit der Hand ab, um das Haus besser erkennen zu können. Etwas bewegte sich nahe dem Hoftor, und erst nach einigen Sekunden erkannte sie, dass es mehrere Katzen waren.

»Auf dem Dorf reden die Leute immer«, meinte Solca. »Darauf kann man nicht viel geben. Aber etwas eigen ist er schon. Er bleibt lieber für sich und hat eigentlich mit niemandem aus dem Dorf näheren Kontakt. So ein traumatisches Erlebnis verändert einen Menschen. Ich habe ihn damals behandelt: Der Junge war zwar unverletzt, aber völlig verstört …« Er brach ab. »Mehr darf ich leider nicht sagen – ärztliche Schweigepflicht. Auf jeden Fall ist er ein tüchtiger Handwerker.«

»Er tut mir richtig leid«, sagte Anna, aber Solca schüttelte den Kopf. »Man kann sich sein Schicksal nicht aussuchen. Die meisten Leute glauben, sie hätten ein Recht darauf, glücklich zu sein, aber wo steht das geschrieben?«

»Ich würde sagen, Glück ist eher eine Art von dauerhafter Zufriedenheit«, meinte Anna. »Die Kunst, mit sich selbst und der Welt im Reinen zu sein.«

»Und, sind Sie das?«

Auf einmal wurde Annas Kehle eng. »Nein«, gab sie leise zu. Es drängte sie, ihm zu erzählen, was sie noch niemandem verraten hatte – dabei kannte sie diesen Mann überhaupt nicht. Sie beschleunigte ihre Schritte. Solca blieb zurück, hatte sie aber nach wenigen Augenblicken wieder eingeholt.

»Wir tragen alle einen mehr oder weniger schweren Rucksack mit uns herum«, sagte er leise. »Wichtig ist, wie wir damit umgehen.«

Anna biss sich auf die Lippen. Sie wollte nicht weinen, nicht schwach sein. Wenn sie jetzt Gefühle zuließ, würde der Damm nachgeben, den sie so mühevoll errichtet hatte, und sie könnte nicht bewältigen, was dann über sie hereinbrechen würde.

Solca blieb stehen, als er Annas angespanntes Gesicht bemerkte. »Entschuldigung, ich wollte Sie nicht traurig machen. Aber wenn Sie mit jemandem reden möchten …«

»Ich bin überhaupt nicht traurig!« Anna schob den Unterkiefer vor. Warum war ihr dann danach, den Kopf an seine Brust zu legen und zu weinen? Sie schob das Gefühl beiseite, darin hatte sie Übung, und fuhr fort: »Und um meinen Rucksack kümmere ich mich alleine.«

»In Ordnung.« Solca hob beschwichtigend die Hände. Sie gingen schweigend nebeneinanderher, bis sie die ersten Häuser des Dorfs wieder erreichten. Solca räusperte sich. »Anna …« Er brach ab.

»Ja?«

Er schüttelte den Kopf. »Nächstes Wochenende ist unser Dorffest, und auch wenn Sie nicht lange hierbleiben, würde ich mich freuen, wenn Sie kämen.« Er grinste. »Sie haben hier ein Haus, also gehören Sie dazu, ob Sie wollen oder nicht!«

Sie waren vor dem dunklen Tor angekommen und blieben stehen.

»Ich komme gerne.« Anna sah Solca eine Millisekunde zu lange in die Augen, und in ihrem Bauch wurde es auf einmal ganz warm.

Doch dann wandte Solca sich ab. »Bis demnächst«, verabschiedete er sich plötzlich schroff.

Anna sah ihm nach, wie er die Straße hinauflief. Sie wurde das Gefühl nicht los, dass er ihr eigentlich etwas ganz anderes hatte sagen wollen, als sie zum Dorffest einzuladen.

Nachdenklich kehrte sie ins Haus zurück. Solca hatte versucht, sie auszuhorchen. Erst, nachdem er erfahren hatte, dass sie nicht hierbleiben würde, hatte er sich entspannt. Auch wenn Anna sich nicht erklären konnte, weshalb: Der Bürgermeister hatte Angst vor ihr.

Kapitel 15

Schon nach kurzer Zeit im Dorf hatte Anna so etwas wie eine Routine entwickelt, mit der sie ihre Tage füllte, ein ruhiges Gleichmaß, das ihr guttat. Morgens gegen acht knatterte Luca mit seinem Roller auf den Hof, trank mit ihr einen Kaffee, und dann machten sie sich gemeinsam an die Arbeit. Luca erklärte ihr, was sie machen sollte, und ging dann selbst an die größeren Reparaturen. Anna, die für handwerkliche Arbeit eigentlich nichts übrighatte, lernte, Löcher zu verputzen, Wände gleichmäßig zu streichen und kaputte Stellen im Dielenboden auszubessern. Und musste feststellen, dass es ihr Freude machte, zur Renovierung des Hauses beizutragen.

Rike schlief oft bis in den späten Vormittag, und bis sie sich fertig gemacht hatte, war es Zeit zum Mittagessen. Luca fuhr dann nach Hause, um seine Katzen zu füttern, und Anna aß mit Rike meistens ein belegtes Brötchen in der Osteria. Sie bestand darauf, das Essen zu bezahlen, auch wenn Elena abwinkte, denn sie wollte nicht das Gefühl haben, Elena dankbar sein zu müssen.

Einmal meinte Rike, sie solle sich nicht so anstellen und sich auch mal einladen lassen.

»Wenn ich Elena mal einen Gefallen tun kann, möchte ich das aus freien Stücken machen und nicht, weil ich mich dazu verpflichtet fühle«, antwortete Anna.

Natürlich konnte Rike, die sich nur zu gerne gratis aus der Eistruhe bedient hätte, das nicht ganz nachvollziehen.

Nachmittags fuhr Rike mit Aris und seinen Freunden zum Schwimmen an den See. Anna war froh, dass sie beschäftigt war und nicht auf dem Hof herumsaß und Luca anstarrte, der mit nacktem Oberkörper auf einer Leiter stand und die Fassade ausbesserte. Anna konnte selbst nicht widerstehen, gelegentlich einen Blick auf ihn zu werfen – mit seinen schmalen Hüften und den breiten Schultern sah er verboten gut aus, und unter seiner tief gebräunten, von einem Schweißfilm überzogenen Haut spielten Muskeln, die nicht aus dem Fitnessstudio stammten, sondern das Ergebnis körperlicher Arbeit waren. Annas Gefühle für Luca waren rein freundschaftlich, aber ihm zuzusehen war ein Genuss, der die anstrengenden Nachmittage erheblich versüßte.

Normalerweise redeten sie beide nicht viel und konzentrierten sich auf ihre Arbeit. Luca war sehr darauf bedacht, eine gewisse Distanz zu wahren, weshalb sie kaum über private Dinge sprachen. Allerdings ertappte Anna ihn einige Male dabei, dass er sie ansah, wenn er sich unbeobachtet fühlte, und den Kopf schnell abwandte, sobald sie in seine Richtung blickte. Doch er versuchte nie, mit Anna zu flirten oder sich mit ihr zu verabreden, und deshalb maß sie dem keine weitere Bedeutung bei.

Die Abende verbrachte Anna mit Rike, oder zumindest das Abendessen. Sie stritten immer noch hin und wieder wegen Kleinigkeiten, aber im Großen und Ganzen kamen sie miteinander aus. Meistens hatte Rike keine Lust, von ihrem Tag zu berichten, doch Anna verzichtete darauf, ihr Einzelheiten aus der Nase zu ziehen. Rike schien gut zurechtzukommen und sich damit abgefunden zu haben, dass sie ihre Ferien im Tessin verbrachte. Zu Annas Erleichterung stellte sie auch keine Fragen mehr über Simona und ihre Vergangenheit. Manchmal beschlich sie das Gefühl, dass sie es sich vielleicht zu einfach machte. Wahrscheinlich hätte sie mit Rike über die Zukunft sprechen sollen, aber sie war nie gut darin gewesen, Pläne zu machen. Nachts lag sie manchmal wach und dachte an ihre Mutter, aber sie hatten so lange kaum Kontakt miteinander gehabt, dass Simona keine Leerstelle in Annas Leben hinterlassen hatte. Sosehr sie versuchte, ein Gefühl des Verlusts zu beschwören, es gelang ihr nicht. Diese Unfähigkeit zu trauern durchzog alles wie ein kaum hörbarer, aber nie abbrechender Ton. Anna nannte ihn bei sich »emotionalen Tinnitus«. Wenn sie beschäftigt war, nahm sie ihn manchmal für Stunden nicht wahr, aber er kehrte immer wieder zurück.

Wer sich nicht mehr sehen ließ, war der Bürgermeister. Obwohl Anna es sich selbst nicht eingestehen wollte, hielt sie beim Einkaufen oder beim Mittagessen in der Osteria immer nach ihm Ausschau, doch sie begegnete ihm nie. Sie wurde beinahe ein bisschen ärgerlich, ganz so, als versteckte er sich absichtlich vor ihr. In einem derart kleinen Dorf musste man sich doch irgendwann über den Weg laufen! Doch Solca war wie vom Erdboden verschluckt, und sie wollte Elena nicht nach ihm fragen. Spätestens beim Dorffest, sagte sie sich, würde sie ihn sehen. Immerhin hatte er sie eingeladen, und als Bürgermeister musste er sowieso daran teilnehmen.

Die Vorbereitungen begannen schon Tage vorher. Luca bat um Urlaub, damit er wie jedes Jahr helfen konnte, das große Zelt auf dem Dorfplatz aufzustellen. Rike war ungewöhnlich mitteilsam und erzählte Anna, das Fest sei der Höhepunkt des Jahres, abgesehen vom Karnevalsumzug. Es werde das ganze Wochenende dauern: Verschiedene Bands aus der Gegend seien gebucht worden, und als kostenloses Mittagessen für alle Dorfbewohner werde es *maccheronata* geben.

Als Anna am Freitagnachmittag zum Einkaufen ging, war auf den Straßen ungewöhnlich viel los. Vor dem Zelt auf dem Dorfplatz hatte man große Grills aufgestellt, in der Luft lag schon der Geruch von heißer Holzkohle. Anna winkte Luca zu, der mit anderen Helfern Biertische und -bänke aufstellte. Solca dagegen war nirgendwo zu sehen.

Wieder zu Hause, räumte sie die Einkäufe weg und stand

etwas unschlüssig in der Küche herum. Die letzten eineinhalb Wochen hatte sie nur gearbeitet. Jetzt wusste sie mit der freien Zeit nichts anzufangen. Sie fürchtete sich ein wenig davor, sich einfach irgendwo hinzusetzen und nichts zu tun. Dann würde sie unweigerlich anfangen nachzudenken, und das wollte sie nicht. Sie beschloss, sich den verschlossenen Wandschrank im Flur näher anzusehen, den sie bei den Renovierungsarbeiten abgeschliffen hatte – vielleicht konnte sie ihn knacken wie die Schreibtischschublade. Aber als sie das Schloss betrachtete, merkte sie, wie massiv es war. Ungewöhnlich massiv für einen Schrank. Sie würde eine Brechstange brauchen, um die Türen aufzustemmen. Allerdings würde sie dabei unweigerlich das schöne Nussbaumholz beschädigen, aus dem die Türen gefertigt waren. Sie entschied, vorerst nichts zu unternehmen. Was immer sich in dem Schrank befand, war dort gut aufgehoben, und vielleicht fand sich der Schlüssel ja noch beim Aufräumen.

Auf ihrem Handy sah sie, dass es Zeit wurde, sich für den Abend herzurichten. Sie wollte gut aussehen, um Solca zu beeindrucken, und auch, weil sie sich ein bisschen vor der Begegnung mit der Masse der Dorfbewohner fürchtete. Normalerweise sah man nicht viele Leute auf der Straße, aber zu diesem alljährlichen Großereignis schien wirklich jeder zu kommen, der Füße besaß. Anna würde als Fremde natürlich kritisch beäugt werden, vor allem von den anderen Frauen, für die jede nicht verheiratete Frau eine potenzielle Konkurrentin darstellte. Anna kannte das von der Insel. Sie musste also gut aussehen, aber nicht so, als wäre sie auf Männerfang. Eine große Auswahl bot ihr Koffer nicht. Sie entschied sich für ein dunkelgraues, bodenlanges Trägerkleid aus dünnem Jersey, dazu die Flip-Flops, die sie sowieso meistens trug. Ihre Haare drehte sie am Hinterkopf zusammen und steckte sie mit einer Klammer fest. Damit war sie für den Abend gerüstet.

Die Tageshitze erfüllte die Gassen, die jetzt wieder still und menschenleer wie immer waren. Nur eine graue Tigerkatze strich an einer Hauswand entlang. Sie war sehr zutraulich, und Anna beugte sich hinunter, um sie einige Augenblicke hinter den Ohren zu kraulen, bevor sie ihren Weg fortsetzte. Schon von Weitem hörte sie volkstümlich klingende Musik, und der Duft von gegrilltem Fleisch stieg ihr in die Nase.

Über den Dorfplatz hatte sich eine Glocke aus Stimmen, Lachen und Musik gelegt. Die Bewohner von Vignano saßen an den langen Biertischen, standen Schlange für frisch gegrillte *costine* und *luganighette* oder tanzten, wo sie gerade standen, das Glas in der Hand. Kinder rannten in kleinen Gruppen herum, der Rauch der Holzkohle stieg in den blassblauen Himmel. Die Seitenwände des Zelts waren zurückgeschlagen, und eine Band spielte darin auf einem Podium. Die Stimmung war so entspannt und fröhlich wie auf einem Ausflugsdampfer, und Anna blieb einen Moment stehen, um die Szene im Ganzen zu betrachten. Sie sah Rike mit Aris und einigen anderen Jugendlichen auf der Rathaustreppe sitzen, ging aber nicht hin, weil sie wusste, dass es Rike unangenehm wäre. Stattdessen stellte sie sich in die Schlange vor der Getränkeausgabe und holte sich bei Elena ein Glas Weißwein.

»Ciao carissima!«, rief Elena ihr zu, während sie herumwirbelte wie ein Derwisch, um gleichzeitig Bestellungen entgegenzunehmen, Geld zu kassieren, Getränke auszuschenken und ihre Aushilfen anzuspornen. »Nachher trinken wir einen *limoncello* zusammen!«

Anna lachte und winkte ihr zu, dann drängte sie sich durch die Menge, ohne genau zu wissen, wohin sie wollte. Sie fühlte sich fehl am Platz, weil sie nicht dazugehörte. Und es eigentlich auch nicht wollte – oder doch? Das Zusammengehörigkeitsgefühl der Dorfbewohner machte sie schon ein bisschen neidisch, obwohl sie ein Fest wie dieses noch vor kurzer Zeit als spießig empfunden hätte. Aber hier saßen alle zusammen, vom Kleinkind bis zur Großmutter, und feierten, dass sie eine Gemeinschaft waren – nur Anna kam sich vor wie das Kind, das am Rand des Spielplatzes saß und nicht mit in den Sandkasten durfte. Sie trank schnell einen großen Schluck von ihrem Wein, bevor die deprimierenden Gedanken die Oberhand gewannen. Diesen Abend würde sie genießen, unter allen Umständen.

Sie suchte sich einen Stehplatz im Eingangsbereich des Zeltes und sah der Band zu, die mit Mandoline, Gitarre, Akkordeon und Gesang für rustikale Stimmung sorgte. Die Musik klang nach Bergen, Almen und Rotwein aus Tonbechern, und nach wenigen Minuten ertappte Anna sich dabei, wie sie mit dem Fuß wippte, obwohl sie diese Art von Musik eigentlich verabscheute. Hierher passte sie.

»Keine Sorge, später tritt noch eine Rockband auf«, raunte jemand hinter ihr. Annas Herz machte einen Sprung – vor Schreck, und weil die Stimme Daniele Solca gehörte. Sie drehte sich zu ihm um.

»Salute!« Er hob sein Weinglas und stieß grinsend mit ihr an. »Ich musste heute schon so vielen Leuten zuprosten, dass ich schon völlig betrunken bin.«

»Tja, das gehört nun mal zu Ihrem Job als Bürgermeister«, sagte Anna mit ironischem Unterton. »Davor dürfen Sie sich natürlich nicht drücken.«

»Schau an, Sie können ja witzig sein! Ihr Deutschen habt es doch eigentlich nicht so mit dem Humor.«

»Anscheinend gibt es eine Menge, was Sie über deutsche Frauen nicht wissen.« Anna lächelte ihn an.

»Dann setzen wir uns doch, und Sie erzählen mir etwas von sich.«

In Annas Kopf flackerte plötzlich ein Warnlicht auf. Etwas an der Art, wie er es gesagt hatte, störte sie. Seine Stimme klang nicht ganz natürlich. Wieder hatte sie das Gefühl, dass er sie nur aushorchen wollte. Aber weshalb? Was wusste er, das sie nicht wusste? Am liebsten hätte sie ihm diese Fragen offen gestellt, aber wenn sie herausfinden wollte, was er vor ihr verheimlichte, musste sie ruhig bleiben.

Sie nickte. »Aber gerne doch!«

Man machte ihnen bereitwillig auf einer der Bänke Platz, wobei Solca, den alle scheinbar »Dani« nannten, lautstark und mit Schulterklopfen begrüßt wurde. Dann begriffen die Leute anscheinend, dass er mit Anna in Ruhe reden wollte, und wandten sich diskret wieder ihren eigenen Gesprächen zu. Trotzdem bemerkte Anna die verstohlenen Blicke, die man ihnen zuwarf, und sie konnte förmlich spüren, wie die Töpfe in der Gerüchteküche zu brodeln begannen.

Solca stellte sich geschickt an. Er erkundigte sich nach Annas Leben in Deutschland, ließ gelegentlich eine Frage zu ihren Familienverhältnissen einfließen und hörte ihr interessiert zu, als sie darauf antwortete. Dann erzählte er von sich selbst, von seiner Trennung und seinem Sohn, um dann unvermittelt eine weitere Frage nach ihrem Leben zu stellen. Aber Anna merkte, dass er sich nicht ganz wohl in seiner Haut fühlte. Er sah zu oft an ihr vorbei, kam gelegentlich ins Stottern und rieb sich den Nacken. Außerdem hatte er die Schultern hochgezogen. Sie schloss daraus, dass es ihm unangenehm war, sie auszuhorchen, und blieb vorsichtig, indem sie ihre Antworten eher allgemein hielt.

Jemand brachte ihnen zwei Gläser Wein. Solca, nervös, wie er war, trank seines schnell zur Hälfte aus und wirkte danach etwas entspannter. Auch Anna spürte, wie ihr Kopf leicht wurde. Sie machte sich einen Spaß daraus, Solca ins Leere laufen zu lassen, und antwortete mit Gegenfragen, bis er schließlich aufgab. Jetzt wirkte er ganz gelöst, und nach einem weiteren Glas Wein hörte Anna auf, sich zu fragen, warum er so viel über sie wissen wollte. Sie genoss einfach, ihm gegenüberzusitzen und mit ihm zu lachen. Er erzählte alle möglichen Geschichten über das Dorfleben, bis irgendwann auch ihre Sitznachbarn begannen, Anekdoten beizusteuern. Schließlich saßen sie inmitten einer großen Gruppe, die lärmte, lachte, trank und sich mit sanften Seitenhieben neckte. Das Fest schaukelte gemütlich in den Abend hinein, und als es dunkel wurde, waren Anna und Daniele beim Du angekommen. Die älteren Leute gingen nach Hause, und die Mandolinen- und Akkordeonspieler räumten das Podium, das nach einer Umbaupause von einer Rockband aus Chiasso übernommen wurde.

Die Musik fuhr einem direkt in den Bauch und war so laut, dass man sein eigenes Wort kaum verstehen konnte. Anna bedeutete Daniele aufzustehen. Dann nahm sie einfach seine Hand und zog ihn zur Tanzfläche, die schon so voll war, dass man kaum noch Platz fand. Anna wusste nicht mehr genau, wie viele Gläser Wein sie geleert hatte, aber sie fühlte sich kaum betrunken, nur wunderbar leicht. Alles war so einfach: Daniele beim Tanzen in die Augen zu sehen, den Kopf zurückzuwerfen, sich der Musik und dem Abend hinzugeben. Etwas entfernt im Getümmel entdeckte sie Rike und winkte ihr zu, aber die bemerkte es nicht. Erst jetzt sah Anna, mit wem sie tanzte: Luca. Er trug seine langen Haare offen und lächelte ein bisschen nachsichtig auf Rike hinunter, die ihn mit solcher Unverstelltheit anhimmelte, dass es fast schon rührend war.

Das ist nicht gut, dachte Anna, aber sie konnte Rike jetzt kaum von der Tanzfläche zerren. Das würde sie ihr nie verzeihen. Deshalb beruhigte sie sich damit, dass sie ja nur tanzten und nichts passieren konnte. Außerdem wollte sie diesen Abend, so lange es ging, genießen. Sie und Daniele kamen sich beim Tanzen immer näher, und wenn sie sich versehentlich streiften, lachten sie entschuldigend, nur, um sich dann wieder wie zufällig zu berühren. Irgendwann machte Anna ihm ein Zeichen, dass sie etwas zu trinken brauchte, und sie drängten sich durch die Menge der Tanzenden hinüber zu Elenas Bar.

»Gott, ich schwitze!« Anna fuhr sich über die Stirn. »Und du siehst auch aus, als wärst du ins Wasser gefallen!« Danieles T-Shirt klebte ihm am Körper, und er wedelte mit dem Saum, damit etwas Luft zwischen Stoff und Haut drang.

»Was trinkst du?«, fragte er sie.

»Wasser, bitte. Viel Wasser!«

Anna sah ihm nach, als er zur Theke ging, und musste lachen. Er hatte leichte Schlagseite und sah aus wie ein Matrose auf Landgang.

Während sie wartete, hielt sie Ausschau nach Rike und Luca, konnte sie aber nirgendwo entdecken. Sie unterdrückte den Anflug von Sorge, der in ihr aufzusteigen drohte. Es gab keinen Grund dafür, sich so hysterisch zu benehmen wie ihre eigene Mutter. Rike konnte auf sich aufpassen, und Luca hatte sich Anna gegenüber bislang sehr verantwortungsbewusst und vernünftig gezeigt. Er würde Rikes Schwärmerei nicht ausnutzen. Außerdem wollte sie sich nicht auf die Suche nach ihrer Tochter machen, sondern mit Daniele zusammen sein. Sie verstanden sich auf eine ganz natürliche Weise, sodass Anna nie das Gefühl hatte, sich verstellen zu müssen. Bei Daniele konnte sie einfach so sein, wie sie war. Was sein merkwürdiges Verhalten betraf, musste sie sich geirrt haben. Sie war einfach zu misstrauisch, und das wurde ihr langsam selbst zu anstrengend. Was war das Gegenteil von misstrauisch? Vertrauensselig? Genau, sie wollte vertrauensselig sein. Wie durstig sie war! Wo blieb Daniele nur? Sie lächelte vage einigen Leuten zu, die an ihr vorbeigingen.

»Hier, dein Wasser.«

Sie hatte gar nicht bemerkt, dass er zurückgekommen war. Dankbar nahm sie ihm den Becher ab und stürzte das Wasser hinunter.

Er sah ihr lächelnd zu. »Soll ich dich nach Hause bringen?«

Das war eine gute Idee. Sie war auf einmal furchtbar müde.

»Na, komm, du hast es ja nicht weit.«

Sie ließen die Musik und die Stimmen hinter sich und gingen langsam durch die stillen Gassen. Die Häuser lagen im Dunkeln, ihre Bewohner waren entweder auf dem Fest oder schliefen bereits.

»So friedlich hier«, meinte Anna verträumt.

»Nicht langweilig?«

Obwohl sie nicht viel erkennen konnte, hörte sie seiner Stimme an, dass er lächelte.

»Das kommt auf einen selbst an, oder?«, entgegnete sie ausweichend.

»Genau das finde ich auch.«

Sie waren vor dem Haus angekommen und blieben stehen. Anna legte den Kopf in den Nacken.

»So viele Sterne«, schwärmte sie. »Fast wie zu Hause.« Sie sah Daniele an. Im schwachen Licht der einzigen Straßenlaterne konnte sie lediglich die Konturen seines Gesichts erkennen.

»*Buona notte*, Anna.« Er beugte sich vor, um ihr die üblichen drei Wangenküsse zu geben.

Sie wusste nicht, ob sie das Gleichgewicht verloren oder einen Schritt vorwärts getan hatte, aber auf einmal lehnte sie an seiner Brust. Sie fühlte seine Hand im Rücken und stellte sich auf die Zehenspitzen, sodass sein Stoppelbart über ihre Wange kratzte. Langsam drehte sie den Kopf und spürte seinen Mund. Für einen winzigen Augenblick berührten sich ihre Lippen.

»Das geht nicht!« Er packte sie an den Schultern und schob sie von sich weg.

Ihr wurde sofort klar, dass sie alles missverstanden hatte – er war gar nicht an ihr interessiert. Die Scham, sich dermaßen bloßgestellt zu haben, fühlte sich so glühend heiß an wie flüssiges Metall. Sie schüttelte seine Hände ab.

»Entschuldigung – ich dachte … wie konnte ich so bescheuert sein?« Sie lachte auf. »Es tut mir leid, wirklich. Ich hab zu viel getrunken, und jetzt gehe ich wohl besser schlafen.« Sie drehte sich um und zerrte an dem schweren Riegel herum.

»Es liegt nicht an dir. Anna, wir müssen über etwas reden …«

»Schon gut, es ist okay, wirklich«, nuschelte sie verlegen, ohne sich umzudrehen.

Endlich ließ der Riegel sich zur Seite schieben, und noch bevor Daniele weitersprechen konnte, war sie durch den Spalt geschlüpft und hatte das Tor hinter sich zugeschlagen.

Kapitel 16

Anna wachte auf, weil die Sonne ihr mitten ins Gesicht schien. Sie tastete nach ihrem Telefon: halb elf. Sofort fiel ihr alles wieder ein: Sie hatte sich vor Solca vollkommen bloßgestellt. Sie stöhnte auf und vergrub ihren Kopf unter dem Kissen. Etwas so unsagbar Peinliches war ihr noch nie passiert. Der einzige Trost war, dass sie bald abreisen würde und ihn dann nie mehr wiedersehen musste. Bis dahin gelang es ihr hoffentlich, ihm aus dem Weg zu gehen. Vorsichtig setzte sie sich auf und stellte erleichtert fest, dass der gestrige Abend außer seelischen Wunden nur ein leichtes Schwindelgefühl hinterlassen hatte. Anna duschte sich und zog sich an. Auf dem Weg nach unten zur Küche bemerkte sie, dass Rikes Tür geschlossen war. Sie schlief also noch. Anna hatte ein schlechtes Gewissen, weil sie nicht gehört hatte, wann Rike nach Hause gekommen war. Sie war offenbar sofort eingeschlafen – wahrscheinlich, um ihre Schande zu vergessen.

Sie kochte sich einen Milchkaffee, in der Hoffnung, er würde ihren Kreislauf wieder in Schwung bringen. Dann ging sie mit der Tasse in der Hand in den Garten und schlenderte die Wege entlang, während sie den Kaffee in kleinen Schlucken trank. Die Sonne schien durch die Büsche und warf goldene Streifen auf den Weg, ein blaues Schmetterlingspärchen tanzte über einem verwilderten Blumenbeet, und in den Bäumen tschilpten Rotkehlchen und Meisen.

Anna liebte den Garten so verwunschen, wie er war, aber wenn sie das Haus verkaufen wollte, würde sie ihn zumindest ein bisschen herrichten müssen. Ob Luca auch ein guter Gärtner war? Eigentlich hätte er längst hier sein müssen, aber wahrscheinlich hatte auch er gestern lange gefeiert.

Sie kam an die kleine Lichtung mit dem Kampferbaum und setzte sich darunter ins Gras. Es tat gut, den kräftigen, rauen Stamm im Rücken zu spüren. Über ihr wölbte sich die mächtige Krone mit den zweifarbigen Blättern, die in der leichten Brise raschelten. Ab und zu rieselten ein paar gelbe Blüten herab. Die graue Katze, die sie am Vortag gestreichelt hatte, erschien auf der Gartenmauer. Als sie Anna entdeckte, gab sie ein Miauen von sich, dann sprang sie ins Gras und verschwand unter einem Rosmarinbusch. Die Stimmung war wunderbar friedlich, und die Ereignisse des letzten Abends erschienen Anna nicht mehr ganz so tragisch. Sie hatte Danieles Signale falsch interpretiert, er hatte die Sache klargestellt – damit war die Angelegenheit erledigt. Aber im Grunde wusste Anna, dass sie sich etwas vormachte. Es tat nämlich weh, ziemlich genau in der Mitte ihres Brustkorbs.

Sie war sehr vorsichtig, wenn es darum ging, jemandem ihr Herz zu schenken. Ganz hatte sie es noch nie hergegeben. Zu schnell hatten ihre bisherigen Beziehungen geendet. Und was Daniele betraf: Sie würde sowieso bald nicht mehr hier sein.

Anna stützte das Kinn in die Hand und sah der Grauen zu, die wieder unter dem Busch hervorgekommen war und sich mit peitschendem Schwanz ins Gras duckte, um irgendein armes Wesen zu fixieren, dessen Lebensende kurz bevorstand.

Mit Daniele hätte es funktionieren können, dachte Anna traurig.

Sie stand auf, um ins Haus zurückzukehren, als ein Blitzen am Boden ihren Blick einfing. Sie sah genauer hin: Am Fuß des Baumes glänzte es silbern. Neugierig geworden, ging sie in die Hocke und ertastete einen Gegenstand, den der Stamm halb umschlossen hatte. Doch die Rinde war mürbe und bröckelte leicht ab, sodass Anna das glitzernde Ding mit dem Daumennagel aus seiner hölzernen Fassung hebeln konnte.

Sie betrachtete ihren Fund: Es war ein silbernes Herz, ungefähr so groß wie eine Walnuss, und besaß eine Öse. Anscheinden war es einmal ein Kettenanhänger gewesen. Die Rückseite war dunkel angelaufen, aber als Anna mit einem Zipfel ihres T-Shirts darüberrieb, kam eine filigrane Gravur zum Vorschein: *Simona, l'amore è infinito, Georg*.

Fassungslos starrte Anna das Schmuckstück an, das in diesem Moment dreiunddreißig Jahre überbrückte, hin zu dem Tag, an dem ihre Mutter es unter dem Kampferbaum verloren haben musste.

Einige Sekunden vergingen, dann fiel es Anna wie Schuppen von den Augen: Sie hatte den Anhänger schon einmal gesehen.

Mit pochendem Herzen stand sie auf, so schnell, dass ihre Tasse umkippte. Doch sie kümmerte sich nicht darum, sondern rannte ins Haus, die Treppe hinauf und in ihr Zimmer. Da stand es, das kaputte Gemälde. Die Frau, die darauf abgebildet war, war vollkommen nackt – bis auf eine schmale Halskette mit einem Anhänger in Form eines silbernen Herzens. Es gab keine Zweifel: Die Frau auf der Leinwand war ihre Mutter.

Anna setzte sich auf den Bettrand und betrachtete das Bild mit dem zerstörten Gesicht. Simona war also hier gewesen, und sie hatte Kurbin Modell gesessen. Der in dem Jahr gestorben war, als Simona nach Deutschland gekommen war. Aber wer hatte ihre Mutter so gehasst, dass er mit einem Messer auf ihr Bild eingestochen hatte? Es war, als legte sich ein Schatten über den Raum: Vor langer Zeit war in diesem Haus etwas Schreckliches passiert, das mit Simona zu tun hatte.

Einen Moment lang wünschte Anna sich, sie könnte das Herz wieder in den Baum zurückstecken und das Moos darüber festdrücken. Doch dafür war es zu spät. Die Vergangenheit hatte ihre Finger ausgestreckt und sie berührt.

Simona und Georg. Ihre Mutter und der Maler hatten sich geliebt – »für immer«, wie es auf dem silbernen Herz hieß. Doch dieses Versprechen war offenbar nicht eingelöst worden.

Anna betrachtete das Herz, das in ihrer Hand warm geworden war, und dachte daran, was sie Solca gesagt hatte: Glück bedeutete, mit sich und der Welt im Reinen zu sein. Das war sie nicht, und sie würde es nie sein, solange sie das Tuch, das Simona über die Vergangenheit gebreitet hatte, nicht beiseitezog. Genau deshalb war sie hierhergekommen, auch wenn es ihr bislang nicht bewusst gewesen war. Die Erkenntnis war ein Schock, so unvermittelt hatte sie Anna überfallen: Das silberne Herz war eine Aufforderung, sich dem Geheimnis zu stellen, das Simona ihr Leben lang gehütet hatte. Sie strich mit dem Daumen über die gerundete Oberfläche und spürte die feinen Linien der Gravur unter der Fingerkuppe.

Anna blieb noch eine Zeit lang sitzen und sann vor sich hin. Bedeutete das Herz, das von der Liebe zwischen ihrer Mutter und dem Maler zeugte, dass Kurbin ihr Vater gewesen war? Den Beweis dafür würde sie wohl niemals erhalten.

Sie seufzte und stand auf. Es war beinahe Mittag. Langsam sollte sie Rike wecken. Sie klopfte an die Zimmertür und lächelte, als sie keine Antwort bekam. Vorsichtig drückte sie die Klinke nach unten, stieß die Tür einen Spaltbreit auf und sah ins Zimmer. Ihr Blick glitt über das ungemachte Bett, den aufgeklappten Koffer unter dem Fenster, in dem sich Kleider türmten, den Schrank, dessen Türen weit offen standen, ein Buch mit einem Grabstein auf dem Titelbild, das neben dem Bett auf dem Boden lag. Die Angst kam unmittelbar und legte sich um sie wie ein nasses Laken. Rike war nicht da. Auch ihre Tasche und ihre pinkfarbenen Turnschuhe nicht. Sie war also in der vorigen Nacht nicht nach Hause gekommen, und Anna hatte es nicht einmal bemerkt. Weil sie zu sehr mit sich selbst beschäftigt gewesen war, statt sich um ihr Kind zu kümmern.

Während Anna die Treppe hinunterjagte, schloss sie mit

einem Gott, von dem sie nicht einmal wusste, ob sie an ihn glaubte, in Gedanken einen Pakt: *Bitte lass mit Rike alles in Ordnung sein, dann verzichte ich auf Liebe, Glück und alles andere.*

Sie wusste, dass das lächerlich war, aber in Situationen wie diesen dachte man nicht logisch, man klammerte sich an jeden Strohhalm. Sie riss die Haustür auf, stürzte auf den Hof, ohne zu wissen, wohin sie wollte, und rannte genau in Luca hinein.

»*Attenzione!*«, rief er und hielt sie an den Schultern fest, damit sie nicht stolperte. Doch Anna war so in Panik, dass sie es nicht einmal richtig wahrnahm. Alles, woran sie denken konnte, war, dass ihr Kind verschwunden war und sie keine Ahnung hatte, ob es ihm gut ging.

»Hast du Rike gesehen? Sie ist letzte Nacht nicht nach Hause gekommen!« Sie schrie beinahe, kurz davor, völlig die Fassung zu verlieren.

Luca schüttelte den Kopf. »Nein, tut mir leid.«

»Aber du hast mit ihr getanzt! Du musst doch wissen, wo sie steckt!«

»Ich hab sie später nicht mehr gesehen.« Luca ließ sie los und trat einen Schritt zurück.

»Wie siehst du denn eigentlich aus?« Erst jetzt bemerkte Anna, dass Luca überall im Gesicht blutige Kratzer hatte. Sein linkes Auge war zugeschwollen, seine Unterlippe blutverkrustet.

Er senkte den Kopf. »Bin auf dem Heimweg vom Roller gefallen. Nicht weiter schlimm. Das mit deiner Tochter ist jetzt wichtiger. Am besten fragen wir mal in der Osteria nach, ob jemandem was aufgefallen ist.«

Anna war erleichtert, dass Luca das Denken für sie übernahm. Ihr war übel, und sie zitterte am ganzen Körper, sodass sie froh war, als Luca ihr den Arm um die Schultern legte, während sie zur Osteria hinaufgingen.

Sie wusste, dass sie sich in einer Art Schockstarre befand, konnte sie aber nicht durchbrechen. *Mein Kind ist weg, mein*

Kind ist weg, mein Kind ist weg, kreiste es in ihrem Kopf, und vor ihrem inneren Auge tauchten Bilder von früher auf: wie Rike nach der Geburt auf ihrem Bauch lag; wie sie sie am nächsten Tag zum ersten Mal aus ihrem Glasbettchen heraus angesehen hatte; wie sie, etwa drei Jahre alt, bei einem der seltenen Besuche ihrer Mutter in Hamburg im Zoo nach ihrer Hand gegriffen hatte. Wenige und deshalb umso kostbarere Erinnerungen, doch statt sie zu hegen und im Licht schimmern zu lassen, hatte Anna sie so viele Jahre in einer dunklen Kammer eingeschlossen. Mit einem Mal begann sie, leise zu schluchzen.

»He«, sagte Luca sanft und blieb stehen. Er sah sie hilflos an. »Ich hab leider kein Taschentuch.« Dann nahm er ihr Gesicht in beide Hände und streichelte ihr mit seinen rauen Fingern die Tränen weg. Dabei murmelte er leise, beruhigende Worte, als spräche er mit einem verletzten Tier. Und es wirkte, Anna wurde allmählich ruhiger.

Sie erwiderte Lucas forschenden Blick und nickte. »Es geht wieder, danke.«

Seine Hände ließen ihr Gesicht los, und Anna atmete tief ein.

»Deiner Tochter ist nichts passiert«, versicherte er ihr. »In dem Alter macht man manchmal bescheuerte Sachen.«

»Bestimmt«, antwortete Anna, fast glaubte sie es sogar.

Das *Alla Posta* lag ruhig da. Im Garten spielten heute keine Kinder, und auch der Gastraum war leer bis auf einen alten Mann, der vor einem Glas Rotwein hockte. Elena stand in einem violetten Kleid hinter dem Tresen und polierte Gläser. Als sie die beiden hereinkommen sah, lächelte sie breit, und das tat so gut, dass Anna beinahe wieder angefangen hätte zu schluchzen.

»Ciao cara! Ciao Luca!« Ihr Lächeln erstarb, als sie Lucas zerschrammtes und Annas verweintes Gesicht bemerkte. »Was ist denn mit euch passiert?«

»Annas Tochter war heute Nacht nicht zu Hause«, erklärte Luca.

»Scheiße! Hast du es auf dem Handy versucht?«

»Sie hat keines.« Anna versuchte, ruhig zu sprechen, aber ihre Stimme zitterte.

»Du bist ja völlig durch den Wind!« Elena kam hinter der Theke hervor und führte Anna zu einem Tisch. »Setz dich erst mal, und erzähl, was eigentlich los ist.«

»Ich habe sie gestern Abend das letzte Mal gesehen, auf dem Dorffest. Sie hat mit Luca getanzt.«

Elena warf Luca, der an der Theke stehen geblieben war, einen mörderischen Blick zu. »Bravo! Du hast dich ja wirklich gut darum gekümmert, dass das Mädchen sicher nach Hause kommt!«

»Halt mal die Luft an!« Luca hob die Hände. »Sie ist abgehauen, und ich bin nicht ihr Babysitter, *capito*?«

»Schon klar. Deinem Gesicht nach zu urteilen, hattest du ja anscheinend was Besseres vor.« Elena warf einen Salzstreuer nach ihm, doch er fing ihn einfach auf und stellte ihn auf die Theke.

»Nicht dein Problem, Ele«, konterte er ruhig.

»Ach Scheiße, wann hörst du endlich auf damit?« Elena starrte Luca noch immer wütend an.

»Wovon redet ihr eigentlich?« Anna sah verwirrt zwischen den beiden hin und her.

»Ist egal«, sagte Luca. »Konzentrieren wir uns lieber auf Rike. Wohin könnte sie gegangen sein?«

Elena runzelte nachdenklich die Stirn. »Aris kam gestern noch zu mir und hat mich gefragt, ob er mit ein paar Freunden im *rustico* übernachten darf. Vielleicht war Rike auch dabei.«

»Was ist denn das *rustico*?«, fragte Anna.

»Meine Eltern haben ein kleines Haus weiter oben in den Hügeln. Früher wurde dort Wein gelagert, aber Dani und ich haben es zum Wochenendhaus ausgebaut. Aris hängt da öfter mit seinen Freunden ab.« Elena stand auf und holte ihr Handy hinter der Theke hervor. »Ich ruf ihn an und frage, ob Rike gestern mitgegangen ist.«

Sie wählte und schwieg eine Weile, während sie das Telefon ans Ohr hielt. Aris nahm offenbar nicht ab, denn sie sprach ihm auf Band, er solle sich sofort melden und Bescheid geben, ob Rike bei ihm sei.

»Wahrscheinlich haben sie die Nacht durchgemacht und schlafen jetzt noch.« Sie lächelte aufmunternd. »Er meldet sich aber sicher bald. Inzwischen kriegst du was zu essen und einen Cappuccino, ich glaube, das ist jetzt genau das Richtige.« Sie machte sich an der Kaffeemaschine zu schaffen und rief dem Koch durch das kleine Fenster zur Küche etwas auf Italienisch zu.

»Ich glaube nicht, dass ich was essen kann.« Anna stützte die Stirn in die Hände. »Es ist alles meine Schuld – ich war … ich hab mich nicht um Rike gekümmert.« Sie konnte Elena unmöglich erzählen, dass sie beinahe deren Exmann geküsst hatte.

»Hör auf, dir Vorwürfe zu machen.« Elena stellte einen Cappuccino vor ihr auf den Tisch. »Du hast auch noch ein eigenes Leben und darfst ruhig auch mal nur an dich denken.«

Anna sah auf. »Das Problem ist, dass ich das die letzten fünfzehn Jahre gemacht habe. Rike ist bei ihrer Großmutter aufgewachsen, nicht bei mir, und bis sie acht war, dachte sie, ich wäre ihre Schwester.«

»Mist.« Elena fasste über den Tisch und legte ihre Hand auf Annas. »Aber ich bin sicher, dafür gab es Gründe, *carissima*.«

»Aber ich hätte für sie da sein müssen, verstehst du?«

»Vielleicht, aber du konntest es anscheinend nicht, warum auch immer. Als Dani und ich uns getrennt haben, hatten wir ein höllisch schlechtes Gewissen Aris gegenüber. Aber er hat gelernt, damit zu leben. Niemand ist die perfekte

Mutter oder der perfekte Vater – Fehler gehören dazu. Unsere Kinder werden trotzdem groß, und meistens kommen sie ganz gut zurecht mit dem, was wir ihnen zumuten.«

»Danke.« Anna drückte Elenas Hand und versuchte, die Tränen hinunterzuschlucken. Wenn sie weinte, fühlte sie sich schwach, und sie hasste dieses Gefühl.

Elena stand auf. »Ich frage mal nach, ob deine *piadina* schon fertig ist.«

Sie ging in die Küche. Anna blieb zusammengesunken am Tisch sitzen, auch wenn sie sich nach Elenas Ermutigung schon etwas besser fühlte. Doch sie schwor sich, zukünftig besser auf Rike aufzupassen. Es war an der Zeit, ihre Verantwortung als Mutter anzunehmen. Warum hatte sie das nicht früher getan?

»Aris ruft sicher gleich an«, sagte Luca von der Theke aus. Er sah Anna nicht an, sondern betrachtete die Kappen seiner Arbeitsstiefel. Seine Hände spielten mit dem Salzstreuer, nach dem er wieder gegriffen hatte. Anna konnte verstehen, warum Rike für ihn schwärmte. Sie erinnerte sich, wie es sich angefühlt hatte, hoffnungslos in jemanden verliebt zu sein, der einen kaum zu bemerken schien. Aber sie wusste auch, welche Folgen dieses Gefühl haben konnte.

Sie richtete sich auf und sah Luca direkt an. »Hast du dich mit Rike gestritten?« Sie war selbst verwundert, wie hart und klar ihre Stimme auf einmal klang.

Luca machte ein überraschtes Gesicht. »Wie meinst du das?«

»Die Kratzer und dein blaues Auge … war das Rike?«

Luca stellte den Salzstreuer mit einem Knall auf die Theke, kam herüber und setzte sich Anna gegenüber. Sein unverletztes Auge funkelte, als er sich über den Tisch beugte, und auf einmal wirkte er wie eine gereizte Raubkatze. Doch seine Stimme klang ruhig, als er zum Sprechen ansetzte.

»Das wäre so praktisch, oder? Ein Mädchen verschwindet – das kann ja nur der seltsame Typ gewesen sein, der seine Familie auf dem Gewissen hat. Scheiße, Anna, was denkst du eigentlich von mir?«

Es dauerte einige Sekunden, bis Anna antworten konnte, und dann klang es nicht gerade überzeugend. »Ich meinte damit doch nicht, dass du was mit ihrem Verschwinden zu tun hast!«

Luca lehnte sich abrupt zurück und strich sich die Haare aus dem Gesicht. »Doch, das meintest du. Und ich kann's dir nicht mal verübeln. *Ciao.*«

Er stand auf und polterte zwischen den Tischen hindurch. Einen Stuhl, der im Weg stand, trat er zur Seite.

Als er die Tür erreichte und kurz darauf hinter sich zuwarf, reckte der Alte den Hals und krähte »Mörder!«, allerdings nicht laut genug, als dass Luca es hätte hören können.

Anna saß wie betäubt da. … *der seine Familie auf dem Gewissen hat* … stimmte das? Daniele hatte doch erzählt, Lucas Familie sei bei einem Brand umgekommen.

Sie wurde aus ihren Gedanken gerissen, als Elena aus der Küche kam und ihr einen Teller mit einer köstlich duftenden *piadina* hinstellte.

»Iss das«, sagte sie. Im selben Moment klingelte ihr Telefon. »Aris? Endlich, verdammt noch mal! Ist Annas Tochter bei dir?« Sie lauschte und nickte, während Anna sie gebannt anstarrte.

»Ihr kommt sofort hier runter, sonst werfe ich deine elenden Videospiele allesamt in den See!«, sagte sie, legte das Telefon weg und lächelte aufmunternd. »Alles in Ordnung, *cara.* Rike ist mit meinem nichtsnutzigen Sohn unterwegs, aber er bringt sie mit dem Roller hierher. Es geht ihr gut.«

Anna wurde vor Erleichterung schwindelig. Rike ging es gut. Alles war in Ordnung. Auf einmal hatte sie entsetzlichen Hunger.

»Danke, Ele«, sagte sie aus tiefstem Herzen.

»Wofür denn?«

»Dass du eine Freundin bist.« Während Anna es aussprach, wurde ihr bewusst, dass es stimmte. Elena war ihre Freundin. Sie war ganz selbstverständlich zur Stelle, wenn Anna Hilfe brauchte. Es tat so unglaublich gut, zu wissen, dass sie nicht alles allein bewältigen musste.

Gerade, als sie es Elena sagen wollte, wurde die Tür aufgestoßen, und eine ganze Horde braun gebrannter, mit Wanderstöcken bewaffneter Rentner strömte in den Gastraum.

»Het's hier au *brasato*?«, rief ein Weißhaariger mit kantigem Kiefer und Kniebundhosen, der den Trupp anführte.

»Das sieht nach Arbeit aus!« Elena zuckte entschuldigend mit den Schultern. »Warte einfach hier, Aris kann nicht mehr lange brauchen.« Sie eilte den Gästen entgegen und komplimentierte sie auf die Terrasse hinaus.

Anna aß ihre *piadina*, die mit Käse, gekochtem Schinken und Spargel gefüllt war, und beobachtete dabei verstohlen den alten Mann, der drei Tische weiter saß. Seine Nase war unförmig und lila geädert, unter seiner dunklen Schirmmütze ragte flusiges weißes Haar hervor. Sicher hatte er sein ganzes Leben in Vignano verbracht. Als Elena wieder hereinkam, bat Anna sie um ein Glas Merlot und ging damit anschließend zum Tisch des Alten hinüber.

»Darf ich Sie zu einem Glas einladen?«

»Molto gentile!« Er sah zu ihr auf und grinste verschmitzt. Seine Augen glänzten hellwach wie die einer Maus.

»Ein Glas Wein tut immer gut, nicht wahr?«, eröffnete Anna das Gespräch.

Der Mann trank einen Schluck und schmatzte genüsslich. »Du bist neu hier«, stellte er fest.

»Ich habe ein Haus im Dorf geerbt. Meine Mutter stammte von hier.«

»So, wirklich? Wie hieß sie denn?« Er sprach Dialekt, genau wie ihre Mutter, wenn sie wütend oder aufgeregt gewesen war. Anna lauschte angestrengt, um ihm zu folgen.

»Simona Fontana. Kannten Sie sie?« Sie setzte sich ihm gegenüber.

Er trank wieder, dann zupfte er sich an der Nase. »Fontana … es gab mal eine, so ein junges Ding. Genau, die hieß Sabina oder so ähnlich. Hat eine Zeit lang beim alten Doktor gewohnt, bis es Ärger mit seiner Frau gab.« Er kicherte in sich hinein. »Die Antonella hat dem Doktor ordentlich zugesetzt, *porca miseria*! Hat ihn an den Ohren aus der Bar gezogen, wenn er zu lange mit uns beim Kartenspielen saß.«

Anna war wie elektrisiert. »Und das Mädchen? Warum hat sie beim Doktor gelebt?«

Der Alte machte eine wegwerfende Handbewegung. »Was weiß ich. Aber als sie einen dicken Bauch bekam, hat Antonella sie rausgeworfen. Kummer war sie ja gewohnt, o ja, aber unter ihrem eigenen Dach, das ging ihr dann doch zu weit!« Er kicherte wieder.

Anna hatte das Gefühl, ihr würde der Boden unter den Füßen weggerissen. Sie musste sich an der Tischkante festhalten, konnte nicht richtig atmen. Als sie weitersprach, klang ihre Stimme seltsam dünn.

»Der alte Doktor, wie hieß der?«

Ihr Gesprächspartner trank seinen Rotwein aus, bevor er antwortete: »Der ist nicht tot, der lebt noch. Ist aber seit ein paar Jahren im Heim in Castagnola.« Er tippte sich mit dem Zeigefinger an die Schläfe. »Mittlerweile ist er ziemlich wirr im Kopf. Muss sogar Windeln tragen. Wie ein *bébé*. Na, so geht's uns allen früher oder später. *Chi ch'a ne imatiss mia da sgioen I imatiss da vecc.*« Er kicherte erneut, als er Annas ratloses Gesicht sah und übersetzte aus dem Tessiner Dialekt ins Italienische: »Wer nicht als Junger verrückt wird, wird's, wenn er alt ist.«

»Das stimmt wohl.« Anna zwang sich zu einem Lächeln. Innerlich hatte sie das Gefühl zu zerspringen. »Aber wie heißt er denn nun, der alte Doktor?«

»Na, der Gianni ist das.« Der Alte hustete ausgiebig, bevor er weitersprach. »Giovanni Solca, der Vater von unserem Bürgermeister.«

Kapitel 17

Das verflixte Telefon hörte nicht auf zu klingeln. Es war dem Mädchen wohl aus der Tasche gefallen. Charlotte hatte es gar nicht bemerkt, bis es angefangen hatte, einen durchdringenden Sirenenton von sich zu geben und zu vibrieren. Sie war so erschrocken, dass ihr Herz noch Minuten später pochte, als wäre sie eine Treppe hinaufgerannt, und hatte das Ding, das wie ein winziger, flacher Fernseher aussah, nur anstarren können. Beim zweiten Mal hatte sie es in die Hand genommen und schnell wieder beiseitegelegt, weil sie fürchtete, die Vibrationen würden ihr einen elektrischen Schlag versetzen. Der Zwischenfall brachte sie kurz aus dem Konzept. Doch endlich verstummte das Heulen, und Charlotte konnte wieder einen klaren Gedanken fassen. Ob jemand kommen würde, um das Mädchen zu suchen? Sie war so freundlich gewesen, als sie hereingekommen war, so hilfsbereit. Hatte mit sanfter, aber deutlicher Stimme gesprochen und gefragt, wie es Charlotte ging. Einige Augenblicke lang hatte sie überlegt, ihren Plan einfach aufzugeben. Jemanden über so lange Zeit hinweg zu hassen, war unendlich anstrengend, und sie war müde.

Während sie nachdachte, hatte sie unbewusst begonnen, dem Mädchen über das schwarze Haar zu streichen. »Ach, Stella«, murmelte sie, »mein liebes Kind, ich habe dich so vermisst.«

—— 1980

Stella war inzwischen sechzehn Jahre alt, ein bildhübsches Mädchen mit beinahe schwarzem Haar, das sich vor Verehrern kaum retten konnte. Georg war etwas ergraut, aber immer noch schlank und gut aussehend, und wenn er und Charlotte sonntags durch Comos Straßen promenierten, erregten sie viel Aufmerksamkeit. Denn Georg war mittlerweile ein bekannter Maler – nicht weltberühmt, aber in Europa anerkannt für seine expressiven Landschaften.

Es kostete Charlotte immer ungeheure Anstrengung, aus diesem geschriebenen Leben, das ihr wirklicher erschien als ihr echtes, aufzutauchen. Dann fand sie sich in dem noch kleineren Apartment wieder, in das sie und ihre Mutter hatten umziehen müssen, nachdem ihr Vater an den Folgen seiner Trinkerei gestorben war. Sie lebten wesentlich bescheidener als früher, aber das machte Charlotte nichts aus. Ihrer Mutter fiel es schwerer, sie beklagte sich ständig über die räumliche Enge, die Geldknappheit und andere Zumutungen, an die sie sich selbst nach so vielen Jahren noch nicht gewöhnen konnte. Sie verließ ebenfalls kaum noch das Haus, aus Furcht, früheren Bekannten zu begegnen.

Charlotte nahm die Verwandlung ihrer Mutter – von einer adretten Dame der besseren Gesellschaft in eine ungepflegte alte Frau – mit heimlicher Genugtuung wahr. Es erschien ihr wie eine gerechte Strafe dafür, dass ihre Mutter sie damals ins Pensionat hatte zwingen und mit diesem arroganten Kerl, dem der Wagen gehört hatte und an dessen Namen sie sich nicht mehr erinnerte, hatte verkuppeln wollen. Wäre ihre Mutter damals nicht so streng mit ihr gewesen, hätte sie nicht weglaufen müssen, und nichts von all dem, was passiert war, wäre je geschehen.

Ihre Mutter wurde zunehmend kurzatmiger, ihre Füße umwickelte sie mit Bandagen, weil sie ihr wehtaten, und eines Tages stand sie nicht mehr auf. Sie rief mit schwacher Stimme nach Charlotte, die schon seit der Morgendämmerung am Wohnzimmertisch saß und schrieb. Widerwillig legte sie den Füller beiseite, stand auf und ging, auf ihren Stock gestützt, hinüber. Durch die Klappläden fielen Lichtstreifen ins Schlafzimmer und brachten den Briefbeschwerer, der auf dem Nachtkästchen stand, zum Leuchten. Für einige Augenblicke war sie abgelenkt; im Inneren der Glaskugel verliefen zwei gegenläufige Spiralen aus dunkelblauem und türkisfarbenem Glas. Charlottes Eltern hatten das Souvenir vor langer Zeit von ihrer Hochzeitsreise nach Venedig mitgebracht, und als kleines Mädchen hatte Charlotte häufig davorgesessen und versucht, zumindest eine der Spiralen von Anfang bis Ende zu verfolgen; doch es war ihr niemals gelungen.

Ihre Mutter lag im Bett und atmete schwer. Im Zimmer lag ein süßlicher Geruch, der an faulige Blumen erinnerte, und als Charlotte die Decke anhob, sah sie die von dunklen, entzündeten Geschwüren bedeckten Füße ihrer Mutter. Diese hatte die Augen geschlossen, es war schwer zu sagen, ob sie bewusstlos war oder schlief.

Charlotte überlegte, ob sie einen Arzt anrufen sollte. Die Vorstellung, dass ein Fremder die Wohnung betreten und sie sehen könnte, jagte ihr Angst ein. Doch ihr Äußeres würde einen Mediziner weniger erschrecken als andere Menschen. Und ihre Mutter brauchte Hilfe, das war nicht zu übersehen.

Sie stellte sich vor den Wohnzimmerspiegel und sah sich an. Sie hasste ihren Anblick, aber im Gegensatz zu ihrer Mutter hatte sie sich nicht vernachlässigt. Sie achtete darauf, nicht zu viel zu essen, und auch wenn sie die Wohnung nie verließ, ging sie doch von Zimmer zu Zimmer, um sich wenigstens ein bisschen zu bewegen. Ihr kinnlanges Haar war gepflegt und frei von grauen Strähnen. Sie schnitt es selbst und kämmte es vorn immer über die entstellte Seite ihres Gesichts. Jemandem, der nicht genau hinsah, würde nichts Ungewöhnliches auffallen. Nur ihr schiefer Rücken ließ sich nicht verbergen. Er zwang sie, leicht zur Seite gebeugt zu laufen, und selbst mithilfe des Stocks wankte sie wie eine Trinkerin. Diese Verkrümmung war nicht heilbar. Bis vor sieben oder acht Jahren war Charlotte noch jährlich zu Untersuchungen ins Spital gefahren, doch weil der Befund immer gleich blieb, hatte sie damit aufgehört.

Es war sehr lange her, dass sie mit jemand anderem gesprochen hatte als ihrer Mutter. Renate Amstutz hatte sich immer um alles gekümmert. Sie war es, die neue Kleidung besorgte, Essen einkaufte, bei der Bank die Rechnungen bezahlte. Wer würde all das übernehmen, wenn sie krank war? Entschlossen ging Charlotte zu dem Beistelltisch neben der Wohnzimmertür, auf dem das Telefon stand. Sie blickte den Apparat kurz an, der wie eine braune Kröte auf einem runden Spitzendeckchen hockte. Dann zog sie die Schublade des Tischs auf und holte das abgegriffene schwarze Adressbuch ihrer Mutter heraus. Die Seiten waren voller Namen, die sie nicht kannte oder an die sie sich nur vage erinnerte. Unter »D« standen mehrere Namen von Ärzten. Charlotte erinnerte sich nicht mehr genau, welchen ihre Mutter vor drei oder vier Jahren aufgesucht hatte, als sich eine Schnittwunde an ihrem Finger entzündet hatte. Sie entschied sich für »Dr. Jaeggi«. Sie zögerte kurz, dann nahm sie den Hörer ab.

Es war ein ungewohntes Gefühl, den Zeigefinger in die Löcher der Wählscheibe zu stecken, und sie brauchte zwei Versuche, bis es ihr gelang, sie jeweils bis zum Anschlag zu drehen. Das ratschende Geräusch klang unangenehm durch die Stille der Wohnung.

Charlotte hielt den Hörer ans Ohr. Ihr Herz klopfte, und sie schimpfte sich selbst einen Feigling. Angst vor dem Telefonieren! Früher hatte sie vor nichts Angst gehabt. Was war aus ihr geworden!

Es läutete mehrmals, doch gerade, als sie auflegen wollte, meldete sich jemand. Charlotte gelang es durch pure Willenskraft, ihre Stimme fest klingen zu lassen, und sie wurde ohne Weiteres zu Dr. Jaeggi durchgestellt. Sie erklärte ihm, in welchem Zustand ihre Mutter sich befand, und er versprach, auf seiner nachmittäglichen Runde vorbeizuschauen. Erst als Charlotte den Hörer auf die Gabel legte, merkte sie, dass er schweißnass war. Sie stand noch einige Augenblicke lang vor dem Tischchen und konnte nicht glauben, dass sie soeben tatsächlich telefoniert hatte.

So erleichtert sie darüber war, dass sie es hinter sich gebracht hatte, so stolz war sie auf sich selbst. Zum ersten Mal seit Langem lächelte sie.

Renate Amstutz litt unter Diabetes mellitus, vermutete Dr. Jaeggi, nachdem er sie untersucht hatte. Charlotte stand bei der Tür und sah zu, wobei sie darauf achtete, ihm ihre gute Seite zuzuwenden.

»Ihre Mutter hat kein Gefühl mehr in den Füßen und Unterschenkeln«, erklärte der Arzt. »Deshalb hat sie nicht bemerkt, wie weit die Infektion bereits fortgeschritten ist. Im Spital wird man sich um sie kümmern.«

»Nein!«, rief Charlotte hastig. »Sie müssen sie hier behandeln.«

»Das geht nicht, sie muss beobachtet werden.«

»Aber Sie dürfen sie nicht wegbringen. Ich kann sie doch beobachten.«

Dr. Jaeggi schüttelte den Kopf wie über ein Kind, dem man vergeblich versucht, etwas zu erklären, und erhob sich vom Bettrand. »Ich werde jetzt einen Krankenwagen rufen. Wo steht das Telefon?«

Er drängte sich an Charlotte vorbei und ging über den dunklen Flur ins Wohnzimmer. Sie sah seine Silhouette vor der weißen Wand, er drehte den Kopf suchend hin und her. Charlottes Blick fiel auf den Briefbeschwerer. Ihr Stock wackelte, als sie sich nach vorn beugte, um ihn zu nehmen, aber es gelang ihr, sich wieder aufzurichten. Die Glaskugel, am Boden leicht abgeflacht, fühlte sich beruhigend an. Sie hielt sie sich vor die Augen, doch wie immer verirrte sich ihr Blick zwischen den beiden Spiralen. Charlotte fasste ihren Stock fester und folgte Dr. Jaeggi, der inzwischen das Telefon gefunden hatte.

Als wäre er hier zu Hause, hob er den Hörer ab und wählte. Charlotte stand genau hinter ihm. Er hatte dünnes Haar, durch das man die bleiche Kopfhaut sehen konnte. Charlotte blickte auf den Briefbeschwerer in ihrer Hand. Dr. Jaeggi hatte begonnen zu sprechen und teilte der Person am anderen Ende der Leitung gerade die Adresse der Wohnung mit.

Schwer auf ihren Stock gestützt, legte Charlotte die wenigen Schritte zum Esstisch zurück und stellte den Briefbeschwerer darauf. Als sie sich umwandte, hatte Dr. Jaeggi aufgelegt und lächelte sie aufmunternd an. »Die Ambulanz wird gleich hier sein. Der Fuß sieht nicht gut aus, aber ihre Mutter erhält die bestmögliche Behandlung. Es wird schon werden.«

Die Wohnung wirkte größer ohne ihre Mutter. Anfangs machte es Charlotte Angst, allein zu sein. Ihr fehlten die Geräusche eines anderen Menschen in ihrer Nähe. Nachts konnte sie nicht schlafen und dämmerte halb aufgerichtet im Schein der Nachttischlampe vor sich hin. Sie fühlte sich wie ein Kleinkind: hilflos ohne die Gegenwart der Eltern. Dabei war sie furchtlos gewesen, schon immer. Nie hatte die Dunkelheit ihr etwas ausgemacht, selbst als kleines Mädchen nicht. Jetzt fuhr sie bei jedem Geräusch hoch, bis sie am frühen Morgen nicht mehr gegen ihre Erschöpfung ankämpfen konnte und in einen schweren Schlaf fiel.

Doch nach einigen Tagen veränderte sich etwas: Die Stille dröhnte nicht mehr, das Alleinsein wurde zu einer Wohltat. Charlotte konnte den ganzen Tag schreiben, ohne von der nörgeligen Stimme ihrer Mutter gestört zu werden. Sie aß, wann und was sie wollte, schlief, wenn ihr danach war, und sei es mitten am Tag. Recht bald, nachdem man ihre Mutter abgeholt hatte, rief Dr. Jaeggi an. Frau Amstutz gehe es nicht besonders gut, die Infektion sei weit fortgeschritten und habe zu einer Blutvergiftung geführt. Sie liege auf der Intensivstation und werde gut betreut, Besuche seien leider nicht möglich. Charlotte fühlte sich erleichtert: Allein nach draußen zu gehen erschien ihr immer noch undenkbar.

Sie ernährte sich von den Vorräten in Kühlschrank und

Speisekammer, dann von Reis und Kartoffeln, bis auch diese verbraucht waren. Sie hungerte zwei Tage lang, trank Leitungswasser, schrieb sich den Hunger weg. Aber er wurde übermächtig, verdrängte alles andere und erlaubte Charlotte nicht mehr, sich davonzustehlen in das Leben, das sie sich selbst erschaffen hatte. Sie zog die Vorhänge im Wohnzimmer auf und sah hinunter auf die Straße. Das hatte sie seit Jahren nicht getan. Sie beobachtete die Menschen, die drei Stockwerke tiefer hin und her liefen, mit einer Mischung aus Neid und Verachtung. Jeder von ihnen hatte sicher schon einmal jemanden verraten, darin waren sich doch alle gleich.

Schräg über die Straße lag der Supermarkt, in dem ihre Mutter immer einkaufte. Sie fühlte sich verwegen, als sie ihre Jacke anzog und zum ersten Mal seit Langem das Haus verließ. Sie spürte die Blicke, die sie auf sich zog, das Mitleid der anderen war wie klebriges Gelee. Aber sie achtete nicht darauf und kehrte triumphierend mit einer rot-weißen Plastiktüte zurück.

Als die Nachricht kam, ihre Mutter sei gestorben, war diese für Charlotte bereits nur noch eine ferne Erinnerung. Sie spürte keine Trauer. Schon früher hatte sie sich nicht mit ihrer Mutter verstanden, und die vielen Jahre, in denen sie auf sie angewiesen gewesen war, hatten jedes Gefühl von Liebe in ihr endgültig zunichtegemacht.

Manchmal dachte sie noch an ihren Vater. Auch er war schwach gewesen. Er hatte nicht ertragen, was aus ihr geworden war. Ganz auf sich allein gestellt, war Charlotte berauscht von dem Gefühl, niemanden zu brauchen. Sie konnte selbst einkaufen gehen und ihre kleine Invalidenrente, von der sie und ihre Mutter gelebt hatten, von der Bank abheben. Ihre Verachtung für alle Menschen umhüllte sie wie eine gepanzerte Rüstung.

Bis der Tag kam, an dem diese Rüstung mit einem einzigen Schlag zersplitterte.

Kapitel 18

Die Tageszeitung war der einzige Luxus, den Charlotte und ihre Mutter sich gegönnt hatten, obwohl das Abonnement eigentlich zu teuer für ihre bescheidenen Verhältnisse war. Doch zu lesen, was in der Welt vor sich ging, gab Charlotte das Gefühl, an ihr teilzuhaben. Jeden Tag erwartete sie gespannt das Klappern am Briefschlitz und das satte Geräusch, wenn die Zeitung auf die Dielen im Flur klatschte. Besonders gern las sie die Wochenendbeilage, in der alle Veranstaltungen aufgeführt waren. Manchmal stellte sie sich vor, eine davon zu besuchen und strahlender Mittelpunkt zu sein, wie es ihr zugestanden hätte, mit gesundem Rücken und glattem Gesicht.

Auch an diesem Samstagmorgen las sie die Beilage Artikel für Artikel durch, zuerst das Kinoprogramm, dann die Konzerte und Ausstellungen. Sein Name sprang sie an, noch bevor sie ihn bewusst gelesen hatte. Sie warf die Zeitung von sich, als wäre sie plötzlich in Brand geraten, und schnappte nach Luft. Ihre Hände verkrampften sich und konnten dennoch nicht aufhören zu zittern. Georg Kurbin würde heute Abend anlässlich seiner Ausstellungseröffnung in der *Galerie Isay* sprechen.

Charlotte schlang die Arme um ihre Schultern, als müsste sie sich vor einem Angriff schützen. Unvorstellbar, dass er tatsächlich hier war, in derselben Stadt wie sie. Mit einem Mal wurde ihr bewusst, dass ihr Gekritzel nichts bedeutete, absolut nichts. Es war nur die Phantasie einer einsamen, verkrüppelten Frau. Während sie geschrieben hatte, hatte Georg sein echtes Leben gelebt. Er hatte niemals ihr gehört, wie sie sich eingeredet hatte.

Charlotte war, als drehte man ihr eine Klinge im Bauch herum, und sie gab ein Geräusch von sich, halb Jammern, halb Stöhnen, das an ein gequältes Tier erinnerte. Sein Name füllte sie nun vollständig aus, und ihr war, als versuchte er, aus dem Gefängnis auszubrechen, das sie ihm aus ihren Gedanken errichtet hatte. Nie wieder würde sie von ihm schreiben können, nie wieder würde er ihr gehören.

Der Schmerz trieb sie hoch und ließ sie vom Wohnzimmer in den Flur, von dort ins Schlafzimmer und wieder zurück humpeln. Selbst als ihre Hüfte zu schmerzen begann, hielt sie nicht inne. Ihre Gedanken rasten, zu schnell, um sie einzufangen. Wie mochte er aussehen nach siebzehn Jahren? Hatte er Frau und Kinder? Wo lebte er? Dachte er jemals an sie? Weshalb hatte er sie damals im Stich gelassen? So viele Fragen, so vieles, das nicht zu wissen ihr auf einmal unerträglich erschien.

Ihr kam es vor, als vergingen mehrere Stunden, ehe sie sich erschöpft auf ihr Bett setzte und den Kopf in die Hände stützte. Sie hatte nichts. Nichts. Nichts. Nichts. Und das war Georgs Schuld. Er hatte sie zu dem gemacht, was sie war. Er war gegen den Felsen gefahren. Er hatte sie dort liegen gelassen im feuchten Gras.

Charlotte rutschte ungelenk auf den Boden, das steife Bein von sich gestreckt. Sie musste sich hinlegen, um unter das Bett greifen zu können. Blind fasste sie einen Packen Papier und zog ihn an der Kordel, mit der er umwickelt war, hervor. Die Ränder waren vergilbt, ihre Handschrift schimmerte schwach durch die Staubschicht auf dem obersten Bogen. Sie zerrte ihn heraus und zerriss ihn in kleine Stücke, dann den darunter. Blatt für Blatt zerstörte sie ihr papiernes Leben, und als sie mit dem ersten Stapel fertig war, zog sie den nächsten unter dem Bett hervor. Sie riss, bis ihre Arme schmerzten, jedes Ratschen des Papiers eine grimmige Befriedigung und zugleich ein Stich ins Herz. Die Fetzen flogen auf und sanken nieder, bis der gesamte Boden knöchelhoch bedeckt war und die Schnipsel sich wie eine Lawine in den Flur ergossen. Siebzehn zerfetzte Jahre. Charlotte saß in den Überresten wie eine Marionette mit erschlafften Fäden, ihr Gesicht war nass. Das Licht, das durch die Gardinen fiel, wurde immer schwächer, bis Charlotte irgendwann im Dunkeln saß.

Georg Kurbin wird heute Abend anlässlich seiner Ausstellungseröffnung in der Galerie Isay *sprechen.*

Sie zog sich an der Bettkante hoch und rappelte sich mühsam auf. Georg Kurbin war ihr etwas schuldig, und es war an der Zeit, diese Schuld einzutreiben.

Die Galerie befand sich in einer ehemaligen Werkstatt in einem Hinterhof. Ein Pfad aus Teelichtern führte die Besucher zu der schweren, in viele kleine Fenster unterteilten Metalltür. Innen hatte man den Betonfußboden belassen, wie er war, voller Öl- und Farbflecken, und nur die Wände geweißelt. Hier hingen die großformatigen, halb abstrakten Gemälde von Georg Kurbin. Charlotte erkannte seinen Stil sofort, auch wenn er sich verändert hatte. Die Flächen waren nicht mehr so stark voneinander abgesetzt, sondern flossen nun weicher ineinander. Überraschender waren jedoch die Motive. Während er früher hauptsächlich Landschaften gemalt hatte, waren die hier ausgestellten Werke bis auf wenige Ausnahmen Porträts. Doch im Augenblick war Charlotte zu nervös, um sich näher mit den Bildern zu beschäftigen. Wo war Georg?

Die meisten Gäste standen paarweise zusammen, Weingläser in der Hand, oder schritten langsam von Bild zu Bild. Köpfe drehten sich, als Charlotte den Raum betrat, und wandten sich ebenso schnell wieder ab im Bemühen, so zu tun, als hätte man ihre schiefe Hüfte und den krummen Rücken nicht bemerkt. Ihr Gesicht konnte niemand sehen, sie hatte es unter einem Hut mit einem altmodischen Netzschleier verborgen, der einst ihrer Mutter gehört hatte. Er mochte als modische Extravaganz durchgehen, ebenso wie das schwarze Kostüm mit langem Rock. Farblich fiel es nicht weiter auf, denn auch die meisten anderen Gäste trugen Schwarz.

Charlotte hatte das Gefühl, unter dem Schleier totenbleich zu sein. Ihre Hände waren eiskalt, und ihr Herz schlug so schnell, dass sie kaum atmen konnte. Durch das Netz hindurch suchte sie den Raum nach Georg ab. Am hinteren Ende, neben dem Tisch mit den Getränken, war ein hochgewachsener Mann mit dunklem Haar in ein Gespräch mit einem älteren Herrn vertieft. Er stand mit dem Rücken zur Tür, trug einen schwarzen Anzug, hatte ein Bein leicht ausgestellt und die linke Hand lässig in die Hosentasche gesteckt, während er mit der rechten gestikulierte. Charlotte näherte sich langsam, indem sie vorgab, die Bilder zu betrachten. Tatsächlich nahm sie nichts von ihnen wahr, weil all ihre Sinne auf diesen Mann, der Georg sein konnte, ausgerichtet waren.

Als er sich umwandte, weil eine Frau besonders laut lachte, blieb Charlottes Herz einen Wimpernschlag lang stehen. Dann erkannte sie, dass der Mann nicht Georg war. Sie richtete den Blick auf das Bild, vor dem sie stand, und versuchte, den inneren Aufruhr, der sie beinahe zerriss, zu besänftigen. Sie sehnte die Begegnung mit ihm ebenso herbei, wie sie sie fürchtete, empfand für ihn ebenso viel Zorn wie Liebe. Er würde kommen, sagte sie sich. Sie würde ihn an diesem Abend sehen. Was sie dann machen würde, wusste sie jedoch nicht.

Erst jetzt wurde ihr bewusst, dass das Gemälde vor ihr ein Akt war. Eine junge Frau lag zurückgelehnt auf einem tiefblauen Sofa, dessen Farbe mit ihrer karamellfarbenen Haut harmonierte. Georg hatte darauf verzichtet, den weiblichen Körper naturalistisch darzustellen, jedoch seinen Ausdruck mit wenigen Pinselstrichen erfasst. Man merkte dem Modell ein leises Zögern an, sich zu entblößen, denn es hielt die

Arme vor der Brust gekreuzt und hatte die Beine angezogen. Das schmale Gesicht war etwas abgewandt und von einigen Strähnen, die sich aus dem locker aufgesteckten Haar gelöst hatten, teilweise verdeckt. Die junge Frau hatte etwas von einem scheuen Wildtier an sich und schien sich umso mehr von dem Betrachter zurückzuziehen, je mehr dieser sich bemühte, ihr nahezukommen.

Charlotte sah auf das Schild neben dem Gemälde, doch es sagte nichts darüber, wer das Modell war, sondern betitelte es schlicht als »Akt Nr. 4«. Hinter ihrem Rücken entstand Unruhe, und sie drehte sich um. Die Gäste strömten von allen Seiten zusammen und richteten ihren Blick auf die hintere Wand des Raumes. Der große Mann, den sie für Georg gehalten hatte, wartete, bis das Gemurmel sich gelegt hatte, bevor er zu sprechen anfing. Er stellte Georg vor, nannte dessen Geburtsdatum, das Charlotte bislang nicht gewusst hatte, und erwähnte, dass der Künstler seit einigen Jahren im Tessin lebte. Charlotte hörte zu, während ihr Blick umherirrte. War Georg unter den Zuschauern?

»Verehrte Damen und Herren«, sagte der Große soeben, »ich freue mich sehr, dass der Künstler heute Abend bei uns ist und uns selbst etwas über seine Werke erzählen wird.«

Eine weiß gestrichene Tür, die Charlotte bisher nicht aufgefallen war, öffnete sich, und Georg trat heraus. Charlotte hielt die Luft an. Sein Anblick traf sie wie ein Schlag. Er sah genauso aus wie damals, nur sein graues Haar und die müde wirkenden Gesichtszüge verrieten, dass er älter geworden war. Doch seine Art, sich zu bewegen, war dieselbe, so vertraut, dass es schmerzte. Charlotte musste lächeln, als sie sah, wie er gekleidet war: etwas nachlässig in Jeans und T-Shirt, darüber eine alte Lederjacke. Auf Kleidung hatte er schon früher keinen großen Wert gelegt.

Sie war so in Georgs Anblick versunken, dass sie nicht auf das achtete, was er sagte. Als das Publikum am Ende Beifall klatschte, bedankte er sich und wirkte etwas verlegen. Die meisten Gäste wandten sich wieder den Bildern oder ihren Gesprächen zu, aber Charlotte beobachtete, dass einige Frauen Georgs Nähe suchten. Er lächelte jede an, und Charlotte erinnerte sich, dass er jedem das Gefühl geben konnte, nichts wäre wichtiger für ihn, als genau mit dieser Person zu sprechen. Eine dunkelhaarige Schönheit legte ihre Hand auf Georgs Arm, und Eifersucht schlug ihre Krallen in Charlottes Magen. Sie sollte es sein, die er anlächelte. Aber sich ihm zu erkennen zu geben war hier, vor den Augen so vieler Menschen, undenkbar.

Sie ging weiter von Bild zu Bild, langsam, damit ihre Behinderung weniger auffiel. Sie war jetzt ganz ruhig. Georg war in ihrer Nähe, und sie würde ihn nicht fortlassen, ohne mit ihm gesprochen zu haben. Es musste sich nur noch die passende Gelegenheit ergeben. Sie machte sich keine Illusionen darüber, seine Gefühle für sie wiedererwecken zu können, aber das war auch gar nicht nötig. Sie liebte ihn ja, und diese Liebe würde für sie beide ausreichen.

Charlotte war neben einem Tisch angekommen, auf dem ein Stapel Ausstellungskataloge lag. Sie nahm einen davon und fand auf den ersten Seiten eine Biografie Georgs. Hungrig sog sie die Worte in sich auf, begierig, jede Einzelheit über ihn zu erfahren. Sogar seine Zeit in Como wurde erwähnt. 1963 hatte er Italien verlassen – das musste nach ihrem Unfall gewesen sein. Danach hatte er zehn Jahre in Süddeutschland gelebt, woher er stammte, und war in München von einer Galerie gefördert worden. *Georg Kurbin bezeichnet sich selbst als konservativen Maler,* stand im Katalog. *Statt den Stil der Jungen Wilden anzunehmen, hält er an einer traditionellen Auffassung von Malerei fest. Seine Landschaften und Porträts sind persönlich; seine Motive findet er in seinem Lebensumfeld. Seit 1972 wohnt er in dem kleinen Tessiner Dorf Vignano.*

Charlotte legte den Katalog wieder hin. Georg lebte also nur wenige Kilometer von Como, dem Ort, wo er sie verloren hatte, entfernt. Es konnte nur daran liegen, dass ihn nie losgelassen hatte, was damals geschehen war. Doch nun würde sie ihm die Gelegenheit geben, alles wiedergutzumachen.

Sie warf einen letzten Blick auf Georg, der auf der anderen Seite des Raumes stand und noch immer von mehreren Frauen umlagert wurde. Für einen kurzen Moment sah er in ihre Richtung und neigte den Kopf zur Seite, als fragte er sich, wer die geheimnisvolle, verschleierte Frau mit dem Gehstock sei.

Charlotte lächelte ihm unter ihrem Schleier zu, auch wenn er es nicht sehen konnte. Nicht mehr lange, dann würde sie ihn ganz für sich haben.

Kapitel 19

2013

Nachdem Rike und Aris in der Osteria aufgetaucht waren, brachte Anna ihre Tochter nach Hause und schickte das völlig übermüdete Mädchen ins Bett. Es war nicht leicht, den inneren Aufruhr zu verbergen, den ihr Gespräch mit dem Alten ausgelöst hatte. Erst als Rike schlief, eilte Anna zum Auto, das inzwischen auf dem Hof stand, und holte die Tessinkarte aus dem Handschuhfach. Mit zittrigen Fingern entfaltete sie den Plan auf der Motorhaube und suchte nach Castagnola. Sie fand das Dorf beinahe sofort, es lag ganz in der Nähe von Lugano. Das Altersheim war sicher leicht zu finden. Zumindest von außen würde sie es sich ansehen, und vielleicht würde sie sogar den Mut finden hineinzugehen.

Nachdem sie diese Entscheidung getroffen hatte, fühlte sie sich besser. Es hatte keinen Sinn, der Wahrheit aus dem Weg zu gehen. Nur gegen eines war sie machtlos: das Gefühl des Bedauerns, dass Daniele damit für sie tabu war. Warum musste sie sich auch ausgerechnet zu ihm hingezogen fühlen? Hatte sie etwa gespürt, dass irgendetwas sie verband, es aber falsch interpretiert?

Anna hatte keinen Zweifel daran, dass der Alte in der Osteria die Wahrheit gesagt hatte. Giovanni Solca war demnach ihr Vater. Das erklärte, weshalb Daniele sich ihr gegenüber so eigenartig verhalten hatte. Er erinnerte sich sehr wohl an das, was damals passiert sein musste. Sagte man nicht, Kinder bekämen sehr viel mehr mit, als Erwachsene ahnten? Er hatte von Anfang an gewusst, dass sie seine Halbschwester war. Aber weshalb hatte er nicht mit ihr darüber gesprochen, sondern stattdessen versucht, sie auszuhorchen?

Und was würde Giovanni Solca sagen, wenn sie auf einmal vor ihm stand? Er war der Einzige, der genau wusste, was damals geschehen war. Doch falls er wirklich dement war, erinnerte er sich möglicherweise nicht mehr daran. Trotzdem musste Anna ihn sehen. Ob sie ihm sagen würde, wer sie war, wusste sie noch nicht. Aber sie wollte ihren Vater wenigstens kennenlernen.

Anna beschloss, spazieren zu gehen, um ihre Gedanken zu ordnen. Es war kurz vor zwölf, und auf der Straße waren mehrere alte Frauen auf dem Weg zur Kirche. Anna winkte und wurde betont freundlich zurückgegrüßt. Sie wusste, dass die Frauen über sie tuscheln würden, und sie wunderte sich selbst darüber, dass es ihr nichts ausmachte. Sie war neu im Dorf, es war verständlich, dass die Leute sich für sie interessierten.

Sie folgte den Hinweisschildern in die *gola delle streghe*, die Hexenschlucht, hinunter und befand sich schon nach wenigen Minuten mitten im Wald. Die Natur schien unberührt bis auf den steil nach unten führenden Pfad, der einem ausgetrockneten Bachlauf folgte, in dem immer wieder große Felsen lagen, die wohl von den Wänden der Schlucht abgebrochen und in die Tiefe gestürzt waren.

Mit einem Mal fielen alle Sorgen von Anna ab. Sie genoss einfach die Natur um sich herum, das Rascheln kleiner Tiere im Unterholz, die Vögel, die unsichtbar in den Bäumen sangen, und das rotbraune Eichhörnchen, das sie eine Zeit lang, von Baum zu Baum springend, begleitete und gelegentlich innehielt, um neugierig zu ihr hinunterzuspähen.

Nach einer Weile endete der Wald, und rot-braun geschichtete Felswände ragten vor Anna in die Höhe. Etwas tiefer toste ein Fluss durch sein enges Bett. Das Rauschen war so laut, dass es alle anderen Geräusche überlagerte, und als Anna sich über das Geländer am Wegrand beugte, fühlte sie die beängstigende Anziehungskraft des wirbelnden Wassers.

Ein Schild wies darauf hin, dass an dieser Stelle bis ins achtzehnte Jahrhundert angebliche Hexen in den Fluss gestoßen worden waren, an Händen und Füßen gefesselt. Anna schauderte bei dem Gedanken, was die Stromschnellen und die Felsen ihren Körpern angetan haben mochten.

Nur fünf Minuten weiter den Weg hinunter zeigte der Fluss ein völlig anderes Gesicht: Er wurde breiter und glitt ruhig über große Kieselsteine hinweg. Pfad und Ufer waren nun annähernd auf gleicher Höhe, und als Anna genauer hinsah, entdeckte sie silberne Fische, die durch die Wasserschatten huschten. Einer Laune folgend, ließ sie ihre Flip-Flops am kiesigen Ufer zurück, raffte ihren langen Leinenrock bis zu den Knien und ging mit den Füßen ins Wasser. Es war beißend kalt, und Anna watete hinüber zur anderen Seite, wo mehrere Steine lagen, die groß genug waren, um sich daraufzusetzen. Hier wuchsen Bäume bis dicht ans Ufer und reckten ihre Zweige über den Fluss. Anna rutschte in den Halbschatten eines Haselstrauchs und saß eine ganze Zeit lang einfach nur da. Sie war weit und breit der einzige Mensch. Es kam ihr vor, als würde die Natur sie in sich aufnehmen, ein kleines Teilchen im großen Ganzen. Wie lange hatte sie dieses Gefühl nicht mehr gehabt? Einfach da zu sein, an nichts zu denken, sich nichts zu fragen. Es war, als hätte dieser Ort auf sie gewartet.

Sie blieb am Fluss und sah den Lichtreflexen auf dem Wasser zu, bis es zu heiß wurde. Der Rückweg war anstrengend, der steile Anstieg brachte sie ins Schwitzen, doch selbst das fühlte sich gut an. Als sie schließlich in die Hofeinfahrt lief, war sie so gelassen wie seit Langem nicht mehr.

Im Haus duftete es nach Kaffee. Anna ging in die Küche und sah, dass der Tisch für zwei gedeckt war und jemand frische Hörnchen besorgt hatte.

»Du warst aber lange weg.«

Anna drehte sich um und sah Rike in der Tür stehen, mit unsicherem Blick. Ihr war anzumerken, dass sie eine Standpauke erwartete. Eigentlich hatte Anna sich das auch vorgenommen, aber jetzt erschien es ihr gar nicht mehr so wichtig. Rike hatte über die Stränge geschlagen, aber das taten alle Jugendlichen ab und zu. Deshalb lächelte sie nur und sagte: »Danke fürs Kaffeekochen.«

»Na ja, ich dachte, ich mach's wieder gut, dass ich einfach abgehauen bin.« Rike wagte ein paar Schritte in den Raum hinein.

»Reden wir nicht mehr darüber. Aber sag das nächste Mal Bescheid, wo du steckst.« Anna trug die Kaffeekanne vom Herd zum Tisch hinüber und schenkte ein, dann setzte sie sich und bedeutete auch Rike, Platz zu nehmen. Erst jetzt bemerkte sie das Buch, das Rike in der Hand hielt und nun aufgeklappt auf den Tisch legte.

Auf dem Titel war eine halb geöffnete Tür zu sehen, durch die ein blendendes Licht drang.

»Coraline«, las Anna. »Ich mochte den Film.«

»Das Buch ist auch toll.« Rike lächelte scheu, stellte einen Becher Kaffee vor Anna ab und setzte sich ihr gegenüber. »Ganz schön unheimlich, diese Geschichte mit der *anderen Mutter*, die zuerst viel netter ist als die alte Mutter und sich dann als böse Hexe herausstellt.«

»Manchmal ist es vielleicht auch andersherum.« Anna grinste. »Mein Lieblingsbuch von Neil Gaiman ist *Niemalsland*.«

»Du liest Neil Gaiman?« Rike machte große Augen.

»Ich kenne nicht alles von ihm. Aber ich mag, wie er schreibt. Was liest du sonst noch gerne?«

Rike zog die Augenbrauen zusammen und dachte nach, während sie an ihrem Kaffee nippte. »Am liebsten Fantasy. Aber nicht so kitschiges Zeug wie *Twilight*, eher düsteren Kram.« Sie sah Anna an, als erwarte sie, ausgelacht zu werden.

»Ich mag auch keine schmalzigen Bücher«, sagte Anna. »Wenn du gerne gruselige Sachen liest, solltest du es mal mit Jonathan L. Howard versuchen.« Sie nahm sich ein Croissant und tunkte es in ihren Kaffee. Während sie kaute, beobachtete sie Rike. Es musste schwer für sie sein. Ihr ganzes Leben stand auf dem Kopf.

»Wegen gestern …«, begann sie, aber Rike unterbrach sie.

»Von mir aus gib mir Hausarrest oder sonst was. Aber Aris kann nichts dafür, das musst du seiner Mutter sagen. Ich will nicht, dass er wegen mir Ärger kriegt!«

»Um Aris kümmert sich schon Elena. Ich dachte aber, wir könnten nach Lugano fahren und dir ein Handy und eine Prepaidkarte besorgen, damit ich dich in Zukunft erreichen kann.«

Rike riss die Augen auf. »Meinst du das ernst?«

Anna musste lachen. »Sicher. Ich hab keine Lust, noch mal halb durchzudrehen, weil du einfach abhaust. So hab ich dich immer schön unter Kontrolle, wie sich das gehört.«

Rike verdrehte die Augen, lachte aber auch. »Krieg ich dann auch mobiles Internet? Ich kann ja zurzeit nicht mal Mails an meine Leute schreiben.«

»Wenn's nicht zu teuer ist«, meinte Anna. »Los, fahren wir. Das Geschirr können wir später auch noch abspülen.«

Nachdem sie ein Parkhaus gefunden und den Corsa abgestellt hatten, schlenderten Anna und Rike durch die Innenstadt. Die vielen kleinen Plätze und Arkaden erzeugten eine südliche Atmosphäre, und unter anderen Umständen hätte Anna den Stadtbummel mit Rike genossen, doch sie war zu abgelenkt. Sollte sie später wirklich nach Castagnola fahren? Vielleicht wäre es besser, die ganze Sache auf sich beruhen zu lassen. Der Alte aus der Osteria konnte auch dummes Zeug geschwatzt haben.

In einem Handyladen kaufte Anna für Rike ein Telefon und zwei Prepaidkarten mit Datenpaket. Kaum hatten sie das Geschäft verlassen, begann Rike, alle Funktionen auszuprobieren. Obwohl sie nicht ganz bei der Sache war, musste Anna lachen, als sie eine Schiffssirene als Klingelton einstellte.

»Wenn du mal verloren gehst, finde ich dich auf jeden Fall wieder!«

»Danke, Anna, das mit dem Handy ist super.«

»Mir scheint, mit der Lösung sind wir beide zufrieden«, antwortete Anna. »Ruf mich mal an, damit ich deine Nummer habe.«

Nachdem sie Rikes Nummer gespeichert hatte, sah sie kurz auf die Uhr. Es war halb fünf. Sicher wurde im Altersheim das Abendessen sehr früh serviert, und es wurden keine Besucher mehr eingelassen. Sie musste sich also beeilen. »Willst du noch shoppen gehen? Ich hätte noch was zu erledigen und würde dich in zwei Stunden wieder abholen.«

»Supergerne, aber ich hab leider kein Geld zum Einkaufen.«

»Ach so. Ich sollte dir wohl mal Taschengeld geben, daran hab ich gar nicht gedacht.« Anna reichte ihr einen Hunderter aus ihrem Geldbeutel. »Ich rufe dich an, dann treffen wir uns irgendwo. Viel Spaß!« Sie winkte Rike im Weggehen.

»Was musst du eigentlich erledigen?«, rief Rike ihr nach, aber Anna tat so, als hätte sie es nicht gehört, und beschleunigte ihre Schritte.

Kurze Zeit später fuhr sie eine Allee am See entlang in Richtung Castagnola. Ihr war übel. Selbst der herrliche Blick über den See, der sich bot, als die Straße kurvig anzusteigen begann, interessierte sie nicht. Ihre Finger fühlten sich kalt an. Doch sie fuhr weiter. Wenn sie jetzt umkehrte, würde sie nie Gewissheit haben.

Castagnola war ein kleines Dorf mit engen Gassen und Durchgängen, das an einem steilen Abhang über dem See lag. Es gab mehrere Geschäfte und Lokale, dennoch wirkte alles seltsam leblos. Es war kaum jemand unterwegs, und viele Läden standen leer oder hatten die Schaufenster von innen mit Papier abgeklebt.

Das Altersheim war nicht schwer zu finden: Ein Wegweiser auf dem Dorfplatz leitete sie eine abschüssige Straße hinunter zu einem Garten, der von einer niedrigen Hecke eingefasst wurde. Dahinter lag ein moderner, weiß verputzter Bau mit großen quadratischen Fenstern.

Auf den Parkbänken im Garten saßen mehrere alte Leute und hielten ihre Gesichter in die Nachmittagssonne. Eine betagte Frau mit Gehhilfe arbeitete sich mühsam auf dem betonierten Weg voran, der rund um die Anlage führte. Es herrschte vollkommene Stille, und obwohl es noch heller Tag war, lag etwas Gespenstisches über der Szenerie.

Anna zögerte. Vielleicht war es besser, nichts zu wissen. Aber konnte sie jetzt noch umkehren, so kurz davor, endlich zu erfahren, was sie ihr Leben lang hatte wissen wollen?

Sie atmete tief durch und ging den Hauptweg entlang zum Eingang des Altersheims. Die Schiebetür glitt automatisch zur Seite. Mit klopfendem Herzen betrat Anna den Empfangsbereich, den man mit Sesseln, die in Dreiergruppen zusammenstanden, versucht hatte wohnlich zu gestalten. Dennoch wirkte der Raum mit dem beigefarbenen Linoleum, den weißen Wänden und den nichtssagenden Blumenaquarellen unpersönlich und kühl. Die klimatisierte Luft war trocken und kratzte im Hals. Hinter einem halbrunden Tresen saß eine junge Frau, die sich die Haare zu einem straffen Zopf zusammengebunden hatte und einen dunkelblauen Blazer trug. Sie war mit irgendwelchen Papieren beschäftigt, sodass Anna wieder unbemerkt hätte verschwinden können. Doch gerade, als sie kurz davor war, genau das zu tun, sah die Frau auf und bemerkte sie.

»Kann ich Ihnen helfen?«

Anna ging quer durch den Raum zum Tresen hinüber. Aus der Nähe war die Frau älter, als sie gedacht hatte. Ihre Augenbrauen waren gemalte dünne Bögen, und ihre Lippen mit einer dunklen Linie umrandet, die sich vom helleren Ton ihres Lippenstifts absetzte. Sie lächelte Anna geschäftsmäßig an.

»Ich möchte Giovanni Solca besuchen. Geht das?«

»Natürlich. Sind Sie ein Familienmitglied oder eine Freundin?«

Anna geriet ins Stottern. »Familie«, brachte sie schließlich hervor. »Entfernt verwandt.«

Die Frau sah sie gar nicht mehr an, sondern schob ihr ein Formular hin. »Bitte tragen Sie sich in die Besucherliste ein.«

Annas Finger zitterten so stark, dass ihre Schrift kaum lesbar war.

»Signor Solca ist im Aufenthaltsraum, ganz vorne rechts.« Die Empfangsdame zeigte auf eine Glastür am Ende des Gangs und widmete sich wieder ihren Papieren.

Anna ging langsam den Flur hinunter. Eine Seite war verglast, der Blick ging auf einen Garten hinaus und über den See, der sich weit entfernt im Dunst verlor. Eine Pflegerin im weißen Kittel kam ihr entgegen und lächelte sie im Vorübergehen an. Anna klammerte sich an den Tragriemen ihrer Tasche. Sie hatte die Tür beinahe erreicht. Hinter dem Glas konnte sie Menschen sehen, die sich wie in Zeitlupe bewegten. Es war, als würde sie Fische in einem Aquarium beobachten. Dann glitt die Tür beiseite. Anna trat ein und blieb nach wenigen Schritten stehen. Niemand nahm Notiz von ihr. Wie in der Eingangshalle waren auch hier einige Sessel zu Sitzgruppen zusammengerückt worden. Es roch nach Kaffee und Desinfektionsmittel. An der hinteren Wand hing ein Flachbildfernseher, auf dem eine Tierdokumentation lief. Zwei Frauen im Rollstuhl spielten Karten, ein alter Herr im Anzug las Zeitung. Das Papier raschelte überlaut, als er eine Seite umschlug. Am Tisch neben ihm kauerte eine Frau im Bademantel und tunkte einen Löffelbiskuit in einen Becher Milch. Eine Pflegerin in Annas Alter war dabei, einen alten Mann mit Kuchen zu füttern. Als sie Anna bemerkte, legte sie die Gabel beiseite, stand auf und kam auf sie zu.

»Suchen Sie jemanden?«

Anna hatte Angst, ihr klopfendes Herz würde ihr aus dem Mund springen, wenn sie ihn öffnete, aber dann riss sie sich zusammen.

»Ich möchte Giovanni Solca besuchen.«

Die Pflegerin lächelte. »Wie immer dahinten am Fenster.«

Anna nickte und bedankte sich. Sie sah nur den von drahtigem grauen Haar bedeckten Hinterkopf des Mannes, der tief in einen Sessel versunken dasaß. Anna schluckte ihr wildes Herzklopfen hinunter und rieb sich ihre kalten Finger, während sie langsam auf den Sessel zuging.

Giovanni Solcas Gesicht lag im Schatten der halb heruntergelassenen Jalousien. Er sah auf den See hinaus und bemerkte Anna nicht.

»Eine herrliche Aussicht«, begann sie das Gespräch.

Erst jetzt wandte er ihr sein Gesicht zu. Es war ungewöhnlich glatt für einen Mann seines Alters, nur von den Nasenflügeln zu den Mundwinkeln und über die Stirn zogen sich tiefe Furchen. Anna fragte sich, ob sie ihm ähnlich sah, doch sie hätte sie beide nebeneinander in einem Spiegel betrachten müssen, um es beurteilen zu können.

»Ich bin früher oft rausgefahren mit dem Boot.« Er drehte den Kopf wieder zum Fenster und schien vergessen zu haben, dass Anna noch immer neben ihm stand – oder es interessierte ihn nicht.

Anna beugte sich vor, dicht an sein Ohr. »Signor Solca, mein Name ist Anna. Ich bin die Tochter von Simona Fontana.«

Er atmete hörbar durch die Nase, antwortete aber nicht.

»Erinnern Sie sich an meine Mutter?« Sie wiederholte den Namen.

Langsam drehte er den Kopf. »Simona, wie geht es dir?

Ist lang her … sehr lang her.« Er blinzelte und schüttelte den Kopf, wobei er etwas Unverständliches vor sich hin murmelte.

»Ich bin nicht Simona, sondern ihre Tochter: Anna.«

Wieder starrte er sie an, als versuchte er, sich an sie zu erinnern. Sein Mund war leicht geöffnet, und sein Unterkiefer bebte. »Antonella sagt, ich soll dich auf die Straße setzen, mein Mädchen. *Mi spiace tanto* …« Seine Stimme verklang.

Anna richtete sich auf. Es war falsch, den alten Mann so durcheinanderzubringen. Selbst wenn er ihr Vater war, würde er es wahrscheinlich nicht mehr begreifen. Sie legte ihm sanft eine Hand auf die Schulter, und er sah zu ihr hoch, mit weit geöffneten Augen wie ein Kind.

»Es tut mir leid«, wiederholte er leise.

»Danke«, sagte Anna und streichelte kurz über seine Schulter. Dann verabschiedete sie sich.

Doch Solca starrte bereits wieder nach draußen, den Blick in die Ferne gerichtet.

Anna versuchte herauszufinden, was sie fühlte, während sie durch den Garten und die Straße hinaufging. Sie hatte sich ihr Leben lang gewünscht, zu wissen, wer ihr Vater war, und nun, da sie es höchstwahrscheinlich wusste, war sie enttäuscht. Sie hatte geglaubt, in dem Augenblick, da sie ihrem Vater gegenüberstünde, würde etwas in ihr ganz werden. Aber was verband sie schon mit dem alten Mann dort oben? Er hatte nie nach ihr gesucht, sich nie um sie gekümmert, für ihn hatte sie nicht existiert. Anna ging die Straße entlang zum Parkplatz und blickte auf den See hinunter, der unwirklich in der Sonne glitzerte. Auf einmal sehnte sie sich nach dem Krach und Schmutz von St. Pauli. Dort war ihr wirkliches Leben, und an dem würde sich nichts ändern, ob sie nun wusste, wer ihr Vater war oder nicht. Sie würde nach Hause fahren und versuchen, Rike irgendwie in ihr Leben einzubinden. Um das Haus konnte sich ein Makler kümmern. Es war von Anfang an ein Fehler gewesen hierherzukommen.

»Was machst du denn hier?«, fragte eine männliche Stimme in verblüfftem Tonfall.

Anna sah auf und blieb stehen. Daniele Solca kam auf sie zu. Anna schoss durch den Kopf, dass er ihr Halbbruder war. Sie würde sich daran gewöhnen müssen.

»Ich habe deinen Vater besucht.« Es klang aggressiver, als Anna beabsichtigt hatte. »Der auch meiner ist, wie es aussieht.«

Er blieb vor ihr stehen und wusste offensichtlich nicht, was er sagen sollte, denn er verschränkte nur die Arme. Eine bleierne Stille breitete sich zwischen ihnen aus.

»Porca miseria«, fluchte er schließlich. »Wie hast du es rausgekriegt?«

»Ein alter Mann aus dem Dorf hat mir die Geschichte von meiner Mutter und deinem Vater erzählt. Den Rest konnte ich mir zusammenreimen. Die Frage ist nur, warum du es mir nicht gesagt hast, als ich in dein Büro kam. Anscheinend hast du es ja gewusst.«

»Nicht gewusst – *vermutet*«, berichtigte er sie. »Es gibt hier in der Nähe einen kleinen Park, dort können wir in Ruhe reden.« Er wies die Straße hinunter, und Anna nickte.

Schweigend setzten sie sich in Bewegung. Annas dunkles Haar saugte die Hitze förmlich auf, und sie war froh, als sie den Park erreichten, wo Platanen und Palmen ihre Schatten über die Wege warfen. Daniele führte sie eine Treppe hinauf zu einem kleinen Platz, wo zwei Bänke an einem Teich standen. Die Kühle, die vom Wasser aufstieg, tat Anna gut. Sie neigte sich über den Trinkbrunnen, der neben der Bank stand, und stillte ihren Durst mit dem eiskalten Wasser. Dann drehte sie sich zu Daniele um.

»Setzen wir uns?« Sein Ton war vorsichtig, beinahe zaghaft.

Anna nickte, ließ sich nieder und betrachtete die Goldfische, die als verschwommene, orangefarbene Schemen durch das trübe Wasser glitten. Gelegentlich kam einer an die Oberfläche und durchbrach den Wasserspiegel, um gleich darauf wieder hinabzutauchen.

Daniele setzte sich neben sie. »Irgendwie scheine ich mich ständig bei dir entschuldigen zu müssen.«

Anna unterdrückte den Impuls, sich an seine Schulter zu lehnen. *Wir sind wahrscheinlich miteinander verwandt,* ermahnte sie sich. Was würde es helfen, wenn er von dem Gefühlschaos wüsste, das er angerichtet hatte?

»Ich will keine Entschuldigung, ich will eine Erklärung«, erwiderte sie, äußerlich ruhig.

»Ich werd's versuchen. Aber leid tut es mir trotzdem. Ich war mir nicht sicher, ob wir wirklich denselben Vater haben, und ich bin es noch immer nicht. Erzähl mir zuerst, was du gehört hast, dann versuchen wir gemeinsam, Licht in die Sache zu bringen.«

War er so besonnen, wie er sich anhörte? Anna hob den Kopf und sah ihn an. Wenn sie tatsächlich Halbgeschwister waren, hätte sie es nicht irgendwie ahnen müssen? Gab es nicht so etwas wie eine biologische Abneigung, wenn die Gene sich zu sehr ähnelten?

»Also, was hat man dir erzählt?«

»Dass meine Mutter eine Zeit lang bei euch gewohnt hat. Und dass sie, als sie schwanger wurde, gehen musste, weil deine Mutter auf sie eifersüchtig war.«

»Ich muss dir etwas erklären, Anna.« Daniele sah ihr fest in die Augen. »In einem Dorf gibt es keine Vergangenheit. Alles, was je geschehen ist, lebt weiter im kollektiven Gedächtnis der Dorfbewohner und wird wieder und wieder erzählt. Nur, dass sich die Ereignisse dabei verändern, bis eine Geschichte entsteht, die teilweise wahr und teilweise erfunden ist. Das Problem ist, dass niemand unterscheiden kann, welcher Teil welcher ist.«

»Ich weiß, wie das ist, ich bin selbst in einem kleinen Dorf aufgewachsen.«

»Dann weißt du ja, was vom Dorfklatsch zu halten ist.«

Anna ging darauf nicht ein, sondern wandte den Blick von Daniele ab und sah wieder den Fischen zu.

»Aber du hast doch damals im selben Haus gelebt«, meinte sie schließlich. »An irgendwas musst du dich doch erinnern!«

»Das ist lange her, ich war gerade mal sieben. An viel erinnert man sich da nicht. Aber als du angerufen und den Namen deiner Mutter erwähnt hast, wusste ich sofort, wer du warst. Es stimmt, dass deine Mutter einige Zeit bei uns gewohnt hat.«

»Hat sie für euch gearbeitet?«

Daniele schüttelte den Kopf. »Ich glaube, mein Vater hat sie mehr oder weniger auf der Straße aufgelesen. Sie hatte wohl sonst niemanden, bei dem sie bleiben konnte. Es war Winter, wahrscheinlich haben meine Eltern sie deshalb aufgenommen.«

Anna konnte sich nicht zurückhalten. »Und dein Vater hatte nichts Besseres zu tun, als das auszunutzen.«

Daniele machte eine beschwichtigende Geste. »Urteilst du immer so schnell? Ich weiß nicht genau, was damals passiert ist, aber ich kann mich an einen Riesenstreit zwischen meinen Eltern erinnern.« Daniele sprach jetzt stockend, als riefe er sich die Szene Stück für Stück wieder in Erinnerung, während er erzählte. »Sie wussten nicht, dass ich auf der Treppe hockte und alles mithörte. Meine Mutter war völlig außer sich, sie weinte und schrie meinen Vater an, was ihm einfalle, unter ihrem eigenen Dach einer anderen ein Kind zu machen. All seine Eskapaden habe sie erduldet, doch nun sei er zu weit gegangen. So habe ich erfahren, dass mein Vater sie ständig betrogen hatte. Bis dahin war er ein Held für mich. Er machte Leute wieder gesund, als hätte er magische Kräfte. Aber seit diesem Tag habe ich ihn dafür gehasst, was er meiner Mutter angetan hatte.« Daniele lächelte schief, und Anna fühlte, dass es ihm noch immer wehtat, obwohl er versuchte, das nicht zu zeigen.

»Mein Vater brüllte zurück, sie würde sich das nur einbilden, zwischen ihm und deiner Mutter sei nichts vorgefallen. Ich wollte, dass sie endlich zu streiten aufhörten, aber traute mich nicht, dazwischenzugehen. Dann hätten sie gewusst, dass ich alles mitgehört hatte. Meine Mutter bestand darauf, dass Simona noch vor Weihnachten unser Haus verließ. Sie musste sofort ihre Sachen packen, und mein Vater brachte sie weg. Später habe ich sie ab und zu im Dorf gesehen und bekam mit, dass sie als Haushälterin bei dem deutschen Maler arbeitete. Kurbin und mein Vater verstanden sich gut, glaube ich – sie waren wohl so etwas wie die Dorfintellektuellen.«

Annas Handy klingelte.

»Ausgerechnet jetzt. Tut mir leid.« Es dauerte eine Weile, bis sie es aus dem Durcheinander in ihrer Tasche gefischt hatte. Dann sah sie auf dem Display Rikes Namen leuchten.

»Hallo?«

»Anna, ich hab Aris getroffen, und wir wollen im *Meno nove* ein Eis essen gehen. Ist das okay?«

Na so was, dachte Anna. *Es geschehen noch Zeichen und Wunder.*

»Ich brauche hier eh noch eine Weile«, antwortete sie. »Soll ich dich später abholen?«

»Nee, das ist okay, Aris hat einen zweiten Helm dabei und kann mich mitnehmen.«

»Ist gut. Viel Spaß!«

»Echt?« Rikes Stimme klang so verblüfft, dass Anna lächeln musste.

»Ja, echt. Wir sehen uns zu Hause.« Sie runzelte die Augenbrauen. Hatte sie gerade »zu Hause« gesagt? Verwundert steckte sie das Telefon ein und sah dann wieder Daniele an. »Und wie ging es mit meiner Mutter weiter?«

Er zuckte mit den Schultern. »Nach den Weihnachtsferien kehrte ich zurück in meine Kinderwelt, in der die Erwachsenen nur Randfiguren waren. Erst Kurbins plötzlicher Tod im darauffolgenden Sommer war aufregend genug, um bis zu uns Kindern durchzudringen.«

»Wie ist er gestorben?«

Daniele rieb sich die Nasenwurzel. »Ich kann mich nicht genau erinnern. Vor uns Kindern wurde nicht offen darüber gesprochen, aber es gab natürlich jede Menge Geschichten, eine grausiger als die andere. Ich glaube, er wurde von einer Einbrecherbande erschlagen, die damals in der Gegend unterwegs war. Manche behaupteten aber auch, dass er sich aus dem Fenster gestürzt habe, weil deine Mutter ihm davongerannt sei.«

»Und die alte Frau bei uns im Dachgeschoss? Hat sie damals schon im Dorf gelebt?«

»Es tut mir wirklich leid, aber alles, woran ich mich erinnern kann, ist, dass sie nach Kurbins Tod allein in dem Haus wohnte. Unsere liebste Mutprobe bestand darin, über die Mauer in den Garten zu klettern und so nah wie möglich an das Haus heranzukommen, ohne von der ›Hexe‹ ertappt zu werden. Wenn sie sich am Fenster zeigte, drehten wir um und gaben Fersengeld.« Daniele verstummte kurz, bevor er fortfuhr. »Dafür, dass wir sie so geärgert haben, schäme ich mich bis heute. Wir haben sicher unseren Teil dazu beigetragen, dass sie sich nicht mehr aus dem Haus wagt.«

Anna versuchte das, was Daniele ihr erzählte, für sich zu ordnen, aber seine Erinnerungen waren zu lückenhaft.

»Woher kam sie? War sie Kurbins Geliebte oder seine Frau?«

Daniele rieb sich die Schläfe. »Ich glaube nicht, dass er verheiratet war. Das kann ich aber auch im Archiv nachprüfen lassen. In meiner Erinnerung hat er alleine gelebt. Es tut mir wirklich leid, dass mein Gedächtnis keine Einzelheiten hergibt.«

»Und du hast auch nie mehr daran gedacht, dass meine Mutter von deinem Vater ein Kind bekommen hatte?«

»Ich war sieben! Ich hatte das alles völlig verdrängt – bis du aus Deutschland angerufen hast.«

»Das erklärt aber nicht, warum du keinen Ton von alldem gesagt hast, als ich bei dir im Büro war. Wie konntest du das einfach so übergehen!« Anna wühlte in ihrem Haar und blickte Daniele auffordernd an. Ihm war es sichtlich unangenehm, jetzt Klartext reden zu müssen, und er betrachtete seine Hände, während er weitersprach.

»Ich … es ist so: Meine Mutter ist 2005 gestorben. Nach ihrem Tod habe ich beim *Ospedale Civico*, dem Krankenhaus in Lugano, aufgehört und mir mit meinem Vater die Praxis geteilt. Vor ein paar Jahren fing er an, vergesslich zu werden. Anfangs dachte ich, es wäre nicht so schlimm, aber dann verschrieb er einer Patientin versehentlich ein falsches Medikament. Die Frau wäre fast gestorben. Es war klar, dass mein Vater in Pension gehen musste, also überschrieb er die Praxis an mich. Bis vor zwei Jahren hat mein Vater bei mir gewohnt, aber er wurde immer verwirrter. Von den Ersparnissen, die noch da sind, bezahle ich jetzt das Pflegeheim.«

»Ich verstehe, aber was hat das damit zu tun, dass du mir nicht die Wahrheit gesagt hast?«

Daniele seufzte wieder. »Ich weiß nicht, wie das in Deutschland ist – aber in der Schweiz sind auch uneheliche Kinder voll erbberechtigt. Wenn ich dich auszahlen muss, kann ich die Praxis schließen. Deshalb habe ich dir nichts erzählt. Glaub mir, ich bin wirklich nicht stolz darauf, wie ich mich verhalten habe.«

»Heftig«, meinte Anna nur. Etwas anderes fiel ihr zunächst nicht ein, während sie versuchte zu begreifen, was sie gerade gehört hatte. Erst nach einer Weile fand sie die Sprache wieder. »Du hast echt gedacht, ich komme, um dir Geld abzuknöpfen?« Sie sah ihn direkt an und schüttelte ungläubig den Kopf.

Er hob die Hände in einer hilflosen Geste. »Ich kannte dich nicht. Und ich wusste nicht, was du schon herausgefunden hattest. Es hätte ja sein können, dass deine Mutter dir alles erzählt hat. Ich war einfach nur erleichtert, als du das Thema nicht angesprochen hast, und dachte, es ist besser, das alles nicht aufzurühren.«

Anna schloss die Augen. Sie hatte es so satt, das Verschweigen und Verheimlichen. Anzunehmen, man könnte etwas aus der Welt schaffen, wenn man es nur tief genug vergrub, war naiv. Es war dann zwar nicht mehr sichtbar, doch es war immer noch da, und irgendwann kam es wieder hoch. So wie jetzt.

Sie schlug die Augen wieder auf. »Ich habe mich mein ganzes Leben lang schlecht gefühlt, weil ich es scheinbar nicht wert war, einen Vater zu haben. Und es hat mich dazu gebracht, Sachen zu tun, die nicht gut für mich waren. Aber ich will mich nicht mehr fühlen, als würde ich auf einem Hochseil über einem Abgrund balancieren. Das ist so anstrengend, ich will endlich festen Boden unter den Füßen. Und das geht nur, wenn ich weiß, was damals passiert ist. Warum meine Mutter wegging und weshalb sie so war, wie sie war.«

Daniele nickte langsam. »Das kann ich verstehen. Ich werde mit meinem Vater reden. Er hat manchmal lichte Momente.«

»Danke. Gott, ist das alles verfahren.«

»Keine Sorge, wir kriegen das schon hin.«

Sie sah ihn zweifelnd an. »Meinst du wirklich?«

»Ganz bestimmt. Ich tue, was ich kann.« Er hob die Hand, als wollte er ihr den Arm um die Schultern legen, ließ sie aber wieder sinken. Einen Augenblick lang sah er verloren aus.

Anna nahm ihre Tasche und stand auf. »Danke.« Sie machte eine Pause. »Sollen wir nicht auch einen Gentest machen lassen?«

Er nickte. »Dann haben wir wenigstens Gewissheit. Ich kümmere mich darum.«

Sie verabschiedeten sich. Daniele wollte noch seinen Vater besuchen und versprach, sich bei Anna zu melden, falls er etwas herausfinden konnte. Sie ging zurück zum Parkplatz. Auf dem Weg dachte sie daran, wie sehr sie sich immer einen großen Bruder gewünscht hatte. Aber musste es ausgerechnet Daniele Solca sein?

Kapitel 20

Am nächsten Tag erschien Luca nicht zur Arbeit. Anna hatte gar nicht mehr an ihn gedacht – oder nicht mehr an ihn denken wollen, weil sie sich schämte, sich ihm gegenüber so schäbig verhalten zu haben. Sie hatte ihn verletzt, aber doch nur, weil sie halb verrückt vor Sorge gewesen war.

Doch es nutzte nichts, nach Entschuldigungen zu suchen: Anna fühlte sich auf einmal miserabel. Sie versuchte, Luca telefonisch zu erreichen, doch er antwortete nicht. Wozu waren die Dinger eigentlich gut, wenn doch nie jemand ranging, wenn man anrief?

Sie konnte nur hoffen, dass er noch auftauchen würde. Bis dahin musste sie sich irgendwie ablenken. Ihr fiel etwas ein, das sie die ganze Zeit schon vor sich hergeschoben hatte: Sie würde die Schränke und Truhen ausmisten, die überall im Haus herumstanden. Bisher hatte sie nur flüchtig hineingeschaut, aber früher oder später musste sie Kurbins Sachen durchsehen – vor allem, weil sie nun wusste, dass ihre Mutter zumindest eine Weile in diesem Haus gelebt hatte. Sie und der Maler hatten sich geliebt. Doch sie war bereits von einem anderen schwanger gewesen, als sie zu ihm gekommen war.

Es fiel Anna schwer, sich ihre Mutter als heißblütige junge Frau vorzustellen. Simona hatte, solange Anna denken konnte, nie einen Partner gehabt und auch nicht den Versuch unternommen, einen zu finden. Männer hatten sie einfach nicht interessiert. Und doch hatte sie mit Solca senior eine Affäre gehabt, vor den Augen von dessen Frau, bis man sie davongejagt hatte. Hatte Kurbin sie zunächst aus Mitleid aufgenommen? Oder hatte der Arzt sie kaltblütig an ihn weitergereicht, weil er sie loswerden wollte?

Anna seufzte. Die Grübelei brachte nichts. Vielleicht würde sie beim Ausräumen irgendeinen Hinweis finden, der Licht in die Angelegenheit brachte. Fotos, Briefe, irgendetwas.

Sie fing mit dem Kleiderschrank in ihrem Schlafzimmer an. Wessen Zimmer war es damals gewesen? Der Schrank war vollgestopft mit Bettzeug und vergilbten Ausgaben des *Corriere del Ticino* aus den Siebzigerjahren. Anna warf jedes Exemplar einzeln in eine große Mülltüte, um sicherzugehen, dass sich nichts Wichtiges zwischen den Zeitungen befand. Das Bettzeug war nichts Besonderes, geblümte Baumwolle, zum Großteil von Motten zerfressen. Anna füllte mehrere große Müllsäcke damit, die sie anschließend die Treppe hinunterstieß und draußen neben dem Tor stapelte. Es war der heißeste Tag seit ihrer Ankunft, und sobald sie den Hof betrat, brach ihr der Schweiß aus. Sie flüchtete, so schnell es ging, wieder in die angenehme Kühle des Hauses, trank ein großes Glas Wasser, ohne es abzusetzen, und machte sich dann wieder an die Arbeit. Rike ließ sich kurz sehen, um ihr mitzuteilen, sie gehe zu Aris. Anna überlegte, sie zum Mithelfen zu verdonnern, ließ sie dann aber ziehen. Vielleicht gelang es Aris ja doch noch, Rike von ihrer Schwärmerei für Luca abzubringen.

Sie schuftete allein weiter. Rikes Zimmer ließ sie aus, weil sie nicht in deren Sachen wühlen wollte. Stattdessen nahm sie sich als Nächstes das große Schlafzimmer vor, das wahrscheinlich Kurbins gewesen war. Bilder zierten die Wände, und über einem Kleiderbügel an der Schranktür hing eine Herrenstrickjacke mit Mottenlöchern. Es roch muffig, und als Anna auf das Bett stieg, entdeckte sie bräunliche Flecken hinter dem Schrank. Ein Wasserschaden. Luca würde sich das ansehen müssen. Hoffentlich war die Wand nicht verschimmelt.

Neugierig betrachtete Anna die Bilder genauer. Einige kleine Drucke, so groß wie eine Buchseite, und zwei größere. Alle Werke zeigten Landschaften, vielleicht Tessiner Ansichten. Dazwischen entdeckte sie einen leeren Haken. Dunkle Ränder zeigten die Größe des Bildes, das einmal hier gehangen hatte.

Waren die Gemälde von Kurbin? Anna wusste nicht, auf welche Motive er sich spezialisiert hatte. Sie zog ihr Telefon aus der Hosentasche, setzte sich auf die breite Fensterbank, blickte kurz in den Garten hinunter, wo wieder die graue Katze herumstromerte, und suchte im Internet nach »Georg Kurbin«. Weshalb hatte sie das nicht schon früher getan?

Es erschienen nur wenige Ergebnisse, aber immerhin gab es einen Wikipedia-Eintrag. Demnach war Kurbin 1941 in München zur Welt gekommen, hatte sein Kunststudium nach einem Jahr abgebrochen und war nach Italien gegangen, um sich dort selbstständig weiterzubilden. Seit Anfang der Siebzigerjahre hatte er im Tessin gelebt, wo er schließlich im Sommer 1981 gestorben war.

Anna las weiter. »Kunstgeschichtlich spielte Georg Kurbin keine tragende Rolle, da er sich den modernen Strömungen verweigerte. Doch werden seine expressive Landschaftsmalerei und seine Porträts von einigen Sammlern geschätzt. Etliche Bilder, die auf Ausstellungen zu sehen waren, sind nach seinem Tod verschwunden.« Es folgte eine Liste von Einzelausstellungen, die meisten davon in der Schweiz, einige in Süddeutschland.

Andere biografische Artikel im Internet hatten den Wikipedia-Eintrag kopiert und enthielten nichts, was über diese mageren Fakten hinausging. Interessant waren nur die verschwundenen Bilder: Befanden sie sich noch hier im Haus?

Anna blickte zur Decke. Oben war es heute erstaunlich still, so, als wäre die alte Einsiedlerin nicht zu Hause. Hatte sie die Bilder bei sich? Oder lagen sie irgendwo in einem Schrank oder einer Abstellkammer?

Anna klickte auf die Bildersuche und erhielt mehrere Seiten mit Ergebnissen. Allerdings hatten die meisten davon nichts mit Georg Kurbin zu tun. Einige seiner Bilder waren dabei, Ölgemälde in starken Farben, die Motive häufig dunkel umrandet. Dann fiel ihr Blick auf ein kleines Schwarz-Weiß-Foto. Es war zwar verschwommen und wurde nicht größer, als sie darauf klickte, aber sie erkannte den Mann, der darauf abgebildet war. Mit dem Telefon in der Hand ging sie in ihr Zimmer hinüber, holte die Mappe aus dem Koffer, in der sie die Dokumente über das Haus aufbewahrte, und zog das Bild hervor, das sie im Schreibtisch im Haus ihrer Mutter gefunden hatte. Es war unverkennbar derselbe Mann wie auf dem Internetfoto. Etwas an ihm erinnerte Anna an Luca. Sie ähnelten sich nicht physisch, besaßen aber den gleichen Ausdruck tief liegender Traurigkeit, den selbst ein Lächeln nicht verdrängen konnte.

Anna legte das Bild auf das Bett und ging über den Wintergarten zurück in Kurbins Schlafzimmer, um es zu entrümpeln. Als Erstes nahm sie sich den Kleiderschrank vor, eine wuchtiges, schlichtes Möbelstück aus dunkel gebeiztem Holz, groß genug, um einen Kleinwagen darin zu parken. Anna hatte bereits am ersten Tag einen Blick hineingeworfen, doch jetzt räumte sie alle Fächer systematisch aus und stapelte den Inhalt auf Kurbins Bett. Was in den Müll kam, warf sie auf den Boden. Im linken Teil lagerten Bettwäsche und mehrere mottenzerfressene Wolldecken. Die beiden Leinentischdecken waren zwar vergilbt, aber ansonsten in gutem Zustand, und Anna entschied, sie zu behalten. Das unterste Fach war mit alten Kunstzeitschriften vollgestopft, deren Seiten Anna zwischen den Fingern zerbröselten. Als sie die mittlere Tür öffnete, schlug ihr ein kaum merklicher Duft nach Sandelholz entgegen, vermischt mit dem abgestandenen Geruch von Staub. Auf einer Kleiderstange aus Messing hing Männerkleidung, ohne Zweifel die von Georg Kurbin. Anna musste sich überwinden, die Bügel herauszunehmen; es erschien ihr falsch, die persönlichen Dinge eines anderen Menschen zu durchwühlen, selbst wenn dieser seit mehr als dreißig Jahren tot war. Unter den Kleidungsstücken waren Flanellhemden in Grau und Dunkelblau, auch sie von Motten durchlöchert, drei weiße Baumwollhemden, eine alte Jeansjacke mit abgeschabten Säumen, eine braune Lederjacke und ein einziger, schwarzer Anzug. Auf dem Bord über der Kleiderstange lagen braune und graue Cordhosen, zwei Paar ausgewaschene, mit Farbflecken bekleckerte Jeans, einige Baumwollpullover und dünne Rollkragenpullover, die in den Siebzigerjahren des vorigen Jahrhunderts modern gewesen waren. Dahinter fand Anna Fäustlinge aus Leder, eine Fellmütze und zwei grob gestrickte Schals. Als sie die Mütze in der Hand drehte, huschte etwas unter der Ohrenklappe hervor. Ehe sie reagieren konnte, kratzten kleine, harte Beine auf ihrem Unterarm, und sie spürte einen Schmerz, als würde sie gekniffen. Mit einem lauten Schrei ließ Anna die Mütze fallen und sah gerade noch einen schwarzen Skorpion, halb so lang wie ihr Zeigefinger, in eine Bodenritze flüchten. Mit einem Satz war sie auf dem Bett, behielt aber dabei die Stelle im Auge, wo der Skorpion zwischen den Dielen verschwunden war. Unwillkürlich presste sie die Arme an den Körper, und ein Schauder rann über ihren Nacken. Sie hatte keine Ahnung gehabt, dass es in dieser Gegend Skorpione gab. Ihr Unterarm pochte, und ein stechender Schmerz strahlte von der Einstichstelle aus.

»Scheiße!«, zischte Anna. Wie giftig waren diese Dinger?

Sie war erleichtert, als von unten das typische Scheppern der Eingangstür ertönte und sie kurz darauf Lucas Stimme hörte: »*Ciao! C'è qualcuno a casa?* Ist jemand da?«

»Ich komme!« Anna stieg so nah wie möglich an der Tür vom Bett und war mit drei Sätzen auf dem Flur. Luca wartete am Fuß der Treppe. Der Bluterguss unter dem Auge war dunkelviolett angeschwollen, und auch sonst sah er nicht gut aus. Sein Gesicht war blass, das Weiß seiner Augen rot geädert.

»Alles in Ordnung?« Annas Stimme klang dünn, und sie räusperte sich.

»Sicher.« Er sah an ihr vorbei. »Ich mache wie vereinbart noch das Vordach fertig.«

Anna fühlte sich beklommen. Sie scharrte mit dem Fußballen über den rauen Granit der untersten Treppenstufe, wo sie stehen geblieben war, weil Luca keine Anstalten machte, den Weg freizugeben.

»Ich glaube, ich bin gerade von einem Skorpion gestochen worden. Es tut weh.«

Sie streckte Luca ihren Arm hin, und er beugte sich darüber. »Sind die sehr giftig?«, fragte sie ängstlich.

Luca richtete sich wieder auf. »Die sind unangenehm, aber harmlos. Nicht schlimmer als ein Wespenstich.«

»Dann ist ja gut«, erwiderte Anna erleichtert.

Luca wandte sich ab und ging in Richtung Tür. »Ich mach mich an die Arbeit.«

»Warte doch mal!«, rief sie ihm nach.

Luca blieb stehen, drehte sich aber nicht wieder um. Seine Haltung wirkte angespannt.

Anna war recht, dass sie ihn nicht ansehen musste, so war es einfacher. »Es tut mir leid wegen gestern. Ich hab nicht ernsthaft geglaubt, dass du was mit Rikes Verschwinden zu tun hast.«

»Doch, hast du.« Er klang erschöpft. »Aber es macht nichts.«

Die Tür schepperte, und sie hörte seine Arbeitsstiefel die Treppe hinunterpoltern.

Es machte sehr wohl etwas. Doch Anna wusste, dass es sinnlos war, ihm nachzulaufen. Mit ihrer Scham musste sie allein zurechtkommen, und der Schmerz in ihrem Arm kam ihr wie eine gerechte Strafe vor.

In der Küche ließ sie kaltes Wasser über den Stich laufen, dann nahm sie die Rolle mit den Mülltüten und ging wieder nach oben. Über sich hörte sie Lucas Schritte auf dem Dach knirschen. Immerhin war er gekommen, und Anna konnte nur hoffen, dass er ihre Entschuldigung irgendwann annehmen würde.

Nach einem misstrauischen Blick auf die Bodenritze, in der der Skorpion verschwunden war, wandte sie sich wieder den Kleidern zu, die auf dem Bett lagen, als wäre ihr Besitzer dabei, sie für eine Reise einzupacken. Anna zögerte, die Sachen wegzuwerfen, aber sie hatte keine Verwendung dafür, und das meiste war kaputt. Die Lederjacke würde sie allerdings behalten. Etwas sollte bleiben von dem Menschen, der einst in diesem Haus gelebt hatte. Sie hängte die Jacke zum Auslüften an den Haken, der an der Innenseite der Zimmertür angebracht war. Es war genau die Art Jacke, die zu ihrem Träger gehört wie seine Augenfarbe. Eine Jacke wie eine zweite Haut, das Leder abgenutzt, stumpf, mit etlichen Schrammen, das dunkelbraune Futter an manchen Stellen aufgerissen. Sie schien die Form ihres Trägers bewahrt zu haben, und Anna beschloss, sie genau so zu lassen, wie sie war, um ihre Geschichte nicht auszulöschen, auch wenn sie sie nie erfahren würde.

Auf der rechten Seite des Schranks fand sie noch alte Lederschuhe, robuste Bergstiefel, abgetretene Turnschuhe und dazwischen auch ein Paar Damensandalen aus brüchigem rotem Lackleder. Hatten sie ihrer Mutter gehört? Sollte sie sie behalten? Sie zwang sich dazu, nicht sentimental zu sein und die Schuhe wegzuwerfen.

Nachdem sie weitere Müllsäcke mit dem Schrankinhalt gefüllt hatte, sah sie sich um. In Kurbins Zimmer blieben noch das Nachtschränkchen neben dem Bett und die Kommode, deren Schubladen so groß waren, dass sie auch passende Bettkästen für Kleinkinder abgegeben hätten. Die Griffe saßen locker im wurmstichigen Holz, und Anna ruckelte und zerrte, bis sie die oberste Schublade weit genug herausgezogen hatte, um den Inhalt zu begutachten. Sie blickte auf ein unbeschreibliches Durcheinander von Gegenständen: eine Kleiderbürste, eine Packung Kopfschmerztabletten, einen Nassrasierer, eine verkrustete braune Medizinflasche, einen Stadtplan von Lugano und weitere Dinge des alltäglichen Gebrauchs. Auch in den anderen Schubladen herrschte Chaos. Anna räumte alles aus und warf es weg. Der Nachttisch war dagegen leer. Sie brachte die Müllsäcke nach unten und stellte sie neben dem Hoftor ab.

Sie wollte gerade zurück ins Haus gehen, als von der Gartenseite ein Poltern und ein Schrei ertönten. Innerhalb von wenigen Sekunden rannte sie über den Hof, und als sie um das Haus herumkam, sah sie nur die Leiter, die an das Vordach über dem zweiten Stock gelehnt worden war. Von Luca fehlte jede Spur. Sie rief nach ihm, während sie sich zwischen den verwilderten Oleanderbüschen, die einen Großteil des Gartens beanspruchten, hindurchzwängte. Schließlich sah sie ihn im Gras sitzen. Vor Erleichterung gaben einen Moment lang ihre Knie nach. Stolpernd erreichte sie ihn.

»Alles okay mit dir?«

»Geht schon.« Luca stand auf und klopfte sich die Jeans ab. »Die Scheißleiter ist durchgebrochen.« Er runzelte die Stirn und blickte nach oben. In ungefähr eineinhalb Meter Höhe hing eine zersplitterte Leitersprosse.

»Glück gehabt«, meinte Anna. »Hast du dir wirklich nichts getan?«

»*Tutto a posto.* Alles in Ordnung. Ich mache gleich weiter und lege die restlichen Ziegel auf.«

»Du machst erst mal gar nichts, sondern setzt dich hierhin.« Anna drückte ihre Hand gegen seine Brust und schob ihn zu einer Steinbank, die direkt an der Hauswand stand. »Wenn dir da oben schwindelig wird und du wieder stürzt, geht das bestimmt nicht noch mal so glimpflich aus.«

Luca brummte unwillig, setzte sich aber. Anna befahl ihm, sich nicht zu rühren, und ging ins Haus, um ihm etwas zu trinken zu holen. Als sie zurückkam, überreichte sie ihm ein Glas Wasser und setzte sich dann neben ihn. Ein Oleanderbusch, der neben der Bank wuchs, spendete Schatten und machte die Nachmittagshitze erträglicher. Anna erlaubte sich, einen Augenblick lang an nichts zu denken. Sie streckte einfach die Beine von sich, lehnte den Rücken gegen die sonnenwarme Hauswand und hörte dem Summen der Hummeln zu, die von Kleeblüte zu Kleeblüte flogen.

»So sollte es immer sein«, murmelte sie träge. »So friedlich.«

»Es ist nie friedlich«, sagte Luca neben ihr. »Selbst wenn es den Anschein macht.«

Anna grinste und drehte ihren Kopf zu ihm. »Wenn man dich so ansieht, hast du wahrscheinlich recht.«

Er schnaubte, die Andeutung eines Lächelns um die Mundwinkel. »Du weißt doch gar nichts über mich.«

»Seltsam, dabei bist du doch so geschwätzig«, erwiderte Anna mit ironischem Unterton.

»Na gut, frag mich etwas.«

»Wer hat dir das Gesicht so lädiert?«

Luca stellte das Wasserglas neben der Bank auf den Boden.

»Ein paar Typen aus Lugano.«

»Und aus welchem Anlass?«

Luca zuckte leicht mit den Schultern und sah sie an, ohne zu blinzeln. »Wir haben uns gefetzt. Ich bin wohl der Typ, der leicht Ärger kriegt.«

Anna dachte daran, was Daniele bei ihrem Spaziergang über Luca gesagt hatte, und an Elenas Bemerkung, als sie am Vorabend in die Osteria gekommen waren.

»Da steckt doch mehr dahinter als ein Streit.«

Er wandte den Blick ab und stützte die Ellbogen auf die Knie, als wollte er sich gegen Annas Fragen abschirmen. Unruhig massierte er mit dem Daumen der einen Hand die Innenfläche der anderen.

»Darüber rede ich nicht«, sagte er nach einer Weile. »Das geht nur mich was an.« Er sah auf seine Uhr und stand auf. »Ich muss jetzt weiterarbeiten.«

Anna konnte gerade noch nicken, dann verschwand er in Richtung Hof. Sie würde keine Antworten auf ihre Fragen bekommen, zumindest nicht an diesem Tag. Sie blieb einige Augenblicke lang sitzen und hing ihren Gedanken nach. Es bedrückte sie noch immer, dass sie Luca beinahe beschuldigt hatte, etwas mit Rikes Verschwinden zu tun zu haben. War sie denn völlig unfähig, jemandem zu vertrauen? Wenn sie hier, von Elena abgesehen, einen Freund gefunden hatte, dann war es Luca. Sie rannte los und holte ihn im Hof ein, wo er gerade neue Ziegel stapelte. Außer Atem blieb sie vor ihm stehen. Ihr Herz klopfte so heftig, als wäre sie eine lange Strecke gesprintet.

»Es war ernst gemeint, dass mir leidtut, was ich gestern gesagt habe. Ich konnte in dem Moment einfach nicht klar denken.«

»Ich weiß«, sagte Luca. »Mach dir deswegen keinen Kopf.«

Anna wollte gerade etwas erwidern, als Aris mit seiner blauen Vespa auf den Hof fuhr, Rike hinter sich. Kaum war diese vom Rücksitz gesprungen, hatte sie nur noch Augen für Luca. Aris neben ihr schien unsichtbar geworden zu sein.

»Hey, bist du schon lange hier? Ich hab mir den Song runtergeladen, über den wir neulich gesprochen hatten. Total klasse Musik, wirklich.« Sie nahm den Helm ab und fuhr sich mit den Fingern durch die platt gedrückten Haare.

»Freut mich, dass du das Lied magst«, sagte Luca, ohne seine Arbeit zu unterbrechen.

»Vielleicht kannst du mir nachher noch ein paar gute Bands aufschreiben.« Rike versuchte, genauso lässig zu klingen wie Luca.

»Mach ich.« Er wischte sich mit dem Handrücken eine Haarsträhne aus der Stirn und hob die gestapelten Ziegel hoch. »Aber erst muss ich noch ein bisschen arbeiten.«

»Ja, klar, kein Problem!«

Luca ließ sich von Rike nicht stören, als wäre sie ein kleiner Hund, der aufgeregt um ihn herum sprang und für den er gerade keine Zeit hatte.

Als er mit den Ziegeln an Anna vorbei in den Garten ging, zwinkerte er ihr zu. Ihr Kopf wurde heiß. Wie hatte sie ihm nur unterstellen können, irgendein sexuelles Interesse an Rike zu haben? Sie war für ihn noch ein Kind. Nur schien Rike das noch nicht begriffen zu haben. Luca würde ihr das Herz brechen. Aber es würde heilen, und sie würde sich jemanden in ihrem Alter suchen.

Anna sah zu Aris hinüber. Er war auf dem Roller sitzen geblieben und hatte die Arme vor der Brust verschränkt. »Ich fahr dann mal!«, sagte er mürrisch.

Rike drehte sich nur kurz zu ihm um und hob die Hand. »*Sì, ciao! Ci vediamo domani!* Bis morgen!«

Anna trat neben Rike, während Aris den Roller anließ und wendete. »Sag wenigstens Danke, dass er dich nach Hause gebracht hat.«

Rike stöhnte genervt, rang sich dann aber ein *»grazie che mi hai portato a casa«* ab, das allerdings im Geknatter des Motors unterging. Aris gab Gas und schoss auf die Straße, ohne nach links oder rechts zu schauen. Anna hielt den Atem an. Zum Glück war die Straße wenig befahren, und das Tuckern des Rollers entfernte sich.

»Das war jetzt nicht besonders nett von dir.« Anna drückte das Hoftor zu und schob den Riegel vor.

»Was denn? Ich hab mich doch bedankt.«

»Okay, ich werde dir keine Moralpredigten halten, du musst selbst wissen, was du tust.«

»Herzlichen Dank«, sagte Rike verstimmt.

»Ich mach jetzt oben sauber. Vorhin, als du nicht da warst,

habe ich das dritte Schlafzimmer ausgemistet.« Anna zeigte auf die Müllsäcke neben dem Hoftor. Dann nahm sie den Putzeimer, der zum Trocknen vor der Haustür stand. »Was machst du?«

Rike zog ihr neues Telefon aus ihrer karierten Umhängetasche. »Jetzt bin ich ja wieder an die zivilisierte Welt angeschlossen. Ich bleib noch ein bisschen draußen und schreibe ein paar Nachrichten. Wenigstens gibt es hier oben kein Funkloch!«

»Gut, wir können ja später bei Elena essen, wenn du Lust hast.«

»Okay. Wolltest du nicht putzen gehen?«

Anna schnitt eine Grimasse. »Ich hau ja schon ab.« Sie schwenkte den Eimer und ging ins Haus, blieb aber im Flur stehen und spähte durchs Fenster auf den Hof hinaus: Rike verschwand gerade im Garten. Anna vermutete, dass sie auf dem Weg zu Luca war, und erwog, ihr nachzugehen, aber sie wollte nicht schon wieder mit ihr streiten. Außerdem machte sie sich, was Luca betraf, keine Sorgen mehr. Wahrscheinlich würde er Rike so lange ignorieren, bis sie wirklich begann, Nachrichten an ihre Freunde zu verschicken.

Anna fiel auf, dass sie selbst niemandem mehr geschrieben hatte, seit sie die Nachricht von Simonas Tod erhalten hatte, und dass sie niemanden vermisste. Umgekehrt schien es genauso zu sein: Keiner der Leute, mit denen sie manchmal ausging, hatte sich bei ihr gemeldet. Auch Hamburg fehlte ihr nicht, obwohl sie immer behauptet hatte, nirgendwo anders als in St. Pauli leben zu wollen.

Anna hatte das Fenster von Kurbins Zimmer weit geöffnet und war dabei, den Schmutz von Jahrzehnten von der Außenseite der Scheiben zu schrubben, als ihr Blick auf die Fensterbank fiel. Aus der Ritze zwischen Fensterbrett und Rahmen ragte ein Papierfetzen. Zuerst dachte sie, es handele sich um einen Schnipsel, der zufällig hineingerutscht war, und wollte ihn entfernen, doch als sie daran zog, rutschte ein Stück des Blattes heraus, das augenscheinlich unter dem Fensterbrett eingeklemmt war. Anna konnte erkennen, dass es von Hand beschrieben war. Neugierig zog sie noch einmal, da riss die Ecke ab, weil der Putzlappen das Papier durchweicht hatte. Sie warf das Tuch in den Putzeimer, wischte sich die Hände an ihrer weiten Leinenhose ab und sah sich nach einem Werkzeug um, mit dem sie das Blatt aus der Ritze ziehen könnte. Als sie nichts Geeignetes fand, rüttelte sie vorsichtig am Fensterbrett. Kleine Stückchen Verputz rieselten auf die Dielen, und unvermittelt rutschte das Brett einige Zentimeter nach vorn. Es ließ sich herausziehen wie eine Schublade und gab einen flachen Hohlraum dahinter frei, in dem etliche handbeschriebene Bögen aus einem dünnen, gelblichen Papier lagen. Am Schriftbild erkannte man sofort, dass es Briefe waren. Aufgeregt nahm Anna sie heraus. Die Blätter raschelten wie trockenes Laub, als sie sie durchsah. Sie waren alle datiert, von Anfang bis Ende Juli 1981, und in einer schmalen, etwas krakeligen Handschrift verfasst, die Anna so vertraut war wie ihre eigene: Sie hatte sie oft genug gefälscht, um die Schule zu schwänzen. Es war die Handschrift ihrer Mutter.

Mit den Briefen in der Hand sank Anna aufs Bett. Ihr war, als hätte man sie in ein kaltes, nasses Handtuch gewickelt, so sehr zitterte sie. Fassungslos starrte sie auf das Papier. *Mio unico tesoro – mein einziger Schatz* – stand auf dem ersten Blatt, das auf den 7. Juli 1981 datiert war. Sie überflog die ersten Zeilen:

Du hast mich gebeten, geduldig zu sein, aber ich verstehe nicht, weshalb du sie nicht einfach wegschickst. Stattdessen muss ich so tun, als wäre ich nicht mehr als deine Haushälterin. Schämst du dich für mich? Ich ertrage es kaum, dass du mir so nah bist und ich dennoch nicht zu dir kommen darf. Ich würde mich so gerne, wenn alles still ist, zu dir hinunterschleichen und ganz leise zu dir unter die Decke schlüpfen. Amore, *wie lange muss ich noch warten?*

Anna wendete das Blatt nicht, um den Rest des Briefes zu lesen. Die wenigen Zeilen hatten genügt, um ihr ein ganz anderes Bild ihrer Mutter zu zeigen. Eine junge Frau von dreiundzwanzig Jahren, die liebte, die voller Leidenschaft war, Sehnsucht hatte. Anna kam sich betrogen vor. Weshalb hatte sie diese Frau nie kennenlernen dürfen? Was war passiert, dass Simona zu der herben und verschlossenen Frau geworden war, die ihre Mutter gewesen war?

Anna starrte die Briefe an. Sie waren der Schlüssel zur Vergangenheit, doch auf einmal war sie nicht mehr sicher, ob sie sie wirklich lesen wollte. Es würde wehtun, dessen war sie sicher. Sie wischte sich die Augen mit einem Zipfel ihrer Bluse trocken, ging mit den Briefen hinunter in die Küche und legte sie auf den Tisch. Während sie Kaffee aufsetzte, hörte sie durch das offene Fenster Rike sprechen, gelegentlich unterbrochen von Lucas tieferer Stimme. Im Kampferbaum zwitscherten Vögel, und für einige Augenblicke fühlte Anna sich eingebettet in die Welt um sie herum. Sie war hier, Rike war hier, und sie würden ein gemeinsames Leben beginnen. Was auch in den Briefen stand, es würde helfen, den Schleier wegzuziehen, mit dem Annas Mutter ihre Vergangenheit verhüllt hatte. Den Schmerz, den es mit sich bringen würde, musste sie ertragen, damit sie endlich abschließen und nach vorn blicken konnte.

Mit der Kaffeetasse und den Briefen ging sie in den Garten und setzte sich unter den Kampferbaum. Durch eine Lücke zwischen den Oleanderbüschen sah sie Luca auf dem Vordach herumklettern. Die Leinenvorhänge der darüber liegenden Atelierfenster waren wie immer zugezogen. Anna fragte sich, welche Rolle die alte Frau dort oben bei dem eingenommen hatte, was 1981 in diesem Haus passiert war. Woher war sie gekommen, und in welchem Verhältnis hatte sie zu Kurbin gestanden?

Simonas Briefe würden vielleicht auch Aufschluss darüber geben. Anna nahm einen Schluck von ihrem Kaffee und begann zu lesen.

Kapitel 21

Charlotte zuckte zusammen, als es an die Tür hämmerte. Der Klang ließ sie erstarren. Einen Augenblick lang hoffte sie, es würde sich nicht wiederholen und sie müsste nicht öffnen. Geh weg, dachte sie. Sie war müde und wollte sich ausruhen. Es war unendlich anstrengend, jemanden zu hassen.

Sie sah Georgs Bild an, das sie die Jahre über begleitet hatte, ohne zu altern. Er würde auf ewig so bleiben, wie sie ihn gekannt hatte. Auf dem Bild sah er genauso aus wie damals, als sie ihn wiedergefunden hatte. Wehmütig dachte sie daran, wie schön diese Zeit gewesen war. Doch dann lächelte sie. Diese Erinnerungen konnte ihr keiner nehmen.

——— 1981

Charlotte reiste ohne Gepäck, ihren Koffer hatte sie vorausschicken lassen. Sie saß im Zug und fühlte sich zum ersten Mal seit Jahren frei. Vielleicht lag es an den schroffen, moosbedeckten Felsen, die dicht vor dem Fenster vorüberzogen, und an den schwindelerregend hohen Gipfeln, die selbst jetzt, im Juli, mit Schnee bedeckt waren. Charlotte konnte sich nicht erinnern, wann sie zum letzten Mal von Natur umgeben gewesen war. Sie hatte vergessen, wie sehr sie früher die Elemente geliebt hatte, das Wasser, den Wind, Hitze und eisige Kälte gleichermaßen. Die Zweifel, die sie gehegt hatte, als sie in Zürich in den Zug gestiegen war, verschwanden mit jedem Kilometer, den der Zug sich weiter nach Süden vorarbeitete. Sie begann sogar, sich auf Georgs Erstaunen zu freuen. Charlotte lächelte unter dem Schleier, der sie vor den mitleidigen Blicken Mitreisender schützte: Sie würde ihm die größte Überraschung seines Lebens bereiten.

Draußen wurde es dunkel, und im Zug flackerten die Neonröhren auf, als der Gotthardtunnel ihn verschlang. Als er zwanzig Minuten später auf der anderen Seite der Alpen herauskam, erschien es Charlotte wie eine symbolische Geburt ihres neuen Selbst. Erst nach dem Tod ihrer Mutter hatte sie begriffen, wie diese sie Jahrzehnte lang kleingehalten hatte. Sie kam sehr wohl allein zurecht, nur dem Starren der Leute hatte sie nichts entgegenzusetzen. Diese Blicke trafen sie wie heiße Nadelstiche, und sie verwünschte diesen Körper, der nicht zu ihr gehörte.

In Lugano stieg sie aus und sog tief die südliche Luft ein. Sie war so viel milder als nördlich der Alpen und von Sonnenwärme durchwoben, die sich um sie legte wie eine schützende Hülle. Sie überquerte langsam die Straße vor dem Bahnhof, vorbei an einer Gruppe Taxifahrer, die rauchten und sich Scherze zuriefen. Machten sie sich darüber lustig, wie bei jedem Schritt ihr Oberkörper zur Seite kippte? Sie ignorierte es und ging weiter. Ein gelber Bus fuhr vorbei, und auf dem Fußweg wich Charlotte einem Touristenpaar mit Rucksäcken und Wanderstöcken aus, das sich, über eine Landkarte gebeugt, stritt. Sie trat an das Geländer, sah auf den See hinunter und fühlte sich um achtzehn Jahre zurückversetzt, auch wenn es nicht der Comer See war, der da unten vor ihr lag wie ein blaues Tuch. Doch die Atmosphäre war dieselbe, so voll Verheißung, dass Charlottes Herz schneller klopfte.

Nach einer Weile wandte sie sich von der Aussicht ab und suchte den Postbus, der nach Vignano fuhr. Es war noch eine knappe Stunde bis zur Abfahrt, und sie fühlte sich zugleich ängstlich und froh, als sie das Bahnhofsrestaurant betrat und einen Cappuccino bestellte. Wann war sie zum letzten Mal in einem öffentlichen Lokal gewesen? Es musste in jenem Sommer gewesen sein, zusammen mit Georg und der Amerikanerin – wie hatte sie noch geheißen? Der Name wollte ihr nicht einfallen, obwohl sie das Gesicht mit dem breiten, roten Mund genau vor sich sah.

Der Cappuccino kam, und Charlotte nickte dem Kellner dankend zu. Sie löffelte ein wenig von dem Milchschaum und genoss die Geräuschkulisse aus Stimmen, Geschirrklappern und dem Zischen der Kaffeemaschine. Sie hatte ihren Stock unauffällig an den Stuhl gelehnt und den Hutschleier nur etwas hochgeschoben, sodass Mund und Kinn frei lagen. Wenn man nicht genau hinsah, mochte man sie für eine ganz normale Frau halten, die auf ihren Mann oder die Ankunft einer lieben Freundin wartete. Doch ihr wahres Geheimnis kannte niemand. Immer wieder musste sie sich selbst daran erinnern, dass sie auf dem Weg zu ihrem Liebsten war und ihn noch heute sehen würde.

Sie blickte auf die Wanduhr über der Eingangstür, legte das Geld für den Kaffee auf den Tisch und hinkte zur Bushaltestelle. Der Postbus stand zur Abfahrt bereit, und Charlotte quälte sich die steilen Stufen hoch ins Innere. Der Fahrer, ein junger Mann mit gelocktem Haar, kam ihr zu Hilfe, nahm ihre Hand und zog sie sanft nach oben. So lange war sie von niemandem berührt worden außer bei medizinischen Untersuchungen – Charlottes Blick verschwamm, und sie musste einige Male blinzeln, bis sie wieder klar sehen konnte.

»Grazie«, sagte sie. Ihre Stimme klang brüchig wie die einer alten Frau. Der junge Mann war schön, und Charlotte hätte gerne mit ihm geflirtet, doch was bei einer gesunden Frau selbstverständlich war, würde bei ihr nur als Anmaßung erscheinen. So behielt sie den Schleier vor dem Gesicht, um ihn nicht zu erschrecken, und kaufte eine Fahrkarte. Anschließend wählte sie einen Sitzplatz in einer der hinteren Reihen. Außer ihr stiegen nur noch zwei andere Fahrgäste zu. Zischend schlossen sich die Türen, und der letzte Abschnitt von Charlottes Reise begann.

In Vignano stieg der Fahrer eigens aus, um Charlotte aus dem Bus zu helfen, aber dieses Mal achtete sie kaum auf ihn, so aufgeregt war sie. Zu wissen, dass sie Georg bald gegenüberstehen würde, erzeugte in ihr eine eigenartige Mischung aus Entschlossenheit und Angst. Außerdem war sie auf einmal so erschöpft, dass sie sich kaum noch auf den Beinen halten konnte.

Charlotte sah sich um: Die Bushaltestelle befand sich an der schlecht geteerten Durchgangsstraße, die von grauen Häusern gesäumt wurde. Der alte Dorfkern lag rechter Hand, links zog sich ein Neubaugebiet mit modernen Villen den Hügel hinauf. Dort würde Georg nicht wohnen, selbst wenn er es sich leisten könnte, denn er hatte immer alles Protzige verachtet.

Nicht weit entfernt entdeckte Charlotte ein Gasthaus, vor dem ein paar alte Männer zusammensaßen. Mit kleinen Schritten ging sie hinüber, darauf bedacht, sich so gerade wie möglich zu halten. Die Männer, dickbäuchige, grobe Kerle, starrten sie dennoch an. Ein zerzauster Hund, der an einen der Stühle angebunden worden war, begann zu bellen. Es kostete Charlotte Überwindung, die Männer anzusprechen.

»*Casa* Georg Kurbin?«, fragte sie und hob die Schultern zum Zeichen, dass sie nicht wusste, wo sie Georgs Haus finden konnte. Die Männer begannen, miteinander zu reden, stießen sich gegenseitig an, bis einer schließlich aufstand. Er winkte Charlotte, ihm zu folgen, und ging ihr voran. An der nächsten Ecke wies er mit seiner schmutzigen Hand die Straße hinunter auf ein großes, weiß verputztes Haus mit einem dunklen Holztor.

»Kurbin«, sagte er. *»Il pittore tedesco.«*

»Sì«, antwortete Charlotte. *»Grazie.«* Doch der Mann war schon wieder auf dem Weg zurück zu seinen Kumpanen und drehte sich nicht einmal mehr nach ihr um.

Charlotte hinkte die steil abfallende Straße hinunter. Am liebsten wäre sie gerannt, Georg entgegengeflogen, getragen von ihrem eigenen Schwung, doch sie musste sich schwer auf ihren Stock stützen und darauf achten, das Gleichgewicht nicht zu verlieren. Als sie vor dem Tor ankam, war sie schweißgebadet, und ihr Herz klopfte so stark, dass sie befürchtete, es könnte jeden Moment zerspringen. Sie ließ sich auf der kleinen Steinbank nieder, die neben dem Tor in die Wand eingelassen war. Nach achtzehn Jahren war es nun so weit, und auf einmal fühlte sie sich völlig leer. Einen Moment lang erwog sie sogar, wieder nach Hause zu fahren in die kleine, stille Wohnung mit den zugezogenen Vorhängen. Sie hatte so tief in ihrem Traum gesteckt, dass sie manchmal beinahe glücklich gewesen war. Jetzt dagegen wusste sie nicht, was sie erwartete. Vielleicht würde Georg sie nicht wiederhaben wollen. Diesen letzten Gedanken verwarf sie so schnell, wie er ihr in den Sinn gekommen war. Sie würde ihn zurückgewinnen. Es mochte eine Weile dauern, doch am Ende würde sie bekommen, was sie wollte. Das hatte sie bislang immer.

Sie stand mühsam auf, missachtete den heftigen Schmerz, der ihr dabei durch das Rückgrat fuhr, und stieß das hohe Tor, das nur angelehnt war, auf.

Nicht Georg öffnete ihr, sondern eine junge Frau. Sie war klein, trug über ihrem Kleid einen unförmigen Putzkittel und blickte Charlotte aus erschrockenen Rehaugen an. Schließlich öffnete sie den Mund und sagte etwas auf Italienisch.

»Ich möchte zu Georg Kurbin«, erklärte Charlotte auf Deutsch und richtete sich so gerade auf, wie sie konnte. Was machte dieses Wesen in Georgs Haus? Sie konnte unmöglich seine Frau sein. Niemals würde er ein derart verhuschtes Geschöpf lieben. Außerdem trug sie keinen Ring. Ihrem Aufzug nach war sie wohl die Köchin oder Putzfrau. Beruhigt ließ Charlotte sich zu einem Lächeln herab.

»Georg Kurbin«, wiederholte sie überdeutlich, damit das dumme Ding sie auch verstand. Die Frau trat tatsächlich zur

Seite, um Charlotte einzulassen, wobei sie wieder etwas Unverständliches von sich gab. Sie ging durch den Flur voraus und führte Charlotte in ein Wohnzimmer, einen düsteren Raum mit niedriger Balkendecke und kleinen Fenstern, die zur Straße zeigten. Sie bedeutete ihr, hier zu warten, und verschwand.

Charlotte sah sich um: Es gab mehrere Sofas und Sessel, die nicht zusammenpassten. Dazwischen standen kleine Tische, auf denen sich Zeitschriften und Bücher stapelten. Es roch nach Holzrauch. Anscheinend war der breite Kamin mit seitlich eingelassenen Sitzbänken regelmäßig in Betrieb. Auf dem Boden lagen bunte Flickenteppiche, die wahrscheinlich aus verlausten Lumpen zusammengenäht worden waren. Das Einzige, das der Beachtung wert war, hing an den Wänden: Georgs Bilder. Als sie neben dem Kamin ein Stillleben entdeckte, das er während ihrer gemeinsamen Zeit gemalt hatte, schossen ihr Tränen in die Augen. Dies hätte ihr Haus sein sollen, und statt mit diesem Sammelsurium von Flohmarktmöbeln hätte sie es geschmackvoll und repräsentabel eingerichtet.

Ihre Gedanken wurden von Schritten unterbrochen, die sich vom Flur her näherten. Charlotte schluckte – ihr Herz schlug ihr bis zur Kehle – und wandte sich der Tür zu. Georg trat ein, in farbverkleckster Jeans und T-Shirt. Er wischte sich die Hände an einem Lappen ab, der durchdringend nach Benzin roch. Hinter ihm kam die Putzfrau herein, was Charlotte reichlich unverschämt fand. Weshalb ging sie nicht in die Küche, wo sie hingehörte, statt das Wiedersehen zu verderben?

Charlotte entschied, sie nicht zu beachten, sondern richtete ihre ganze Aufmerksamkeit auf Georg, der zwei Schritte vor ihr stehen geblieben war, einen etwas ratlosen Ausdruck auf dem Gesicht. Charlotte trug noch immer den Schleier, der ihr Gesicht nur erahnen ließ.

»Buongiorno, sono Georg Kurbin. Che cosa posso fare per lei?«

»Ich spreche leider kein Italienisch.«

Georg lächelte. »Dann können wir selbstverständlich gerne Deutsch sprechen. Was kann ich für Sie tun? Möchten Sie ein Bild kaufen?«

Charlotte atmete schnell und flach, sie war nicht sicher, ob sie weitersprechen konnte. Als die Worte kamen, klangen sie gequetscht.

»Nein, ich möchte kein Bild kaufen. Ich bin hergekommen, weil ich etwas wissen möchte.«

»Und das wäre?« Georg legte den Kopf schräg und blinzelte.

»Warum hast du mich damals einfach liegen gelassen?«

»Entschuldigung, ich verstehe nicht …« Auf einmal wechselte sein Gesichtsausdruck zu äußerster Bestürzung. Er legte beide Hände an die Schläfen, als müsste er seinen Kopf am Davonfliegen hindern, und taumelte zwei Schritte rückwärts.

»O mein Gott – Lola, bist du das?«

Charlotte, der nun tatsächlich die Stimme versagte, konnte nur nicken. Dann brach sie in Tränen aus. Und Georg war bei ihr. Er legte seine Arme um sie und drückte sie an sich. Es tat weh, aber das machte nichts. Sie spürte, wie seine Brust sich heftig hob und senkte.

»Es tut mir leid. Es tut mir so leid«, stammelte er, ohne sie loszulassen. »Ich hatte geglaubt, du seist tot. O Gott, Lola, ich bin so froh!« Er ließ sie los und trat etwas zurück. »Lass dich ansehen.«

Er streckte eine Hand aus und nahm ihr vorsichtig den Hut mit dem Schleier ab. Charlotte zwang sich, ihm genau in die Augen zu sehen. Sie sah Schmerz, Reue und Mitleid in ihnen aufsteigen, als sie über die Narben in ihrem Gesicht glitten.

»O Gott!«, stöhnte er wieder, fiel schwer in einen Sessel und bedeckte das Gesicht mit den Händen. »Was habe ich dir angetan?«

Charlotte machte ein paar Schritte zu einem Lehnstuhl und setzte sich ebenfalls. Ihr Stock fiel um und klapperte auf den Boden. Sie versuchte nicht, ihn aufzuheben.

Georg sah kurz den Stock, dann wieder sie an. »Ich vergesse nie, wie du da am Straßenrand gelegen hast. Du sahst aus, als wäre jeder einzelne deiner Knochen gebrochen. Ich war sicher, es gäbe keine Hoffnung mehr für dich.« Er schlug sich die Hände vor den Mund und schüttelte den Kopf, als könnte er selbst nicht glauben, dass er Charlotte einfach im Stich gelassen hatte. Nach einer Pause stützte er die Stirn in die Hand und sprach weiter. »Ich weiß, das ist alles keine Entschuldigung, aber ich war verwirrt und in Panik, Lola. Ich – es tut mir so unendlich leid.«

Charlotte lächelte. Vergebung war ihre stärkste Waffe. »Ach, Georg«, sagte sie, so sanft es ihre heisere Stimme zuließ. »Ich habe dir doch schon lange verziehen.«

»Wirklich?« Seine Augen glänzten. »Wenn du wüsstest, wie sehr das auf mir gelastet hat. Und jetzt bist du auf einmal hier, lebendig, der einzige Mensch, der mir Absolution erteilen kann, und statt mich zu hassen, verzeihst du mir.«

Charlotte nickte und lächelte wieder. Es machte ihr nichts aus, dass er ihre Narben sah. Er war von allen Menschen derjenige, vor dem sie sich nicht schämte. Und allein das machte ihn einzigartig. Er war so glücklich, sie wiederzuhaben – ganz bestimmt würde er ihr keinen Wunsch abschlagen.

Sie räusperte sich. »Ich bin aber auch hergekommen, weil ich deine Hilfe brauche.«

»Natürlich«, erwiderte Georg. »Ich tue für dich, was ich nur kann.«

Charlotte blickte zur Tür, wo immer noch die Köchin stand und ihnen zusah. Reichlich unverschämt für eine Hausangestellte. Ihre Miene wirkte nach wie vor erschrocken, und ihre großen Augen schienen alles, was geschah, geradezu aufzusaugen. Wenigstens konnte sie nicht verstehen, worüber sie sprachen.

Charlotte richtete ihre Aufmerksamkeit wieder auf Georg. »Ich weiß nicht, ob du es damals in der Zeitung gelesen hast, aber die Firma meines Vaters ist vor fünfzehn Jahren bankrottgegangen. Meine Mutter und ich haben daraufhin in außerordentlich bescheidenen Verhältnissen gelebt.«

»Davon wusste ich nichts. Ich habe ja nicht einmal geahnt, dass du noch lebst.« Georg schüttelte betroffen den Kopf.

Charlotte fuhr fort. »Meine Mutter ist vor Kurzem gestorben, und weil meine Eltern keine Geschwister hatten, stehe ich nun ganz alleine da.« Sie hob die Hand, um Georgs Beileidsbekundungen zuvorzukommen. »Ich bin so gut wie mittellos und habe nicht einmal eine Wohnung. Wie du siehst, kann ich für meinen Lebensunterhalt nicht einmal arbeiten gehen. Es gibt keinen Augenblick, an dem ich ohne Schmerzen bin, außer wenn ich schlafe.«

»Lola, es tut mir so leid.« Nun stand er tatsächlich auf, fiel neben ihrem Stuhl auf die Knie und nahm ihre Hand. Sein attraktives Gesicht war von Reue gezeichnet, und Charlotte musste es ohne Unterlass ansehen, so gut tat es ihr. Das war es, wonach sie sich die ganzen Jahre gesehnt hatte: seine Aufmerksamkeit und Nähe. Dass sie in Zürich eine kleine Wohnung besaß und ihre Pension zum Leben durchaus reichte, musste Georg ja nicht erfahren.

»Ich weiß nicht, wo ich hinsoll«, klagte sie, und zu ihrer eigenen Überraschung brach sie erneut in Tränen aus. »Meine Mutter war alles, was ich hatte!« Erst als sie es aussprach, wurde ihr bewusst, dass es stimmte. Sie hatte ihre Mutter ebenso geliebt, wie sie sie gehasst hatte. Sie fehlte ihr auf eine gewisse Art und Weise.

»Das stimmt nicht«, widersprach Georg jetzt. »Du hast mich. Ich lasse dich nicht noch einmal im Stich, das schwöre ich. Lass mich wiedergutmachen, was ich damals verschuldet habe. Geld habe ich leider nicht viel, aber ich kann dir ein Zimmer anbieten, bis du weißt, wie dein Leben weitergehen soll.«

Charlotte registrierte, dass es ein Angebot auf Zeit war, doch darauf kam es jetzt nicht an. Sie durfte vorerst bleiben, und wenn sie sich einmal eingerichtet hatte, würde er es niemals übers Herz bringen, sie gegen ihre Willen wieder hinauszuwerfen.

»Ich bin dir unendlich dankbar«, hörte sie sich sagen. »Ich werde dich auch ganz sicher nicht bei der Arbeit stören.«

»Bleib, so lange du willst.«

Es war so unglaublich einfach gewesen – einen Herzschlag lang konnte sie ihr triumphierendes Lächeln nicht unterdrücken. Sie senkte den Kopf, um es vor Georg zu verbergen. Die Frau an der Tür starrte sie weiterhin an.

»Georg, willst du mich nicht vorstellen?«

»Ja, natürlich.« Er stand auf, rieb sich die geröteten Augen und fuhr sich durch die Haare. Anschließend winkte er der jungen Frau, die im Türrahmen lehnte, und sie näherte sich mit zögernden Schritten.

»Das ist Simona, meine – Haushälterin.« Er drehte sich zu der Angestellten um und wechselte mit schwerem deutschem Akzent ins Italienische. *»Vorrei presentarti Charlotte Amstutz, una amica che conoscevo tanti anni fa. Si trova in una situazione difficile e rimarrà con noi per un po'.«*

Charlotte verstand zwar nicht, was er sagte, nahm aber an, dass er die Situation erklärte.

Die Haushälterin lächelte gezwungen und reichte ihr die Hand. *»Piacere, signora.«*

Charlotte sagte nichts, sondern betrachtete die andere. Sie musste Anfang zwanzig sein, war sehr schlank und hatte einen breiten Mund mit eher schmalen Lippen. Ihre langen, dunklen Haare hatte sie am Hinterkopf locker zusammengesteckt, und einzelne Strähnen fielen unordentlich auf ihre Schultern. Zufrieden stellte Charlotte fest, dass sie nicht gerade hübsch war, von den großen Augen abgesehen, die aber nicht recht in das schmale Gesicht passten.

Charlotte sah zu Georg auf. »Gut, dass sich jemand darum kümmert, deine Wäsche zu waschen und dir etwas zu essen zu machen, damit du dich ganz aufs Malen konzentrieren kannst.«

»Ja, das stimmt.« Georg räusperte sich. »Ich sage Simona, sie soll dir ein Zimmer herrichten.« Er wandte sich der Haushälterin zu und sprach mit ihr. Simona blieb einen Augenblick stehen, die Arme vor der Brust verschränkt, doch als Georg noch etwas hinzufügte, seufzte sie, drehte sich auf dem Absatz um und verließ das Zimmer.

Georg wandte sich wieder an Charlotte. »Möchtest du inzwischen das Atelier anschauen? Es ist oben unter dem Dach.«

»Ich bin nicht besonders gut im Treppensteigen und außerdem sehr müde von der Reise.« Charlotte sah ihm in die Augen. Sie hatten einen traurigen Ausdruck, der selbst dann nicht verschwand, wenn Georg lächelte.

Er fuhr sich wieder durchs Haar, dann machte er ein entschlossenes Gesicht. »Dann trage ich dich eben.«

Ohne zu zögern, bückte er sich, schob seine Arme unter Charlottes Knie und Schultern und hob sie hoch. Charlotte schrie leise auf, dann musste sie kichern.

»Keine Angst, ich lasse dich nicht fallen.«

Er trug sie tatsächlich die steilen Treppen hinauf. Charlotte lehnte den Kopf an seine Schulter und schloss die Augen. Tränen quollen zwischen ihren Wimpern hervor. Georgs Arme um sich zu spüren, von ihm gehalten zu werden – unendlich lange hatte sie sich nicht mehr so sicher und geborgen gefühlt. Er roch nach frischer Farbe, Waschbenzin und Zigaretten, genau wie früher.

Im ersten Stock ließ er sie kurz herunter, um eine Tür aus Nussbaumholz zu öffnen. Charlotte hatte sie zuerst für einen großen Wandschrank gehalten, weil sie eine sehr hohe Schwelle besaß. Dahinter lag eine Art Dachbodentreppe, unter der Leinwände, Staffeleien und Farbtöpfe gelagert waren. Georg hob Charlotte erneut hoch und stieg mit ihr die Stufen hinauf.

»Fall nur nicht rückwärts runter!« Sie kicherte. Was für ein Abenteuer!

Viel zu schnell waren sie oben angelangt, und er stellte sie wieder auf die Füße. Charlottes Kopf drehte sich. Sie schwankte, doch Georg fing sie auf. Er war etwas außer Atem, das Haar fiel ihm ins Gesicht, und er lachte. Am liebsten hätte sie seinen Nacken mit beiden Armen umschlungen, ihn zu sich heruntergezogen und geküsst. Doch dann erinnerte sie sich wieder daran, wie sie aussah.

»Hier entlang. Das Atelier liegt zum Garten hinaus.« Ganz selbstverständlich nahm er ihren Arm und führte sie den düsteren Flur, der nur von einigen Dachfenstern erhellt wurde, entlang. Der Dielenboden knarzte unter ihren Schritten. Vor der Tür am Ende des Gangs ließ Georg Charlotte kurz los, drückte die Klinke hinunter und stieß die Tür auf.

»Mein Reich«, meinte er etwas verlegen und trat mit Charlotte zusammen ein.

Das Atelier nahm die ganze Breite des Gebäudes ein. In die Längsseite waren zwei große, in viele Quadrate unterteilte Fenster eingelassen, durch die helles Licht fiel und sich gleichmäßig im Raum verteilte. Die Decke reichte bis in den Dachfirst, wo ein dicker, dunkel gebeizter Balken entlanglief. Georg führte sie an den weiß getünchten Wänden vorbei, an die Leinwände gelehnt waren, die meisten mit der Vorderseite zur Wand gedreht. Die Wände selbst zierten Skizzen in unterschiedlichen Größen. Darunter war auch ein Selbstporträt von Georg, das er damals in seiner kleinen Dachwohnung in Como gemalt hatte. Sein nachdenklicher, etwas melancholischer Blick auf der Leinwand schien nicht zu dem spöttischen Lächeln zu passen, das damals stets seine Mundwinkel umspielt hatte. Wie schmerzhaft jung er gewesen war! Charlotte wandte den Blick ab und betrachtete die anderen Bilder: viele Landschaften, aber auch Porträtstudien von Männern und Frauen. Eine besonders detailliert ausgeführte Zeichnung zog ihren Blick auf sich: Sie zeigte Simona, die junge Haushälterin, mit offenem Haar und einem schelmischen Gesichtsausdruck. Die Eifersucht stach zu wie ein Skorpion. Sie schnappte nach Luft und drückte Georgs Arm so fest, dass dieser besorgt fragte, ob alles in Ordnung sei.

»Setz dich besser hin.« Er brachte sie zu einem alten Ohrensessel, der mitten im Raum neben einem farbverschmierten Arbeitstisch stand, auf dem Pinsel, Öltuben und Paletten ein wüstes Durcheinander bildeten. Mit Georgs Hilfe ließ Charlotte sich nieder. Von hier aus konnte man auf die große Staffelei blicken, auf der ein unvollendetes Bild stand. Der Schmerz in Charlottes Rücken und Becken wurde stärker, als sich ihre Muskeln entspannten, doch sie ließ sich nichts anmerken. Später würde sie ihr Schmerzmittel nehmen.

»Ich kann es immer noch nicht fassen«, sagte Georg. »Warum hast du nicht früher von dir hören lassen? Ich habe damals versucht, über das Hotel etwas zu erfahren, doch man wollte mir nichts sagen. Ich war so überzeugt davon, du wärst tot.« Er hob hilflos die Hände.

»Bist du nicht entsetzt darüber, wie ich aussehe?«, fragte Charlotte brüsk.

Georg schwieg einige Augenblicke. »Betroffen«, antwortete er dann. »Du warst das quicklebendigste Mädchen, das mir je begegnet ist. Du wolltest alles ausprobieren und hattest vor nichts Angst.«

»Bis zu diesem Tag im August.« Charlotte merkte, wie sie sich wieder fing. Der kurze Anflug von Eifersucht war verschwunden. »Erzähl mir, was damals passiert ist. Ich kann mich bis heute an nichts erinnern, was geschehen ist, nachdem wir in den Wagen gestiegen sind.«

Wieder entstand eine lange Pause, und Georg begann, Pinsel vom Tisch zu klauben und zu bündeln, bevor er antwortete. »Ich wollte dich zurückbringen und hatte den Wagen gewendet. Aber du, störrisch, wie du warst, wolltest es nicht einsehen. Du hast ins Lenkrad gegriffen, und wir sind gegen einen Felsen geprallt.«

Charlotte zog die Augenbrauen zusammen. »Du wolltest mich zurückbringen? Was meinst du damit?«

»Du warst sechzehn, Lola! Was, denkst du, hätte dein Vater gemacht, wenn ich dich mitgenommen hätte? Mich vor Gericht gebracht! Wegen Entführung und Unzucht mit einer Minderjährigen!«

Der Satz traf Charlotte wie eine Axt.

»Du hast mich also gar nicht gewollt?«, fragte sie ungläubig. Georg sah sie nicht an, und sie zuckte zusammen, als er die Pinsel in eine alte Konservenbüchse fallen ließ. Es klang wie die Schüsse einer Pistole.

»Doch, ich wollte dich«, versicherte er ihr. »Natürlich. Aber nicht gegen den Willen deiner Eltern. Sie hätten dich zurückgeholt, und ich hätte dich ganz verloren.« Endlich wandte er sich ihr zu. Sein Adamsapfel bewegte sich heftig, und seine schönen, schlanken Finger verkrampften sich zu Fäusten. »Deshalb hielt ich es für das Beste, dich wieder zum Hotel zu bringen und auf dich zu warten, bis du achtzehn wurdest. Doch dann kam der Unfall dazwischen.«

Charlotte starrte das Bild auf der Staffelei an. Es zeigte eine Frau in einem blauen Kleid, die in einer Laube saß, ein Buch in der Hand, das sie auf ihren Schoß hatte sinken lassen. Die Schatten der Blätter fielen auf ihr Gesicht. Sie blickte den Betrachter direkt an, und Charlotte erkannte die großen Augen sofort wieder. Anscheinend war die Kleine seine Muse.

»Meine Eltern hätten mir niemals erlaubt, mich mit einem Künstler einzulassen. Heimlich davonzulaufen war das Einzige, was ich machen konnte, um mit dir zusammen zu sein. Kannst du dir vorstellen, wie schwer mir das gefallen ist?« Sie atmete stockend ein und aus und versuchte, sich nicht von ihren Gefühlen überwältigen zu lassen. Wenn sie ihm zu sehr zusetzte, würde er sie vielleicht hinauswerfen.

»Aber das ist ja jetzt gleichgültig«, sagte sie sanfter. »Es ist lange her, und ich erbitte von dir nichts außer Unterschlupf für eine gewisse Zeit.«

»Und ich bin froh, dass ich dir helfen kann. Möchtest du dich jetzt ausruhen? Simona ist bestimmt mit deinem Zimmer fertig. Meine Bilder kann ich dir auch morgen zeigen.«

»Wie ich sehe, ist sie mehr als deine Haushälterin.« Charlotte schwächte die Bemerkung mit einem Lächeln ab.

»Wie meinst du? Ach so, wegen dem Bild? Ja, sie sitzt mir gelegentlich Modell. Es ist praktisch, weil sie sowieso immer im Haus ist.«

»Aber abends geht sie doch wohl nach Hause zu ihrer Familie?«

»Na ja, genau genommen …«, Georg wand sich förmlich, »… wohnt sie auch hier. Eigentlich habe ich nur einem Freund einen Gefallen getan, als ich sie eingestellt habe. Ihr Zimmer ist hier oben unter dem Dach.«

Charlotte winkte ab. »Das geht mich ja auch überhaupt nichts an. Würdest du mich wieder nach unten bringen?«

Noch einmal durfte sie ihren Kopf an seine Schulter legen, während er sie die Treppe hinuntertrug, und sie war ihm dankbar, dass er keine Scheu davor hatte, sie zu berühren. Er behandelte sie, als wäre sie gesund, und dadurch vergaß sie selbst, dass sie entstellt und verkrüppelt war. Bei ihm fühlte sie sich schön.

Im ersten Stock trafen sie auf Simona, die gerade aus dem Zimmer gegenüber der Treppe kam. Als sie Georg mit Charlotte im Arm sah, glitt ein Schatten über ihr Gesicht.

Vorsichtig ließ er Charlotte herunter, stützte sie aber weiterhin mit einem Arm.

»Grazie, amo… Simona. Potresti andare giù a prendere il bastone della signora?«

Die junge Frau zog eine trotzige Schnute, knickste übertrieben und stürmte die Treppe hinunter.

»Was hat sie denn?«, erkundigte sich Charlotte, während sie an Georgs Arm das für sie hergerichtete Zimmer betrat, und vergaß es gleich darauf. »Oh, Georg, wie wunderbar!«

Im Gegensatz zum Wohnzimmer besaß der Raum eine hohe Decke, an der sich Stuckverzierungen entlangzogen, die sich elegant von den beige gestrichenen Wänden abhoben. Ein schlichtes Messingbett mit Kugeln auf allen Bettpfosten, bezogen mit blütenweißer Bettwäsche, ragte in den Raum. An einer Seite diente ein Stuhl mit einer mattierten Leuchte auf der Sitzfläche als Nachttisch. An der Wand zum Flur befand sich ein breiter Schrank aus sehr dunklem Holz, und dem Bett gegenüber stand ein kleiner, blaugrau gestrichener Klappsekretär, dessen Ablage ein blauer Keramikkrug mit einem Strauß getrockneter Mondviolenzweige dekorierte. An dem dazu passenden Stuhl hing Charlottes Handtasche, die sie vorhin im Wohnzimmer gelassen hatte. Das Schönste an dem Zimmer war jedoch die Fensterwand: Die blaugrauen Läden waren halb nach außen geklappt, sodass Charlottes Blick in den Garten fiel, und um das Fenster herum war die Wand hellblau gestrichen und mit gemalten Weinreben überzogen, zwischen denen sich Vögel und Insekten tummelten, als wäre das Zimmer nicht von einer Steinmauer, sondern nur durch ein Rankgitter vom Garten getrennt. Charlotte dachte an die trüben Zimmer mit den ewig geschlossenen Vorhängen in Zürich. Sie hatte das Leben ausgesperrt, doch dazu hatte sie nun keinen Grund mehr. Diese Wirklichkeit war schöner als jeder Traum. Sehnlich wünschte sie, sie könnte sich um sich selbst drehen, mit weit ausgebreiteten Armen.

»Hast du das gemalt?« Sie sah zu Georg auf und lachte. »Natürlich hast du das!«

»Gefällt es dir?«

»Es ist unglaublich schön. Man hat beinahe den Eindruck, die Vögel zwitschern zu hören.«

»Das machen sie ja auch.« Mit einem Augenzwinkern wies er mit dem Kopf zum geöffneten Fenster, und Charlotte lachte. Es klang hell und frei durch den Raum, und erst jetzt fiel Charlotte auf, dass ihre Stimme nicht mehr kratzig und belegt war, sondern viel weicher klang.

In diesem Augenblick trat die Haushälterin ein und reichte Georg den Gehstock, den zu holen er sie offenbar gebeten hatte. Sie murmelte etwas und verschwand sofort wieder. Ihre Schritte verklangen auf der Treppe.

»Sie muss nach dem Essen sehen«, erklärte Georg entschuldigend. Erst jetzt nahm Charlotte den intensiven Duft nach Tomaten und Kräutern wahr, der bis in den ersten Stock hinaufzog.

»Es riecht köstlich! Kochen kann sie anscheinend hervorragend.« Sie ließ Georgs Arm los und stützte sich auf ihren Stock.

»Kommst du zurecht?« Georg sah so besorgt auf sie herunter, dass ihr Herz bebte.

»Ich bin achtzehn Jahre lang zurechtgekommen«, erwiderte sie freundlich.

»Gut, dann hole ich fürs Essen schon mal eine Flasche Merlot aus der *cantina*. Das Badezimmer ist am Ende des Flurs.«

Sobald Georg aus der Tür war, sank Charlotte erschöpft aufs Bett. Vor ihm hatte sie keine Schwäche zeigen wollen, aber ihr Rückgrat fühlte sich an, als bräche es jeden Moment in Stücke. Der Tag war einfach zu anstrengend für sie gewesen, körperlich genauso wie seelisch. Sie streifte die klobigen Halbschuhe ab und zog mühsam ihre Beine auf die Decke, zu müde, ihre Kleidung abzulegen. Sie hätte auch gar nichts zum Wechseln gehabt, denn ihre Reisetasche war noch nicht angekommen. Einige Zeit lang lag sie nur auf der Seite und versuchte, den Schmerz unter Kontrolle zu bekommen. Er kam in Wellen und strömte von ihrem Becken zu ihren Schultern. Es kostete Charlotte ungeheure Anstrengung, sich aufzurichten, ihre Handtasche zu nehmen, in der sich die Packung mit Schmerztabletten befand, und sie sich über die Schulter zu hängen. Mit zusammengebissenen Zähnen humpelte sie auf den Flur und machte sich auf den Weg zum Badezimmer. Auch hier lagen Flickenteppiche über den Dielen, und an den weiß verputzten Wänden hingen kleinformatige Stillleben von Georgs Hand. Als sie die halbe Länge des Flurs zurückgelegt hatte, musste Charlotte sich ausruhen. Sie stützte sich auf eine schmale Wandkonsole, auf der eine etwa dreißig Zentimeter hohe Bronzeskulptur stand. Eine Figur mit erhobenen Armen, vielleicht eine Tänzerin. Von unten drangen die Stimmen Georgs und der Haushälterin herauf, zu weit entfernt, um sie zu verstehen. Die weibliche Stimme klang wütend, seine dagegen beschwichtigend. Dann knallte unten eine Tür. Charlotte lächelte. In diesem Haus war nur Platz für eine Frau, und die würde sie sein.

Kapitel 22

Als Charlotte aus dem Badezimmer zurückkam, stand ihre Reisetasche auf dem Bett. Sie suchte ein einfaches schwarzes Kleid heraus, das sie vor der Abreise gekauft hatte, und wünschte sich, sie könnte Schuhe mit hohen Absätzen dazu tragen. Doch natürlich war das unmöglich. Trotzdem bemühte sie sich, gut auszusehen. Sie kämmte ihr Haar über die entstellte Gesichtshälfte und trug den Lippenstift auf, den sie ebenfalls neu gekauft hatte. In dem kleinen Spiegel, den sie an der Innenseite der Schranktür entdeckt hatte, konnte sie die Frau erahnen, die sie hätte sein können.

Ohne darauf zu warten, dass man sie zum Essen rief, stieg sie die Treppe hinunter. Es dauerte lange, aber sie schaffte es aus eigener Kraft und ohne Hilfe, auch wenn sie sich fühlte, als wäre sie einen Marathon gelaufen. Wenigstens begannen die Tabletten zu wirken und verwandelten die Rückenschmerzen in ein sanftes Ziehen, das sie für kurze Zeit sogar vergessen konnte.

Aus der Küche, die im hinteren Teil des Erdgeschosses lag, drang Licht. Ein Radio lief, und die Haushälterin sang. Der köstliche Essensduft war noch intensiver geworden. Als Charlotte wieder ruhig atmen konnte, betrat sie das Wohnzimmer. Mehrere kleine Leuchten tauchten den Raum in ein angenehm warmes Licht, sodass er ihr nun nicht mehr schäbig, sondern geradezu gemütlich erschien. Georg saß in einem Sessel und las ein Buch.

»Du trägst ja eine Brille«, bemerkte Charlotte überrascht.

Georg blickte auf und lächelte. »Nur zum Lesen. Der Jüngste bin ich eben auch nicht mehr.«

Charlotte lachte. »Sei nicht so kokett, du bist noch keine

vierzig.« Wie gut es tat, auf diese leichte, spielerische Weise mit jemandem zu sprechen! Sie hatte vergessen, wie sehr sie das als Mädchen genossen hatte.

Georg stand auf und ging zu einer Anrichte aus dunklem Holz. »Was kann ich dir anbieten? Einen Sherry vielleicht?«

»Wunderbar, danke.« Sie hatte keinen Tropfen Alkohol mehr angerührt, seit ihr Vater gestorben war. Georg reichte ihr das Glas mit der goldenen Flüssigkeit, die im Lampenschein zu leuchten schien.

»Auf unser Wiedersehen«, sagte Charlotte, und die Gläser klangen aneinander.

Schon der erste Schluck stieg Charlotte in den Kopf, ein herrliches Gefühl. Sie und Georg setzten sich, redeten über seine Erfolge als Maler, beide bemüht, nicht die Vergangenheit zu berühren. Charlottes Glas leerte sich schnell, sie fühlte sich beschwingt wie seit Jahren nicht. Die Schmerzmittel und der Alkohol hüllten sie ein und ließen sie vergessen, wie sie aussah. Sie war einfach nur eine Frau, die mit dem Mann, den sie liebte, zusammensaß. Beinahe hatte sie den Eindruck, als täten sie und Georg dies seit Jahren, das abendliche Ritual eines Paares, das sich vor dem Essen zusammenfand, um sich über die Ereignisse des Tages auszutauschen.

Immer wieder schüttelte Georg den Kopf und wiederholte, wie unglaublich es sei, dass Charlotte hier sei, dass sie die ganze Zeit in Zürich gelebt habe, ohne dass er davon gewusst habe.

Erst als die Haushälterin in der Tür erschien, merkte Charlotte, wie hungrig sie war. Sie schwankte etwas, als sie mit Georgs Hilfe aufstand, und hakte sich ganz selbstverständlich bei ihm ein. Zu ihrer Überraschung gab es kein Esszimmer. Stattdessen setzten sie sich an einen großen alten Holztisch in der Küche. Die Haushälterin bediente sie. Es gab Kaninchen in Tomatensoße mit frischen Kräutern, dazu Polenta, und Charlotte musste Simona zugestehen, dass sie eine hervorragende Köchin war. Auf dem Tisch stand eine Flasche Merlot, der aus kleinen Steingutschälchen getrunken wurde.

Nachdem Georgs und Charlottes Teller gefüllt waren, legte die junge Frau die Schürze ab, setzte sich ganz selbstverständlich mit an den Tisch und begann zu essen. Charlotte versuchte, sich ihre Entrüstung darüber nicht anmerken zu lassen. In ihrem Elternhaus wäre es undenkbar gewesen, gemeinsam mit den Dienstboten am Tisch zu sitzen. Doch das war nicht alles. Simona sagte etwas zu Georg, und auch wenn Charlotte nichts verstand, bemerkte sie dennoch den ungezwungenen Tonfall, der zwischen Arbeitgeber und Angestellter herrschte. Sie nahm einen großen Schluck Wein und fixierte die Haushälterin über den Tisch hinweg. Die Vertraulichkeit zwischen ihr und Georg war unübersehbar.

Sie nahm einen weiteren Schluck Merlot. Er schmeckte sauer.

»Es war ein anstrengender Tag für mich. Ich gehe besser schlafen.«

Georg sprang auf, als Charlotte sich erhob, doch sie lehnte seine Hilfe mit einer Geste ab. »Es geht schon. Bitte sag der Köchin, dass es vorzüglich geschmeckt hat.«

»Danke, das werde ich«, versprach Georg steif. »Gute Nacht, Charlotte.«

Sie quälte sich die Treppe hinauf. In ihrem Zimmer öffnete sie weit das Fenster, stellte den Stock in die Ecke und lehnte sich auf das breite Fensterbrett. Die Zikaden erfüllten die Nacht mit ihrem gleichförmigen Schnarren, gelegentlich mischte sich ein Käuzchenruf darunter. Die Bäume und Sträucher des Gartens hoben sich dunkel vom Himmel ab, an dem die ersten Sterne blinkten wie kleine Diamanten. Die frische Luft kühlte ihr erhitztes Gesicht und machte ihren Kopf etwas klarer.

Zu müde, um ihre Reisetasche noch auszupacken, zog sie nur ihr Nachthemd heraus und entkleidete sich. Wie immer war es eine Erlösung, das Stützkorsett abzulegen, das rote Striemen und tiefe Eindrücke auf ihrer Haut hinterließ. Charlotte öffnete die Zimmertür einen Spalt, kroch unter das Federbett und machte das Licht aus. Obwohl sie unendlich müde war, konnte sie nicht einschlafen. Es erschien ihr ganz unwirklich, dass sie tatsächlich in Georgs Haus war. Sie durchlebte noch einmal, wie er sie gehalten hatte, als er sie die Treppe hinaufgetragen hatte, so fest und sanft zugleich. Nun würde endlich alles gut werden.

Später, als sie doch in einen ruhelosen Halbschlaf gefallen war, hörte sie leise Schritte die Treppe heraufkommen. Die Dielen im Flur knarzten leise, dann klickte ein Türschloss. Charlotte nahm noch wahr, dass keine weiteren Schritte zu hören waren, doch sie war bereits zu müde, um zu begreifen, was das bedeutete.

Am nächsten Morgen dachte sie nicht mehr daran. Sie wachte spät auf, zog sich an und ging hinunter in die Küche. Niemand war dort, aber auf dem Tisch standen eine Thermoskanne mit Kaffee und ein Korb mit frischen Brötchen. Sie nahm an, dass Georg in seinem Atelier arbeitete, und beschloss, ihn nicht zu stören. Auf die Art konnte sie ihm zeigen, dass sie keine Belastung für ihn sein würde. Nach dem Frühstück suchte sie sich im Wohnzimmer von den Büchern, die sich auf einem kleinen Tisch stapelten, eines aus, klemmte es sich unter den Arm und ging in den Garten. Alte Bäume ragten in den Himmel, Blumen, Kräuterbeete und Hecken waren in einem geordneten Durcheinander angelegt. Ein Weg aus Natursteinen, zwischen denen Gras wuchs, führte in dieses Dickicht hinein, und Charlotte folgte ihm neugierig. Der Garten war größer, als sie angenommen hatte: Immer, wenn Charlotte um ein Gesträuch oder eine Baumgruppe herumging und erwartete, am Ende des Grundstücks angelangt zu sein, änderte der Weg die Richtung und führte sie in eine ihr noch unbekannte Ecke des Gartens. An vielen Stellen gab es kleine Lichtungen, die zum Aufenthalt einluden: Sie sah einen Walnussbaum, von dem aus man beobachten konnte, wie das Wasser aus einem nahe gelegenen Felsen in einen kleinen Teich floss, und nach einer der nächsten Kurven warteten zwei alte Gartenstühle und ein Klapptisch, beschattet von einem großblättrigen Gebüsch. Charlotte war froh, sich kurz ausruhen zu können. Sie setzte sich, lehnte sich vorsichtig zurück und atmete tief ein. Es war still und doch wieder nicht, denn die Luft war erfüllt von unendlich vielen, winzigen Geräuschen: Käfer, die im Gras krabbelten, ein kaum merkliches Rascheln, wenn ein leichter Windhauch über die Blätter streifte, ein Fenster, das irgendwo geschlossen wurde. Charlotte lächelte. Sie war so glücklich wie nie zuvor, seliger sogar als in jenem Sommer, als das Glück noch eine Selbstverständlichkeit gewesen war, unerschöpflich wie das Wasser des Sees.

Als sie Georg und Simonas Stimmen hörte, drehte sie den Kopf. Sie mussten ganz in der Nähe sein, denn ihr Gespräch war zwar gedämpft, doch deutlich vernehmbar. Simona klang aufgebracht, Georg beschwichtigend. Charlotte legte ihr Buch auf den Tisch, stemmte sich hoch und folgte dem Weg bis hinter die nächste Biegung. Vor ihr lag eine kleine Wiese, an deren Rand ein Baum in die Höhe ragte, der so dick war, dass es zwei Leute gebraucht hätte, seinen rauen Stamm zu umarmen. Daneben stand an einem Mauerrest die Laube, die sie auf Georgs Gemälde im Atelier gesehen hatte. Die Stimmen kamen von dort, doch das Weinlaub wuchs an den Seiten so dicht, dass man nicht hindurchsehen konnte. So leise, wie es ihr möglich war, näherte Charlotte sich der Laube. Simona redete so schnell, dass Charlotte nicht einmal mehr einzelne Wörter ausmachen konnte. Sie konnte sich denken, weswegen die Kleine wütend war. Wer hätte vermutet, das in dem unscheinbaren, dürren Ding ein derartiges Temperament steckte? Georg kam kaum zu Wort. Als Simona plötzlich aus der Laube herausstürmte, blieb Charlotte keine Zeit zurückzuweichen. Die Jüngere warf ihr einen hasserfüllten Blick zu, dann riss sie sich im Laufen eine dünne Silberkette mit einem herzförmigen Anhänger vom Hals und schleuderte sie von sich. Der Anhänger löste sich im Flug von der Kette, fing das Sonnenlicht und blitzte strahlend auf, bevor er unter dem großen Baum ins Gras fiel. Als Charlotte ihren Blick wieder Simona zuwenden wollte, war diese verschwunden.

Charlotte machte einen Schritt in die Richtung, wo die Kette hinuntergefallen war, doch auf einmal stand Georg vor ihr. Das graue Haar fiel ihm wirr in die Stirn, und im Gegensatz zu Simona sah er nicht wütend aus, sondern erschöpft und resigniert.

»Entschuldige, dass du das mit anhören musstest.« Er fuhr sich mit den Fingern durchs Haar.

»Ich spreche kein Italienisch«, erinnerte ihn Charlotte. »Deine Haushälterin ist ziemlich temperamentvoll.« Sie sah ihn herausfordernd an. Würde er erzählen, was zwischen ihm und Simona vorgefallen war?

Aber Georg ging gar nicht darauf ein. »Ich hatte versprochen, dir die Bilder zu zeigen. Gehen wir ins Atelier hinauf?«

Wie dumm diese Simona war. Charlotte lächelte Georg an und hakte sich bei ihm unter. »Ich will jedes einzelne deiner Bilder sehen.«

»Es war immer interessant, deine Meinung zu hören.« Georg führte sie auf dem Pfad weiter, und nach kaum zwanzig Schritten traten sie zwischen den wuchernden Pflanzen hervor, nicht weit vom Tor entfernt.

»Aber ich hatte doch gar keine Ahnung von Kunst«, gestand Charlotte vergnügt.

»Es war ja gerade dein unverstellter Blick, der mir gefallen hat.«

Er ging mit ihr über den Hof zu einem Nebengebäude, das mit dem Haupthaus ein rechteckiges, zum Garten hin offenes Hufeisen bildete. Eine Holztreppe führte zu den Balkonen vor jedem Stockwerk.

»Der ehemalige Stall«, erklärte Georg. »Darüber liegt ein Heuboden, der voller Gerümpel steht. Darf ich?«

Ohne ihre Antwort abzuwarten, hob er Charlotte wieder hoch.

»Bin ich dir nicht zu schwer?«

Georg hob die Augenbrauen. »Du wiegst nicht mehr als ein Kätzchen.«

Charlotte konnte es kaum glauben, aber sie flirtete mit ihm. Und er mit ihr. Wieder vergaß sie die wulstigen Narben, die ihr Gesicht in zwei ungleiche Teile spalteten, lächelte ihn offen an und sah in seine Augen, die ihren melancholischen Ausdruck niemals ganz verloren.

Er trug sie die Außentreppe hinauf, und sie betraten den Dachboden durch eine schmale Tür, die vom Balkon auf den Flur führte. Im Atelier setzte Georg Charlotte vorsichtig in dem großen Ohrensessel ab.

»So, mit welchem Bild fange ich an?« Er betrachtete unschlüssig die Leinwände, die Hände in die hinteren Taschen seiner Jeans geschoben, und sah dabei so sehr aus wie früher, dass Charlotte der Atem stockte.

»Die Landschaften zuerst«, entschied er, zog eine Leinwand, die etwa einen Meter auf siebzig Zentimeter maß, hervor und drehte sie um. Hügel in einem saftigen Grün, das mit einem Hauch Kobaltblau gemischt war, nahmen beinahe die ganze Leinwand ein. Der Himmel war nur ein schmaler graublauer Streifen am oberen Bildrand.

»Die Hügel sehen aus wie Elefanten«, meinte Charlotte. Es war das Erste, was ihr in den Sinn kam.

Georg lachte anerkennend. »Du kannst es noch. Genau das wollte ich ausdrücken, und du hast es mit einem Blick erfasst.«

Er zeigte ihr noch einige Landschaftsbilder, dann Porträts, die er von Leuten aus dem Dorf gemalt hatte. Die Farben waren dick aufgetragen worden, die Pinselstriche wirkten beinahe nachlässig. Und doch war es Georg gelungen, die Eigenheiten jedes seiner Modelle einzufangen. Charlotte erkannte sogar den alten Mann, der ihr den Weg zum Haus gezeigt hatte.

»Man merkt, dass du diese Leute gut kennst. Wer ist das?«

Georg hielt das Porträt eines etwa fünfzigjährigen Mannes in der Hand, in dessen Gesicht die hellwachen Augen hervorstachen.

»Gianni Solca, der Dorfarzt. Er kommt heute Abend vorbei, wir spielen jede Woche Schach miteinander.«

»Du spielst Schach?« Charlotte lächelte amüsiert. »Das klingt ja richtig gesetzt.«

»Zum Rollschuhfahren sind die Straßen hier zu steil.« Georg zwinkerte und grinste jungenhaft. »Ah, das hier musst du dir ansehen.« Er stellte einige kleinere Bilder zur Seite, ergriff ein ungefähr zwei Meter breites und eineinhalb Meter hohes Bild und drehte es um.

Charlotte war, als hätte man ihr einen Eimer kaltes Wasser über den Kopf geschüttet. Die Leinwand zeigte einen weiblichen Akt, der auf einem Bett lag, im Hintergrund fiel Sonnenlicht durch ein halb geöffnetes Fenster. Charlotte kannte das Bett, sie hatte letzte Nacht darin geschlafen. Und die Frau, die sich auf den Laken rekelte, kannte sie ebenfalls. Simonas knabenhafter Körper mit den kleinen Brüsten strahlte eine androgyne Sinnlichkeit aus, ihre Augen blickten den Betrachter geradezu herausfordernd an, und ihr langes Haar floss wie Tinte über die weißen Kissen.

So sieht er sie also, dachte Charlotte dumpf. Sie stellte sich vor, wie es gewesen sein musste, als er das Bild gemalt hatte: Beide zusammen in dem kleinen Raum, sie vollkommen nackt im Tageslicht, er angezogen hinter der Staffelei. Und danach, was war danach passiert?

»Was hältst du davon?«

Charlotte räusperte sich, und als sie sprach, klang ihre Stimme plötzlich wieder heiser. »Es ist gut.«

»Ist das alles, was dir dazu einfällt?« Georg machte ein enttäuschtes Gesicht.

Oh nein, mir fällt allerhand dazu ein, dachte Charlotte. *Aber das willst du nicht hören.*

Laut sagte sie: »Gelungen. Das Licht ist schön. Es ist … sinnlich.«

»Simona ist für mich das perfekte Modell«, sagte Georg, während er das Bild wieder umdrehte und an die Wand stellte. »Sie beklagt sich nie, auch wenn es oft anstrengend ist, die Posen zu halten.«

»Nun musst du dich ja nicht mehr auf sie beschränken.« Charlotte hatte es gesagt, ohne darüber nachzudenken.

Georg, der noch bei den Leinwänden stand, drehte erstaunt den Kopf. »Was meinst du damit?«

Charlotte holte tief Luft. »Ich möchte, dass du mich malst, Georg. Und zwar so, wie ich gewesen wäre.«

Georg kam herüber, zog sich einen Hocker heran, der vor dem Arbeitstisch stand, und setzte sich ihr gegenüber. Er nahm ihre linke Hand zwischen seine beiden und strich mit dem Daumen über ihren Handrücken.

»Ich soll dich ohne deine Narben malen?«, fragte er.

Charlotte konnte nur nicken.

Er beugte sich vor und sah sie mit einem traurigen Lächeln an. »Das kann ich nicht. Die Narben gehören zu dir, und wenn ich sie wegließe, wäre das Bild eine Lüge.«

Charlotte riss ihm ihre Hand weg und blickte zur Seite, damit er sie nicht weinen sah, aber er hatte ihre Tränen schon bemerkt.

»Lola, bitte versteh mich.« Er stammelte, klang hilflos. »Ich würde verraten, woran ich glaube: dass ich durch das Malen die Welt so zeigen kann, wie ich sie wahrnehme.«

»Ich dachte, es hätte keine Bedeutung für dich, wie ich aussehe!«, stieß Charlotte hervor.

»Doch, das hat es. Deine Narben machen dich zu dem Menschen, der du bist.«

Seine Ehrlichkeit war grausam.

»Meine Narben haben doch nichts mit meinem Inneren zu tun! Und wenn du nicht gegen diesen bescheuerten Felsen gefahren wärst, würde ich auch nicht so aussehen!« Sie bedeckte das Gesicht mit den Händen.

»Du hast ins Steuer gegriffen, Charlotte«, sagte er ruhig und ohne Anklage.

»Das hätte ich nicht tun müssen, wenn du nicht umgekehrt wärst!« Sie konnte nicht anders, als ihn anzuschreien. »Du bist schuld, weil du mich nicht genug geliebt hast!«

»Ich bin schuld«, gab er zu. »Und ich büße dafür jeden Tag, seit es passiert ist. Immerzu wünsche ich mir, ich könnte die Zeit zurückdrehen. Zu erfahren, dass du nicht tot bist, hat es ein wenig erleichtert, auch wenn es mir nicht die Verantwortung abnimmt. Aber ich bin nicht schuldig, weil ich dich zu wenig geliebt hätte, sondern weil ich mich auf diesen verrückten Plan überhaupt eingelassen habe.«

Charlotte presste die Lippen zusammen und zwang sich dazu, sich zu beherrschen. Georg konnte sie jederzeit davonjagen, und dann wäre alles kaputt.

»Es tut mir leid«, sagte sie. »Ich habe kein Recht, dir vorzuschreiben, wie du mich malst. Aber vielleicht denkst du noch einmal über meine Bitte nach.«

Georg legte die gefalteten Hände an die Lippen und sah sie an. »Ich mache es, aber ich kann dich nur so malen, wie ich dich sehe.«

»Wann?«, fragte sie.

»Heute Abend fangen wir an.«

Kapitel 23

—— 2013

11. Juli 1981

Amore,
es gefällt mir nicht hier oben in meinem Zimmer, ich fühle mich so weit weg von dir. Sitzt ihr wieder bis nach Mitternacht im salotto *und redet? Bitte verstehe, dass das alles nicht leicht für mich ist. Wie sie dich anhimmelt, ist unerträglich. Und sie benimmt sich, als wäre das ihr Haus, als hätte sie ein Recht, hier zu sein. Es tut mir leid, dass wir uns gestritten haben. Aber warum erzählst du ihr nicht einfach von uns, damit wir dieses Versteckspiel aufgeben können? Du weißt, ich liebe dich. Wenn du mich nicht aufgenommen hättest, als der Doktor mich zu dir brachte – ich weiß nicht, wohin ich gegangen wäre und ob ich noch am Leben wäre. Du hast ein gutes Herz. Aber diese Frau ist Gift für uns, das kann ich fühlen.*
Ich umarme dich,
Dein Kätzchen

Anna legte das Blatt neben sich auf die Erde und sah versonnen der grauen Katze zu, die durch das hohe Gras pirschte. Es stimmte also, dass Solca ihre Mutter an Kurbin weitergereicht hatte. Anna fiel es schwer, sich vorzustellen, dass ihre Mutter so leicht von einem Liebhaber zum nächsten gewechselt hatte. Und das, obwohl sie bereits mit ihr schwanger gewesen sein musste.

Die Frau, von der Simona schrieb, konnte eigentlich nur die Einsiedlerin sein. Daniele zufolge lebte sie seit Anfang der Achtziger im Dorf.

Sie nahm den nächsten Brief, auch dieser war kurz, die

Schrift schräg und unruhig, als wäre er in Eile hingekritzelt worden. Es dauerte einige Zeit, bis sie alles entziffert hatte.

14. Juli 1981

Amore,
glaubst du wirklich, sie ahnt nicht, wie wir zueinander stehen? So blind kann nur ein Mann sein. Sie weiß es sehr wohl, das merke ich daran, wie sie mich ansieht. Sie demütigt mich, wo sie nur kann – soll ich mir das gefallen lassen? Heute hat sie ihren Kaffee auf den Boden verschüttet und mich aufgefordert, alles aufzuwischen. Ich konnte spüren, wie sehr sie es genossen hat, dass ich vor ihr herumkriechen und sauber machen musste. Warum lässt du zu, dass sie sich so benimmt? Warum findest du immer wieder Entschuldigungen für sie? Sie ist ein Krüppel, aber längst nicht so hilflos, wie du glaubst. Sie ist raffiniert, aber das willst du nicht sehen. Manchmal glaube ich, sie ist dir wichtiger als ich. Sonst würde ich jetzt nicht allein hier in der Küche sitzen, während du Zeit mit ihr im Atelier verbringst. Seit über einer Woche geht das so, und du hast keine Ahnung, wie weh mir das tut. Du malst, was du liebst, um es für immer festzuhalten, hast du einmal zu mir gesagt. Und jetzt porträtierst du sie. Gott, ich kann nicht glauben, dass ich eifersüchtig auf eine Frau bin, die nicht einmal gerade gehen kann und deren Gesicht so schrecklich aussieht, dass die Kinder im Dorf schreiend vor ihr weglaufen.
Liebster, wie lange wird sie hierbleiben?

Der Brief setzte sich auf der Rückseite fort, doch sie kam nicht dazu weiterzulesen. Rike rief nach ihr. Anna faltete die Briefe zusammen und schob sie in die hintere Jeanstasche. Dann stand sie auf und ging zum Haus zurück.

»Wir brüllen uns seit Stunden die Seele aus dem Leib«, empfing Rike sie auf dem Hof.

»Das Dach ist so weit fertig«, sagte Luca. Er sah blass und erschöpft aus, und der Bluterguss in seinem Gesicht trat noch stärker hervor als am Morgen. Er wirkte beinahe geistesabwesend.

Anna sah ihn skeptisch an. »Ist alles in Ordnung? Du siehst etwas abgearbeitet aus.«

»Hab vielleicht zu viel Sonne abgekriegt«, murmelte er.

»Pass auf dich auf, okay?« Sie wollte ins Haus gehen, drehte sich aber kurz davor noch einmal um. »Oje, fast hätte ich vergessen, dich zu bezahlen.« Anna zog ein paar Geldscheine aus der Hosentasche und gab sie ihm. Er steckte sie ein, ohne nachzuzählen.

»Ciao, a domani«, verabschiedete er sich und schwang sich auf seinen Roller, ohne einen Helm aufzusetzen.

Anna verkniff sich einen Kommentar über Sicherheit im Straßenverkehr und hob nur die Hand. *»A domani.«*

Nachdem Anna das Tor hinter ihm geschlossen hatte, wandte sie sich zu Rike um. »Hast du Hunger?«

»Geht so.«

»Na los, eine Pasta bei Elena geht immer, und ich hab keine Lust zu kochen. Du kriegst auch ein Tiramisu als Nachtisch.«

Die Briefe brannten in Annas Tasche, aber sie hatte ein schlechtes Gewissen, weil sie sich so wenig um Rike kümmerte. Es hatte Momente gegeben, in denen sie sich nähergekommen waren, aber bis sie sich wie Mutter und Tochter fühlten, würde es wohl noch eine Weile dauern. Ein gemeinsames Essen war halbwegs sicheres Terrain – man konnte zusammensitzen, musste aber nicht die ganze Zeit reden.

Die Terrasse der Osteria war bis auf den letzten Platz besetzt. Elena und ihre Aushilfe hetzten zwischen den Tischen hindurch, als gelte es, Punkte zu sammeln. Elenas rotes Haar leuchtete in der Sonne, und ihr knallgrünes Kleid flatterte ihr um die Knie.

»Setzt euch rein, bin gleich bei euch!«, rief sie Anna und Rike zu, als sie, mit vier Tellern balancierend, an ihnen vorbeikam.

Im Gastraum war es ruhig und kühl. Sie nahmen einen Tisch nahe der Terrassentür. Kurz darauf war Elena bei ihnen.

»Es ist nicht zu glauben, aber ich habe eine ganze Reisegruppe hier, die extra wegen meinem *brasato* hier raufgekommen ist«, sagte sie, ganz außer Atem. »Wenn es so weiterläuft, wird Vignano noch zur Touristenattraktion.«

»Ist ja auch unheimlich aufregend hier!«, sagte Rike leiernd, und Elena lachte.

»Für euch *ragazzi* nicht, aber die Hexenschlucht ist Naturschutzgebiet. Man kann da wunderbar wandern und die Kalksteinhöhlen besichtigen. So, was darf ich euch bringen?«

Anna nahm den Rinderschmorbraten und einen Salat, Rike die Ravioli mit Salbei. Téresa, die Aushilfe, brachte ihnen die Getränke.

»Du bist Rike, oder?«, fragte sie. »Aris hat von dir erzählt.«

Anna spürte förmlich, wie Rike in Abwehrhaltung ging.

Sie sah Téresa kühl an. »Ach, seid ihr etwa befreundet?«

»Schon ewig. Wir sind sozusagen zusammen aufgewachsen. Wie Bruder und Schwester«, fügte sie schnell hinzu, als Rikes Augenbrauen sich zusammenzogen.

Anna hätte ihrer Tochter am liebsten einen Klaps auf den Hinterkopf gegeben. Die zwei Mädchen hätten unterschiedlicher nicht aussehen können – lange, blond gefärbte Haare, rosige Wangen und hellblaues Minikleid gegen schwarzes Wuschelhaar, Streifenleggins und pinkfarbene Turnschuhe –, aber offensichtlich wollte Téresa Freundschaft schließen.

Zum Glück störte sie sich nicht an Rikes patzigem Ton. »Wir wollten heute Abend mit ein paar Leuten grillen – kommst du mit?«

»Klingt gut.« Rikes Ton wurde freundlicher. »Danke für die Einladung.«

»Ich muss jetzt weiterarbeiten, aber ich erkläre dir später, wann und wo wir uns treffen.«

Anna und Rike schwiegen eine Weile und nippten an ihren Getränken.

»Wie geht's dir denn?«, fragte Anna schließlich vorsichtig.

Rike zuckte mit den Schultern und sah auf die Tischplatte. »Ganz gut.«

»Ich denke ziemlich viel an Oma«, sprach Anna weiter. »Bestimmt fehlt sie dir.«

Rike schwieg erneut, bevor sie antwortete. »Es ist total merkwürdig: Ich kann mir gar nicht richtig vorstellen, dass sie tot ist. Es ist mehr so, als würde sie zu Hause auf mich warten.«

»Seltsam, dass wir sie vermissen, obwohl wir beide kein besonders gutes Verhältnis zu ihr hatten.«

Rike legte den Kopf schräg und zog die Augenbrauen hoch. »Sie war schon ein bisschen komisch mit ihrer ständigen Angst, dass mir was passieren könnte. Ich hab mir oft eine jüngere Mutter gewünscht, so wie die von den anderen. Eine, die auch was anderes als italienische Schlager hört und Jungs nicht für die Inkarnation des Teufels hält.«

Anna prustete unterdrückt. »Die Beschreibung trifft es ziemlich gut.«

Auch Rike grinste. »Aber ihre Spaghetti Bolo waren Spitzenklasse, und wir haben immer zusammen doofe Castingshows geguckt. Und als ich klein war, hat sie mir jeden Abend eine Geschichte vorgelesen. Eigentlich kommt sie in fast allen von meinen Erinnerungen vor.« Rike nahm ihren feuchten Bierdeckel und begann, kleine Fetzen davon abzuzupfen, die sie vor sich aufhäufte.

»Für mich ist es auch seltsam«, sagte Anna. »Obwohl wir nicht gut miteinander auskamen und ich sie jahrelang nicht gesehen habe, fehlt sie mir.« Sie holte tief Luft. »Es tut mir wirklich, wirklich leid, dass ich in all den Jahren nicht für dich da war, Rike. Aber jetzt haben wir die Chance, alles nachzuholen. Ich muss mich erst daran gewöhnen, aber wir kriegen das schon hin, wenn wir uns beide ein bisschen anstrengen.«

Rike hatte den Bierdeckel mittlerweile völlig zerfetzt und sah auf. Sie nickte leicht. »Okay«, stimmte sie zu. »Klingt gut.«

»Finde ich auch.« Anna lächelte. Endlich hatte sie das Gefühl, etwas richtig gemacht zu haben. Sie überlegte kurz, ob sie Rike von den Briefen erzählen sollte, entschied sich dann aber dagegen. Zuerst wollte sie alle lesen.

Elena brachte ihre Bestellung und wünschte ihnen einen guten Appetit. Anna merkte plötzlich, wie hungrig sie war. Der *brasato* war so zart, dass er auf der Zunge zerging wie Butter – es lohnte wirklich die Mühe, deswegen den Berg heraufzukommen. Auch Rike hatte Appetit, obwohl sie das Gegenteil behauptet hatte. Innerhalb von zehn Minuten waren beide Teller leer.

»Boah, war das lecker«, sagte Rike aus tiefstem Herzen, und Anna musste lachen.

»Wir schlingen beide wie die Schweine – das muss in der Familie liegen.«

Obwohl sie mehr als satt waren, bestellten sie bei Téresa noch zwei Tiramisu und löffelten sie in behaglichem Schweigen. Von draußen drangen die Stimmen der anderen Gäste herein, und es wurde etwas lauter, als die Reisegruppe sich unter lauten Zurufen verabschiedete. Elena kam mit einem riesigen Tablett leerer Gläser herein und stellte es auf der Theke ab. Dann ging sie zu Annas Tisch und ließ sich neben Rike auf einen Stuhl fallen.

»Ich bin erledigt! Terry, bring uns doch mal den Grappa, bitte!«

Téresa stellte ihnen die Flasche und zwei Gläser hin. »Komm«, sagte sie zu Rike, »verziehen wir uns, während die sich betrinken.«

»Gute Idee. Flüchten wir lieber, bevor es peinlich wird.« Rike stand auf und folgte Téresa nach draußen.

»Etwas mehr Respekt, wenn ich bitten darf!«, rief Elena ihnen scherzhaft nach.

Dann schenkte sie die Gläser voll. *»Salute!«*

Anna nahm einen Schluck, und der Grappa hinterließ von der Kehle bis hinunter in den Magen eine angenehme Wärme in ihr.

»Na, wie kommt ihr mit dem Haus voran?«, fragte Elena.

»Ganz gut, glaube ich. Luca ist eine Riesenhilfe.«

»Und ein netter Anblick noch dazu.« Elena wackelte mit den Augenbrauen, und Anna musste lachen.

»Er ist ziemlich hübsch, das gebe ich zu. Aber irgendwas ist nicht in Ordnung mit ihm. Ich glaube, es geht ihm nicht gut.«

»Das kommt bei ihm ab und zu vor, geht aber auch wieder vorbei«, sagte Elena. »Und Rike? Sie und Aris verstehen sich ziemlich gut, wie mir scheint. Nicht, dass er mir irgendwas erzählen würde, ich bin ja schließlich seine Mutter!« Sie machte eine Kopfbewegung zur Terrasse hin, woher gerade zweistimmiges Kichern kam. »Und mit Terry kommt sie offenbar auch gut aus.«

»Ich bin froh, dass sie so schnell Anschluss gefunden hat.« Anna betrachtete kurz die beiden Mädchen, die sich draußen zusammen über ein Handy beugten, und sprach dann weiter. »Ich überlege nämlich hierzubleiben.« Sie verstummte. Warum hatte sie das gesagt?

»Also, ich fände das großartig!«, rief Elena. »Los, erzähl mal! Was hast du vor?«

Eben noch war sie sich ihrer Pläne überhaupt nicht bewusst gewesen. Doch nun stand es Anna ganz klar vor Augen. Sie nahm noch einen Schluck Grappa und setzte dann wieder zum Reden an.

»Ich könnte aus dem Nebengebäude ein Bed & Breakfast machen. Den ehemaligen Stall könnte man in Frühstücksraum, Wohnzimmer und Küche aufteilen, und in den beiden Stockwerken darüber brächte man bestimmt vier Zimmer unter. Ich hab zwar keine Ahnung, wie ich das bezahlen soll, aber mit Lucas Hilfe kriege ich das bestimmt hin.«

»Fantastico!« Elena klatschte in die Hände und schenkte die Gläser noch einmal voll. »Darauf müssen wir anstoßen!«

Die Gläser klangen aneinander. Anna kippte das ganze Glas auf einmal hinunter. Sie fühlte sich leicht benommen. Ein einziger Satz hatte genügt, um ihrem Leben eine neue Richtung zu geben, und je länger sie darüber nachdachte, umso besser gefiel ihr die Vorstellung, sich hier etwas aufzubauen. In Hamburg hatte sie nichts außer einem WG-Zimmer und wechselnden Aushilfsjobs, hier in Vignano besaß sie dagegen ein Haus.

Elena riss sie aus ihren Gedanken. »Die alte Einsiedlerin wird davon nicht sehr begeistert sein.«

»Sie kann mich aber auch nicht abhalten. Denn sie hat keine Eigentumsrechte am Haus, und einen Mietvertrag habe ich bisher auch nicht gesehen. Anscheinend hat sie sich da oben einfach eingenistet, und weil meine Mutter sich – warum auch immer – um nichts gekümmert hat, ist sie damit bisher durchgekommen. Von mir aus darf sie auch da oben wohnen bleiben, aber Vorschriften kann sie mir keine machen.«

»Dann hoffen wir mal, dass sie das genauso sieht. Aber ihr werdet euch schon irgendwie einig.« Elena fasste über den Tisch und drückte Annas Hand. »Ich würde mich wirklich freuen, wenn du hierbleiben würdest!«

»Anna, kann ich mit zu Terry? Sie hat mich eingeladen.« Die beiden Mädchen kamen untergehakt von der Terrasse herein.

»Klar«, sagte Anna. »Aber um zehn bist du zu Hause.«

»Iih, du klingst ja wie eine richtige Mutter!« Rike verdrehte die Augen, grinste aber dabei. *»Ciao ciao, a dopo!«*

Elena und Anna sahen den Mädchen nach, die kichernd durch den Haupteingang verschwanden.

»Ich räume dann mal die Gläser weg und schicke meine

Küchenhilfe nach Hause.« Elena stand auf. »Was hast du noch vor?«

»Ich setze mich in den Garten und lese. Kriege ich vorher noch einen *caffè*?«

»Aber sicher.«

Anna trank ihren Espresso in zwei Schlucken aus und fragte Elena dann nach der Rechnung.

»Geht aufs Haus«, antwortete die nur, und da Anna inzwischen wusste, dass es sinnlos war, mit ihr darüber zu streiten, bedankte sie sich. Sie wollte sich gerade endgültig verabschieden, da betrat Daniele die Osteria und schmetterte ein lautes *»Ciao!«* in den Raum. Als er Anna entdeckte, blieb er stehen.

»Oh«, sagte er und machte eine verlegene Grimasse. »Soll ich wieder gehen?«

»Nicht nötig«, kam es von Anna steif zurück. »Ich bin schon weg.« Sie hängte sich ihre Tasche um, beugte sich über den Tresen und gab Elena drei Wangenküsse. *»Grazie mille, cara.«*

Elena blickte verwirrt zwischen Anna und Daniele hin und her. »Was ist denn mit euch los?«

»Das lass dir mal von ihm erklären.«

Als sie auf dem Weg zur Tür an Daniele vorbeikam, hob er die Hand. »Anna …«

Sie schüttelte den Kopf und drängte sich an ihm vorbei, wobei sie ihm so nahe kam, dass sie ihn riechen konnte.

Dann war sie draußen. Der Himmel hatte sich zugezogen, es herrschte ein eigenartiges, gelbes Zwielicht. Auf der Straße war niemand zu sehen, und Annas Schritte klangen seltsam hohl auf dem Weg zum Haus hinunter. Der erste Donner rollte über die Hügel, als sie die Haustür öffnete, und es begann zu regnen. Dicke, schwere Tropfen klatschten gegen die Fensterscheiben. Anna fröstelte und holte sich aus ihrem Schlafzimmer eine Strickjacke. Anschließend machte sie sich in der Küche einen Earl-Grey-Tee mit viel

Milch und nahm sich vor, möglichst bald Kandiszucker und eine große Teekanne zu besorgen. Sie sog den Bergamotteduft des Tees ein, hatte aber noch immer Danieles Geruch in der Nase. Und sie sah sein Gesicht, ebenso ratlos und verzweifelt, wie sie sich fühlte. Die ganzen letzten Tage hatte sie es weggeschoben, so weit sie nur konnte, aber jetzt hatte sie keine Kraft mehr: Sie liebte ihn, seit sie sich vor wenigen Tagen zum ersten Mal angesehen hatten, und dass er womöglich ihr Halbbruder war, änderte daran überhaupt nichts.

Du musst ihn dir aus dem Kopf schlagen, sagte sie sich. Sie hatte schon einige Beziehungen gehabt, auch wenn sie nie lange gedauert hatten, und war immer darüber hinweggekommen. Mit Daniele würde es genauso sein. Hätte sie von Anfang an gewusst, dass er ihr Halbbruder war, wären diese Gefühle gar nicht erst entstanden. Draußen tobte inzwischen ein Gewitter, wie Anna noch keines erlebt hatte. Sie sah aus dem Küchenfenster in den regengepeitschten Garten. Der Himmel leuchtete alle paar Sekunden auf, und es donnerte beinahe pausenlos. Der Regen hatte sich in Hagel verwandelt und hämmerte gegen die Scheiben, als wollte er sie zum Bersten bringen. Hoffentlich war Rike wirklich bei ihrer neuen Freundin. Anna griff zum Telefon, das neben ihrer Teetasse auf dem Tisch lag und rief Rikes Nummer auf. Sie starrte auf das Display, dann drückte sie die Nummer weg. Sie wollte nicht so sein wie Simona, die jeden ihrer Schritte kontrolliert hatte. Rike war alt genug, sie konnte auf sich selbst aufpassen.

Ein Donnerschlag, so laut, dass das Haus beinahe zu beben begann, ließ Anna zusammenzucken. Obwohl sie wusste, dass es albern war, wünschte sie, sie wäre nicht allein im Haus. Wie ging es wohl der alten Frau im Dachgeschoss? Fürchtete sie sich auch? Im Augenblick war nicht daran zu denken, hinauszugehen und an ihre Tür zu klopfen, aber Anna nahm sich vor, es am nächsten Tag zu versuchen. Und dieses Mal würde sie nicht lockerlassen. Außerdem musste sie mit Charlotte Amstutz wegen ihrer Pläne bezüglich des Hauses sprechen. Die Vorstellung, tatsächlich eine kleine Pension daraus zu machen, ließ Annas Herz höherschlagen. Nicht mehr angestellt sein, sondern alles so machen zu können, wie sie es wollte, wäre wundervoll. Das Geld, das Simona ihr vererbt hatte, würde nicht reichen, um den Umbau zu bezahlen, aber wenn sie einen Job in einem Luganeser Hotel annähme und von dem Gehalt nach und nach die notwendigen Veränderungen finanzieren könnte, würde sie ihrem Ziel Schritt für Schritt näher kommen.

Ihr fiel auf, dass es draußen still geworden war. Es hatte aufgehört zu hageln, das Gewitter war weitergezogen. Anna öffnete das Fenster, das zum Hof hinausging, und ein Schwall kühler, regensatter Luft kam ihr entgegen. Das Unwetter hatte die Temperatur schlagartig um mehrere Grade gesenkt.

Anna setzte sich an den Tisch und nahm die Briefe ihrer Mutter wieder zur Hand. Sie wollte gerade weiterlesen, als sie ein leises Plätschern hörte. Neugierig stand sie auf und ging dem Geräusch nach. Im Flur blieb sie stehen und betrachtete ungläubig das Rinnsal, das die Treppe herunterfloss und auf den terrakottafarbenen Fliesen einen See bildete, der sich immer weiter Richtung Eingangstür ausbreitete.

»Ach du Scheiße!«, rief sie laut. Sie wollte gar nicht wissen, was sie im ersten Stock erwartete, doch es blieb ihr nichts anderes übrig, als die Kaskade zurückzuverfolgen. Auf bloßen Füßen hüpfte sie durch das eiskalte Wasser die Treppe hinauf. Der Flur im ersten Stock war völlig überschwemmt. Anna entdeckte auch, woher das Wasser kam: Eines der Fenster war zerbrochen, sodass sich auf dem Boden ein Hügel von halb geschmolzenen Hagelkörnern gebildet hatte. Anna konnte kaum glauben, dass in so kurzer Zeit so viel Wasser hatte eindringen können. Es musste so schnell wie möglich aufgewischt werden, bevor es durch den Fußboden sickerte.

Sie rannte nach unten und versuchte, Luca anzurufen, doch der antwortete nicht. Fluchend holte Anna einen Eimer aus der Kammer und verteilte so viele Handtücher und Lappen, wie sie finden konnte, im Flur. Schließlich riss sie die alte Bettwäsche aus dem großen Schrank in ihrem Schlafzimmer und legte sie ebenfalls dazu. Der Flur sah aus wie eine Kunstinstallation. Anna kniete sich auf die durchweichten Stücke und begann aufzuwischen.

Sie schuftete, bis ihre Knie taub waren und sie glaubte, ihre Arme würden gleich abfallen, so oft hatte sie Lappen, Laken und Handtücher ausgewrungen. Ihre Finger waren klamm, trotzdem hängte sie die nassen Fetzen noch auf die Leine, die sie auf dem Balkon über dem Stall gespannt hatte. Dann ging sie zurück ins Haus, so müde, dass sie sich nicht einmal mehr einen Tee machen konnte.

Sie kontrollierte ihr Handy: Rike hatte eine Nachricht geschickt und fragte, ob sie bei Téresa übernachten dürfe. Sie hatte sogar die Adresse mitgeschickt. Anna, froh, kein Abendessen kochen zu müssen, antwortete nur »Okay, bis morgen« und schleppte sich dann in ihr Schlafzimmer. Ihr war eiskalt, und sie rollte sich unter der Decke zusammen, obwohl es erst später Nachmittag war. Wenn sie krank wurde, würde sie sich von Daniele behandeln lassen müssen, dachte sie mit Galgenhumor, bevor sie einschlief.

Mitten in der Nacht wachte sie auf. Es war dunkel und still, aber sie wusste, dass ein Geräusch sie geweckt hatte. Sie hatte es noch im Traum gehört: ein unregelmäßiges, hohles Klopfen. Hatte sich bei dem Unwetter ein Stück Regenrinne gelöst, das nun gegen die Dachkante schlug? Nein, das war es nicht, das Geräusch klang dumpfer und kam auch nicht von draußen. Die Zimmertür stand einen Spaltbreit offen, und jetzt hörte Anna ein leises Rascheln. Unwillkürlich zog sie sich wie ein kleines Mädchen die Decke bis zum Kinn. Erst nach einer Weile streckte sie vorsichtig einen Arm aus und tastete nach der Lampe. Als sie den Schalter drückte, klickte es überlaut. Licht erhellte den Raum, und Anna fühlte sich etwas sicherer. Sie atmete erleichtert auf. Und fuhr zusammen, denn auf dem Flur knarrten die Dielen, als schlurfende Schritte, begleitet von einem Klopfen, sich hastig entfernten. Kurz darauf hörte sie ein Klacken, als wäre eine Tür ins Schloss gefallen.

Es dauerte sicher eine Minute, bis Anna sich wieder bewegen konnte. Erst dann kamen das Herzklopfen, der kalte Schweiß – und die Zweifel. Hatte sie sich alles nur eingebildet, vielleicht sogar geträumt? Sie lauschte und vernahm über ihrem Kopf ein verstohlenes Scharren, ein leises Klopfen. Aber es war unmöglich, dass die Alte von oben in die Wohnung gelangt war. Oder etwa doch?

Anna stand auf, öffnete leise die Zimmertür und schaltete das Licht im Flur ein. Wie erwartet, war niemand zu sehen. Immer noch ängstlich tappte Anna nach unten und kontrollierte die Haustür. Doch die war fest verschlossen, und der Schlüssel steckte von innen. Auch alle Fenster im Erdgeschoss waren verriegelt, die Läden vorgelegt.

Anna fröstelte. Der verstreute Müll in der Küche, die Schritte im Flur – es war nicht zu leugnen: Jemand schlich hier nachts herum. Und sie hatte geglaubt, sie hätte Marder im Haus!

Sie holte sich in der Küche ein Glas Wasser und nahm es mit nach oben. Wieder im Bett, zwang sie sich dazu, logisch zu denken. Wer wanderte hier nachts durch die Gänge? Es konnte sich nicht um einen Einbrecher handeln, denn es gab keinen Hinweis darauf, dass jemand von außen eingedrungen war. Demnach blieb, so absurd sie erscheinen mochte, nur eine Lösung: Es musste zwischen dem Dachboden und dem ersten Stock eine Verbindung geben, die die alte Frau benutzte, um hier herumzuschnüffeln. Was fiel ihr eigentlich ein? Oder war sie einfach verwirrt und brauchte womöglich Hilfe?

Mit dem Vorsatz, gleich am nächsten Morgen nach der Verbindungstür zu suchen, legte Anna sich wieder hin, ließ aber die Lampe an. Die Alte würde sich bestimmt nicht noch einmal hinunterwagen, solange Licht brannte.

Kapitel 24

Es gab keine Tür. Zu diesem Schluss kam Anna, nachdem sie den gesamten oberen Flur untersucht hatte. Sie hatte die Wände abgeklopft und an der Decke nach einer Falltür Ausschau gehalten – ohne Erfolg. Als sie aufgab, war der Vormittag bereits weit fortgeschritten, und sie begann, sich Sorgen um Luca zu machen, der schon längst hätte da sein müssen. War er etwa krank? Anna erinnerte sich daran, wie schlecht er gestern ausgesehen hatte. Als er um halb elf immer noch nicht da war, beschloss sie, nach ihm zu sehen. Der ausgebrannte Hof lag höchstens eine Viertelstunde entfernt.

Sie schlüpfte in ihre Flip-Flops und machte sich auf den Weg. Draußen war es unangenehm schwül, und am Himmel ballten sich schon wieder dunkle Wolken zusammen. Anna ging die Straße hinunter, kam an der Kirche vorbei und ließ schließlich das Dorf hinter sich. Zwischen den Bäumen hindurch konnte sie die Hügel und Täler überblicken. Tief unten lag die Autobahn, wo es gelegentlich metallisch aufblitzte, und in der Ferne erhoben sich die imposanten Gipfel der Alpen. Anna nahm die Weite in sich auf. Sie fühlte sich frisch und dachte mit Herzklopfen daran, dass ihre Idee von einer Pension Wirklichkeit werden konnte – sie musste nicht mehr tun, als mit dem Umbau anzufangen. Das bedeutete viel Arbeit für Luca, und sie würde ihn gleich fragen, ob er dafür Zeit hatte. Ihre Ängste kamen ihr jetzt albern vor. Sicher ging es ihm gut, und er hatte einfach verschlafen. Trotzdem wollte sie sichergehen – und außerdem war sie neugierig darauf, wie er lebte.

Der alte Hof kam in Sicht. Seine schwarzen Mauern passten nicht in den Sommermorgen, und Anna fragte sich, warum man die Ruine nicht abgerissen hatte. Die Weiden um den Hof wurden genutzt, und als Anna an dem Elektrozaun entlangging, musste sie über die Ziegen lächeln, die mit bimmelnden Glöckchen auf sie zusprangen und sich dabei gegenseitig anrempelten. Sie blieb kurz stehen und fütterte sie mit großblättrigem Unkraut, dann folgte sie dem Weg bis zum Hoftor, das unversehrt war und einen Spaltbreit offen stand. Anna lugte hindurch und sah in einen Innenhof, der von den verkohlten Resten des ehemaligen Hauses und der Ställe begrenzt wurde. Die Fensterhöhlen blickten leer auf Anna herunter, und sie fröstelte bei dem Gedanken, dass in diesem Haus Menschen verbrannt waren. Eine bunt gescheckte Katze kauerte im Schatten der Mauern und fraß. Als Annas Fuß über den Boden scharrte, erstarrte das Tier kurz und huschte davon.

Hier lebte niemand mehr, und Anna ging weiter den von Traktorspuren durchpflügten Weg entlang. Zu beiden Seiten wuchsen dunkle Hecken, miteinander zu einem undurchdringlichen Dickicht verwachsen. Ein Schmetterling flatterte vor Anna, als wollte er ihr den Weg weisen, und als sie um eine Kurve bog, erblickte sie vor sich ein kleines Haus aus Natursteinen, das so dicht mit Büschen und Bäumen umwachsen war, dass es aussah, als würde es von der Vegetation verschlungen. Auf dem Vorplatz stand Lucas Roller.

Obwohl ringsherum Vögel zwitscherten, wirkte der Ort seltsam still und abgeschieden. Anna zögerte, sich dem Haus zu nähern. Vielleicht sollte sie besser umkehren, Luca wäre es wahrscheinlich nicht recht, wenn sie in seine Privatsphäre eindrang. Er würde sich schon melden, sobald er Zeit fand. Doch was, wenn er wirklich krank war? Sie stand unschlüssig auf dem Hof und scharrte mit den Sandalen im Kies herum. Auf einmal blitzte dort etwas Pinkfarbenes auf. Anna bückte sich und hob es auf. Sie erkannte es sofort. Einen Herzschlag lang dachte sie gar nichts, konnte nur darauf starren. Dann stürzte sie zur Tür und hämmerte dagegen. Sie erschrak beinah zu Tode, als diese sich sofort öffnete und Luca vor ihr stand. Er trug nur eine Jeans und ein Lederband mit einem silbernen Anhänger in Spiralform um den Hals.

Nach ein paar Sekunden hatte Anna sich wieder gefangen und ließ ihm keine Zeit, etwas zu sagen, sondern hielt ihm die Haarspange vors Gesicht. Luca kniff wie geblendet die Augen zusammen.

»Das hier habe ich gerade auf dem Hof vor deiner Tür gefunden. Weißt du, was das ist? Das ist eine von Rikes Haarspangen. Erklär mir bitte mal, wie die auf deinen Hof kommt! Und was ihr beiden hinter meinem Rücken treibt. Warum kommst du nicht zur Arbeit? Du warst zu beschäftigt mit meiner Tochter, nehme ich an! Ich bin nicht bescheuert, also versuch nicht, mir irgendwelche Lügengeschichten aufzutischen. Die schlucke ich nämlich nicht!«

Anna drängte sich an ihm vorbei. »Ist sie noch hier?«

Obwohl sie aufgebracht war, nahm sie sich einige Augenblicke, um sich umzusehen. Der Raum nahm beinahe das gesamte Innere des Häuschens ein und war so karg möbliert wie eine Mönchszelle. Auf dem Terrazzoboden lag eine Matratze mit einem zerknüllten Schlafsack, daneben zerlesene Bücher, ein MP3-Player, mehrere Bierflaschen, eine Schachtel Zigaretten und ein Aschenbecher. Unter dem Fenster stand ein runder Gartentisch aus weiß lackiertem Metall, davor ein Biergartenstuhl. Über einem zweiten Stuhl hingen Jacken, T-Shirts und Jeans in wildem Durcheinander. Weitere Möbel gab es nicht, nur ein olivgrüner Militärrucksack lag neben einer Tür, die in die Küche oder das Badezimmer führen mochte. Abgesehen von der Unordnung um das Bett herum war der Raum peinlich sauber und strahlte mit seinen weiß verputzten Wänden tatsächlich etwas Klösterliches aus.

»Nein, sie ist vor einer Viertelstunde gegangen.« Lucas Stimme klang gelassen. Anna fuhr zu ihm herum. Es war, als sähe sie sich selbst zu, könne sich aber nicht aufhalten bei dem, was sie tat.

»Du gibst es auch noch zu? Sie ist fünfzehn, verdammte Scheiße, fünfzehn!«

Luca lehnte sich gegen die Tür und verschränkte die Arme. »Jetzt halt mal die Luft an, Anna. Rike war hier, das stimmt. Sie hat mir geholfen, die Katzen zu füttern, das ist alles. Du glaubst doch nicht, dass ich was mit einem kleinen Mädchen anfange, oder? Allerdings würde es mich sehr interessieren, woher du diese fixe Idee hast. Vielleicht reden wir wie erwachsene Menschen miteinander, und du erklärst es mir.«

Anna starrte ihn fassungslos an. »Du hast gar nicht ...? Da läuft nichts zwischen Rike und dir?«

Lucas leicht gehobene Augenbrauen waren Antwort genug. Plötzlich merkte sie, wie absurd ihre Anschuldigungen waren. Anna fühlte sich wie ein Ballon, aus dem alle Luft entwich.

»Mein Gott, Luca, entschuldige. Ich bin ausgerastet. Was bin ich für eine ... eine total verdrehte Person!« Sie spürte, wie sich ihr Gesicht verzerrte, um die Tränen zurückzuhalten, aber es war sinnlos. »Ich bin schrecklich!«, schluchzte sie. »Nur, weil ich damals so blöd war, denke ich, dass Rike die gleichen Fehler macht! Ich hab das so satt!«

Auf einmal war Luca bei ihr, legte seine Arme um sie und drückte sie sanft an sich. Ihre nasse Wange berührte seine Brust, und sie hörte sein Herz schlagen. »Mir wird gerade alles zu viel!« Sie weinte, während er ihr über die Haare strich.

»Hey, es ist in Ordnung. Alles wird gut, okay?«

»Es ist gar nichts gut, alles geht total schief! O Gott, Luca, es tut mir so leid – wie konnte ich nur glauben, du würdest meine Tochter verführen?«

»Ja, du bist manchmal ziemlich dumm«, sagte er und küsste sie. Anna erstarrte kurz, aber seine Lippen fühlten sich so gut an, dass sie begann, seinen Kuss zu erwidern. Lucas Hand strich über ihren Rücken zu ihrem Gesäß. Er presste sie so fest an sich, dass sie kaum atmen konnte, und es war wundervoll. Sie küsste ihn, während ihre Hände über seine muskulösen Unterarme und die leicht behaarte Brust glitten. Ihre Finger schoben sich in den Bund seiner Jeans, um die schmalen Hüften darin zu spüren, den Ansatz seines Hinterns. Er stöhnte, als sie seine Hose aufknöpfte, dann flüsterte er mit einem Lächeln in der Stimme: »Na endlich!«

Als sie auf die schmale Matratze fielen, streifte Anna der Gedanke, dass er sechs Jahre jünger war als sie, wie sie inzwischen von Elena erfahren hatte – ebenso viele Jahre, wie zwischen ihr und Lars, Tammos älterem Bruder, lagen. Mit dem Unterschied, dass sie und Luca beide erwachsen waren und dass sie beide mit dem einverstanden waren, was zwischen ihnen geschah. Luca lag halb über ihr, ein Bein zwischen ihren Schenkeln. Seine Hand unter ihrem Kleid strich über ihren Oberschenkel. Sie nestelte an seinem Hosenbund herum, während sie sich noch immer küssten, sich gegenseitig wund bissen vor Ungeduld. Anna verdrängte das Bild von Daniele, das vor ihrem inneren Auge aufzutauchen drohte, zwang sich, ihn unter Lucas Berührungen zu vergessen. Hastig zog sie ihr Trägershirt über den Kopf. Sie wollte Lucas raue Hände überall auf sich spüren, sich dem Augenblick überlassen und an nichts mehr denken.

Als plötzlich die Haustür geöffnet wurde, fuhren sie beide hoch.

»Ich hab meinen iPod vergessen!« Rike. Als sie Anna und Luca auf dem Bett sah, wurde ihr Gesicht ausdruckslos. Anna zerrte sich den Schlafsack vor die Brust.

»Ich kann's dir erklären …« Der hohlste Satz, die banalste Ausrede.

Rike starrte sie an. »Ich geh wieder …«, stieß sie schließlich hervor. Sie drehte sich um, stürzte nach draußen und knallte die Tür zu.

Anna wusste, dass es keinen Sinn hatte, ihr nachzulaufen. Sie würde einige Zeit brauchen, um sich zu beruhigen, dann würde Anna ihr alles erklären. Doch was war das eigentlich?

Luca, neben ihr auf einen Arm gestützt, strich ihr mit der freien Hand das Haar zurück. Anna sah ihn an und schüttelte kaum merklich den Kopf. Sie spürte noch den Nachhall des Begehrens, seine Küsse auf ihrem Mund, aber das alles fühlte sich jetzt falsch an. Sie wollte etwas sagen, aber Luca legte ihr seinen Zeigefinger auf die Lippen.

»Es ist okay.« Er lächelte traurig.

»Danke.« Anna klaubte ihr Top vom Boden neben der Matratze und zog es über. Luca knöpfte sich die Jeans zu, dann stand er auf, reichte ihr die Hand und zog sie auf die Füße. Bevor er sie freigab, küsste er sie auf die Stirn. Sie war ihm unendlich dankbar für seine Zärtlichkeit und für sein Verständnis.

»Willst du ihr nachlaufen?«, fragte er.

Anna schüttelte den Kopf. »Sie würde mir jetzt sowieso nicht zuhören.«

»Gut, wie wäre es dann mit einem Bier?«

»O ja«, antwortete Anna aus tiefstem Herzen. »Das könnte ich jetzt wirklich gebrauchen.«

Kurze Zeit später saßen sie auf den wackeligen Gartenstühlen am Tisch. Anna presste sich die kühle Bierflasche an die Stirn, bevor sie trank.

»Es wäre falsch gewesen«, meinte sie leise. »Du bist wunderbar, aber ich hätte nur mit dir geschlafen, um jemand anderen zu vergessen.«

Luca nickte. »Ich wollte auch etwas vergessen. Etwas, das heute vor zehn Jahren passiert ist.« Er zündete sich eine Zigarette an und blies den Rauch in die Luft.

»Möchtest du mir davon erzählen?«

Er schwieg lange, bevor er sich zu einer Antwort durchrang. »Ich habe noch nie jemandem davon erzählt.«

»Dann wird es vielleicht Zeit«, erwiderte sie sanft.

Luca zögerte einen Moment und drückte die Zigarette wieder aus.

»Du hast gehört, wie der alte Mann mich genannt hat: Mörder. Er hatte recht.«

Anna wartete ab, bis er weitersprach. Seine Stimme klang beinahe unbeteiligt, doch das wunderte sie nicht. Würde er jetzt Gefühle zulassen, wäre er wahrscheinlich überhaupt nicht in der Lage, auch nur irgendetwas von dem zu erzählen, was damals passiert war.

»Ich hab an dem Abend ein paar Kerzen angezündet, Musik gehört und was geraucht. Meine Eltern und meine Schwester waren schon im Bett. Ich saß auf dem Fensterbrett und hatte mir gerade eine neue Tüte gedreht, da ist mir das beschissene Feuerzeug aus dem Fenster gefallen.« Er hielt inne und zündete sich eine neue Zigarette an.

»Es war das einzige Feuerzeug, das ich hatte, also bin ich rausgegangen, um es zu suchen. Es war völlig bescheuert von mir zu glauben, dass ich es im Dunkeln finden würde, aber ich war total zugedröhnt und bin lange im Gebüsch rumgekrochen. Erst als es auf einmal hell wurde, hab ich verstanden, was los war. Die Flammen kamen aus meinem Fenster, und ich bin zur Tür gerannt, um irgendwas dagegen zu tun, aber drinnen war alles voller Rauch. Ich konnte nicht atmen, also bin ich draußen geblieben und hab zugesehen. Ich hab zugesehen, verstehst du? Und dann bin ich losgerannt, aber unterwegs kam mir schon die Feuerwehr entgegen. Jemand aus dem Dorf hatte das Feuer gesehen. Aber da war es schon zu spät.« Luca atmete einmal tief durch. »Später kam heraus, dass wohl eine von meinen Kerzen umgefallen war. Wahrscheinlich hatte ich sie umgestoßen, als ich rausgegangen war.« Er drehte sich auf die Seite und sah sie an. »Sie haben also völlig recht, wenn sie mich Mörder nennen.«

»Haben sie nicht«, widersprach Anna. »Es war ein Unfall.«

Luca schüttelte den Kopf. »Meine Schwester war elf, und

dass sie ihren zwölften Geburtstag nicht mehr erlebt hat, ist allein meine Schuld.«

»Und dafür bestrafst du dich immer noch.« Anna beugte sich vor und berührte vorsichtig den Bluterguss unter seinem Auge.

Luca nahm ihre Hand und lächelte schief. »Wenn ich mich geprügelt habe, fühle ich mich ein paar Tage lang besser.«

»Warum gehst du nicht einfach weg?«

Wieder entstand eine längere Pause, bevor er antwortete.

»Weil das bedeuten würde zu vergessen.«

Anna schüttelte traurig den Kopf. Sie hätte ihm gerne geholfen, aber sie wusste, dass nur er selbst sich vergeben konnte.

»Du solltest dich nicht den Rest deines Lebens dafür bestrafen«, sagte sie trotzdem.

»Ich wünschte, ich könnte das.« Er legte ihre Hand vorsichtig auf den Tisch.

Nachdem Anna das Bier ausgetrunken hatte, ging sie nach Hause. Draußen herrschte eine seltsame Schwüle. Die Schwalben flogen dicht über dem Boden, und von den Hügeln zogen graue Wolken herüber.

Rike war nicht im Haus, aber damit hatte Anna auch nicht gerechnet. Sie ging in ihr Schlafzimmer, setzte sich auf das Bett und wählte Rikes Nummer. Ganz leise ertönte irgendwo eine Sirene: Rikes Klingelton. Sie musste ihr Telefon vergessen haben. Inzwischen hatte sich die Mailbox eingeschaltet, deshalb wählte Anna noch einmal und ging in Rikes Zimmer. Erneut hörte sie die Sirene, aber der Ton war noch immer so leise, dass sie angestrengt lauschen musste, um ihn wahrzunehmen. Anna begann, das Chaos auf dem Boden zu durchwühlen, und rief dazwischen immer wieder Rikes Nummer an. Doch das Telefon war nicht auffindbar. Schließlich brach sie die Suche ab. Wahrscheinlich war Rike wieder bei Aris. Sie rief Elena an und erzählte ihr alles.

»Wie bitte?«, kreischte Elena. »Du hast beinahe mit Luca

Cattaneo geschlafen und es dann doch nicht getan? Bist du wahnsinnig, dir das entgehen zu lassen?«

Trotz allem musste Anna lachen. »Vielleicht wäre er ja was für dich!«

Elena schnaubte. »*Cara*, ich werde nächstes Jahr vierzig. Muss ich mehr sagen?«

»Nein.« Anna lachte wieder, dann wurde sie ernst. »Kannst du mir Aris' Nummer geben?«

»Oh, diese Kinder machen einen wahnsinnig!«, rief Elena. »Aris müsste gleich hier sein, er wollte mit seinem Vater zum Essen vorbeikommen.«

Die Erwähnung von Daniele versetzte Anna einen Stich ins Herz. Wann würde das endlich aufhören?

»Ich rede mit Aris und gebe dir dann sofort Bescheid, ja? Bleib ruhig, sie wird wiederauftauchen, so wie letztes Mal«, versprach Elena.

»Das glaube ich auch. Danke dir!« Anna beendete das Gespräch. Sie fühlte sich keineswegs so ruhig, wie sie sich am Telefon gegeben hatte. Etwas Kaltes, Schweres regte sich in ihrem Magen – Furcht.

Es hatte zu regnen begonnen, und sie rieb sich fröstelnd die Oberarme, während sie das Durcheinander im Zimmer betrachtete. Was, wenn Rike nach dem, was passiert war, nicht mehr bei ihr bleiben wollte? So lange Zeit hatte sie sich damit abgefunden, sie nicht zu sehen, weil es so besser für alle war, wie Simona gesagt hatte. Doch jetzt wurde ihr bewusst, dass sie es nicht mehr ertragen würde, ohne Rike zu sein. Ohne ihr verschlafenes Gesicht am Frühstückstisch, ohne ihre Augenverdreher, ohne ihre frechen Kommentare würde das Leben langweilig werden.

Anna dachte an die Zeit, als sie buchstäblich mit Rike verbunden war. Wie beunruhigend, aufregend und erstaunlich es sich angefühlt hatte, ein Leben in sich zu tragen. Damals hatte die Angst vor der Zukunft sie davon abgehalten, diese Zeit zu genießen, aber das war fünfzehn Jahre her.

Sobald Rike wiederauftauchte, mussten sie miteinander reden. Anna überlegte, wie sie sich bis Elenas Rückruf ablenken konnte. Da fielen ihr Simonas Briefe wieder ein, die sie über allem anderen ganz vergessen hatte.

Die Papiere lagen im Wohnzimmer auf einem Beistelltischchen, beschwert von einem Tschechowband. Es war kalt in dem dunklen Raum, und Anna verbrachte einige Zeit damit, den Kamin anzuschüren. Als die Papierknäuel und Zweiglein Feuer gefangen hatten, legte sie einen Holzscheit aus der alten Obstkiste, die neben dem Kamin stand, darüber und sah zu, wie die Flammen knisternd daran emporzüngelten. Anna genoss den Film aus Wärme, der sich über ihr Gesicht legte, und zog sich einen Sessel an den Kamin. Das Handy legte sie griffbereit neben sich, dann nahm sie die Briefe zur Hand. Dabei fiel ihr ein Foto entgegen, auf dem Simona mit Kurbin zu sehen war, so jung und unbeschwert.

Mai 1981. Wie mädchenhaft schlank ihre Mutter gewesen war!

Unvermittelt überkam sie wieder das unangenehme Gefühl, als hätte sie etwas übersehen. Irgendetwas an dieser ganzen Geschichte war nicht logisch. Es war, als versuchte man, eine Maus am Schwanz zu packen, die immer, wenn man sie beinahe erwischt hatte, einen Haken schlug und wieder außer Reichweite geriet. Jetzt kamen ihr auch Danieles Worte wieder in den Sinn: *Meine Mutter bestand darauf, dass Simona noch vor Weihnachten unser Haus verließ.*

Anna schnappte nach Luft: Die Monate! Es war die ganze Zeit da gewesen, sie hatte nur nicht darauf geachtet. Sie nahm die Finger zu Hilfe wie ein kleines Mädchen, als sie die Monate abzählte. Dezember 1980, Januar 1981, Februar, März … Selbst wenn Simona erst schwanger geworden war, kurz bevor sie das Haus der Solcas verließ, musste das Kind spätestens im August 1981 auf die Welt gekommen sein. Doch auf dem Bild war nicht einmal der Ansatz eines Schwangerschaftsbauchs zu sehen. Und Annas Geburtstag war der 15. Dezember. So stand es in ihrer Geburtsurkunde. Geburtsort: St. Martinsspital, Norden. Das Kind, mit dem Simona im Winter 1980 schwanger gewesen war, war nie geboren worden.

Kleine schwarze Punkte erschienen in Annas Blickfeld, wirbelten durcheinander wie ein Mückenschwarm. Sie versuchte, ruhig zu atmen, bis sie wieder richtig sehen konnte und nicht mehr das Gefühl hatte, die Erde unter ihren Füßen schaukelte hin und her. Ganz kurz schoss ihr durch den Kopf, Simona könnte ihre Geburtsurkunde gefälscht haben – doch weshalb hätte sie das tun sollen? Abgesehen davon, dass ein offizielles Dokument sich nicht einfach so fälschen ließ.

Anna sah ins Feuer, das inzwischen mit hoher Flamme flackerte. In ihrem Kopf tobten so viele Gedanken gleichzeitig, dass sie völlig durcheinanderkam. Sie stützte die Stirn in die Hände, während sie sich bemühte, alles zu ordnen. Zuerst rechnete sie von ihrem eigenen Geburtsdatum zurück – Simona musste im März 1981 mit ihr schwanger geworden sein. Damals hatte sie schon bei Kurbin gelebt. Aber aus dieser Zeit gab es keine Briefe. Hatte Simona ihr Verhältnis mit Solca noch eine Zeit lang fortgesetzt oder sich sofort in Kurbin verliebt?

Die Briefe in Annas Hand raschelten, als sie die restlichen Blätter überflog, in der Hoffnung, auf Hinweise zu stoßen, wer ihr Vater war.

28. Juli 1981

Amore,
du bist mein Leben, das weißt du, und ich würde fast alles für dich tun – aber das ertrage ich nicht mehr lange. Ich sehe euch zusammen, und obwohl ich gewiss keinen Grund habe, eifersüchtig auf sie zu sein, so krumm und lahm, wie sie ist, spüre ich, dass euch etwas verbindet, von dem ich ausgeschlossen bin. Und du willst nicht mit mir darüber sprechen, das tut mir am meisten

weh. Fast bereue ich, dass ich so offen zu dir war und dir nichts verschwiegen habe, was meine Vergangenheit betrifft, obwohl ich Angst hatte, dass du mich dann nicht mehr willst. Aber wie könntest du mich lieben, wenn du nicht weißt, wer ich bin?

Was sie im Dorf sagen, ist mir gleichgültig, sollen sie glauben, ich hätte mit dem dottore *ein Verhältnis gehabt. Die Leute glauben sowieso das, was sie wollen. Mir genügt, dass du die Wahrheit kennst und mich nicht für etwas verurteilst, für das ich nichts kann.*

Ich konnte das Kind nicht kriegen – es hätte mich jeden Tag daran erinnert, dass es mit Gewalt gezeugt wurde. Dass ich mich ein bisschen weniger schmutzig fühle, habe ich dir zu verdanken, und auch dem dottore. *Er hat mir geholfen, nachdem ich von zu Hause weggelaufen war und nicht wusste, wohin ich sollte. Und dann noch einmal, nachdem ich entschieden hatte, dass ich nicht jeden Tag daran erinnert werden wollte, was dieser furchtbare Mensch mir angetan hat. Und daran, dass ich es zugelassen habe.*
Simona

Nun wusste Anna zumindest teilweise, worüber ihre Mutter nie gesprochen hatte. Ihr musste etwas Ähnliches widerfahren sein, wie Anna selbst. Es spielte keine Rolle, wer es gewesen war – ein Freund der Familie, ein Verwandter, ein Klassenkamerad. Der ältere Bruder eines Freundes. Hatte auch Simona Angst gehabt, Nein zu sagen? Anna fühlte sich ihr auf einmal sehr nah.

»Ich wünschte, du hättest es mir gesagt«, murmelte sie beinahe lautlos. Dann wäre vielleicht alles anders gekommen. Es schien eine innere Folgerichtigkeit zu haben, dass die Dinge sich immer aufs Neue ereigneten, solange man sie im Dunkeln versteckt hielt. Wie ein Fluch, der von einer Generation zur nächsten weitergegeben wurde. Anna legte die Briefe auf ihren Schoß und rieb sich den verkrampften Nacken. Würde auch Rike das widerfahren, was ihrer Mutter und Großmutter passiert war? Anna würde es nicht zulassen. Sie musste reinen Tisch machen, bevor es zu spät war. Auch wenn es ihr ungeheuer schwerfallen würde, Rike alles zu erzählen.

Kapitel 25

Das Klopfen wurde lauter, ungeduldiger. Es war so weit. Charlotte schloss die Augen und atmete mehrere Male tief ein und wieder aus. Sie würde es tun, auch wenn es ihr um das Mädchen ein wenig leidtat. Sie konnte nichts dafür, aber Charlotte hatte sie gebraucht, um die Mutter anzulocken, und jetzt konnte sie die Kleine nicht mehr gehen lassen.

Wie alt mochte sie sein? Etwas jünger als sie selbst in jenem Sommer. Charlottes Gesicht wurde hart. Das Schicksal hatte ihr nichts erspart, weshalb sollte das Mädchen dem seinen entkommen? Jeder bekam, was das Leben für ihn vorgesehen hatte. Damals hatte sie noch einmal Hoffnung geschöpft, nein, sie war so sicher gewesen, dass sich alles zum Guten wenden würde. Doch dann war alles, alles zerbrochen.

——— 1981

»So, da wären wir also.« Georg stellte Charlotte behutsam ab und machte eine ausladende Handbewegung.

Charlotte schlug die Hände vor den Mund. »Das gibt es doch nicht! Das muss ein Traum sein!«

Georg grinste lausbübisch, weil seine Überraschung gelungen war. Die Fenster waren mit dunklen Tüchern verhängt, und in der Mitte des Ateliers stand eine samtbezogene Chaiselongue, umgeben von mehreren Tischen und Kisten in unterschiedlichen Höhen, auf denen Kerzen brannten. In einigem Abstand davon stand eine Staffelei mit einer Leinwand, und auf dem Rollwagen daneben befand sich alles, was ein Maler für die Arbeit benötigte: Farbtuben, Pinsel und Palette sowie allerlei anderes.

Georg reichte Charlotte ihren Stock, hakte sie unter und führte sie zur Chaiselongue hinüber.

»Hier kannst du dich bequem ausstrecken, während ich dich male. Wenn du eine Pause brauchst, sagst du es mir einfach, und wir unterbrechen.«

Charlotte nickte. Sie war aufgeregt wie ein junges Mädchen vor dem Abschlussball.

Georg half ihr, sich niederzulassen, und sie erschauerte, als er ihre Knöchel umfasste, sie anhob und sanft auf die Polster legte. Er ordnete die Falten ihres langen Rocks, wobei seine Finger über ihre Waden streiften. Dann schob er ihr fürsorglich ein Kissen unter die Achsel, auf dem sie sich abstützen konnte.

»Einen Schluck Wein zum Auflockern?«, fragte er und wandte sich zu dem Beistelltisch, wo neben einem mehrarmigen Kerzenleuchter eine Flasche stand. Ohne Charlottes Antwort abzuwarten, öffnete er den Wein, goss die tiefrote Flüssigkeit in ein Glas und reichte es ihr. Sie hätte es gar nicht gebraucht, denn sie war bereits berauscht von der Atmosphäre, die Georg geschaffen hatte. *Als wollte er mich verführen,* ging es ihr durch den Kopf, während sie trank. Sie schloss die Augen und ließ für einige köstliche Augenblicke den Bildern, die sie überkamen, die Zügel schießen. Es würde sein wie damals, so atemlos und gefangen in der Süße des Augenblicks, dass nichts anderes mehr um sie herum existierte.

Georgs Stimme riss sie aus ihren Träumereien. »Gut, wollen wir anfangen?«

Er stand bereits hinter der Staffelei, sodass Charlotte nur den oberen Teil seines Kopfes und einen Ellbogen sehen konnte.

»Musst du keine Skizzen machen?«, fragte sie, etwas enttäuscht, weil sie gehofft hatte, er würde ihr zunächst dicht gegenübersitzen, um sie zu zeichnen, wie er es früher oft getan hatte, nachdem sie sich geliebt hatten.

Er sah hinter der Staffelei hervor, einen Rötelstift in der

Hand, und maß Charlotte mit den Augen. »Nein, ich mache die Vorzeichnung direkt auf die Leinwand«, sagte er in abwesendem Ton und begann zu arbeiten.

Immer wieder unterbrach er sich, um Charlotte zu betrachten, und sie bemühte sich, so verführerisch wie möglich auszusehen. Sie lächelte ihm zu, obwohl ihr Rücken im Korsett furchtbar wehtat, bemüht, ihre Haltung nur minimal zu verändern, damit die Falten des Rocks nicht verrutschten. Obwohl die Stellung ihr schnell unbequem wurde, genoss sie jeden Moment der Sitzung. Mit ihm allein zu sein, ohne dass diese Simona sie stören konnte, erfüllte sie mit Befriedigung. Nun galt Georgs Aufmerksamkeit nur ihr allein. In seinen Augen war sie schön. Sie fühlte sich als Frau, in gewisser Weise sogar begehrenswert. Zwischen ihr und Georg zählte ihre Behinderung nicht – er sah sie so, wie sie wirklich war. Auf dem Bild würde nichts von ihrer Behinderung zu sehen sein, dessen war sie sich ganz sicher.

Als Georg sie eine Weile gezeichnet hatte, legte er den Stift weg. »Lassen wir es für heute gut sein.«

»Aber wir haben doch gerade erst angefangen!«, protestierte sie.

»Ich möchte dich nicht überanstrengen. Uns stehen noch viele Sitzungen bevor, bis das Bild fertig ist.«

Er lächelte jungenhaft und fuhr sich durchs Haar. Wie gut sie sich an diese Geste erinnerte!

»Dann trink wenigstens noch ein Glas Wein mit mir, bevor wir hinuntergehen.« Charlotte hob das Glas, das sie die ganze Zeit über in der Hand gehalten hatte.

Nach kurzem Zögern nickte er. »Einverstanden.« Er schenkte sich Wein in ein Wasserglas und stieß mit ihr an. Nach dem ersten Schluck stand er schon wieder auf, schaltete zu Charlottes Enttäuschung die hässlichen Neonröhren ein und begann, die Kerzen auszupusten. Die romantische, intime Stimmung war dahin, und Charlotte hätte schreien mögen, aber sie ließ sich nichts anmerken.

In den folgenden Tagen hatten sie mehrere Sitzungen – nicht jeden Tag, aber doch beinahe –, und Charlotte lebte nur noch für diese gemeinsamen Stunden, in denen sie allein waren. Georg arbeitete konzentriert und sprach nicht viel, aber Charlotte genügte seine Gegenwart. Gelegentlich neckte sie ihn, und er streckte den Kopf hinter der Leinwand hervor und lachte – für sie das schönste Geräusch der Welt.

Nie ließ er sie das Bild sehen. Er hatte die Vorzeichnung mehrmals geändert, weil er nicht zufrieden war. Dann begann er, auf seiner Palette Farben zu mischen. Charlotte wies ihn darauf hin, dass er bei Kerzenlicht die Töne nicht erkennen könne, doch er sagte, ebendiesen Effekt wolle er nutzen.

Tagsüber war Georg häufig unterwegs: Entweder zog er mit Zeichenbrett und Aquarellkasten los, um Skizzen für zukünftige Bilder anzufertigen, oder sein Freund, der Dorfarzt, kam vorbei und holte ihn zur Jagd ab. Abends servierte Simona meist Kaninchenbraten. Einmal schleppten die Männer auch ein Wildschwein an, das allerdings am folgenden Tag an einen Metzger in Chiasso verkauft wurde.

Charlotte vertrieb sich die Zeit, wenn Georg nicht da war, mit Lesen oder Spaziergängen im Garten. Sie verließ aber nie den Hof – die Grobiane, denen sie bei ihrer Ankunft vor der Dorfkneipe begegnet war, wollte sie nicht wiedersehen, und sicher würden die Kinder sie verspotten.

Inzwischen kam es Charlotte vor, als lebten sie und Georg schon immer zusammen. All die Jahre in der Zürcher Wohnung waren wie ausgelöscht, und stattdessen traten wieder die Geschichten hervor, die sie geschrieben hatte. Natürlich wusste sie, dass sie sich nicht wirklich zugetragen hatten, aber es gefiel ihr, durch den Garten zu schlendern und sich vorzustellen, sie wären wahr. Sie spann sie immer weiter und malte sich aus, Georg und sie wären, nachdem ihnen das Haus in Como zu eng geworden war, nach Vignano gezogen, wo er mehr Ruhe für seine Malerei fand. Stella war inzwischen eine junge Frau und hatte ihr eigenes Leben begonnen. Sie lebte in Mailand als Redakteurin einer Modezeitschrift und war mit einem gut aussehenden jungen Adeligen verlobt, mit dem sie die Wochenenden auf dem Landsitz seiner Eltern verbrachte. Doch mindestens einmal im Monat kam das junge Paar sie besuchen, weil Stella so an ihren Eltern hing. Es war so einfach, sich vorzustellen, sie hätten sich für den kommenden Samstag angekündigt. Charlotte versank so tief in ihre Tagträume, dass sie einmal Simona anwies, einen *brasato* für vier Personen vorzubereiten und das Doppelbett im unbenutzten Schlafzimmer im zweiten Stock zu beziehen.

»Erwarten Sie etwa Gäste?«, fragte die Haushälterin nach, und Charlotte antwortete erstaunt: »Aber sicher, Stella und Massimo kommen doch am Wochenende!«, bevor ihr auf einmal bewusst wurde, dass die beiden nur in ihrer Phantasie existierten. Es gelang ihr, den Lapsus zu kaschieren, indem sie sich an die Stirn fasste und murmelte, sie habe ja ganz vergessen, dass die beiden abgesagt hätten.

Für den restlichen Nachmittag floh sie in den Garten und wanderte ziellos die verschlungenen Pfade entlang. Sie war nicht verrückt, sie hatte sich nur von ihrer Phantasie mitreißen lassen, das war alles.

Sie sehnte Georgs Rückkehr herbei: Die gemeinsamen Abendessen waren so heimelig und vertraut, die Gespräche so anregend. Simona war zwar auch anwesend, was Charlotte immer ein wenig störte, doch Georg schien ihr nicht besonders viel Aufmerksamkeit zu schenken, und Charlotte hatte sich angewöhnt, sie nicht weiter zu beachten. Natürlich musste Georg gelegentlich mit der Haushälterin sprechen, aber das war reine Höflichkeit. Man konnte das arme Ding ja nicht wie Luft behandeln. Charlotte wunderte sich manchmal, weshalb Georg sie überhaupt behielt. Für eine Hausangestellte war sie reichlich vorlaut und wirtschaftete, wie es ihr passte. Doch wahrscheinlich war Georg einfach froh, dass er sich mit dem Haushalt nicht befassen musste und sich ganz seiner Kunst widmen konnte.

An diesem Abend arbeiteten sie an Charlottes Porträt weiter. Sie hatte sich angewöhnt, es als eine Gemeinschaftsarbeit zu betrachten: Sie war die Muse, die ihn inspirierte. Heute trank sie zügig ein Glas Wein, das sie in eine angenehm beschwingte Stimmung versetzte, ohne sie zu ermüden. Sie plauderte mit Georg, während er malte, und machte sich nichts daraus, dass seine Antworten eher einsilbig ausfielen. Der Wein machte sie mutig.

»Weißt du, was ich mir manchmal vorstelle?«, fragte sie und sprach gleich weiter. »Was wohl gewesen wäre, wenn dieser Unfall nicht passiert wäre.«

»Und was?«, murmelte er, während er mit zusammengekniffenen Augen die Leinwand begutachtete.

Charlotte kicherte. »Ich glaube, wir wären genau hier, wo wir jetzt sind. Es ist einfach vorherbestimmt.«

Jetzt hatte sie seine ganze Aufmerksamkeit. Er runzelte die Stirn. »Ich glaube nicht an Vorsehung. So, machen wir für heute Schluss.«

»Schon? Wir haben doch erst vor einer halben Stunde angefangen?« Charlotte schmollte.

»Ich bin müde.« Georg blies die Kerzen aus und kam zur Chaiselongue. Wie immer beugte er sich hinunter und schob seine Hände unter Charlottes Körper. Sie legte ihm die Arme um den Hals und hielt sich an seinem Nacken fest. Ganz sachte strichen ihre Finger über seinen Haaransatz. Er richtete sich auf, Charlotte im Arm, doch statt ihren Kopf an seine Schulter zu lehnen, sah sie ihm dieses Mal in die Augen, und bevor sie Angst vor ihrer eigenen Kühnheit bekommen konnte, küsste sie ihn.

Einen winzigen Moment lang berührte sie Georgs Lippen, die sich ein wenig rau anfühlten. Dann zuckte er zurück, und sie wusste, dass es ein Fehler gewesen war.

Er schüttelte den Kopf, seine Miene war bedauernd. »Tu

das nicht, bitte.« Er setzte sie zurück auf die Chaiselongue. Charlotte sah trotzig zu ihm auf. »Früher haben wir das oft getan, und nicht nur das.«

»Das war vor beinahe zwanzig Jahren. Wir sind nicht mehr dieselben Menschen wie damals.«

»Aber wir könnten es wieder werden.«

»Das geht nicht, Charlotte. Ich wollte sowieso mit dir reden: Ich male das Porträt fertig, und dann musst du gehen. Wenn du Geld brauchst – ich helfe dir so gut ich kann.«

Charlottes Körper wurde steif und hart wie Holz. Sie biss sich auf die Unterlippe, bis sie das metallische Aroma ihres Blutes schmeckte. »Du wirfst mich raus? Nach dem, was du mir damals angetan hast?«

»Ich habe dir nichts angetan. Es war ein Unfall, und es tut mir furchtbar leid. Als du nach Vignano kamst, wollte ich dir helfen, den Tod deiner Mutter zu verarbeiten. Aber du kannst doch nicht für immer hierbleiben, du musst dein eigenes Leben führen.«

»Das würde ich, wenn ich eines hätte«, giftete Charlotte. Eine eiskalte Ruhe breitete sich in ihr aus. »Ich möchte das Bild sehen.«

Georg blickte an ihr vorbei. »Es ist noch nicht fertig«, meinte er ausweichend.

»Zeig es mir trotzdem.«

»Es wird dir wahrscheinlich nicht gefallen«, murmelte er und fuhr sich wieder durchs Haar.

»Ich will es sehen, und zwar jetzt.«

Georg seufzte, dann ging er zur Staffelei, hob sie an und drehte sie herum. Dann machte er zwei Schritte zur Seite.

Während Charlotte das Bild schweigend betrachtete, hatte sie das Gefühl, dass etwas in ihr verwelkte.

Georgs Porträt von ihr zeigte ein Gespenst. Ein fahles Gesicht mit eingesunkenen Augenhöhlen, hervorstechenden Wangenknochen, schiefem Mund und schlaffem Haar, das auf dem Kissen lag wie brauner Tang. Der Körper schien in ein schwarzes Totenhemd gehüllt, das an dem knochigen Körper klebte, und die Kerzen, die ihren gelblichen Schein über die Gestalt warfen, verliehen dem Motiv eine unheimliche Stimmung.

»Das bin nicht ich.« Charlotte betonte jedes Wort.

Georg knetete seine Hände. »Ich weiß, dass du ein idealisiertes Bild gewünscht hast«, sagte er zögernd. »Aber ich kann nicht lügen. Nicht in der Kunst. Ich muss die Dinge und die Menschen malen, wie ich sie sehe.«

»Und so siehst du mich?« Sie schrie, ohne die Stimme zu heben. »Lass mich bitte alleine.«

»Aber …« Georg machte eine Kopfbewegung zur Treppe.

»Das schaffe ich auch ohne dich. Schließlich bin ich nicht querschnittsgelähmt«, fuhr sie ihn an.

»Wie du möchtest.« Er trat von einem Fuß auf den anderen wie ein Schuljunge. »Ich glaube, du hast da etwas falsch verstanden. Das Bild ist keine Beleidigung. Mich hat berührt, wie hilfsbedürftig und gefangen du in deinem Körper bist. Das wollte ich zeigen, mehr nicht.«

Charlotte schloss die Augen. »Dreh das Bild bitte weg, bevor du gehst. Ich will es nicht mehr sehen.«

Sie öffnete die Augen erst wieder, als sie seine Schritte auf der Treppe hörte. Er hatte die Kerzen gelöscht und die Stehlampe mit dem orangefarbenen Schirm eingeschaltet, sodass Charlotte im Halbdunkel saß. Lange blieb sie auf der gepolsterten Liege sitzen und starrte die Rückseite der Leinwand an. Doch das Bild schien sich in ihr Gehirn eingebrannt zu haben, sie hatte es noch immer vor Augen. Einen Krüppel, mehr sah Georg nicht in ihr. Ein bedauernswertes, hinfälliges Geschöpf, dessen Anblick man auf Dauer niemandem zumuten konnte. Und hatte er nicht völlig recht? Charlotte lachte höhnisch auf. Es klang hohl in dem weiten, beinahe leeren Raum.

Wie hatte sie nur so dumm sein können zu glauben, auch ihr stünde ein wenig Glück zu? Zu glauben, sie könnte sich unter anderen Menschen bewegen, ohne ausgelacht zu werden, ein Teil zu sein von dem, was man Leben nannte. Georg hatte ihr klargemacht, dass es nie so sein würde. Trotzdem liebte sie ihn immer noch, und es zerriss sie innerlich. Wie konnte man jemanden zugleich lieben und hassen? Wenn sie ihn nur dazu bringen könnte zu begreifen, dass sie die zweite Chance nutzen mussten, die das Schicksal ihnen geschenkt hatte!

Sie hielt sich an der Rückenlehne der Liege fest und zog sich hoch. Es ging überraschend leicht, und auch die Treppe kam sie viel besser hinunter als zu Anfang. Erst jetzt fiel ihr auf, wie die langen Spaziergänge im Garten ihre Muskeln gestärkt hatten. Sie war wohl nicht ganz so hilfsbedürftig, wie Georg glaubte.

Charlotte ging direkt in ihr Zimmer, zog sich aus und legte sich ins Bett. Irgendwann, nachdem die Kirchturmglocken schon Mitternacht geschlagen hatten, klopfte Georg an die Tür und fragte, ob alles in Ordnung sei.

Charlotte antwortete ihm, es ginge ihr gut, und wunderte sich, dass ihre Stimme klang wie immer. Georg wünschte ihr eine gute Nacht, dann hörte sie ihn in sein eigenes Schlafzimmer gehen. Wieder einmal gelang es Charlotte nicht einzuschlafen. Warum hatte sie Georg geküsst? Damit hatte sie alles zerstört. Sie musste sich in Geduld üben. Er brauchte noch etwas mehr Zeit, bis er lernen würde, sie wieder zu lieben.

Kapitel 26

Charlotte saß am Tisch im Hof und las. Als die Stimmen der Männer zu ihr vordrangen, war es zu spät, um ins Haus zu flüchten. Georg und Dr. Solca kehrten von der Kaninchenjagd zurück. Bisher hatte Charlotte vermieden, dem Arzt zu begegnen, aus Angst, er würde sie über ihre Behinderung ausfragen oder sie womöglich sogar untersuchen wollen.

Sie legte ihr Buch weg, blieb aber sitzen. Georg und sein Begleiter traten auf den Hof wie Helden, die von einer siegreichen Schlacht heimkehrten: müde, mit schweißverklebtem Haar und leuchtenden Gesichtern. Sie lachten und scherzten miteinander.

»Buona sera!«, rief der Arzt dröhnend, als er Charlotte sah. »Endlich kriege ich Giorgios geheimnisvolle Besucherin zu Gesicht!«

Er beugte sich über den Tisch, gab Charlotte die Hand und zwinkerte ihr freundlich zu, sodass sie sich ein wenig entspannte.

»Ihr Deutsch ist ja hervorragend«, stellte sie überrascht fest, und er lachte.

»Ich habe in Basel studiert.«

»Dottore!« Simona kam aus dem Haus und stellte ein Tablett mit einer Flasche Weißwein und mehreren Gläsern auf den Tisch, dann umarmte sie den Gast. Sie verfielen in ihren Dialekt und lachten miteinander – anscheinend kannten sie einander sehr gut. Dann wandte Solca sich um und rief etwas. Ein Junge, den Charlotte bisher nicht bemerkt hatte, kam zögernd an den Tisch und lud die vier Kaninchen, die er über der Schulter trug, darauf ab. Dabei starrte er Char-

lotte an, und ihr wurde wieder bewusst, wie sie aussah. Für einige Augenblicke hatte sie es tatsächlich vergessen, denn der Arzt hatte sich nichts anmerken lassen.

Solca legte dem Jungen die Hand auf die Schulter. »Das ist Daniele, mein Sohn«, stellte er ihn auf Deutsch vor.

Der Junge sah unsicher zu seinem Vater auf, als er die fremde Sprache hörte. Sein Vater sagte etwas auf Italienisch zu ihm, worauf er zögerlich die Hand über den Tisch streckte, die Augen furchtsam geweitet.

Charlotte lehnte sich vor und zwang sich zu einem Lächeln. Ihr war es ebenso unangenehm wie dem Jungen, dass sie sich die Hand geben sollten. In den Kinderaugen sah sie den unverhohlenen Abscheu, den Erwachsene so geschickt zu verbergen wussten. Sobald seine Fingerspitzen Charlottes Handfläche berührt hatten, zog der Junge seine Hand zurück, umschlang seinen Vater und drückte sein Gesicht in dessen Seite. Dann entdeckte er eine Katze, die auf der Gartenmauer entlangspazierte, und rannte davon, um mit ihr zu spielen.

Die Männer setzten sich. Simona schenkte ihnen Wein ein, nahm die Kaninchen vom Tisch und trug sie ins Haus. Charlotte war froh, dass die glasigen Murmelaugen der toten Tiere sie nicht länger anstarrten.

Georg und Solca begannen, von ihrer Jagd zu erzählen, und Charlotte musste über den jungenhaften Eifer lächeln, mit dem sie sich gegenseitig zu übertrumpfen suchten, als hätten sie statt Kaninchen Drachen gejagt. Sie fühlte sich unerwartet wohl in Gesellschaft des Doktors. Er war ein breitschultriger Mann mit kräftigen Gesichtszügen und vollem, kastanienbraunem Haar. Sein kerniger Charme nahm sie sofort für ihn ein. Er fragte Charlotte nicht nach ihren Narben, sicher hatte Georg ihn bereits ins Bild gesetzt. Es tat gut, einmal ein anderes Gesicht zu sehen. Als Mädchen war sie immer gerne unter Leuten gewesen, je mehr, desto besser, und meistens hatte sie bei Gesprächen den Ton angegeben. Jetzt hatte sie wenig beizutragen, aber es gefiel ihr, den Männern zuzuhören. Simona hatte inzwischen Brot, Wildschweinsalami und weichen Zincarlinkäse aufgetischt. Es wurde herzhaft zugelangt, und bald stand die zweite Flasche Wein auf dem Tisch.

Als die Männer ihre Jagderlebnisse bis in alle Einzelheiten geschildert hatten, wandte das Gespräch sich anderen Dingen zu. Simona räumte den Tisch ab, und kurz darauf hörte Charlotte Geschirrklappern durch das offene Küchenfenster. Ein heimeliges Geräusch, das Behaglichkeit erzeugte, vielleicht, weil es so friedlich war.

Es war zwar noch hell, doch das Abendlicht dämpfte bereits alle Farben ab, und die Zikaden hatten zu schnarren begonnen. Charlottes Kopf war leicht vom Wein, und sie lauschte träge dem Gespräch, das ihr zuliebe auf Deutsch geführt wurde.

»Hast du schon von der Einbrecherbande gehört, die sich seit ein paar Wochen in der Gegend herumtreibt?«, fragte Solca.

»Ja, der alte Bernasconi hat mir erzählt, dass sie seelenruhig alles ausgeräumt haben, während er und seine Frau geschlafen haben.«

»Sogar ins Schlafzimmer haben sie sich gewagt und seiner Frau den Schmuck mehr oder weniger unter dem Kopfkissen weggeklaut. Sie ist aufgewacht, hat das Ganze aber für einen bösen Traum gehalten und ist sofort wieder eingeschlafen.« Alle lachten.

»Es ist so unglaublich dreist, dass man es schon fast wieder bewundern muss. Sie sollen schon in vier oder fünf Häusern gewesen sein.«

»Besser, man hat eine Waffe parat, um sich zur Wehr zu setzen.«

»Das glaube ich auch.« Georg warf einen Blick auf seine Jagdflinte, die er gegen die Mauer gelehnt hatte.

»Seien Sie unbesorgt, unser Maler hier wird Sie beschützen, solange Sie hier sind.« Solca zwinkerte Charlotte zu. »Bleiben Sie den ganzen Sommer über?«

»Ich weiß nicht, ich …« Charlotte geriet ins Stammeln und warf Georg einen Hilfe suchenden Blick zu.

»Zurzeit arbeite ich an Charlottes Porträt«, sagte Georg ruhig, »und es wird noch eine ganze Weile dauern, bis es fertig ist.«

Charlottes Herz machte einen Sprung. Er wollte, dass sie blieb! Sie lächelte ihm zu, und er erwiderte es. Anschließend wandte er sich an Solca.

»Gianni, heute Abend bist du fällig. Du schuldest mir noch eine Revanche.«

Solca stöhnte auf. »Das sagst du jetzt, nachdem ich vier Gläser Wein intus habe?! Du *furbetto* machst mich betrunken, damit du endlich mal eine Partie gewinnst!«

Georg lachte und stand auf. »Glaub, was du willst! Ich hole kurz das Schachspiel.«

Er ging hinein. Der Arzt lachte noch einmal auf, bevor er ernst wurde und Charlotte ansah.

»Wie fühlen Sie sich?«

»Sehr gut, danke.« Charlotte lächelte. »Ein schöner Abend.«

»Ich meine, gesundheitlich. Giorgio hat mir erzählt, dass Sie einen schweren Unfall hatten.«

Also doch! Wieder war sie nur ein Fall, eine medizinische Kuriosität. Sie hätte es sich denken können.

»Das ist lange her«, antwortete sie kühl. »Ich habe mich an gewisse Einschränkungen gewöhnt.«

»Wenn Sie Schmerzen haben, können Sie gerne zu mir in die Praxis kommen, und ich verschreibe Ihnen etwas.«

»Auch an den Schmerz gewöhnt man sich. Aber ich habe manchmal Schwierigkeiten beim Einschlafen.« Charlotte lächelte so hilflos, wie sie konnte. »Die Erinnerungen an den Unfall verfolgen mich noch immer.«

Der Arzt nickte verständnisvoll. »Ich gebe Giorgio ein

Rezept für ein Beruhigungsmittel, er kann es Ihnen aus Chiasso mitbringen.« Er hob den Zeigefinger. »Sie dürfen es aber nicht zu häufig nehmen, der Inhaltsstoff kann abhängig machen.«

»Ich nehme es nur im Notfall, versprochen.«

Am nächsten Morgen erschien Charlotte um die gewohnte Zeit zum Frühstück. Es roch nach frischem Gebäck. Auf dem Tisch standen ein Korb mit Hörnchen, ein Glas Honig und Simonas selbst gemachte Kirschmarmelade. Georg und die Haushälterin saßen sich gegenüber. Beide hatten einen Becher Milchkaffee vor sich und unterhielten sich auf eine ruhige, sehr vertraute Art. Am liebsten hätte Charlotte das Schüreisen gepackt und es der anderen Frau über den Schädel gezogen. Doch sie hatte sich in der Gewalt. Sie wünschte einen guten Morgen, setzte sich und bat Simona um einen *caffè*.

Simona warf Georg einen Blick zu, und als er kaum merklich nickte, stand sie auf und ging zum Herd, wo sie mit der Espressokanne zu klappern begann.

»Ich wollte vor Solca nichts sagen, aber das, was vorgestern im Atelier passiert ist, tut mir leid«, begann Charlotte liebenswürdig.

Georg, der sich gerade hinter dem *Corriere del Ticino* verschanzen wollte, ließ die Zeitung sinken. Jetzt fielen Charlotte die tiefen Schatten unter seinen Augen auf, und sie freute sich, dass er eine schlaflose Nacht verbracht hatte. Auch ihm war scheinbar nahegegangen, was geschehen war, und das hieß, dass sie ihm etwas bedeutete.

»Ich war nicht ganz bei mir«, fuhr Charlotte fort. »Mein Verhalten war gänzlich unangemessen.«

Georg wollte antworten, aber sie hob die Hand. »Du hast mich in deinem Haus aufgenommen, als es mir schlecht ging – das war sehr freundlich von dir und mehr, als ich erwarten konnte. Ich denke, in den letzten Wochen hat sich zwischen uns so etwas wie eine Freundschaft entwickelt, die ich aufs Spiel gesetzt habe. Ich bin seit dem Unfall immer einsam gewesen, und mir fällt es nicht leicht, mich damit abzufinden, dass es wahrscheinlich für den Rest meines Lebens so bleiben wird.« Sie lächelte traurig. »Du weißt, wie ich vorher war. Aber ich habe unsere Freundschaft mit etwas anderem verwechselt, einfach weil ich den Wunsch in mir trage, als Frau wahrgenommen zu werden, nicht als Krüppel.«

»Du bist kein Krüppel«, murmelte Georg, aber Charlotte winkte ab.

»Auf viele Menschen wirkt mein Äußeres abstoßend.«

»Sag so etwas nicht«, erwiderte Georg. »Es kommt doch immer darauf an, wie es im Inneren eines Menschen aussieht.«

»Danke, mein Lieber«, sagte Charlotte freundlich. »Jedenfalls wäre ich traurig, wenn der Vorfall im Atelier unserer Freundschaft schaden würde. Ich verstehe vollkommen, dass du deine Privatsphäre brauchst, und werde dir nicht länger zur Last fallen, als dir meine Anwesenheit angenehm ist.« Sie nahm Simona den Becher mit Milchkaffee ab. *»Grazie, cara.«* Nachdem sie einen Schluck getrunken hatte, wandte sie sich wieder an Georg. »Alles, worum ich dich bitten möchte, ist, mein Porträt zu beenden. Dieses Gemälde bedeutet mir sehr viel. Ich verspreche dir auch, dass ich mich nicht mehr beschweren werde. Du bist der Künstler, und es steht dir frei, wie du ein Motiv darstellst. Sonst wärst du nicht mehr als ein Roboter, der die Wünsche seiner Kunden erfüllt.« Sie machte eine Pause und sah ihn an. »Was sagst du dazu?«

Georg rang nach Worten. »Mir tut es auch leid. Ich habe vielleicht zu heftig reagiert. Und ich bin froh, dass du weitermachen willst. Ich glaube, dein Porträt wird eines meiner besten Bilder.«

»Das macht mich so stolz, Georg!«

Er räusperte sich. »Auch wenn es sich vorgestern anders angehört hat – natürlich kannst du bleiben, so lange du möchtest.«

»Danke, aber du hattest recht. Ich muss mein Leben wieder in die Hand nehmen, statt mich hier zu verstecken.«

Georg erhob sich und wandte sich an Simona, die sich wieder auf ihren Platz gesetzt und das Gespräch, das sie nicht verstand, umso aufmerksamer verfolgt hatte. Er sprach schnelles Italienisch, woraufhin sie die Augenbrauen zusammenzog, ihm eine Antwort entgegenschleuderte und so heftig aufsprang, dass sie an den Tisch stieß. Die Tassen wackelten, ihr Inhalt schwappte über und durchnässte die Zeitung, doch niemand außer Charlotte bemerkte es. Georg hob beschwichtigend die Hände, aber Simona schrie ihn an und rannte hinaus. Er fiel auf seinen Stuhl, stützte die Stirn in die Hand und schüttelte den Kopf.

»Sie beruhigt sich schon wieder«, sagte Charlotte. Innerlich triumphierte sie. Wenn sich alles nach ihren Vorstellungen entwickelte, würde sie bleiben. Und zwar für immer.

Zuerst wusste sie nicht, was sie geweckt hatte. Es war vollkommen dunkel und trotz des offenen Fensters drückend heiß im Zimmer. Das dünne Laken, das sie als Decke benutzte, klebte an ihrem Körper. Sie hatte Durst und dachte zuerst, sie wäre deswegen aufgewacht, aber auf einmal hörte sie eigenartige Geräusche über sich. Ein Scharren und Krachen, dann prasselte etwas auf den Boden. Es musste nach Mitternacht sein, um diese Zeit schliefen alle Hausbewohner. Hatte sich ein Vogel oder ein anderes Tier durch ein offenes Fenster ins Atelier verirrt? Oder waren es die Einbrecher, von denen der Doktor erzählt hatte?

Eigenartigerweise hatte Charlotte keine Angst. Sie beschloss nachzusehen, was dort oben vor sich ging. Wahrscheinlich war es wirklich ein Tier, das verzweifelt einen Ausgang suchte und dabei womöglich Georgs Bilder beschädigte.

Sie stand auf und tastete sich im Dunklen zur Tür, wo ihr Morgenmantel hing. Sie zog ihn an, nahm ihren Gehstock und trat auf den Flur, der still dalag. Charlotte wagte nicht, Licht zu machen. Sie überlegte kurz, ob sie Georg wecken sollte, doch dann entschied sie, ihn nicht zu stören. Schritt für Schritt bewegte sie sich in der Finsternis in Richtung der Treppe, doch auf einmal stolperte sie über etwas. Sie konnte sich gerade noch abfangen. Das musste Georgs Gewehr sein! Langsam ging Charlotte in die Knie und hob es auf, darauf bedacht, dass der Lauf von ihr weg zeigte. Sie würde es vorsichtshalber mit hinaufnehmen, falls sie sich doch Einbrechern gegenübersähe.

Nachdem sie die Tür des Treppenverschlags geöffnet hatte, erklomm sie Stufe für Stufe. Gelegentlich kam ein gedämpftes Rumpeln aus dem Atelier, dazu ein eigenartiges Keuchen. Nach einer scheinbaren Unendlichkeit erreichte Charlotte das obere Ende der Treppe und streckte vorsichtig den Kopf aus der geöffneten Bodenluke. Zuerst konnte sie nichts erkennen, denn es brannte nur die orangefarbene Lampe neben der Treppe, sodass der Raum jenseits des Lichtkreises im Dunkeln lag. Charlotte hörte nur das seltsame Schnaufen und verharrte einige Momente, bis ihre Augen sich an die Lichtverhältnisse gewöhnt hatten.

Und dann sah sie den Beweis dafür, wie dumm und naiv sie gewesen war. Auf der Chaiselongue in der Mitte des Ateliers lagen zwei Körper übereinander. Simonas dunkle Locken verdeckten ihr Gesicht und das des Mannes, der unter ihr lag, doch natürlich gab es keinen Zweifel. Sie bewegten sich heftig, beider Stöhnen vermischte sich, und das Durcheinander um sie herum zeugte davon, dass sie sich nicht nur auf der Chaiselongue geliebt hatten: Der Arbeitstisch war bis auf den Messingkerzenleuchter leer gefegt, alle Farbtuben und Pinsel waren auf dem Boden verstreut.

Charlotte dachte nicht nach. Sie stellte das Gewehr auf der Treppe ab und näherte sich den beiden. Simona und Georg bemerkten sie nicht, so versunken waren sie in ihr Liebesspiel. Charlotte sah den schlanken Rücken der jungen Frau, dessen Wirbel sich unter der Haut bewegten. Georgs Hände, die auf ihren Hinterbacken lagen und kleine Dellen in das feste Fleisch drückten. Seine angespannten Oberschenkelmuskeln, als er sich ihr entgegenschob. Charlotte war so nah, dass sie die Verräter hätte berühren können.

Dann richtete Simona sich auf. Charlotte sah ihre kleinen Brüste sowie darunter den sich wölbenden Bauch, und wusste, dass sie verloren hatte. *Dieses Kind hätte meines sein sollen,* dachte sie, und auf einmal hielt sie den Kerzenleuchter in der Hand. Er war schwer, und es kostete sie Mühe, ihn zu heben, doch ihr Hass verlieh ihr die Kraft dazu. Es schien Ewigkeiten zu dauern, bis sie ihn über den Kopf gestemmt hatte, doch in Wirklichkeit war es wohl nur ein Wimpernschlag. Charlotte sah auf die beiden hinunter, auf Georgs von Lust verschleiertes Gesicht. Sie wollte den Leuchter gerade auf Simonas Kopf niedersausen lassen, da öffnete er die Augen. Er schrie überrascht, als er Charlotte sah, stieß im selben Moment Simona von sich herunter und richtete sich auf.

Charlotte konnte ihre Hand nicht mehr bremsen. Der schwere Leuchter krachte gegen seine Stirn, und sie hörte ganz deutlich ein widerliches, feuchtes Knacken, das sie ihr ganzes Leben lang nicht vergessen würde. Dann polterte der Leuchter auf den Boden, und aus Georgs Stirn brach ein Blutschwall hervor, der sein Gesicht mit einer dunklen Schicht überzog. Sein Mund war immer noch geöffnet, doch er schrie nicht, sondern kippte mit einem leisen Ächzen von der Liege. Sein Körper schlug auf die Dielen, ein Geräusch, als klatschte man einen feuchten Lappen gegen eine Wand. Das Blut lief über seine Stirn und bildete am Boden eine schwarze Lache. Charlotte hatte Angst, das Blut würde immer weiter laufen, bis es den gesamten Raum füllte und sie darin ertrank. Sie starrte auf den sich allmählich ausbreitenden See, der Georgs Kopf entsprang. Aus weiter Entfernung hörte Charlotte die Schreie einer Frau, doch sie kümmerte sich nicht darum.

Sie sank unter Schmerzen auf die Knie und hob Georgs Kopf auf ihren Schoß. Er war so schwer, aber er sollte nicht auf den harten Dielen liegen. All die Bilder, die noch in seinem Kopf gesteckt hatten, rannen aus ihm heraus. Seine Stirn war ganz verformt, und Charlotte kämmte mit ihren Fingern sein Haar über die Stelle. Als sie eine Hand auf seine Brust legte, spürte sie ihn atmen. Sein Herzschlag war ganz schwach.

Sie wischte ihm zärtlich das Blut aus dem Gesicht, beugte sich zu ihm hinunter und blickte in seine Augen, die sich schnell hin und her bewegten, als suchten sie etwas.

»Schon gut, Liebster, ich bin ja da.«

Sein schöner Mund versuchte, Wörter zu formen, aber es kam nur ein leises, lang gezogenes Seufzen heraus.

»Wir müssen nicht sprechen«, flüsterte Charlotte. »Wir sind ja jetzt zusammen. Das ist das Einzige, was zählt.«

Sie hielt seinen Kopf noch lange, nachdem er aufgehört hatte zu atmen. Irgendwann erinnerte sie sich an Simona und sah sich nach ihr um, doch der Raum war leer. Sie und Georg waren endlich allein.

Kapitel 27

2013

30. Juli 1981

Ich konnte es dir noch nicht sagen, mein Liebster, weil die Hexe dich kaum aus ihren Krallen lässt und du mich nachts nicht mehr besuchst, seit du an ihrem Porträt arbeitest: Wir beide, du und ich, bekommen ein Kind. Ich weiß es schon seit einiger Zeit, wollte aber ganz sicher sein, dass es in mir wächst. Schon jetzt liebe ich es so sehr, dass es wehtut. Ich will es vor allen Gefahren beschützen. Weil es dein und mein Kind ist. Deshalb musst du sie wegschicken: Damit wir endlich wieder ungestört sind und uns lieb haben können wie früher. Trage deine Schuld bei ihr ab, wenn du nicht anders kannst, aber wenn dieses verfluchte Bild fertig ist, musst du sie wegschicken – versprich mir das, mein Liebster. Ich habe solche Sehnsucht nach dir.

Anna ließ den letzten Brief sinken. Das Kind, von dem Simona schrieb, konnte nur sie sein, geboren im Dezember 1981. Kurbins Kind. Die Erkenntnis war so ungeheuerlich, dass Anna einige Minuten gar nichts fühlte. Ganz sachlich dachte sie: *Ich sitze im Haus meines Vaters. Daniele ist nicht mein Halbbruder.*

Die Erleichterung war wie eine sanfte Welle, die sie erfasste und mit sich trug.

Sie zuckte zusammen, als ihr Telefon zu klingeln begann, und sie atmete erleichtert auf, bevor sie sich erinnerte, dass Rike ihr Handy nicht bei sich hatte. Die Nummer auf dem Display war ihr unbekannt.

»Pronto?«

»Anna, wie geht es dir? Ele hat mir erzählt, dass deine Tochter wieder verschwunden ist.« Es war Daniele.

Sie konnte kaum abwarten, ihm zu erzählen, was sie herausgefunden hatte, aber ihm alles zu erklären hätte zu lange gedauert. Dafür würde später noch Zeit sein.

»Hast du mit Aris gesprochen?«, fragte sie ihn stattdessen.

»Ja, aber er hat sie nicht gesehen. Wenn sie bei dem Wetter draußen ist, kann es gefährlich werden. Es kündigt sich ein heftiges Gewitter an.«

»Aber ich wüsste ja gar nicht, wo ich sie suchen soll«, sagte Anna hilflos.

»Ich komme vorbei«, hörte sie ihn mit fester Stimme sagen.

Sie wollte etwas erwidern, aber er hatte schon aufgelegt.

Ein mulmiges Gefühl machte sich in ihr breit. Nun fing sie doch an, sich Sorgen zu machen. Wo mochte Rike sein, wenn nicht bei Aris? Anna konnte nicht mehr ruhig sitzen bleiben. Sie stand auf, ging auf den Flur und lief dort nervös auf und ab.

Sie sagte sich, dass Rike nichts passiert sein konnte, sie war alt genug, um auf sich aufzupassen. Aber was, wenn sie in einer Kurzschlussreaktion etwas Dummes getan hatte? Es gelang Anna nicht, die Angst zu unterdrücken, die sich in ihrem Bauch festgesetzt hatte. Am schlimmsten war, dass sie nichts unternehmen konnte, und es kam ihr vor wie eine Ewigkeit, bis sie das Hoftor aufschwingen hörte. Als Daniele um die Ecke bog, wartete sie schon an der Haustür. Einige Augenblicke lang standen sie sich stumm gegenüber, das Rauschen des Regens auf dem Garagendach das einzige Geräusch.

»Lässt du mich rein?«, fragte Daniele.

»Oh, klar!« Hastig machte sie einen Schritt zur Seite und ließ ihn eintreten.

Er stellte seinen tropfenden Regenschirm in die Ecke und verschränkte die Arme.

»Warum ist sie eigentlich weggelaufen?«

Anna wurde siedend heiß.

»Wir haben uns gestritten, und sie ist weggelaufen. Ihr Telefon hat sie hier vergessen. Jedes Mal, wenn ich sie anrufe, höre ich es klingeln, aber ich kann das Handy ums Verrecken nicht finden.«

»Es muss irgendwo sein, wenn du es klingeln hörst. Wo ist ihr Zimmer?«

Anna führte ihn nach oben, und Daniele sah sich um. »Die Art von Chaos kenne ich doch. Ruf sie noch mal an.«

Anna tippte Rikes Nummer ein, und gleich darauf erklang ganz leise die Sirene. Daniele lauschte mit schief gelegtem Kopf.

»Das Handy muss in einer Kiste liegen oder so.« Er hob die Matratze hoch, fand aber nichts.

»Ich verstehe das nicht.« Anna legte auf, als sich nach sechsmaligem Klingeln Rikes Mailbox einschaltete.

»Ruf noch mal an«, forderte Daniele sie auf. Er bedeutete ihr, ganz still zu sein, und sie lauschten, ohne sich zu bewegen.

»Das kommt wahrscheinlich von oben«, mutmaßte Daniele, als der leise Ton erneut verstummte.

»Das kann doch gar nicht sein.« Anna blickte zur Decke.

»Ich bin mir ganz sicher: Sie muss da oben bei der alten Frau sein. Ich habe ziemlich gute Ohren.«

»Aber die macht niemandem die Tür auf. Und was sollte Rike überhaupt bei ihr wollen?«

Daniele zuckte mit den Achseln. »Das kannst du sie ja gleich selbst fragen.«

Anna fiel ein, dass Rike einmal etwas von einem Praktikum im Altersheim erzählt hatte und dass sie alte Menschen mochte. Hatte sie jemanden gesucht, bei dem sie sich aussprechen konnte?

»Gehen wir einfach rauf und klopfen«, schlug Daniele vor, aber Anna schüttelte den Kopf. »Wenn wir zu zweit vor der Tür stehen, macht sie garantiert nicht auf.«

»Wahrscheinlich hast du recht. Ich warte im Hof auf dich.«

»Besser im Haus, wenn sie dich sieht, macht sie vielleicht nicht auf.«

Sie gingen nach unten.

»Viel Glück«, sagte Daniele.

Anna lief durch den Regen über den Hof und stieg die Außentreppe hinauf. Oben angekommen, klopfte sie an die Tür und wartete. Als sich auch nach mehreren Minuten nichts rührte, hämmerte sie mehrmals mit der Faust gegen das Holz.

»Hallo, ist da jemand? Ich möchte zu meiner Tochter!« Was fiel dieser Frau ein, ihr nicht aufzumachen? Sie hämmerte erneut, und endlich rumorte es hinter der Tür. Der Riegel wurde zurückgeschoben und der Schlüssel gedreht. Anna atmete auf, als die Tür geöffnet wurde. Im Flur dahinter war es so düster, dass sie die alte Mitbewohnerin, die dort stand, kaum erkennen konnte. Hatte diese Frau die Liebe zwischen ihrer Mutter und Georg Kurbin zerstört? Würde sie bereit sein, mit ihr darüber zu sprechen, was damals geschehen war?

»Sie wünschen?« Eine raue Stimme, wie zersprungen.

»Ich bin Anna Fontana, die Hausbesitzerin«, sagte Anna hastig. »Ist meine Tochter zufällig bei Ihnen?«

»Kommen Sie herein.« Offenbar hielt Charlotte Amstutz es für überflüssig, sich vorzustellen. »Ihre Tochter ist hinten im Atelier.«

»Gott sei Dank! Ich hatte mir schon Sorgen gemacht«, sagte Anna, während sie eintrat und die Tür hinter sich schloss. Es war beinahe ganz dunkel im Flur, da das einzige Dachfenster mit dunkler Folie abgeklebt worden war. Die alte Dame war nur ein buckliger Schatten, ihr Gesicht hielt sie von Anna abgewandt. Es war aber zu erkennen, dass sie einen Gehstock benutzte.

»Gehen Sie ruhig nach hinten durch.«

»Ist meine Tochter bei Ihnen?«

»Jaja, gehen Sie schon.«

Anna fühlte sich beklommen, als sie den langen Flur entlangging. Ein Geruch nach Medizin, gemischt mit dem eines ungewaschenen Körpers, lag in der Luft. Am Ende des Flurs stand eine Tür halb offen.

»Rike?«, rief Anna halblaut, doch sie bekam keine Antwort.

»Gehen Sie nur durch«, krächzte die Alte, deren Füße ungleichmäßig auf den Dielen scharrten, begleitet von dem regelmäßigen Pochen ihres Gehstocks.

Anna stieß die Tür auf. Dahinter war es heller. Sie kam in einen weiten Raum, der bis in den Dachfirst reichte. Die Fenster waren mit schweren Leinentüchern verhängt, die ein diffuses Licht erzeugten, in dem alles wie weich gezeichnet erschien. Es herrschte ein grauenvolles Durcheinander. Die wenigen Möbelstücke verschwanden beinahe unter Bergen von alten Büchern, Kleidungsstücken, Alltagsgegenständen. Einen Herd gab es anscheinend nicht, aber auf einem farbverkleckssten Tisch stand ein elektrischer Wasserkocher neben einer Teekanne. Ein Teil des Bodens wurde von Mülltüten eingenommen, die sich an der hinteren Wand bis in Schulterhöhe stapelten. Immerhin schienen sie nichts Verfaultes zu enthalten, denn es roch nach wie vor nur nach Krankenhaus, nicht aber nach verdorbenen Lebensmitteln. Und überall lagen beschriebene Papierbögen herum, teilweise einzeln, teils in Bündeln. Es mussten Tausende sein.

Dann fielen Anna die Bilder auf, die die Wände bedeckten. Sie hatten unterschiedliche Größen, und die meisten waren auf Leinwand gemalt. Vereinzelt fanden sich aber auch Bleistiftskizzen mit eingerollten Ecken darunter. Anna erkannte Kurbins Stil sofort. Ihr wurde zum ersten Mal bewusst, dass es ihr Vater war, der die Bilder gemalt hatte. Landschaften, Gesichter, einige Stillleben.

»Wo ist denn nun meine Tochter?« Anna wandte sich zur Tür um, aber es war niemand da. Ärger stieg in ihr auf. Was sollte das alles? Sie wollte wieder auf den Flur hinaustreten, doch da erschien die Alte im Türrahmen. Es war nicht das entstellte Gesicht, das Anna zusammenzucken ließ, sondern das Gewehr, das die Frau auf sie richtete. Anna wich mehrere Schritte zurück. Die Angst, die sie überflutete, war so elementar, dass sie sich ihrer kaum bewusst wurde.

»Was soll denn das?«, fragte sie und wunderte sich, wie sachlich ihre Stimme klang.

»Wenn Sie nicht machen, was ich Ihnen sage, erschieße ich Sie.«

Anna überlegte, ob das Gewehr geladen war. Körperlich war ihr die gebrechliche Frau weit unterlegen, aber wenn sie schösse, bliebe ihr keine Chance.

»Was habe ich Ihnen denn getan?«, fragte sie behutsam.

»Sie wollen mir alles wegnehmen, was ich habe.«

»Das will ich nicht, wirklich. Wo ist meine Tochter? Bitte legen Sie das Ding weg, wir können doch über alles reden.«

»Nein. Erst trinken Sie den Tee.«

Anna blinzelte. »Wie bitte?«

»Dort drüben steht eine Kanne Tee. Schenken Sie sich eine Tasse ein, und trinken Sie sie ganz aus.«

Ich muss auf Zeit spielen, dachte Anna. Vielleicht würde Daniele sich Sorgen machen und herüberkommen, wenn sie zu lange wegblieb.

»Erst will ich wissen, wo meine Tochter ist. Dann trinke ich von mir aus Ihren Tee.«

Das Lachen der Alten klang wie splitterndes Glas. »Na gut. Da drüben auf der Chaiselongue.«

Es dauerte eine Weile, bis Anna das Möbelstück in all dem Durcheinander ausmachte. Eine Decke war darübergebreitet. Darunter zeichneten sich die Umrisse eines Körpers ab.

»O Gott!«, schrie Anna.

Die andere lachte wieder, wütend und bitter. »Keine

Angst, sie ist nicht tot. Noch nicht. Gehen Sie ruhig hin, und schauen Sie sie sich an.«

Anna spürte, dass die Alte sie leiden sehen wollte, und sie ahnte auch, weshalb, aber diese Befriedigung wollte sie ihr nicht gönnen. Sie schlängelte sich bis zu der gepolsterten Liege durch, ging in die Hocke und schlug vorsichtig die Decke zurück. Bei Rikes Anblick hätte sie beinahe die Fassung verloren, doch sie zwang sich, keine Gefühle zu zeigen.

Rikes Gesicht war blass und verschwitzt, ihr Kopf zur Seite gedreht. Aus dem halb geöffneten Mund waren Speichel und eine weißliche Substanz geronnen und auf ihrer Wange getrocknet. Anna legte zwei Finger an ihren Hals und versuchte verzweifelt, ihren Puls zu ertasten, aber ihre Hände zitterten zu stark.

»Was haben Sie ihr gegeben?«, fragte sie tonlos.

»Unwichtig. Ein Schlafmittel, das ich mir aufgehoben habe.«

Anna legte ihre Hand auf Rikes Brustkorb und fühlte, wie er sich ganz leicht hob und senkte.

»Bitte«, flehte sie, ohne die andere Frau anzusehen, »sie muss in ein Krankenhaus. Ihr Magen muss ausgepumpt werden.«

Sweet child o' mine, dachte sie, *es gibt so viel, was ich dir sagen muss, was wir nachholen müssen. Gib nicht auf, bitte.*

»Stehen Sie auf, trinken Sie den Tee und verschütten Sie nichts. Sonst stirbt das Mädchen sofort.«

»In Ordnung.« Anna hob die Hände und trat an den Tisch, auf dem die Teekanne neben einer angeschlagenen Tasse stand. Außerdem lag dort eine Schachtel »Tavor«. Sie war alt, die Ecken abgestoßen und der Karton vergilbt. Anna kannte das Mittel, Frau Harms hatte es verschrieben bekommen, weil sie entsetzliche Angst vor dem Zahnarzt hatte. Es wirkte beruhigend und machte schläfrig, so viel wusste sie. Aber wie viele Tabletten waren in der Kanne?

Eine Überdosis war wahrscheinlich tödlich. So langsam wie möglich goss sie den Tee in die Tasse.

Daniele, bitte komm rüber, flehte sie innerlich. *Tritt die Tür ein, hol uns hier raus, denn ich weiß nicht weiter.*

Sie hob die Tasse, trank aber nicht. »Rike hat Ihnen nichts getan.«

»Spielt keine Rolle. Ihre Mutter hat mir den Mann weggenommen, den ich geliebt habe. Wegen ihr ist mir das Glück einer eigenen Tochter versagt geblieben – dafür nehme ich Ihnen jetzt Ihr Kind. Gleiches mit Gleichem vergelten. So einfach ist das.«

Es war sinnlos, mit einer Verrückten zu diskutieren. Anna hielt immer noch die Tasse fest. *Daniele, wo bleibst du? Ich brauche dich.* Sie war zu weit von der alten Frau entfernt, um ihr das Gewehr aus der Hand zu reißen. Aber wenn sie den Tee trank, würde sie ohnmächtig werden und nichts mehr für Rike tun können. Dann würden sie beide wahrscheinlich an einer Überdosis sterben. *Also rede, solange du kannst.*

»Erzählen Sie mir, was damals passiert ist?«

»Das mache ich, wenn Sie den Tee getrunken haben.«

Anna hob die Tasse zum Mund. Leichte Wärme und der Duft nach Kamille stiegen von der Oberfläche des gelblichen Tees auf. Anna blickte über den Rand hinweg die Nachbarin an, auf deren entstelltem Gesicht ein Ausdruck entsetzlicher Befriedigung lag. Eine Sekunde lang verschränkten sich ihre Blicke, dann schleuderte Anna ihr die Tasse entgegen und duckte sich hinter einen grünen Lehnsessel. Das Knallen des Gewehrs dröhnte überlaut, und sie umklammerte instinktiv ihren Kopf, um sich noch kleiner zu machen. Die Garbe von Schrotkugeln zischte über sie hinweg und schlug prasselnd in die Wand ein.

Der Rückstoß warf Charlotte um, und ein furchtbarer Schmerz jagte durch ihren Rücken. Doch sie schrie nicht.

Mit äußerster Willenskraft richtete sie sich wieder auf, das Gewehr als Stütze benutzend. Als sie wieder stand, war Simonas Tochter verschwunden. Charlottes Hass wallte auf wie kochendes Wasser, in das Salz geschüttet worden war. Diese Sippe hatte nichts anderes im Sinn, als ihr Leben zu zerstören: Diese Simona war schuld an Georgs Tod, und jetzt wollte ihre Tochter sie auch noch aus dem Haus werfen. Aber sie würde dieses Zimmer, in dem Georg gemalt hatte, um keinen Preis verlassen. Er hätte gewollt, dass sie hier lebte und sein Werk hütete, und sie würde alles tun, um sein Vermächtnis zu bewahren. Simonas Tochter und deren verzogenes Kind hatten kein Recht, hier zu sein, ja, eigentlich hätte sie es nicht einmal geben dürfen. Nun, diesen Irrtum würde sie korrigieren.

Langsam schob sie sich zu der Chaiselongue hinüber, ohne den Lehnsessel aus den Augen zu lassen. Sie senkte den Gewehrlauf und drückte ihn dem Mädchen an die Schläfe. Die Mündung schwang hin und her, weil ihre Hände so zitterten. Sie war keineswegs sicher gewesen, dass Georgs altes Jagdgewehr noch funktionierte. Nach einiger Zeit bekam sie das Zittern unter Kontrolle.

»Ich halte Ihrer Tochter das Gewehr an den Kopf. Kommen Sie raus!«

Sie wartete kurz, dann sah sie, wie Simonas Tochter sich langsam erhob. Welch ein Genuss, die Angst in ihren Augen zu sehen! Simona war ihr damals entkommen, aber ihre Tochter und ihre Enkelin würden es nicht. Oh, Rache war wirklich so süß, wie immer behauptet wurde. Endlich würde sie für all das, was sie hatte erleiden müssen, entschädigt werden.

»Und jetzt trinken Sie den Tee – alles, was noch in der Kanne ist. Vielleicht lasse ich Ihre Tochter dann gehen, falls sie die Schlaftabletten überlebt.«

Simonas Tochter nickte. Ihr war anzusehen, dass sie keinen Ausweg mehr wusste. Charlotte achtete darauf, dass sie auch wirklich schluckte und nicht nur so tat. Schließlich ließ sie sich die leere Kanne zeigen.

»Setzen Sie sich in den Sessel.« Immer noch lag die Gewehrmündung an der Schläfe des Mädchens, und Charlottes Finger krümmte sich um den Abzug. Die Mutter krampfte die Hände ineinander, ihr Gesicht war bleich wie eine grundierte Leinwand.

»Und jetzt? Sie haben versprochen, mir alles zu erzählen.«

Und das tat Charlotte. Als ihr Rücken so sehr schmerzte, dass sie das Gefühl hatte auseinanderzubrechen, setzte sie sich neben das Mädchen auf die Chaiselongue. Sie erzählte von dem Unfall, wie sie gelitten hatte und wie sie fast zwei Jahrzehnte später nach Vignano gekommen war, um mit dem Mann zusammen zu sein, der ihr zustand. Und wie Simona, diese Hexe, ihr Georg weggenommen hatte. Einmal unterbrach sie sich, weil draußen etwas polterte – wahrscheinlich die graue Katze, die sich öfter auf dem Vordach sonnte. Beruhigt redete sie weiter, und Simonas Tochter hörte zu. Ab und zu stellte sie Fragen, und Charlotte merkte sehr wohl, dass sie versuchte, Zeit zu gewinnen, aber das würde ihr nichts nutzen. Nach fünf Minuten wich der angstvolle Ausdruck auf ihrem Gesicht, und sie lächelte sogar ein wenig – die Wirkung der Tabletten setzte ein. Bei dem Mädchen hatte es länger gedauert – wahrscheinlich war unten in der Kanne mehr Wirkstoff gewesen.

»Ist Ihnen klar, dass Sie meinen Vater niemals wiederbekommen hätten? Er und meine Mutter haben sich geliebt.« Die Stimme der Jüngeren klang schwach, ihre Augenlider wurden schwer, und sie blinzelte heftig, um sie offen zu halten. »Mein Vater – wie isser gestorben?«

Charlotte legte das Gewehr weg. Simonas Tochter würde nicht mehr aufstehen können, und bald würde sie einschlafen. Aber noch konnte die junge Frau sie hören. Auf eigenartige Weise tat es gut, sich die Ereignisse jener Nacht, die sie über dreißig Jahre lang für sich behalten hatte, von der Seele zu reden. Charlotte fühlte sich wie von einer schweren Last befreit. Als sie zu Ende erzählt hatte, war Simonas Tochter eingeschlafen.

Charlotte blieb sitzen und betrachtete die beiden. Es war schön, jemanden zu haben, der einem zuhörte. Sie würden ihr Gesellschaft leisten bis zum Schluss. Jetzt, da ihre Rache vollendet war, blieb ihr nur noch eines zu tun.

Ein Schatten vor dem Fenster schreckte Charlotte auf, aber es war wohl nur eine der Krähen, denen sie manchmal Brotkrumen aufs Fensterbrett streute. Mühsam erhob sie sich. Wie sehr sie sich danach sehnte, keine Schmerzen mehr zu haben. Sie tastete nach der Streichholzschachtel in ihrer Hosentasche und hinkte, das Gewehr als Krücke benutzend, zu dem Wandschrank, in dem Georg seine Malutensilien aufbewahrt hatte. Im untersten Regal stand die Flasche mit Pinselreiniger. Sie wollte sie gerade herausnehmen, da hörte sie ein Poltern und fuhr herum. Das Mädchen und Simonas Tochter rührten sich nicht, aber dort drüben, bei der Treppe, die sie benutzt hatte, um sich nachts unten umzusehen, bewegte sich etwas. Charlotte stützte sich gegen die Wand. Ihre Kräfte waren beinahe erschöpft, aber sie riss sich zusammen und hob das Gewehr.

Anna öffnete ihre Augen einen winzig kleinen Spalt und beobachtete die Verrückte dabei, wie sie durch den Raum humpelte. Sie hatte nicht mehr viel Zeit, wenn sie etwas unternehmen wollte, in spätestens zehn Minuten würde das »Tavor« seine volle Wirkung entfalten. Schon jetzt legte sich eine heitere Gleichgültigkeit über ihren Verstand. Doch als sie aufstehen wollte, um sich von hinten auf die bucklige Frau zu werfen, merkte sie, dass sie sich nicht bewegen konnte. Ihre Muskeln gehorchten ihr einfach nicht, nur den Kopf konnte sie noch etwas drehen. Etwas tief in ihr schrie und trommelte an die Wände ihres Verstandes, aber es drang nicht bis nach außen durch, und die Müdigkeit wurde übermächtig. Der Sessel unter ihr war so bequem. Sie schmiegte den Kopf an die Rückenlehne und war beinahe in einem süßen Vergessen versunken, als etwas sie ins Bein zwickte. Es war unendlich anstrengend, die Augen zu öffnen. Erst jetzt sah sie, dass der Sessel neben einer Treppe stand, die nach unten führte. Und auf der Daniele kauerte. Er legte einen Finger auf den Mund, und sie lächelte ihm zu. Es war schön, dass er da war. Aber warum kroch er am Boden herum? Er schien sich vor jemandem zu verstecken. Die Alte fiel ihr wieder ein.

Etwas rumpelte. Daniele war offenbar ins Zimmer gelangt und dabei gegen den Tisch gestoßen. Anna sah seltsam verlangsamt, wie die Verrückte das Gewehr auf ihn richtete. Sie wollte ihn warnen, aber ihre Zunge lag bleiern in ihrer Mundhöhle. Daniele stand auf, aber da knallte es schon. Er brüllte vor Schmerz und stürzte, seinen Oberschenkel umklammernd. Dabei stieß er einen Stapel Blätter um, der sich wie eine Lawine über den Boden ergoss. Anna wandte mühsam den Blick zu Charlotte Amstutz. Auch sie lag am Boden, aber Anna begriff nicht, weshalb. Ihre Gedanken hingen wie in einem zähen Gelee fest, sodass sie keine Zusammenhänge mehr herstellen konnte.

Daniele lag einen Meter von Anna entfernt auf den Dielen und stöhnte, unter seinem Bein breitete sich ein roter Fleck aus. Die Verrückte hatte jetzt eine Blechflasche in der Hand, aus der sie eine Flüssigkeit über sich selbst goss. Der stechende Geruch stieg in Annas Nase, trieb ihr die Tränen in die Augen und belebte sie für einen Moment. Die Alte wühlte in ihrer Hosentasche und zog einen kleinen Gegenstand heraus. Anna konnte ihre Augen nicht länger offen halten. Um sie herum wurde es dunkel, und das Letzte, was sie hörte, war splitterndes Glas.

Charlotte hatte gerade ein Streichholz aus der Schachtel gezogen, als das Fenster explodierte. Der Leinenvorhang blähte sich nach innen, Glas- und Holzsplitter regneten auf die Dielen. Eine Hand riss den Vorhang ab, und Charlotte erblickte einen Mann, der draußen auf dem Vordach stand und nun ins Zimmer kletterte. Es war der junge Kerl mit den langen Haaren, der neulich die Dachziegel ausgewechselt hatte.

Charlotte zündete das Streichholz an und ließ es fallen. Die Flammen loderten auf und hüllten sie ein wie ein Kleid. Sie spürte nichts. Dies war das Ende allen Schmerzes. Durch die Flammen hindurch sah sie, wie der Mann zurückwich, einen Ausdruck äußersten Entsetzens auf dem Gesicht. Doch dann gab er sich einen Ruck, war mit einem Sprung bei der Polsterliege und riss die Decke an sich.

Charlotte wollte »Nein!« schreien, aber die Flammen nahmen ihr den Atem. Zwei Arbeitsstiefel kamen mit großen Schritten auf sie zu, dann warf der Mann die Decke über sie.

Kapitel 28

Die Dunkelheit, inmitten derer Anna ruhte wie in einer Wolke, senkte sich. Farben kehrten zurück, und sie sah, dass sie auf einem weiß bezogenen Bett lag. Sie lebte, eine erstaunliche Tatsache, über die sie sich eine ganze Weile wunderte. Dann fiel ihr Rike ein. Sie sagte ihren Namen und richtete sich auf. Luca, der auf einem Stuhl neben dem Bett gesessen hatte, erhob sich.

»Es geht ihr gut«, sagte er. »Sie liegt im Bett nebenan.«

Anna wandte den Kopf, und da lag ihr wundervolles Kind und schlief.

»Die Ärztin hat gesagt, sie wacht auch bald auf.« Luca stopfte ihr ein Kissen in den Rücken, damit sie bequemer saß. Anna fühlte sich so erschöpft, als hätte sie einen Berg bestiegen.

»Und Daniele?«, fragte sie ängstlich.

»Sie haben ihm gerade die Schrotkugeln aus dem Bein operiert. Er hat ziemlich viel Blut verloren, aber er kommt schon wieder in Ordnung.«

»Was ist passiert?«, fragte sie schwach. Und Luca erzählte ihr, wie er Rikes iPod hatte zurückbringen wollen und einen äußerst besorgten Daniele im Haus angetroffen hatte. Nachdem sie vom Dachboden einen Schuss gehört hatten, hatten sie beschlossen, nicht an die Tür zu klopfen, sondern Charlotte Amstutz zu überraschen. Daniele hatte sich an die geheime Treppe erinnert, die ihn als Kind fasziniert hatte, wenn er mit seinem Vater bei Kurbin zu Besuch gewesen war. Und Luca war über das Vordach geklettert, hatte aber durch die geschlossenen Vorhänge nicht sehen können, was im Inneren vor sich ging. Nach dem zweiten

Schuss hatte er nicht lange überlegt, sondern das Fenster eingeschlagen.

»Gerade noch rechtzeitig«, meinte er. »Die verrückte *tedesca* hat sich selbst angezündet. Ich habe eine Decke über sie geworfen, sonst wäre das ganze Haus abgebrannt. Aber sie hat es nicht geschafft.«

Anna war erleichtert, dass Charlotte Amstutz tot war, und doch empfand sie auch ein Quäntchen Mitleid.

»Danke.« Sie drückte leicht seine Hand. »Nicht nur hast du den Brand verhindert, sondern uns dreien auch das Leben gerettet.«

Luca schüttelte abwehrend den Kopf. »Ich wäre beinahe davongelaufen, als ich das Feuer gesehen habe. Wie sie dort am Boden lag und brannte – es war genauso wie damals.« Er presste die Lippen aufeinander.

»Du bist aber geblieben, Luca, darauf kommt es an.«

Er nickte. »Und wie fühlst du dich?«

»Als hätte mich ein Elefant getreten.« Es war unglaublich, aber sie konnte lachen.

»Mama?«

Sie sah zum anderen Bett.

Rike blinzelte und hob kurz den Kopf. »Wo sind wir?«

»Im Krankenhaus, mein Schatz.«

Luca half Anna, aufzustehen und die drei Schritte bis zu Rikes Bett zu gehen. Sie setzte sich auf die Matratze und strich Rike das wirre Haar aus der Stirn.

»Zuerst war sie richtig nett, sie hat mir sogar Tee gemacht, aber dann hat sie totale Scheiße über Oma erzählt. Und auf einmal konnte ich mich gar nicht mehr bewegen.«

»In dem Tee war ein Betäubungsmittel, aber jetzt ist alles wieder in Ordnung«, erklärte Anna sanft.

»Wirklich?« Rike schmiegte ihren Kopf in das Kissen. »Kann ich noch ein bisschen schlafen?«

»Natürlich. Und wenn du aufwachst, erzähle ich dir alles, was du wissen willst.«

»Auch, wer mein Papa ist?«

»Auch das.«

Rike lächelte, dann schlief sie wieder ein.

Anna betrachtete ihr Gesicht, das ohne Make-up noch kindlich aussah, und stellte fest, dass sie keine Angst mehr vor der Wahrheit hatte. Sie würde Rike von der Nacht am Strand erzählen. Tammos älterer Bruder Lars war zu Besuch gewesen, weil er Semesterferien hatte, und Anna hatte sich so unsterblich in ihn verliebt, wie man nur zum ersten Mal lieben kann. Sie hatte ihrer Mutter die Erlaubnis abgerungen, ein einziges Mal bei Kerstin übernachten zu dürfen, aber in Wirklichkeit waren sie mit Zelten und Isomatten in die Dünen gezogen, um die Nacht am Strand zu verbringen. Anna war so unendlich aufgeregt gewesen, hatte sich so erwachsen gefühlt. Lars' Blicke über das Lagerfeuer hinweg hatten ihr Herz schneller schlagen lassen, und sie hatte sich so sehr gewünscht, dass er sie küsste. Später waren Tammo und Kerstin Hand in Hand in den Dünen verschwunden, und Lars hatte neben Anna in den Resten des Feuers herumgestochert. Und dann hatte er sie geküsst, so wie sie gehofft hatte. Nur hatte er es nicht dabei belassen, und Anna, starr vor Angst, er könnte sich über sie lustig machen, hatte alles mit sich geschehen lassen. Sie hatte sich so sehr geschämt, dass sie den anderen nichts gesagt hatte, als sie zurückgekommen waren. Doch im Morgengrauen hatte Tammo sie weinend am Strand gefunden und war von selbst darauf gekommen, was sein Bruder getan hatte. Sie dürfe niemandem etwas erzählen, hatte er ihr eingeschärft, sonst sei sie verantwortlich, wenn seine Karriere als Anwalt den Bach runterginge. Wenn sie nicht die Klappe hielte, würde er ihr etwas antun. Er hatte gelacht und gesagt, sie könne es gar niemandem erzählen, weil dann jeder auf der Insel wissen würde, was sie für eine sei. Niemand würde wagen, an seiner und Lars' Version der Geschichte zu zweifeln. Sein Vater war schließlich aus einer alteingesessenen, angesehenen Familie, wogegen ihre Mutter eine Fremde sei, der niemand glauben würde. Und Anna hatte geschwiegen, aus Angst und Scham. Als sie schließlich schwanger geworden war, war sie unendlich froh gewesen, von der Insel verschwinden zu können. Doch jetzt hatte sie keine Angst mehr. Sie hatte all das hinter sich gelassen.

Sie strich Rike noch einmal über die Wange, dankbar, dass diese schreckliche Nacht so etwas Gutes hervorgebracht hatte. Dann wandte sie sich zu Luca um.

»Meinst du, ich kann Daniele sehen? Ich muss ihm unbedingt etwas sagen.«

Epilog

»So, das wär's«, sagte die Kuratorin zu Anna. Sie standen in Kurbins ehemaligem Atelier und sahen zu, wie die Museumsmitarbeiter das letzte Bild vorsichtig in Luftpolsterfolie einhüllten, es verklebten und dann in eine flache Holzbox schoben. Die anderen Gemälde standen bereits verpackt an den Wänden des ansonsten leeren Ateliers, in dem keine Spuren von Charlotte Amstutz geblieben waren. Über die Stelle, wo die verbrannten Dielen ersetzt worden waren, hatte Anna einen Webteppich gelegt.

Es war ihr schwergefallen, die Werke ihres Vaters zu verkaufen, aber nur ein Museum würde die Bilder erhalten können. Außerdem hatte Georg Kurbin selbst in seinem Testament festgelegt, dass sein Werk in seiner Heimatstadt München ausgestellt werden sollte, und Anna wollte ihm diesen letzten Wunsch auch erfüllen. Das Lenbachhaus hatte sofort Interesse gezeigt und seine Kuratorin ins Tessin geschickt.

»Schade, dass Sie einige der schönsten Bilder behalten haben«, sagte sie jetzt mit einem Lächeln.

»Sie sind die einzige Verbindung zu meinem Vater, die ich habe«, erwiderte Anna, und die Kuratorin nickte verständnisvoll.

»Seid ihr fertig da oben?«, drang Danieles Stimme durch die weit geöffneten Fenster herein. »Der Prosecco wird warm!«

Die beiden Frauen stiegen die Treppe hinunter. Auf dem Hof wartete Daniele bereits mit drei gefüllten Sektgläsern. Seine Krücke hatte er an die Wand des neu verputzten Anbaus, der die vier Gästezimmer beherbergte, gelehnt. Er humpelte zwar noch etwas, aber Anna neckte ihn hin und wieder, dass er die Krücke nur behalte, weil Ilaria dann netter zu ihm sei.

»Auf Georg Kurbin!«, rief er jetzt. Klingend stießen die Gläser aneinander. Anschließend setzten sie sich an einen der kleinen Tische im Hof, an denen Annas Übernachtungsgäste frühstücken würden, und Anna unterzeichnete die Übergabepapiere für die Sammlung, während die Museumsleute vorsichtig Bild für Bild heruntertrugen und in den Kleinbus luden, den sie draußen auf der Straße geparkt hatten.

»Gut, das hätten wir.« Die Kuratorin verstaute die Papiere in ihrer Aktenmappe und stand auf. »Wir müssen leider los, sonst kommen wir zu spät in München an. Selbstverständlich schicke ich Ihnen dann eine Einladung zur Ausstellungseröffnung.«

Anna und Daniele begleiteten die Kuratorin auf die Straße. Als der Transporter mit den Bildern ihres Vaters abfuhr, kamen Anna kurz die Tränen. Sie wischte sie zornig weg. Seit Neuestem weinte sie wegen jeder Kleinigkeit, ganz so, als wollten all die Tränen, die sie die Jahre über nicht geweint hatte, aus ihr heraus.

Daniele trat hinter Anna, legte die Arme um sie und küsste ihren Nacken.

»Sehr schlimm?«

Sie drehte sich zu ihm herum und schüttelte den Kopf. »Nein, es geht schon.«

Hinter ihnen knatterte ein Roller die Straße hinunter, und sie drehten sich beide um. Es waren Aris und Rike, der bunten Badetasche nach zu urteilen, auf dem Weg zum See, um einen der letzten heißen Tage auszunutzen. Anna hob die Hand, und Rike winkte zurück.

»Warte kurz«, bat sie Daniele, »ich hab heute noch gar nicht nach der Post gesehen.«

Im Briefkasten fand sie die üblichen Werbebroschüren,

aber als Anna sie herausnahm, rutschte zwischen ihnen eine Postkarte heraus und flatterte auf den Boden. Daniele bückte sich und hob sie auf.

»Scheint von weit her zu kommen«, sagte er und reichte sie ihr, nicht ohne ihr dabei einen Kuss zu stehlen.

Anna betrachtete die Karte. Vorn war ein Pagodentempel abgebildet, vor dem sich Menschen in bunten Kleidern drängten, auf der Rückseite war sie mit einer krakeligen, kaum leserlichen Schrift bekritzelt, die Anna inzwischen gut kannte.

»Von Luca«, sagte sie. »Anscheinend hat er in Indonesien bei einem australischen Segler angeheuert. Ich find's toll, dass er endlich aus diesem Kaff hier rausgekommen ist.«

»Und du?«, fragte Daniele, plötzlich ernst. »Wird es dir hier nicht zu eng?«

Anna tat so, als müsste sie überlegen. »Stimmt, es ist grauenvoll hier: Ruhe, Natur, frische Luft, nette Leute ... ich gehe schnell meine Koffer packen.«

»Sei nicht so frech!« Er verwuschelte zärtlich ihre Haare.

»He, lass das, sonst gehe ich wirklich!«

»Wenn du glaubst, dass ich dich gehen lasse, hast du dich aber geschnitten!« Daniele packte sie und küsste sie so, dass ihr der Atem wegblieb.

»Aber doch nicht auf der Straße, *dottore*!«, rief Anna lachend, sobald sie wieder sprechen konnte.

Als sie Hand in Hand mit Daniele in den Hof zurückging, sah Anna auf das neue Schild über dem Tor: »B&B Casa Simona«. Jedes Mal, wenn sie es las, bekam sie ein ganz warmes Gefühl im Bauch.

»Ciao mamma«, flüsterte sie.

»Am Wochenende kommen deine ersten Gäste, oder?«, fragte Daniele. »Soll ich vorbeischauen und dir beistehen?«

»Aber gerne doch. Wenn du allerdings morgens schon hier wärst, würdest du eine Menge Zeit sparen.« Sie zwinkerte ihm frech zu.

Daniele hob die Augenbrauen. »War das eine Einladung zur Übernachtung? Ich werde darüber nachdenken.«

»Sei nicht so arrogant, sonst stecke ich dich in den Gästetrakt!«

»Wenn du glaubst, ich ließe mich von deinem Schlafzimmer fernhalten, hast du dich geschnitten, meine Liebste. Wer soll denn sonst deine Albträume verjagen?«

»Das ist auch wieder wahr.« Sie schlang ihm die Arme um den Hals und küsste ihn. Als sie die Augen wieder öffnete, sah sie die grau getigerte Katze auf der Gartenmauer unter den Glyzinien sitzen, und sie hätte schwören können, dass sie ihr zublinzelte.

»Browns Erzählstil ist erstklassig.«

The Bookseller

*Cover- und Preisänderungen vorbehalten

Kate Lord Brown

Das Sonntagsmädchen

Roman

Aus dem Englischen von Elke Link

Piper Taschenbuch, 464 Seiten

€ 9,99 [D], € 10,30 [A], sFr 14,90*

ISBN 978-3-492-30545-7

Immer sonntags öffnet die herrschaftliche Villa in Marseille ihre schmiedeeisernen Tore und wird zum Treffpunkt für Künstler und Intellektuelle, die aus allen Ecken des Landes herbeiströmen. Auch der junge Maler Gabriel Lambert macht sich auf den Weg nach Südfrankreich. Doch es ist das Nachbarhaus, das ihn schon bald in seinen Bann zieht. Denn dort wohnt ein Mädchen, dessen Schönheit ihn vom ersten Augenblick an fesselt. Ein Mädchen, für das er alles zu tun bereit ist – koste es, was es wolle …

Leseproben, E-Books und mehr unter **www.piper.de**